ALES DE LA EDAD MEDIA

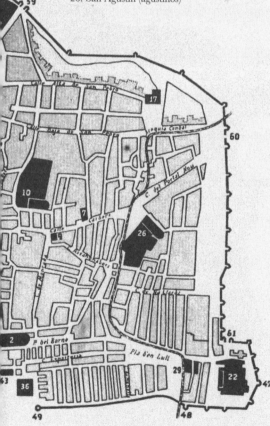

OS

12. El Carmen (carmelitas descalzos)
13. Montesión (desde 1423, dominicas)
14. San Juan (sanjuanistas)
15. Santa Eulalia del Campo o de Mérida (agustinos)
16. Sant Pau del Camp (benedictinos)
17. San Pedro de las Puellas (benedictinos)
18. La Virgen de la Merced (Mercederia)
19. Nazareth (cistercienses)
20. Santa María de Jerusalén (clarisas)
(Marcús) 21. San Matías y Santa Margarita (jerónimas)
nicos) 22. San Antonio, San Damián, San Daniel
nos) (clarisas)
23. Santa Ana (orden del Santo Sepulcro)
24. Santa María de Jonqueres (santiaguistas)
25. San Antonio Abad (canónigos regulares)
26. San Agustín (agustinos)

HOSPITALES Y FUNDACIONES PÍAS

27. Hospital General de la Santa Cruz
28. Hospital de "malalts masells" (San Lázaro)
29. Hospital de San Pedro y Santa María (Desvilar)
30. Hospital de Berenguer de Canet
31. Pia Almoina
32. Hospital de Sacerdotes (San Severo)
33. Arrepentidas (Santa Magdalena)

EDIFICIOS CIVILES

34. Casa de la Ciudad
35. Lonja, Consulado y "Taula"
36. "Porxo del Forment" y "Ala dels Draps"
37. General
38. Palacio de los Diputados
39. Castillo Viejo ("Cort del Veguer")
40. Castillo del Regomir
41. Castillo Nuevo
42. Atarazanas
43. Pescatería
44. Palacio Real Mayor
45. Palacio Real Menor
46. Palacio Espiscopal

TORRES DE LAS MURALLAS

47. De San Juan
48. De Santa Marta
49. Nueva
50. "De las paces"
51. "De Canaletas"

PUERTAS DE LA MURALLA

52. De Santa Ana o "dels Bergants"
53. De la Boquería
54. "Ferrissa"
55. De Trentaclaus o "dels Ollers"
56. De las Atarazanas
57. De Tallers
58. Del Ángel o "dels Orbs"
59. De Jonqueres
60. Portal Nou
61. De San Daniel
62. De San Antonio o "d'en Cardona"
63. De San Pablo
64. De Santa Madrona

Escala aproximada
0   50   100   200   300 metros

Enrique Moriel
La ciudad sin tiempo

Enrique Moriel

La ciudad sin tiempo

Ediciones Destino
Colección
Áncora y Delfín
Volumen 1081

Guarda trasera: Plano de Barcelona (hacia 1900).
© Verlag Karl Baedeker, Baedeker's Spain 1900.

© Enrique Moriel, 2007
© Ediciones Destino, S. A., 2007
Diagonal, 662-664. 08034 Barcelona
www.edestino.es
Primera edición: marzo 2007
Segunda impresión: marzo 2007
ISBN: 978-84-233-3915-0
Depósito legal: M. 10.652-2007
Impreso por Mateu Cromo, S.A.
Impreso en España - Printed in Spain

0

EL OTRO

Yo vengo de años sin fronteras, de ciudades sepultadas, de cementerios que me hablan, de canciones que ya nadie recuerda. Yo vengo de un ancho tiempo. Por eso no soy nunca el mismo, como no es la misma mi ciudad, y por eso a mis historias no les puedo poner nombre.

Cuando yo nací, la gran llanura barcelonesa que se extendía más allá de la muralla gótica era tierra de vicio. Allí estaban las mancebías baratas que no habían sido aceptadas en la ciudad amurallada y honesta, los titiriteros, las gentes de la farándula, siempre muertas de hambre, los mendigos y los fugitivos de la ley.

Yo nací en esa tierra.

Curiosamente, la falta de espacio provocó que, en poco tiempo, la llanura del vicio se transformara en la llanura de los conventos. Mi madre —que había aprendido muchas cosas oyendo hablar a los clientes— me dijo que la primera muralla barcelonesa, la romana, enseguida había ahogado la ciudad, hasta el extremo de que ésta se extendió fuera de las defensas y en la Edad Media se tuvo que levantar una segunda muralla, la que con el tiempo se llamó gótica. Descendía por lo que hoy llamamos la Rambla, que entonces era un puro torrente y contaba con algunas hermosas puertas, como la de la Puertaferrisa y la de Canaletas, donde había un puentecillo para que los ciudadanos pudieran cruzar sin riesgo la corriente de agua de las Ramblas. Los clientes de mi madre sabían tanto porque en su mayoría eran clérigos.

Pero más allá de esa segunda muralla, la ciudad iba creciendo. Y así surgió la «tierra de nadie» en la que yo nací, y que era donde estaba la mancebía de mi madre. Claro que muy cerca, por contraste, se alzaban también hospitales como el de la Santa Cruz, conventos que no cabían dentro de las murallas, y cuarteles, es decir, edificios que luego dieron lugar a instituciones tan sacras como el Liceo. Pero eso no me lo podía explicar mi madre, porque aún no había sucedido, ni tampoco lo podían adivinar los hombres que frecuentaban su cama.

Y en su cama nací yo, sin que nadie la atendiese en el parto.

Mi madre era una esclava. Y que nadie se sorprenda.

Que nadie se sorprenda tampoco de que alguien tratara de matarnos a los dos.

Ese alguien era El Otro. Y no voy a mencionar su nombre porque todavía me lo encuentro con frecuencia.

1

LA MUERTE BLANCA

Era la primera vez que Marcos Solana, abogado de estirpes ricas —y, por tanto, especializado en barceloneses que sólo hablan de dinero en familia—, se veía envuelto en un asesinato que contara con estos tres elementos: un muerto, por supuesto; un sacerdote católico, y una fotografía casi centenaria que estaba expuesta en uno de los pasillos del Hospital Clínico.

«Quizá haya que empezar por el muerto», pensó Marcos Solana, un hombre educado que por respeto a sus clientes siempre vestía de gris.

El muerto era Guillermo Clavé —llamado Guillermito entre los íntimos—, y yacía en una mesa de mármol del hospital, con el cuerpo recién cosido por la autopsia. Pero lo particular de su caso residía en que era multimillonario, como muchos de los que no trabajan, y vivía en una de las mejores torres del Paseo de la Bonanova; y en que nadie en el hospital había visto nunca un cadáver tan blanco.

Y, en fin, estaba el cura, algo normal, porque ante la gente rica que se muere siempre suele haber un sacerdote católico.

Marcos Solana lo miró. El padre Olavide era canónigo, camarero secreto de Su Santidad, doctor en Teología y profesor de esa disciplina en el Colegio de Roma. Se decía que tenía entrada libre en los despachos más opacos del Vaticano, que conocía la historia de todas las criptas y que, de vez en cuando, recibía consultas confidenciales del Papa.

Marcos Solana aún no había visto la fotografía antigua.

Miró al forense, un hombre alto y flaco, sin duda ya entrado en años —eso se notaba en algún pliegue del cuello—, pero con el pelo tan negro y la piel tan lisa y fina que parecía no tener edad. Estaba quitándose los guantes, una vez terminada su labor, y dejando el espacio libre para que vistieran el cadáver. Cuando el abogado de ricos posó sus ojos en aquel cuerpo, se estremeció.

Los clientes de los abogados ricos siempre aparecen pulcramente vestidos, en cualquier circunstancia, y en cambio poco importa cómo aparezcan los clientes de los abogados pobres. Pero Guillermito Clavé significaba en aquel momento una doble novedad para él: nunca lo había visto desnudo —faltaría más— y, por tanto, ahora se daba cuenta de que era un hombre grueso, deforme y, en apariencia, sin ninguna dignidad. Pero eso tampoco es tan anormal en burgueses ya maduros que nunca han hecho el menor ejercicio excepto el de acariciar mujeres, han vivido bajo la tutela de los mejores restauradores, no han trabajado jamás y, de pronto, se deben enfrentar a la ausencia de su sastre. Ésa era una novedad relativa para un hombre como Solana; pero la segunda sí que era una novedad absoluta: nunca había visto un cadáver tan blanco.

Le preguntó al forense si eso era normal.

—Pues claro que es normal —dijo el médico con voz neutra mientras se disponía a lavarse las manos—. La muerte no suele dejarnos con nuestro mejor aspecto, aunque no siempre es blanca: precisamente por las tonalidades de la piel del cadáver adivinamos muchas cosas. Pero debo reconocer que nunca había visto un cadáver tan exangüe.

Marcos Solana preguntó:

—¿Qué quiere decir exactamente eso de *exangüe*?

—Pues lo que la misma palabra indica: sencillamente, que no hay en el cuerpo una gota de sangre. Y eso es lo que más me asombra, porque no me había encontrado ante un caso así jamás, ni aun en grandes mutilaciones. A este hombre... ¿Cómo se llama?

—Guillermo Clavé, pero todos le llamaban Guillermito.

—... A este hombre parecen haberle sacado la sangre con una máquina aspiradora, aunque ésa no es la explicación técnica. Vea este orificio en el cuello, exactamente en la yugular. Por él puede haber perdido toda la sangre, pero me extraña que eso haya sucedido con tanta rapidez. Y me extraña más aún que, según la policía, no hubiera apenas rastros de sangre en su cama cuando apareció muerto. Lo lógico sería que todo el dormitorio hubiese aparecido materialmente teñido de rojo.

—¿Y qué ha causado ese orificio?

—Eso es más increíble aún: yo diría que la mordedura de un animal pequeño, probablemente una rata o un gato. Evidentemente, en la casa de gran lujo donde vivía... ¿Guillermito?... no podía haber ratas, y me han dicho que tampoco había gatos. Además, ninguno de esos animales bebe sangre, así que mi confusión es absoluta. Voy a tener que pedir ayuda a mis colegas, y, en consecuencia, el cadáver deberá permanecer de momento aquí, en el depósito del Clínico.

—Es imposible —dijo de un modo maquinal Marcos Solana, sin reflexionar.

—¿Imposible? ¿Por qué? ¿Y quién es exactamente usted?

—Se lo han dicho antes de que me autorizara a entrar: soy Marcos Solana, el abogado de la familia. Una familia de la alta burguesía barcelonesa, como usted debe de saber ya. Si la muerte de Guillermo Clavé se presenta como un misterio insoluble, el nombre de la familia va a verse envuelto en toda clase de especulaciones, y los negocios de los Clavé van a sufrir las consecuencias. Aunque don Guillermo no trabajaba, sus apoderados mueven muchísimo dinero. Me parece normal que se hagan todas las investigaciones que usted quiera, pero el entierro no debe demorarse. Todo ha de quedar como una muerte... digamos... de buena familia.

El padre Olavide miró entonces el cadáver, para lo cual tuvo que dar una vuelta completa a la mesa. Observó la incisión de la que había hablado el forense. Pese a sus muchos títulos —entre los que figuraba el de académico de la Historia— no sacó nada en claro, aunque alguna conclusión pudo haber obtenido. El padre Olavide había dado muchas conferencias en la Real Academia de Medicina, en el edificio medieval del hospital de San Pablo, y tenía fama de ser el sacerdote barcelonés que más muertes ilustres había investigado. Pero una mueca de duda se dibujó en su rostro.

—No entiendo nada —dijo.

Paseó sus manos por el frontal de su sotana, como si la acariciase, y volvió a pasar al lado opuesto de la mesa. Los sacerdotes barceloneses ya no suelen usar sotana, pero el padre Olavide sí. Hizo una seña dirigida al abogado Marcos Solana:

—Le ruego que hablemos un momento fuera —musitó—. Una cosa son los negocios de la familia y otra la muerte inexplicable de este hombre. Por favor, hágame caso: la viuda confía en mí tanto como en usted.

El abogado accedió. No podía hacerlo de otro modo. Ambos fueron hacia la puerta de la sala de autopsias y en ese instante entró un hombre, seguramente otro forense, que conducía un carrito con instrumental quirúrgico. Al igual que el médico que acababa de realizar la autopsia, parecía un hombre sin edad. Alto, delgado, de mirada profunda e inquietante, manos largas, pasos rápidos, no les llamó especialmente la atención. Más les llamó la atención el carrito, lleno de horribles instrumentos, que la mirada profunda e inquietante. Al fin y al cabo, esas miradas suelen nacer ya en los tiempos de residente, e indican que el médico gana poco. El padre Olavide pasó una mano por los hombros del abogado y así le puso bajo la protección de Dios. Fueron poco a poco por uno de los pasillos pétreos del Clínico, de los que desembocan en el patio de entrada de la Facultad.

Ahora hay allí paredes nuevas, y fuera una plaza amplia, algunos árboles y, por supuesto, un parking. Pero las solemnes columnas bajo el frontispicio están exactamente igual que cuando se creó el hospital, en un descampado fabril que sólo conocían los pájaros. Algunas fotografías, en color gris o sepia, encerradas en marcos baratos, colgaban de la pared. En una de ellas se veía el Hospital Clínico cuando fue erigido en el horizonte de la ciudad; en otra, una de las viejas salas comunes, presidida por crucifijos; en una tercera, un grupo de médicos de la época: batas blancas abrochadas hasta el cuello, botines, bigotes, alguna barba, alguna perilla que la foto había dejado colgada en el tiempo. Y debajo, una anotación en caligrafía inglesa: «Servicio de Urgencias, 1916». Servicio de urgencias cuando una septicemia te mataba al sacarte una muela.

El padre Olavide dijo:

—Podemos hablar con la familia, que será la primera interesada en que se aclare todo. No va a pasar nada si el entierro se aplaza un día más.

—Mientras no se disparen los rumores. Podemos hablar tranquilamente de una muerte por hemorragia, pero nunca de una muerte por asesinato.

—Deje que lo tratemos con la viuda. Si yo soy su confesor, alguna influencia tendré sobre ella, ¿no? Y de la prensa y los círculos comerciales ya se encargará usted. Oiga... qué lúgubre es todo esto, ¿no le parece? El viejo Clínico aún conserva parte de sus fantasmas, sobre todo en un momento como éste, a las once de la noche. Y esas fotos de las paredes, ¿no estarían mejor en un museo?

Fue entonces, al mencionarlo el sacerdote, cuando Marcos Solana se fijó en una de aquellas fotos. Concretamente la del grupo de antiguos médicos.

Y su cara cambió.

Sus párpados temblaron.

Con un hilo de voz susurró:

—Oiga, yo acabo de ver esa cara...

Señalaba a uno de los médicos del servicio de urgencias de 1916. Más de noventa años desde entonces, más de noventa ciudades distintas, más de noventa panteones vaciados y vueltos a llenar, más de noventa bebés llevados meticulosamente a la fosa. Aquel hombre, el de la foto, que ya era en esos tiempos una persona madura, tenía a la fuerza que estar muerto.

El abogado giró sobre sus pies, lanzó una especie de gemido y echó a correr hacia la sala de autopsias. Porque estaba seguro de que acababa de verlo.

2

LA ESCLAVA

Cuando yo nací, en una casa de la calle que muchos años más tarde se llamaría de Espalter, aquello era ya un prostíbulo. Pero sobre la puerta no existía la cara.

Otros lugares semejantes la tenían en la entrada, aunque ahora pienso que el sitio en que nací era tan mezquino y miserable que ni ese distintivo podía pagar. Y eso que la cara constituía una especie de garantía legal. Pasado el tiempo, los que conocían la ciudad y sus prostíbulos pasaron a llamarla «la carassa»: a veces era la imagen en piedra de una mujer presidiendo la entrada de la mancebía, pero generalmente se trataba de la cara de un hombre con aspecto de borracho que reía, es decir, un hombre feliz. Por eso solía considerarse que «la carassa», aparte de anunciar que allí existía un prostíbulo autorizado, representaba a un cliente satisfecho, seguramente muerto en olor de santidad después de conocer a todas las pupilas. Nadie ha llegado a imaginar jamás que la cara que más tarde hubo sobre el dintel representaba a un ser que nació allí —es decir, yo— y que, además, no representaba el vicio, sino un acto de amor.

Con el tiempo, mi propia madre la hizo colocar allí, después de ahorrar durante años, hombre a hombre y moneda a moneda. A mi madre, los clientes le pagaban poco porque no podía liberarse. Era una esclava hija de una esclava.

Si alguien llega a leer esto (lo cual dudo, porque dicen que el que lee, además de servir mal a su señor, excita su imaginación y acaba en la sodomía), se asombrará de que, pasados mil cuatrocientos años desde la muerte del llamado Señor de los Cristianos, aún existiesen esclavos bajo la tutela de Su Majestad. Y existían, claro que existían, y de eso habría podido dar fe mi madre.

Pese a que Barcelona era considerada en cierto modo una ciudad liberal y de ideas avanzadas —aunque los liberales solían acabar en la horca—, las constantes guerras contra el infiel, o sea, contra los sarracenos, ocasionaban caídas de prisioneros, y éstos eran reducidos a la esclavitud, de la misma forma que los infieles hacían con los hijos de Cristo. Y puesto que los hijos de Cristo vivían aquí más del trabajo que de las bendiciones, utilizaban como mano de obra a los esclavos machos, y como mano de cama a las esclavas hembras, que siempre les hacían caer en la lamentable tentación, por lo cual, sin duda, merecían el castigo. Entre las que siempre merecieron el castigo estaba mi madre.

Los esclavos barceloneses, hasta bien entrada la Edad Moderna, y por asombroso que parezca, no sólo podían ser comprados y vendidos, sino hipotecados, y, por tanto, el intento de fuga era el peor delito que podían cometer, ya que perjudicaba la seriedad comercial de la ciudad. Y así se establecieron recompensas para los que, pensando en la prosperidad del país, perseguían a los fugitivos. Esas recompensas variaban según el trabajo y las molestias que el esclavo diera al perseguidor: si el fugitivo era capturado antes de atravesar el Llobregat, su captor recibía un modesto «mancus» (equivalente a un «dinhar» musulmán, con cuatro gramos de oro fino), pero si para capturarlo había que jugarse la vida y atravesar tan caudaloso río, el captor recibía una onza de oro.

Donde hoy se encuentra la calle de la Puerta del Ángel, en Barcelona, existía un mercado de esclavos, que podían ser comprados, vendidos, prestados e hipotecados. Una dama de la ciudad, según me contó un día el historiador Durán i Sampere (sin sospechar que yo ya lo había vivido), llegó a tener hasta siete esclavos de buena presencia. El historiador no me supo decir cuántas esclavas, de mejor presencia aún, había tenido el marido.

Como ésta ha sido siempre una ciudad seria y amiga de cuadrar bien los balances, los dueños de esclavos podían contratar un seguro. La encargada de cobrar el seguro era nada menos que la Generalitat, y yo puedo jurar que leí —pues soy lector, pero aún no sodomita— que en el año del Señor de 1431 ésta tenía asegurados 1.478 esclavos, casi todos de Barcelona, y es evidente que de tales seguros se obtenía un gran provecho para la fe y los negocios públicos.

Mi madre, como era hermosa pero de complexión débil, no podía aspirar a un futuro más o menos tolerable, como por ejemplo el lecho de un comerciante. Nadie se ocupó de ella. Y así, fue cedida a un prostíbulo modesto en el que todas las brutalidades estaban permitidas. Las leyes, según supe ya de niño, protegían a las mujeres públicas de la muerte, pero de poco más. Mi madre recibía a veces veinte clientes al día, los borrachos le pegaban y, como mínimo, recibía insultos, aunque como el dueño era bondadoso solía darle, cada cinco hombres, un vaso de leche obtenida de una cabra que era de confianza, pues vivía en una de las habitaciones de la casa. A esa cabra le debo la vida, ya que en ocasiones me amamantaba directamente con sus ubres.

Pero antes de todo eso fue mi madre la que me salvó, cuando El Otro quiso acabar con las dos. Como ya le habían matado a dos hijos, también nacidos en el prostíbulo, mamá me defendió con la rabia de una tigresa. Tan grandes fueron su desesperación y su odio —pues odio animal había— que El Otro tuvo que dejarnos vivos. Luego, tal como fueron las cosas, no sé si para ella valió la pena.

Más tarde, mucho más tarde, durante una velada tranquila en la que ella sólo se tenía que encamar con un prior, me contó cómo había nacido yo. Y fue cuando supe de todos los abusos a que había estado sometida. Uno de ellos me marcó. Aquella noche supe que le habían impuesto la tortura del cepo.

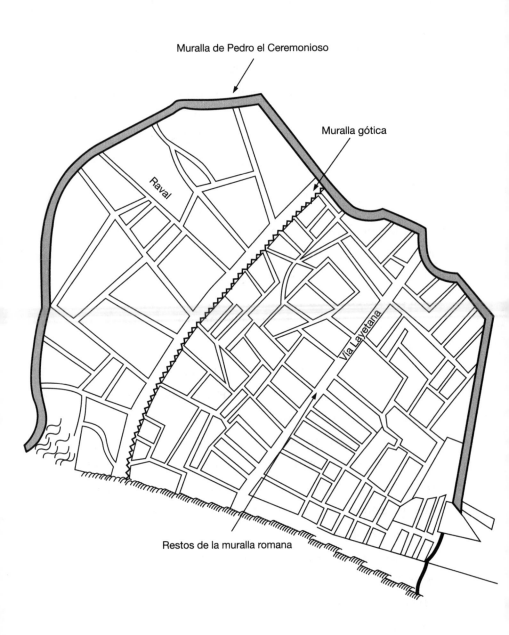

Muralla de Pedro el Ceremonioso

Muralla gótica

Raval

Via Laietana

Restos de la muralla romana

3

LA VOZ DEL BRONCE

La más alta de todas las campanas situadas en la catedral de Barcelona es la llamada «Honorata», que anuncia los cuartos de hora a los agitados habitantes de la ciudad.

La «Honorata» pesa setecientos cincuenta kilos y fue fundida en agosto de 1865, cuando Barcelona era próspera, tenía el primer ferrocarril de España, las mejores fábricas textiles, los comerciantes más ricos y tripudos y las señoritas de alta sociedad más gráciles, pues para marcar cintura aprendían a montar en un nuevo club de aristócratas llamado Círculo Ecuestre.

Pero como pasa en todas las ciudades viejas, la «Honorata» no era la primera «Honorata». La campana que estrenó ese nombre fue colocada en el año del Señor de 1393, y servía para marcar la hora a los ciudadanos, entonces bastante menos ricos. Campana sensata donde las hubiera, sirvió también para crear puestos de trabajo, pues era golpeada en los momentos convenidos por los «sonadors», y a los «sonadors» los pagaba el Consejo de Ciento.

También al igual que sucede con las ciudades viejas, las campanas viejas viven momentos heroicos, o mejor dicho los sufren. Porque la «Honorata», que había sobrevivido a todo desde 1393, fue la que tocó a rebato durante el sitio de Barcelona en la Guerra de Sucesión de 1714, hasta que el 16 de marzo de aquel año los cañones enemigos la destruyeron mientras Barcelona era arrasada. La ciudad, tan fiel a sus negocios como a sus símbolos sentimentales, quiso gastarse el dinero en reconstruirla, aunque eso, como tantos otros símbolos, le fue prohibido. Nunca se podrá saber con exactitud qué culpa tiene una campana de haber llamado al combate, pero los jueces de Su Majestad Felipe V la acusaron de sedición, y el 16 de septiembre de 1716 la campana fue destruida.

¿Destruida?

El abogado Marcos Solana miró en la vitrina el pedazo de bronce del tamaño de una mano humana que le mostraba la viuda de Guillermito Clavé. La viuda de Guillermito Clavé era delgada como una radiografía, lo cual debió de significar un suplicio para el extinto, pues a éste le gustaban las mujeres gordas. La vitrina de recuerdos históricos también estaba cargada de objetos que habían hecho régimen: agujas con las que se había prendido el pelo la baronesa de Albí, juegos de alfileres rematados con perlas, cintas que habían marcado las páginas de libros santos y cucharillas con las que sin duda tomaron jarabes para la fertilidad señoras de buena disposición que sólo tenían cinco hijos. Todo eso y el pedazo de metal.

—Es el último pedazo que queda de una campana ilustre, quizá la más ilustre de la catedral —dijo la viuda—. La mandaron destruir, pero algunas familias nobles de la ciudad se quedaron con sus restos. O lo que pudieron capturar de sus restos. La campana era la primera «Honorata». Estoy convencida de que es el último que queda.

El padre Olavide, que también la estaba mirando, dijo sin el menor interés:

—Ya.

Ni él ni el abogado habían ido para eso a la torre de la Bonanova, uno de los últimos edificios verdaderamente nobles que quedan en un paseo que estuvo dedicado a los ahorros de la ciudad, y ahora está dedicado, a través de edificios de pisos con firma, a su riqueza hipotecaria. Ambos habían notado que la viuda buscaba toda clase de temas superfluos para evitar el más importante, que era el que realmente les había llevado hasta allí: la muerte de su marido y el posible aplazamiento del entierro. Quizá por eso añadió:

—Yo sé que moriré en esta casa, pero luego no sé qué será de ella. Quizá mis hijos la vendan para derruirla y hacer bloques de pisos caros, cuando se den cuenta de la cantidad de millones que les ofrecen por el terreno. Ése ha sido el destino de todas las viejas torres señoriales que se alzaban aquí. ¿Saben en qué año fue construida ésta?

—En 1898 —dijo Marcos Solana, que como abogado de la familia lo sabía perfectamente.

El bisabuelo Clavé volvió de Cuba cuando España perdió la isla: España lo había perdido todo, pero el bisabuelo Clavé no. Él se había hecho rico cultivando azúcar y tabaco. Con parte de su dinero compró aquella tierra muy por encima de una ciudad apretada que apenas había empezado a estrenar su Ensanche y edificó la casa. En ella aún se conservan las palmeras que plantaban todos los indianos como recuerdo de la tierra de Cuba.

«Y de las mujeres de Cuba», pensó el padre Olavide, que había sido confesor de tres generaciones de la familia.

Pero no lo dijo.

Solamente musitó:

—Señora...

—¿Qué?

—Hemos venido a molestarla para hablar de otra cosa. El juez ordenó la autopsia de su marido, como es reglamentario en los casos de muerte... no habitual, y tanto el señor Solana como yo pensamos que se trataba de un trámite sin demasiada importancia, pero no ha sido así. Los forenses necesitan una ampliación de datos, y eso retrasará el entierro.

La noble radiografía tomó asiento en una de las sillas antiguas, estilo reina Ana —más propias de un dormitorio que de un salón, pensó lejanamente el abogado—, y se retorció los dedos angustiada.

—No sé qué puedo hacer yo ni qué puede hacer la familia —suspiró—, pero empiezo a ponerme nerviosa y, lo que es peor, a sentirme abochornada. ¿Ya saben lo que pasa?

—Me temo que sí —dijo Marcos Solana—: la gente que no tiene otras ocupaciones empieza a murmurar. La extraña muerte de don Guillermo ha coincidido con una inspección fiscal en todas sus sociedades. Hay quien llega a decir que tenía negocios clandestinos. Y, colmo de los colmos, hay quien extiende la noticia de que se ha suicidado.

—Hay cosas que hasta ahora me parecían absurdas —musitó la dama—, pero que empiezo a ver como reales, o al menos posibles. No sé si ustedes me van a entender. Cuanto más se dilate esto, más problemas habrá con la herencia, y mientras tanto todo está inmovilizado. Y queda el asunto de los créditos... Hoy en día las empresas no son como las de antes, que trabajaban con fondos propios; ahora necesitan a los bancos. Si hay rumores de ese tipo, los créditos se suspenderán.

—Ya me estoy ocupando de eso —la tranquilizó Solana—, como también de que los trámites forenses se hagan enseguida. Pero reconozco que nunca me había encontrado con un caso tan extraordinario como éste; por un momento, incluso he llegado a creer en algo sobrenatural.

El padre Olavide, que vivía de lo sobrenatural, preguntó con un tonillo de burla:

—¿De verdad?

—No me diga que no había algo de sobrenatural en aquel forense que entró cuando nosotros salíamos —dijo el abogado, sin advertir que no era de buen gusto hablar de aquello en presencia de la viuda—. Parecía el mismo

25

que figuraba como médico en una fotografía de noventa años atrás. El mismo, aunque vestido de otro modo. Por eso corrí, por eso intenté alcanzarlo en la sala de autopsias.

—¿Y?...

El tono del padre Olavide, ante las inoportunas palabras del abogado, exhalaba un matiz de desprecio. Además, conocía la respuesta.

—Ya no estaba —susurró Marcos Solana—. El forense me dijo que era un auxiliar de los que cuidan el instrumental, y que no lo conocía. Según parece, los cambian de turno con frecuencia. Miré por todas partes, pero ya no estaba...

—Eso no tiene nada de sobrenatural —dijo el sacerdote intentando cambiar de conversación—. Un hombre que se parece a otro... ¿y qué? No piense más en ello, Solana, porque anoche todos estábamos nerviosos. Por cierto, señora, aceleraremos los trámites legales en la medida de lo posible, y para eso necesito preguntarle algo. Le pido perdón.

—Pues claro... ¿Qué quiere preguntar? ¿Hay algo que usted no sepa?

—Los sacerdotes católicos sabemos bien un par de cosas, pero normalmente no son de este mundo. Todo lo demás, fingimos saberlo. Por ejemplo, no sé lo que ha sido de aquella manchita de sangre que apareció en la cabecera de la cama del pobre don Guillermo. Era la única que se veía. ¿Qué hicieron con ella?

Ahora era el abogado el que sabía la respuesta. Murmuró:

—La policía la analizó para saber si era sangre del difunto. Es decir, si correspondía al mismo ADN. Comprobaron el de don Guillermo, lo cual era muy fácil, y luego el de la muestra de sangre. No era de la misma persona. Entre otras cosas, la muestra correspondía a un cero negativo, y la de don Guillermo no.

La viuda se levantó de la silla reina Ana. Fue hacia una mesita junto a la ventana en la cual reposaba un auténtico jarrón de la dinastía Ming. Más allá de la ventana, en la serenidad del jardín, se distinguía una palmera perteneciente a una dinastía de mulatos. Y junto a la palmera, un jardinero en cuya dinastía figuraba una madre que luchó en la columna Durruti. Claro que la señora sólo conocía lo de la dinastía Ming. Se volvió hacia la vitrina y señaló el único resto que quedaba de la campana medieval, la que en 1714 mezcló sus últimos tañidos con los últimos gritos de los muertos.

Musitó:

—Es extraño.

—¿Extraño? ¿Qué?

—Hace dos semanas, cuando Guillermo estaba vivo, vino a vernos una comisión de la Generalitat, una comisión de la Conselleria de Cultura, ya saben. Profesores con gafas que no ven a su mujer a dos pasos, pero ven a dos kilómetros una columna románica sobre la que descansaba el culo la reina Elisenda. Bueno, pues me pidieron permiso para analizar ese resto de la «Honorata». Decía la tradición que a la fuerza tenía que estar manchada de sangre. Y resulta que es verdad: en ese fragmento hay una manchita que, analizada con los medios más modernos, resulta ser sangre. Esos medios modernos, que a veces salen en la tele, me marean, porque resulta que nunca acabamos de morir.

—Es verdad —reflexionó el abogado en voz alta—: siempre dejamos huellas, y al cabo de los siglos aún hay quien las sigue. Por ejemplo, se investiga hasta la vida sexual de las momias y se sabe lo que comían los legionarios romanos de la antigua Mérida, que por cierto fue un geriátrico para los que ya no podían levantar la espada. Bien, y con esos amantes de la reina Elisenda, ¿qué pasó?

—Se llevaron el resto de campana, jurando devolverlo. Y lo hicieron. Pero mientras tanto analizaron todo lo que había en el metal, y me dijeron que, en efecto, había una mancha de sangre. No saben lo felices que parecía hacerles eso. Dedujeron que tenía que ser sangre de los defensores de Barcelona de 1714. De uno de ellos, vamos: seguro, dijeron, que el que mantenía en pie la bandera. Hasta hablaron de comprarme el resto de esa campana.

—Pero usted no necesita el dinero.

—No.

—¿Y qué sacaron en limpio de esa manchita de sangre que ya tiene tres siglos? En primer lugar, ¿cómo ha podido conservarse?

—Pues supongo —dijo la dama— que no habría podido permanecer sobre una campana expuesta al aire. Me parece imposible. Es decir, aquellos técnicos me explicaron que era imposible. Pero el hecho de que destruyeran la «Honorata» fue su salvación, porque los restos estuvieron siempre protegidos. Por ejemplo, éste. Aunque no acabo de entender por qué la gente gasta dinero en esas cosas.

—Invertir en el pasado —gruñó el padre Olavide— es el consuelo de los que no pueden invertir en el futuro.

Y volvió la espalda.

Mientras tanto, el abogado había preguntado:

—¿Sacaron algo en limpio? Supongo que es algo imposible. No se puede obtener un ADN sobre una muestra de esa clase.

—Supongo que no —dijo con indiferencia la dama—, ni me importa. No hablaron de ADN ni nada de eso. Sólo dijeron que habían logrado averiguar qué tipo de sangre era.

—¿Y cuál era? —quiso saber Marcos Solana.

—Cero negativo.

—¿Como la de la manchita hallada junto al cuerpo de su marido?

—Sí. Es curioso… Ahora que lo pienso.

El sacerdote se volvió lentamente y dejó de darles la espalda.

4

EL HOMBRE DEL CEPO

Mi madre me explicó en cierta ocasión cómo había sido concebido dentro del prostíbulo. Las cortesanas, por llamarlas de algún modo, que parían en casa de sus dueños sólo eran llevadas al Hospital de la Santa Cruz en caso de hemorragia o fiebre puerperal, por lo general morían allí santamente. Los hijos que sobrevivían eran alimentados por el dueño, quien así adquiría el derecho de considerarlos esclavos a su vez, vendiéndolos y apartándolos de sus madres. La mía había tenido antes de nacer yo otros dos hijos, a los que no volvió a ver nunca.

Debo decir aquí algo que ella misma me contó. Cuando conoció a mi padre le ocurrieron dos cosas que, en cierto modo, eran asombrosas. La primera, que se trataba de un cliente realmente fornido y guapo, el más hermoso que había visto en su vida de esclava que se entregaba cada día a verdaderos desechos humanos.

La segunda, para mí la más inexplicable, fue que supo desde el primer instante que se quedaría embarazada de él, y precisamente de un niño.

Aquel extraño cliente, tan distinto a los otros, la visitó varias veces, siempre de noche, cuando las calles de Barcelona estaban completamente a oscuras. Le contó a mi madre que era marino y que venía de Oriente, lo cual era difícil de creer siendo tan blanco de piel como era, pues los marinos estaban expuestos al sol, el viento y la lluvia durante todas sus travesías. Pero también resultaba difícil no creerle —me seguía explicando mi madre— cuando clavaba en ella sus ojos profundos y penetrantes, los ojos más hermosos y enigmáticos que ella hubiera visto nunca.

Parecía bondadoso. Y lo fue durante las primeras visitas —dos o tres—, hasta que en la última cambió y se transformó en otro hombre.

Mi madre jamás pudo imaginar que esa vez la obligara a practicar el sexo con el suplicio del cepo.

—Pagaré más —dijo—, pero esta noche serás torturada.

Llevaba el cepo, la máquina que sujetaba manos y cabeza de la víctima, escondido debajo de la capa. Las dos piezas de aquel cepo encajaban tan a la perfección que mi madre tuvo miedo de morir ahogada.

Torturada durante años, acostumbrada a todo, no pudo oponerse a aquel capricho malsano, como ninguna esclava podía oponerse a los latigazos de su señor, quien seguramente las castigaba con buena intención, para que no incurrieran en más vicios. Cuando la tuvo completamente desnuda, aquel hombre le encajó el cepo y ordenó:

—¡De espaldas y de rodillas!

Fue así como la poseyó varias veces seguidas como un semental infatigable. La estuvo torturando hasta el amanecer, hasta que las campanas de las iglesias anunciaron el nuevo día. Entonces, y con las calles todavía en sombras, aquel misterioso sádico desapareció. Pero antes pagó generosamente a mi madre y le dijo las palabras más extrañas que ella hubiera oído nunca:

—No creas que esto ha sido un acto de crueldad. Ha sido todo lo contrario: un acto de amor.

—¿De amor?—preguntó mi madre, creyendo que además se burlaba de ella.

—Sí, porque mientras llevabas el cepo no he podido morderte el cuello.

Mi madre no lo entendió. Claro que no lo entendió. Pero se cumplió el presentimiento que había tenido. A los nueve meses nací yo. Lo que no sabía era que tratarían de matarnos, y que eso lo haría alguien conocido. En cuanto al hombre de los ojos inquietantes, el que sólo había aparecido tres noches, no lo volvió a ver. Jamás.

Y ése fue mi mundo.

La Barcelona que mucho más tarde cometería la hermosa locura de enfrentarse sola a las tropas de Felipe V constaba, cuando yo nací, de alrededor de cinco mil casas, lo que podía significar más o menos treinta mil habitantes, quizá treinta y cinco mil. Digo «más o menos» porque entonces no había registros y para acreditar la identidad, la edad o el nacimiento y muerte de las personas era necesario que los vecinos hicieran una declaración ante las autoridades, en una especie de «acta de notoriedad». Las calles que fui conociendo las pocas veces que me dejaban salir del burdel eran estrechas y sórdidas, sobre todo dentro de las murallas. Cierto que la casa en que nací estaba situada fuera de ellas, como la mayor parte de los prostíbulos: queriendo castigarnos nos permitían vivir, paradójicamente, mejor que en el recinto amurallado. Nuestras calles también eran angostas y malolientes, pero de vez en cuando se veía un huerto, había una plaza o se alzaba un grupito de árboles.

Dentro de las murallas, en cambio, muchas calles eran tan estrechas que por ellas sólo podía pasar un carro en sentido único; a la hora de girar, el carro no tenía espacio y chocaba con las paredes. Por ello, en los extremos de dichas calles, a fin de evitar su lenta destrucción, se colocaban refuerzos de hierro. Los cementerios solían estar dentro del recinto amurallado, en las iglesias, y cuando la plaza de esa iglesia era incorporada a la ciudad por falta de espacio, el cementerio se convertía en una plaza urbana. El terreno era nivelado y los ciudadanos pasaban por encima de sus muertos. Hoy ningún barcelonés piensa que sus pies se deslizan sobre los osarios.

En las casas no había agua, ésta procedía de los pozos. Sin embargo, Barcelona era una ciudad afortunada, porque bastaba horadar el suelo para dar con reservas de agua dulce, incluso muy cerca del mar. También se transportaba agua desde lejos, a través del canal del conde Miró, que hacía llegar el líquido desde el río Besós para poder mover los molinos. Pero esa agua no era para uso del ciudadano, y ni mi madre ni sus clientes se podían lavar apenas; así se transmitían unos a otros el herpes y la sarna. Claro que, pese a todo, la gente vivía bastante. Había viejos de hasta cuarenta años.

En las casas tampoco entraba luz natural, lo cual me favorecía, pues enseguida noté que la claridad me molestaba y me hacía sentir una especie de cosquilleo en todo el cuerpo. Pasaba las horas mamando de mi madre hasta hacerle brotar sangre, y ella me quería tanto que, cuando estaba con los clientes en la cama, me permitía verlo todo mientras no molestase. Así pasaba tardes enteras, acuclillado dentro de la habitación, con los ojos muy abiertos y el cerebro en blanco, sin entender apenas nada.

Fue entonces cuando mi madre empezó a ahorrar lo que le daban los clientes como propina, porque el pago principal se le hacía al dueño de la casa. Y fue entonces también cuando ella me confesó llorando que todo eso lo hacía para situar mi rostro en un rincón de la eternidad. En ese momento no la entendí, porque yo no sabía lo que significaba mi rostro, y mucho menos lo que era la eternidad.

5

LA ETERNIDAD Y UN DÍA

El sacerdote Olavide miró a través del ventanal las palmeras que la rica polución barcelonesa estaba matando y luego preguntó a Solana:

—¿Cree usted en la eternidad, abogado?

Marcos Solana respondió mirando al vacío:

—Los humanos siempre hemos necesitado creer en la eternidad, amigo mío. Y siempre hemos trabajado para hacerla nuestra.

Olavide volvió a preguntar inesperadamente.

—¿Cree usted en la eternidad, abogado?

—Bien... Puedo creer, al menos, que el hombre, consciente de la muerte y el olvido, trata de no ser olvidado. Para que su nombre pueda perdurar durante siglos, hay desequilibrados capaces de cometer crímenes horrendos, arrojarse a un volcán en llamas o fundar nuevas religiones que no sé si salvan almas, pero salvan depósitos bancarios. Dicen que no estás del todo muerto mientras alguien te recuerda, y por eso el recuerdo es un valor apreciadísimo. Hay quien incluso está dispuesto a pagar para que sus cenizas reposen en los pilares de un campo de fútbol, pensando que el fútbol siempre existirá y que además el club de sus amores seguirá ganando ligas. Hay quien ya nace pensando en su propia estatua. Si la propia estatua se pudiera pagar en vida habría codazos ante la taquilla, pero lo malo es que la única estatua que uno puede pagarse en vida es la del panteón.

El padre Olavide sonrió sarcásticamente.

—Ya veo —dijo— que los abogados se dedican sólo a las ambiciones terrenas.

—Pues no sé qué quiere decir.

—Me refiero a la eternidad, y la eternidad no es sólo un valor humano, sino esencialmente un valor religioso.

Marcos se encogió de hombros. Se daba cuenta de que la viuda les escuchaba atentamente, pero no es de mal gusto hablar ante la viuda de la eternidad del marido. De modo que susurró:

—Puede que la eternidad sea lo que usted está pensando en secreto: un engaño religioso para que sigamos la línea que se nos marca. Ahí han terminado —muchas veces a tiros— interesantes discusiones. Pero no soy tan simple como para dejar de pensar, o al menos lo intento. Hay dos aspectos que me obligan a reflexionar.

—¿Cuáles son?

—Uno es el propio concepto de eternidad. La eternidad no corresponde a ninguna realidad humana, o sea que la experiencia no nos sugerirá jamás esa realidad. Pero sin embargo tenemos el concepto, y eso sugiere que la realidad no vista tiene que existir. A ver si me explico mejor. Todo lo que el hombre ha aprendido desde el principio de los principios está basado en cosas que antes ha visto o sentido, sea con placer o con dolor. Todas las ciencias, de la química a la medicina, de la ingeniería a la arquitectura, de la guerra al derecho, se basan en cosas que el ser humano ve —o puede ver mediante instrumentos— o bien puede calcular o medir.

—Cierto.

El abogado Marcos Solana siguió:

—Podría resumirlo todo diciendo que lo que no está en el universo no está en el hombre. El universo aún no lo dominamos, por supuesto, pero estamos siguiendo algunos caminos para hacerlo.

—También es cierto.

—Sin embargo, hay dos cosas que el hombre no ha encontrado nunca en el universo, y por lo tanto no tiene sobre ellas experiencia directa. Una de ellas es el alma. Nadie ha visto jamás un alma, nadie la ha pesado o medido, y sin embargo creemos en ella de una forma muy general. Otra es la inmortalidad. No hemos visto jamás nada eterno, pero hemos trasladado la eternidad incluso a fórmulas matemáticas.

—Todo eso es religión —murmuró el padre Olavide—. Dele el nombre que quiera, pero es religión: sin alma no hay eternidad. Yo no tengo derecho a poner en duda ni lo uno ni lo otro, aunque supongo que usted se refiere a algo distinto.

—Así es. Me refiero a que el hombre puede crear conceptos sobre cosas que nunca ha visto o sentido: por ejemplo, puede crear el número cero, que es una abstracción total. Y puede crear el concepto de infinito, que también lo es. ¿Qué vínculo tiene esto con las religiones? Ninguno. Por eso he pensado muchas veces que si el hombre concibe la eternidad es porque de un modo u otro la eternidad existe.

La viuda se puso entonces en pie. Seguía siendo una radiografía, pero ahora, con el movimiento, tenía al menos tres dimensiones. Miró a los dos hombres y cerró los ojos.

—Mi marido creía exactamente eso —dijo—, y muchas veces me hablaba de la eternidad. Quería estar ligado a ella de alguna forma, al margen de sus sentimientos religiosos, que quizá en el fondo no tenía. Pero sin embargo, hay en los detalles de su entierro algo que les sorprenderá, amigos míos, y que figura en su testamento. Cuando lo abran, lo leerán. De todos modos, es ahora cuando voy a decírselo. Quiere ser enterrado junto a una extraña piedra negra que le compró hace muchos años a una especie de buhonero que dijo haberla sacado de un antiguo cementerio que...

Y se interrumpió antes de seguir hablando.

Porque en aquel momento un grito ululante, que no parecía proceder de una garganta humana, llegó desde el fondo de la casa.

6

LA SANGRE DE LOS MERCADOS

Un clérigo muy piadoso, que visitaba a mi madre de vez en cuando y la bendecía después de fornicar, me tomó cariño y me hizo participar en las rogativas por la lluvia, ya que los huertos no se podían regar. Aunque existían grandes proyectos, me explicaba aquel hombre mientras se vestía: por ejemplo, un plan municipal de 1401 proyectaba traer agua desde el Llobregat, que era un río cristiano y constante, mientras que el Besós, al otro lado de Barcelona, era caprichoso e indigno de confianza. Pero sólo la misericordia del Señor podía salvarnos, porque ambos ríos estaban muy lejos y además recibían aportaciones indecorosas, como, por ejemplo —decía el clérigo—, la orina humana. Y además —añadía— en esos sitios es imposible que sea orina de santo.

Nosotros mismos vivíamos en la más absoluta fetidez. La gente orinaba en cualquier sitio y las defecaciones mayores se hacían en la casa, en un corral contiguo donde había algunas bestias. No era raro que cinco o seis personas lo hicieran conjuntamente, unas al lado de otras. El excremento se mezclaba con la paja y a veces era motivo de riqueza, porque los labradores de los campos contiguos lo compraban para abono. Según la abundancia y calidad, subían y bajaban los precios.

De todos modos, la casa en que vivía era, según aprendí más tarde y con gran sorpresa, una casa docta. No sólo venían a fornicar los clérigos, que a veces hablaban largo rato con las pupilas y les daban consejos sobre la vida eterna, sino que en algunas ocasiones los representantes de los gremios se reunían en una de las habitaciones para discutir de los asuntos del trabajo, y las mujeres como mi madre se enteraban de muchas cosas. Siempre supuse que los representantes de los gremios se reunían allí porque eran tan pesados que sus esposas los habían echado de casa.

Así aprendí, por ejemplo, que los habitantes de Barcelona eran mucho más libres que los labriegos de las cercanías, porque no estaban sometidos a la obediencia feudal. Pero en cambio comían peor, y si querían ejercer un oficio debían someterse a las normas de los gremios. Éstos eran implacables, y además nunca se ponían de acuerdo. ¡Cuántas veces he oído sus discusiones a la luz de un candil mientras mi madre contaba las monedas que tenía ahorradas para instalar mi cara en el dintel de la entrada! ¡Cuántas veces me he dormido durante horas sobre el camastro mientras ellos no cesaban de discutir…!

Era un cambalache. Cada uno de los gremios quería tener el derecho a fabricar determinadas piezas sin que pudiesen fabricarlas los demás: por ejemplo, los carpinteros querían intervenir en la fabricación de espejos, basándose en que cada espejo digno de ese nombre llevaba un marco de madera. Pero los vidrieros decían:

—¿Ah, sí? ¿Es más importante el marco que el cristal?

Y los fabricantes de tintes y pinturas:

—¿Y para qué serviría un cristal si no lo convirtiera en espejo el mercurio?

De tanto oírlos, llegué a entender muy bien que aquellos hombres defendieran con ahínco su oficio, pues habían llegado a él tras grandes sufrimientos. Superados largos años de aprendizaje, se les sometía a un riguroso examen, y aún después, cuando ya eran maestros, sufrían frecuentes inspecciones oficiales y se les obligaba a repetir las piezas mal hechas, por complicadas que fuesen. Creo que si alguien llega a escribir la historia del trabajo en mi ciudad llegará a la conclusión de que la época más dura y honrada fue la de los gremios, pese a que luego he conocido otras que no sé si en cierto modo fueron peores. Mi madre, en cambio, decía riendo que aunque ella hiciera el trabajo mal no la obligaban a repetirlo, lo mismo que le pasaba al verdugo.

No sabía ella con qué amargura recordaría luego estas palabras.

Mi madre —quizá porque ya había perdido a dos

hijos— me amaba con locura, de un modo irracional, visceral, con un amor que no estaba hecho de los sentimientos de su corazón, sino de la sangre de sus venas. Y yo pronto me di cuenta de que no merecía ese amor.

Era sumiso y callado, es cierto, pero presentaba dos gravísimos problemas:

El primero era que yo tenía cara de viejo. A los cinco años ya se me habían formado unas facciones de veinte que, eso sí, fueron ya inalterables. Así que exhibía una cara de persona mayor, lo cual, en opinión de las otras putas, las matronas y los clérigos, era indicio de evidente brujería. Y por eso mi madre empezó a tener fama de bruja. Y por eso «la carassa» que llegó a haber sobre la puerta no era la cara de un niño, sino la de un hombre, un hombre con una sonrisa sardónica. El escultor que la trabajó debió de ver algo en mí y así me hizo, aunque mi madre se opusiera. El escultor dijo: «Hay cosas que yo veo y que usted no verá jamás».

Tal vez el artista que trabajó mi cara vio lo que no veía nadie, vio el segundo gravísimo problema.

Creo que jamás lo desveló nadie. Pero tal vez me equivoco.

El caso era que yo, un chiquillo insignificante, mamé de mi madre hasta los cinco años, hasta hacerle sangre en los pechos; cuando a ella se le retiró la leche, hizo que me amamantasen otras. Pero lo que no sabía era que por las noches, mientras los clientes la maltrataban, me deslizaba por las murallas, antes de que cerraran las puertas, y pasaba horas en el interior de la ciudad, hasta que amanecía y las abrían de nuevo. Durante ese tiempo llegaba casi a rastras hasta los pestilentes mercados, donde eran sacrificadas las reses. Allí la suciedad era impresionante. Peor resultaba aún, sin embargo, en los mercadillos del exterior de las murallas, donde todo era más barato pero no existía el menor control higiénico, y donde las reses enfermas —las que normalmente no eran admitidas en el interior de la ciudad— eran sacrificadas sin vigilancia alguna. La sangre, las pieles, los despojos y las basuras se amontonaban en cualquier rincón junto con los restos de la degollina. Una vez allí, y a causa de mi pequeño tamaño, me era fácil deslizarme entre los tenderetes y beber algo de la sangre de los animales sacrificados, que goteaba hasta el suelo. Nunca me sorprendieron, y aun en el caso de que lo hubieran hecho es posible que no me hubiese ocurrido nada. Eran bastantes los que bebían sangre recién vertida por consejo de los físicos, los cuales creían curar así desde la tuberculosis hasta la esterilidad, desde las fiebres hasta la impotencia.

Cuando mi memoria repasa aquellos años, pienso que la vida era insoportable, y si logré superarlo todo fue gracias a los horarios de mi madre, que siempre intentaba estar conmigo, y a su cariño. Digo lo de los horarios porque no existían: ella siempre estaba a disposición del dueño de la casa, y muchas veces no podía controlarme. Eso le impedía darse cuenta de que yo siempre intentaba salir después de ponerse el sol. Estar a su lado durante las horas claras del día lo interpretaba como una muestra de cariño, y ahora pienso que en realidad lo era.

Aunque el cariño de verdad me lo tenía ella, y eso hizo mi existencia soportable. Pero de pronto todo cambió. Fue a los siete años cuando cometí mi primer error, un error que transformó mi vida, porque empezó con sangre y terminó con sangre.

7

UN GRITO EN EL SILENCIO

Sentado en una butaca de su elegante despacho, Marcos Solana recordó el alarido oído la noche anterior en casa del difunto. Entre un silencio barcelonés que los ricos pagan a peso de oro y la quietud de las palmeras, el grito parecía haber atravesado todos los muros. Cuando él y el padre Olavide alcanzaron la planta baja, una de las criadas más antiguas había caído al suelo y estaba al borde de perder el sentido. Pero no había sufrido ninguna agresión. Simplemente había visto algo que no encajaba en su cerebro de mujer sencilla cuya familia, por la gracia de Dios, ya llevaba tres generaciones sirviendo.

La vieja criada había visto llegar desde el fondo del jardín, a través de la oscuridad, al médico que atendió a su padre muchos años antes, cuando éste murió. El padre había sido mayordomo de la finca, y por aquel entonces la criada era una niña que dormía en el sótano, aunque tenía el privilegio de corretear por el jardín y colgarse del cuello de los enormes perros de guardia.

Y ahora recordaba con nitidez aquel rostro, el del hombre que había visto atender a su padre. Pero desde entonces habían transcurrido más de cuarenta años, de modo que era imposible que el médico tuviese la misma cara. Y además, ella sabía que ya estaba muerto.

Una vez recuperada, le habían hecho describir la cara de aquel extraño visitante de la noche. A esas alturas, Marcos Solana estaba ya seguro de que era el mismo médico que había visto en la vieja fotografía del Hospital Clínico.

Pero los hechos incomprensibles no habían terminado aquí.

Al día siguiente, habían encontrado en el jardín una lámina con un dibujo que la tarde anterior, sin duda, no estaba allí. Se trataba de un papel pequeño y especial, marca Guarro, poco granulado, en el cual había un apunte. Quien hizo ese apunte tuvo que realizarlo en la oscuridad, lo cual dejaba claro que era alguien que veía bien por la noche.

El abogado recordaba el boceto perfectamente. Se trataba del rostro de un hombre, pero no de un hombre actual, sino más bien la reproducción de una estatua. ¿Podía ser un rostro romano? ¿O medieval? En cualquier caso había en él algo de pétreo, antiguo y, por supuesto, muerto. Y, sin embargo, nada había tan vivo como el rostro de aquel hombre.

Reía. Estaba desmelenado, parecía de corta edad y sus ojillos rapaces, llenos de vigor, miraban con insistencia. Se trataba, evidentemente, de alguien satisfecho: satisfecho siglos atrás, se estaba diciendo el abogado. Y lo curioso era que él, aficionado a los museos, experto en arte y conocedor de casi todas las estatuas que hoy pueden verse en el país, no recordaba absolutamente nada que tuviese relación con esa cara.

Sin duda, el misterioso dibujante había trazado sus rasgos por la noche y de memoria, pero según un modelo que existía o había existido alguna vez.

Y ahí terminaba todo.

O mejor dicho, no terminaba nada.

8

UNA HORCA EN LA RAMBLA

La historia que empezó con sangre arranca con la historia de una niña.

Yo acababa de cumplir los siete años. No conocía mi edad, pero mi madre la había calculado contando las lunas, sin saber que el experto en lunas era yo. Tampoco sabía mi madre que me sentía atraído por la sangre y por la oscuridad: junto a ella sólo comía el pan y las verduras que nos daban en la casa, pero eso no me daba fuerzas ni ganas de vivir. La verdadera vida la encontraba por las noches, entre la sangre que goteaba de las reses.

Hasta que hice algo distinto: ataqué a un ser humano. La niña era una mendiga de las murallas, seguramente hija de una esclava como yo, y dormía cerca de las Atarazanas cuando me abalancé sobre ella; creo que no llegó ni a verme porque le tapé los ojos mientras le mordía el cuello. No quise matarla, juro que no quise matarla pese a lo fácil que me habría sido dejarla sin sangre. Pero ocurrieron dos cosas.

La primera fue que alguien de las cercanías acudió al oír un gemido. En aquella época los barceloneses dormían con un ojo abierto, siempre alerta, y se ayudaban a la menor señal de peligro, pese a que pocos extraños lograban entrar en el laberinto de sus callejas. La primitiva ciudad romana —dos calles principales que se encontraban en forma de cruz— había sido sustituida por un verdadero rompecabezas que pocos forasteros lograban dominar y que daba seguridad a sus habitantes. De modo que no era extraño que alguien me sorprendiese.

La segunda se debió sencillamente a mi imbecilidad. Aunque el sitio me parecía lo bastante oscuro, realicé el ataque bajo uno de los balcones que se alquilaban para ver los espectáculos y donde siempre había alguien en las noches de calor. Esos balcones tenían tal demanda que mucha gente pedía permiso para ampliarlos, porque la ciudad era cada vez más rica y la afición a las diversiones crecía, pero el Consejo de Ciento, que deseaba una Barcelona discreta y tranquila, se negaba a que pudieran hacerse más grandes. Así que me vieron y dos hombres comenzaron a perseguirme. Conseguí huir por la Puertaferrisa, aprovechando que salía un viático, pero los tipos siguieron detrás de mí.

La imbecilidad consistió en dirigirme al Raval, más allá de la muralla, y correr al lupanar donde estaba mi cara esculpida sobre un muro y donde trabajaba mi madre. Tampoco me daba cuenta de que mis manos se habían empapado con la sangre de la niña e iba dejando un reguero de gotas, fácil de seguir para unas gentes acostumbradas a la oscuridad. El caso fue que me encontraron refugiado en brazos de mi madre.

Creo haber dicho antes que la habían acusado varias veces de brujería, y brujas eran, por ejemplo, las que sacaban sangre a los niños para sus ritos. Con esta acusación había bastante para condenarla, si además era una esclava. Y peor aún si, para que nada faltase, era una mujer pública con un hijo que no tenía cara de niño, sino de hombre.

Era demasiado para unos siervos de la fe como los que me habían estado persiguiendo. Las mujeres del burdel —que se fijaban en todo— y los clientes —que no se fijaban apenas en nada— habían atribuido mi aspecto a una enfermedad; a excepción de mi madre, todos esperaban que, enfermo como estaba, me muriese pronto.

Pero los hombres que me habían perseguido —y los que llegaron después, atraídos por los gritos y la mala fama del lugar— no estaban acostumbrados a verme, y menos manchado de sangre, de modo que enseguida proclamaron que aquello era un acto de brujería. Y el culpable era yo, y por encima de todo mi madre, que había engendrado al pequeño monstruo.

Han pasado siglos, pero recuerdo aquella escena tan claramente como si la estuviese viviendo hoy: la casa con mi imagen en piedra sobre la puerta, la primera habitación donde siempre estaban los dueños de la casa para vigilarlo todo, el patio con animales que daba a los pequeños cubículos donde se practicaba el sexo y sobre todo, el jergón en el que había nacido yo, con mi madre abrazándome entre lágrimas. Aunque aquel día había una pequeña novedad: sobre el catre descansaba una piedra casi negra donde cayeron unas gotas de mi propia sangre. Me había herido en la cara mientras intentaba ocultarme entre las zarzas.

Si algo faltaba para que acusasen a mi madre de brujería, aquella piedra acabó de estropearlo todo. No tenía la menor lógica que estuviera allí, y si estaba allí era porque la había traído el diablo.

Mi madre, intentando aclarar la situación, la ennegreció todavía más. Dijo que se la había traído para que la guardase uno de sus clientes, que era alquimista. Según él, la piedra era más antigua que la misma Tierra, había caído del cielo y guardaba secretos dignos de estudio. Para eso pensaba utilizarla el alquimista.

Alquimista…

Palabra nefanda.

Todos tenían fama de dedicarse a la brujería, eran sospechosos de crímenes y algunas veces acababan en la hoguera. Vivían solos y escondidos, aunque se decía que algunos eran admitidos en ciertos conventos si prometían dar con la piedra filosofal.

Mi madre jamás debió haber pronunciado la palabra «alquimista». Jamás debió defenderme asumiendo la culpa de todo lo que yo hacía. Jamás debió permitir que vieran mis manos manchadas de sangre.

—¡Eres tú la que lo ha enviado a atacar a la niña! ¡Eres una bruja! ¡Y si éste es tu hijo, es un vástago del diablo!

—Todo el mundo lo conoce aquí —se defendió ella—. Siempre ha tenido la misma cara.

—¡Entonces dinos quién es el padre!

—No lo conozco.

—¡Dinos si lo conocen tus dueños!

—Ellos menos que nadie. Estando aquí, es natural que tenga hijos. Dos de ellos ya han muerto.

—¡Entonces el padre pudo ser ese renegado alquimista! ¡Danos su nombre! ¡Dinos dónde vive!

Mi madre tampoco lo sabía. Ninguno de sus clientes, incluso los más habituales, le daba su dirección, y a veces hasta falseaban su nombre. Se puso a llorar implorando compasión.

Fue lo peor que podía haber hecho.

Las brujas siempre imploraban compasión. Nunca ofrecían pruebas de su inocencia. Sólo lloraban. O mostraban su verdadero rostro y maldecían cuando ya estaban en manos del verdugo y nada tenía remedio.

Enseguida me di cuenta de que estaba perdida. Porque entre las caras de los hombres que iban llenando la habitación vi las facciones del Otro.

No podía recordarlo. No podía tener memoria de él. Había tratado de matarme junto a mi madre cuando yo acababa de nacer, así que era imposible que conservase alguna imagen.

Pero mi madre, temiendo que volviera, me lo había descrito tantas veces que lo reconocí. Era alto, enjuto, con ojos de iluminado, joven, con un cierto aire de siervo destacado de Dios. Muchos clérigos que predicaban en las iglesias más nobles tenían aquel aspecto, pero él no iba vestido de clérigo. Llevaba prendas oscuras, severas y elegantes, como los comerciantes ricos o los miembros del Consejo de Ciento, aunque lo que impresionaba era su rostro sin edad, un rostro que en cierto modo se parecía al mío.

Me di cuenta de que mi madre también lo había reconocido.

Y empezó a chillar de nuevo, presa del terror, porque no entendía nada. Los años —los siglos más bien— me han enseñado que no te puedes defender de algo que no comprendes. Y mi madre había visto, años antes, cómo aquel hombre intentaba matarnos a los dos, pero no sabía por qué. Y cuando lo vio de nuevo allí supo que estaba perdida para siempre.

Se puso de rodillas y empezó a llorar de nuevo, implorando piedad. En nombre de Cristo: piedad. En nombre de la Virgen: piedad. Piedad en nombre de la Santa Iglesia.

No hay nada que irrite más a los creyentes fanáticos que el uso del nombre de Dios por parte de los que no creen. Yo aprendí eso más tarde, pero en aquel momento tuve ya motivos para aprenderlo. Los que llenaban la habitación empezaron a patearla, a llamarla puta, bruja e infiel, esclava y agente de Satanás, porque llevaba a los hombres al pecado. Nadie se preguntó entonces, y menos yo, cuánto dinero llegaban a obtener las autoridades de las mancebías de Barcelona. Mi madre, envuelta ya en sangre, intentó protegerme con su cuerpo, pero eso fue aún peor. Sonó un grito:

—¡La bruja protege a su cómplice!

—¡Muerte a los dos!

—¡A muerte!

El Otro avanzó a través del gentío y me tomó entre sus manos. No le costó ningún esfuerzo, porque todos le abrieron paso como a una autoridad. Sé que nunca olvidaré esas manos fuertes, grandes, duras como las de un leñador y frías como las de un muerto.

—Deben ser quemados —dijo—. Para las brujas, es la ley de Dios.

El dueño de la casa se puso a aullar diciendo que la esclava era suya y que tenían que pagársela, pero no sirvió de nada. El Otro, que era alto y fuerte, lo lanzó al suelo de un empujón y le preguntó si quería ser quemado también. Entre todos empezaron a arrastrarnos hacia la puerta.

Fue entonces cuando el clérigo habló. El clérigo —que tenía un puesto en el coro de la catedral— era uno de los clientes de mi madre, el que después de yacer con ella nos explicaba anécdotas sobre la vida de la ciudad encerrada en sus murallas. No podía ser un hombre perfecto porque profanaba a Dios, pero mi larga vida me ha enseñado que hay que temer a los hombres perfectos: quizá al no tener compasión de sí mismos, no tienen compasión de nadie. Los frágiles, los pecadores, los que tienen una debilidad, comprenden mejor las debilidades de los otros. Y aquel hombre, que amaba las pobres carnes de mi madre, pensó que no merecían acabar en la hoguera. Trató de decir que mi madre no era una bruja. «¡Las brujas tienen poder, y ya veis que ella no es más que una esclava!»

—Pues entonces el brujo es su hijo.

—No podéis hacer nada contra él. Los niños no pueden ser condenados a muerte.

No era verdad. A muchos niños se los había ahorcado por robo, y siglos más tarde supe que en la plaza Mayor de Madrid fueron ahorcados niños de siete años por haber pasado una frontera monetaria: robar más de un real. Como sospechoso de brujería, yo podía seguir la suerte de mi madre. Sobre todo cuando El Otro gritó:

—¡Él es el principal culpable!

Nos sacaron de allí arrastrándonos y nos condujeron a una mazmorra que estaba en una de las pocas plazas de la ciudad, la llamada plaza de San Jaime. Siglos más tarde, al lado mismo, estaría instalada la Audiencia de lo Criminal, donde se dictaron numerosas penas de muerte, pero yo entonces no podía ni imaginarlo. Se aprovechó que se estaba celebrando junto a la catedral un juicio por brujería. Fuimos añadidos a los otros dos acusados —lo que nos libró del tormento—, y mi madre, deseando salvarme, se declaró culpable.

La condenaron a morir. Yo fui absuelto por mi corta edad, y en parte también porque las lágrimas de mi madre, y su desgarradora confesión, hubiesen enternecido hasta a las puertas de las murallas. En cambio, se me expulsó de la ciudad y se me desposeyó de todos los derechos que tenían los ciudadanos de Barcelona —entre ellos el de ser libres—, de modo que cualquiera podía cazarme como a un animal. En la práctica, eso significaba, a falta de cosas peores, que el dueño de mi madre podría considerarme su esclavo.

Ni una palabra salió de mis labios cuando la condenaron por brujería. Ni una lágrima saltó de mis ojos cuando la sentenciaron a morir. A veces, cuando recuerdo aquello, pienso que no sentí absolutamente nada, como si estuviese por encima del tiempo. Cuando pienso en Dios, también me siento así: ante alguien que no siente nada por nosotros porque también está por encima del tiempo. Era también como si mi madre no existiera y sólo existiera mi padre, al que sin embargo no había conocido nunca.

Las ejecuciones solían hacerse ya en sitios alejados y no en la Rambla, que era lugar demasiado público, notorio y bullanguero al que daban directamente varias puertas de la muralla. Pero con mi madre no pasó eso: la mataron en el Llano de la Bovería, una vez que el tribunal eclesiástico la dejó en manos del poder civil para que ejecutase la sentencia.

Había sobre eso —lo supe luego— un antecedente no muy lejano. En junio de 1451 había sido colgado en las horcas de las huertas del Llano de la Bovería un pañero acusado de diversos hurtos. Su nombre era Pedro Colom, y sus familiares, también comerciantes, se unieron para pedir algo que los familiares no suelen pedir nunca: que la ejecución se llevara a cabo inmediatamente. ¿Por qué? Para impedir que el acto fuese anunciado y, por lo tanto, para evitar al reo la vergüenza de la presencia de público. Los Colom eran gente poderosa, y entre ellos figuraban eclesiásticos y mercaderes riquísimos. Un canónigo Colom había legado sus bienes para la construcción del Hospital de la Santa Cruz, aunque entonces aún no tenía ese nombre. Por tanto, podían conseguir aquel favor.

Y lo consiguieron en parte. Colom estaba ya en la horca, sin anuncio público alguno, cuando llegó la orden del Consejo de Ciento para que se le devolviera a la cárcel y se le ejecutara al día siguiente, en presencia del pueblo. No debía haber excepción para nadie ante el rito de la muerte.

Pese a mi corta edad, yo sabía eso.

Y de los ritos de la muerte llegué a saber mucho más. Por ejemplo, de la ejecución de Blas de Durana, un alto militar que en 1855 había asesinado por celos a una mujer casada y que ante la sentencia de muerte pidió como última gracia ser fusilado y no acabar en el garrote vil, que significaba la muerte deshonrosa. Al serle negada esa gracia, sus compañeros de armas le facilitaron en secreto un veneno, y Durana se suicidó en su calabozo de la Ciudadela. Pero la sentencia se cumplió como estaba previsto: en el garrote vil fue «ejecutado» el cadáver.

Aunque para que yo supiese eso habían de transcurrir aún varios siglos.

De momento, yo sólo quería evitar que mi madre sufriese una muerte horrible.

Porque la mayor parte de las veces, y cuando se trataba de condenas por brujería, a los reos se los quemaba vivos.

Y hasta en ocasiones se los quemaba con leña verde, para que las llamas los devoraran más lentamente. Pero los clientes de la mancebía —que ya he dicho eran con frecuencia gente ilustrada y culta, ungida por la mano de Dios— habían comentado delante de mí, creyendo que no les oía, que en realidad la hoguera con leña verde era piadosa, pues el sentenciado, antes de sufrir de verdad las llamas, ya había muerto por el humo. Y en este catálogo de obras de caridad también me habían hablado, por ejemplo, de que los verdugos, si recibían una cuantiosa propina, fingían ordenar bien la leña con un largo hierro, acercándola al condenado, pero lo que en realidad hacían era pasar la punta por entre las ramas, sin que nadie los viese, atravesando con ella el corazón del reo. Así le ahorraban los sufrimientos del infierno.

Mi madre se libró de eso, quizá porque mi ciudad era más piadosa que otras o quizá porque alguno de los jueces había sido su cliente en los días no dedicados al Señor. La condenaron a morir en la horca, es decir, sólo con un relativo sufrimiento, pero en uno de los lugares más públicos de la ciudad.

Ése fue mi primer contacto con el tormento, aunque yo no llegué a presenciarlo, ni pude ver, por tanto, cómo El Otro ceñía la soga al cuello de mi madre. Ya no era más que un fugitivo al que iban a perseguir por toda la ciudad. Y tenía que salvar mi vida.

9

EL RITO

En el norte de España hay una población que se llama Santillana del Mar. Recibe tantos turistas y acumula tantas bellezas que no le faltan envidias, y menos gente que se burle de ella. Por tal razón existe una frase famosa según la cual el nombre de la villa es embustero, porque no es santa, no es llana y tampoco tiene mar.

En Santillana existe un museo muy visitado que es el Museo de la Inquisición: los turistas acuden en tropel, quizá porque el horror del pasado dota al presente de una cierta sensación confortable. El museo exhibe delicados instrumentos de empalar, pinzas de hierro al rojo, ruedas para estirar los huesos y camas con garfios que dejan atravesado al huésped. Con tales instrumentos se garantizó durante siglos la caridad cristiana y la pureza de la fe.

En el mundo abundan, por supuesto, los museos de esa clase, pero el de Santillana del Mar es uno de los más completos, y además se halla en un edificio de época, con lo cual aumenta la convicción de los creyentes. Como es natural, hay instrumentos de tortura literalmente aterradores, hechos para despedazar un cuerpo humano, y otros más livianos, hechos sólo para despedazar su alma. Entre éstos figura una gran variedad de cepos con los cuales se inmovilizaban las manos y la cabeza de la víctima, y así expuesta recibía los insultos, los escupitajos y la orina del pueblo soberano. El cepo fue tan ampliamente usado en todas las épocas por creyentes y no creyentes que la Inquisición nunca ha presumido de su invento, y más bien lo tuvo catalogado entre el material profano.

No hay quien no haya visto el uso de un cepo en dibujos o en películas, y tampoco hay quien no lo considere un instrumento de otros tiempos, sin la menor actualidad. Puede que figure aún en el arsenal de algún sadomasoquista, pero de eso no se habla.

Lo que estaba ocurriendo en aquella habitación de las afueras de Barcelona podía parecer, en efecto, un ritual de sadomasoquismo, puesto que no faltaban los elementos esenciales. En primer lugar la oscuridad y el secreto: la habitación estaba cerrada y se encontraba en el sótano de un viejo chalé de Vallvidrera situado en la pineda y a cien metros de distancia del vecino más próximo. Sin embargo, el lugar no estaba lejos de la civilización, ni mucho menos, pues la paredes del sótano recibían a intervalos las vibraciones cuando pasaba un convoy de los Ferrocarriles de la Generalitat.

Seguían en la cadena los otros elementos esenciales:

un látigo, una alfombra y una mujer joven apresada por el cepo. La mujer estaba completamente desnuda, de rodillas sobre la alfombra y con la cabeza y las manos apoyadas en ella. Naturalmente no las podía mover, puesto que el cepo las apresaba, y en esa postura ofrecía al espectador, muy alzadas, sus poderosas nalgas.

Reforzando esta impresión de rito sexual, un hombre relativamente joven se encontraba en pie detrás de la mujer, también desnudo, y exhibiendo una potente erección. Cualquier espectador de la escena podía suponer lo que era obvio: el empalmado propinaría una serie de latigazos sobre las nalgas de la chica y luego la penetraría. Pero había tres circunstancias que no encajaban en una situación tan obvia.

Una de ellas era que había un espectador en la pequeña habitación. Era otro hombre, de una edad indeterminada, pero éste iba completamente vestido, incluso con una cierta elegancia sobria.

Eso era lo primero que no acababa de encajar, pero muchos expertos en esa clase de ritos —por otra parte anunciados en periódicos solventes— habrían dicho que sí encajaba. Tales ceremonias atraen la atención de los *voyeurs*, y por tanto no era tan extraño que alguien —quizá un impotente— pagara por presenciar la escena.

Lo cierto era que el hombre estaba inmóvil, observando.

El segundo punto quizá también habría originado una discusión entre los expertos: se trataba de la mujer. Era muy joven y bonita, y las mujeres jóvenes y bonitas suelen tener otras pretensiones y no se someten al castigo.

Aunque eso depende —seguirían diciendo los expertos— porque a veces la sumisión es vocacional. Los expertos se fijarían también en otro detalle: la muchacha era una inmigrante color canela, es decir, de sangres mezcladas, y muchas inmigrantes pobres se tienen que someter a lo que se les ofrezca. Eso haría que, para muchas buenas gentes entendidas, la situación resultara lógica.

Sin embargo algo chocaba en el aire, algo no cuadraba en aquella penumbra y en la muchacha sometida.

Este tercer detalle estaba en la cara simiesca del tipo que se disponía a acometerla, en su piel llena de cicatrices y de tatuajes. Excepcionalmente un tipo de esa clase puede ser un hombre de fortuna (cada semana hay loterías y quinielas), pero bastaba verlo para llegar a la conclusión de que se había pasado la vida como carne de presidio. En circunstancias normales, aquel tipo no podría pagar lo que costaba la ceremonia.

Claro que bien podía habérsela pagado el otro, el misterioso espectador.

Había algún detalle más que podía llamar la atención de un experto (los expertos son abundantísimos entre los lectores de revistas del género), detalle que consistía en el no uso del látigo: el hombre desnudo empuñaba los dos extremos de una soga, y eso parecía desconcertarle. Fue entonces cuando el hombre vestido, el que estaba a un lado de la habitación, le dijo con voz metálica:

—No necesitarás volver del permiso carcelario. Sabes que tienes garantizada la salida del país y una suma que te permitirá vivir bien al menos un año. De modo que no esperes más.

La chica lo oía todo, pero no se movía. A ella también le habían prometido que podría vivir durante un año. Y después de todo, nadie la iba a matar.

La voz metálica insistió:

—Hazlo.

El miembro, que estaba vibrando en el aire, se acercó a la espalda de la mujer. De la garganta del hombre escapó un gruñido. Pero la voz llegó escueta desde el lado de la habitación.

—No.

—No ¿por qué?

El hombre desnudo estaba a punto de saltar de rabia. No lo entendía. Y la voz que surgía de la penumbra dijo entonces algo que en aquella situación era inaudito, que no tenía sentido.

—Porque el sexo es pecado.

—Pero...

—Hazlo. Sabes que te conviene por el dinero y la libertad. Luego podrás buscarte a otra mujer, cuando yo no lo vea.

La boca simiesca se torció. Los ojos brillaron febrilmente. Cualquier espectador se habría dado cuenta de que tampoco le disgustaba hacer lo que haría.

Las manos pasaron la soga por el cuello de la muchacha indefensa, la cruzaron sobre su nuca y apretaron salvajemente empezando a estrangularla. El cepo dificultaba la operación, pero el asesino era lo bastante hábil y fuerte para que le bastara una porción de cuello.

La víctima, asombrada, no llegó ni a gritar. Murió sin entender nada. Todo duró apenas unos segundos.

El asesino se volvió. Sus ojos indicaban hasta qué punto había disfrutado. Ahora su erección era máxima.

Y se encontró entonces con los ojos del otro.

Quietos.

Helados.

Impenetrables.

—La policía se asombrará al encontrarte así —musitó—. A lo mejor te llevan a un museo.

Y hundió la daga de un solo golpe en el corazón del simiesco tipo.

Precisión de joyero.

Sólo un sonido seco.

Sólo unas gotitas de sangre.

El hombre bien vestido ni se manchó.

Las paredes vibraron un momento. Uno de los ferrocarriles acababa de pasar.

Giró sobre sus talones y consultó su reloj. Si se daba prisa aún llegaría a tiempo a la estación para coger el siguiente tren.

Un día después, cuando los cadáveres fueron descubiertos por una mujer de la limpieza, la policía pensó que lo resolvería con facilidad.

El propietario del chalé era identificable. Se trataba de un alemán que lo tenía alquilado para los veranos con servicio de administración y limpieza. Es decir —precisó enseguida la policía—, no era propietario, sino inquilino. La propietaria era una agencia que poseía muchos edificios así, y no podía garantizar, por lo tanto, que todas las llaves estuvieran controladas. Pero todos sus agentes tenían coartada, y por supuesto también la tenía el inquilino alemán. El día anterior había estado en un hospital para un examen rutinario.

O sea que no tan fácil.

Pero por el lado de las víctimas sí que lo era. El hombre, un violador y asesino al que acababan de dar su primer permiso carcelario. Una ficha más larga que un discurso cubano. La chica, una pobre inmigrante sin papeles que había ejercido la prostitución de bajo precio en la calle Robadors y con problemas con las drogas. A veces la ayudaban para su desintoxicación en una institución religiosa.

O sea que no tan difícil.

Y las huellas. Huellas por todas partes: las de los dos muertos y las de alguien que, sin duda, estaba vivo. Por allí se iba en línea recta al éxito.

O sea que cada vez menos difícil.

Además, las huellas del vivo aparecieron en los archivos. Pero eran las de un industrial del textil que ya era rico en los años veinte, antes de la Dictadura de Primo de Rivera, y que se había visto involucrado en la muerte de un sindicalista. Tan honorable personaje tenía que estar, sin duda, diez veces muerto, aunque no constaba en ninguna parte su acta de defunción.

O sea que no tan fácil.

10

LA CIUDAD OCULTA

En la época en que fue ahorcada mi madre los clérigos vivían bien y no tenían grandes cosas en que pensar, excepto en si llegarían a la santidad o no, lo cual reconozco que es una preocupación diaria y muy importante. Por eso se enzarzaban en discusiones sobre cuál era la iglesia más antigua de Barcelona, dentro de las murallas, y se había llegado a la conclusión de que era la de los santos Justo y Pastor, entre otros méritos porque estaba edificada en un terreno regado por la sangre de los mártires y porque contenía los restos del obispo San Paciano. Se consideraba que era incluso más antigua que la primera catedral, en cuyos cimientos fueron empleadas piedras de la primera muralla romana. Eso me había hecho comprender, ya a mi edad, que todo se aprovecha y que ningún edificio es eterno en este mundo.

La discusión se agudizó cuando se tuvo que decidir el destino dado a la extraña piedra hallada en el lecho de mi madre, y en la que yo había dejado la marca de mi sangre. Era evidente para algunos que una piedra hallada en el lecho del pecado, y además traída por un alquimista, tenía que ser destruida, pero ¿quién se atrevía con un material tan duro? Y además, ¿no merecía ser conservado un pedrusco tan antiguo? ¿Y dónde mejor que en una antiquísima iglesia, que además la purificaría?

El párroco de San Justo y Pastor, hombre leído, decidió que ésa era la mejor solución, y la piedra fue protegida bajo un altar, en la creencia de que así no acabaría nunca más en la cama de una puta. De modo que yo no vi nunca más a mi madre, enterrada en la fosa común de las Moreres, ni volví a ver la piedra.

Si quería sobrevivir y no morir como un esclavo en la casa donde mi madre había sido tantas veces poseída, debía escapar a toda prisa. Tengo que reconocer que no fue difícil, pues nadie me vigilaba especialmente, al ser sólo un chiquillo que no tenía adónde ir. La primera noche después del entierro de mi madre la pasé en la casa donde se suponía que tendría que estar, el prostíbulo sobre cuyo dintel estaba mi rostro.

Fue esa misma noche cuando conocí al verdugo. Éste, que resultó ser un pobre hombre cargado de hijos y que cobraba a tanto por ejecución, vino a verme para pedirme perdón. Dijo con humildad que yo era el único pariente de la ahorcada, y que por eso tenía que disculparse ante mí, por no haber ceñido personalmente el lazo, como era su obligación. Hombre experto en el oficio, me juró que ninguno de sus condenados había sufrido. Sabía calcular bien la longitud de la cuerda, de modo que el cuerpo, al retirarle el apoyo, tuviera un instante de caída libre, el suficiente para que se le rompiesen las vértebras del cuello y se produjera así la muerte instantánea, o casi. Precisó bien: o casi. Para ello, era mano de maestro que el nudo de la soga estuviera bien colocado, justo debajo de la oreja izquierda, para que apretase donde tenía que apretar. De haberlo hecho como tenía por costumbre —añadió—, mi madre habría sufrido menos.

Me contó que un caballero de la nobleza cuyo nombre ignoraba —yo ya sabía que era El Otro— le había dado una buena cantidad por permitirle hacer el trabajo a él. El verdugo siempre aceptaba propinas, pero eran por hacer bien su trabajo, nunca por no hacerlo, de manera que se sentía culpable por haber dejado que la ejecución la realizara aquel caballero cuyo nombre ignoraba. Aunque él estuviese al lado fingiendo que realizaba personalmente la tarea.

Había aceptado la propina porque estaba cargado de hijos a los que, además, nadie daba trabajo (se decía que la estirpe del verdugo estaba maldita), y aun así se ofreció a compartir el dinero conmigo, que no era más que un crío con la extraña cara de un chico mayor. Eso me demostró que entre las clases más pobres de las ciudades, incluso entre las consideradas viles, hay muchas gentes que tienen un sentimiento y saben derramar una lágrima. Lo que pasa es que no las escucha nadie.

Le dije que no aceptaba su dinero, puesto que tampoco iba a necesitarlo. Dormiría en lugares escondidos, intentando que nadie me apresase, y para comer acudiría a la sopa de los conventos. Lo que no le dije era que de vez en cuando, si me sentía muy débil, debería deslizarme entre las mesas donde habían sido sacrificadas las reses.

El verdugo me confesó entonces algo más: mi madre tenía una alhaja.

Por supuesto que yo ya lo sabía. Si había visto a mi madre desnuda, siempre con un hombre encima, ¿cómo no iba a notar que llevaba en el cuello un delgado collar de oro?

La cadena era muy delgada y no tenía gran valor, porque de lo contrario el dueño de la casa ya se habría quedado con ella. Y quizá tentaciones tuvo, porque una esclava no podía poseer nada. Pero ahora me doy cuenta —en la lejanía de mis recuerdos— de que los clientes habían comentado que aquel mínimo detalle de lujo dotaba a la prostituta de un halo especial, y por tanto la elegían más veces. Eso había hecho que el dueño considerara aquella cadenita como una inversión rentable.

Pero el verdugo me dijo que mi madre había sido lanzada a la fosa común sin aquel adorno, que normalmente habría sido botín del ejecutor de la ley, o quizá vendido a la familia mediante un rescate. Aquel hombre me confesó que el caballero que utilizó la soga había arrancado el pequeño adorno, guardándolo para sí.

El verdugo me juraba que él no tenía la culpa y que si quería recuperar el último recuerdo de mi madre ya sabía quién lo poseía ahora.

¿Recuperarlo?

¿Recuperar un esclavo perseguido, el hijo de una ramera, lo que ya estaba en manos de un noble como El Otro?

Era imposible, y más valía olvidarlo.

Lo intenté. Y lo habría conseguido, seguro que sí, de no haber pasado luego tantas vicisitudes que me hicieron recordar aquella pequeña joya, aquel misterio y aquella muerte.

El primer misterio era quién se la habría podido regalar a mi madre. ¿Quién? Sin duda un cliente, pero ese cliente se había perdido en los arcanos de la noche. Y como yo había visto siempre la cadenita en su cuello, llegué a la conclusión de que se la había entregado mi padre.

El propio verdugo me aconsejó que huyera, aunque apenas tenía posibilidades de esconderme en la ciudad libre. Y tenía que hacerlo enseguida, antes de que el dueño del prostíbulo decidiera por mí. Éste podía hacer conmigo lo que quisiera, excepto ofrecerme como mercancía carnal, pues el sexo entre hombres, y aún peor con niños, era considerado pecado nefando y castigado con la muerte.

Y esa misma noche huí. Antes de que me vendiesen como grumete en las galeras —lo que significaba acabar de remero—, antes de acabar prisionero en un combate naval —lo que significaba que me atasen al fondo de la galera, hasta ahogarme, o me arrancaran los ojos—, me perdí en el laberinto de la ciudad, aunque sabía que allí acabarían encontrándome. Debía cambiar de personalidad como fuese, transformarme en alguien que hasta entonces no hubiera existido nunca.

A la luz de la luna, me despedí de mi cara, de «la carassa», el anuncio fidedigno de que allí había un prostíbulo. Dije adiós a mi propia imagen. Sabía que no iba a verla más. Sabía que tampoco iba a ver más a las rameras, las compañeras de mi madre, porque no podía volver a aquel lado del Raval, a medio camino entre la muralla gótica y las huertas de San Beltrán, donde se alzaban conventos, pero también teatrillos, prostíbulos, carpas de titiriteros y casuchas donde vivían los menestrales que no podían pertenecer a ningún gremio. Me despedía de todo un mundo, aunque las viejas compañeras de mi madre eran las que me inspiraban más piedad. No todas eran esclavas; algunas eran madres solteras a quienes habían arrojado de sus casas para evitar la deshonra, y otras simples campesinas que no habían encontrado trabajo en la ciudad. Cada vigilia del Día del Señor —el mundo no ha cambiado tanto— el semen amargo de la ciudad se derramaba sobre sus vientres. Ellas daban dinero a los dueños de las casas, al municipio que las toleraba e incluso a la propia Iglesia, pero no tenían derecho a quejarse nunca.

La ciudad, al extenderse, devoraría aquellos campos

que de momento parecían no tener fin. El único relieve cercano, que ocultaba la desembocadura del río Llobregat, era la montaña del viejo cementerio judío, Montjuïc, de cuyas canteras se sacaba la piedra para las iglesias y las casas nobles de Barcelona. Desde allí eran acarreadas por mulas, aunque años antes los porteadores, los «bastaixos», las habían transportado sobre sus espaldas para levantar el templo de Santa María del Mar.

Aquél era mi mundo, y un pequeño monstruo como yo tenía que haberse sentido bien en él. Al fin y al cabo, era el reino del pecado. Pero sabía que algo se había roto para siempre en mí, que ni siquiera sabía en qué rincón exacto estaba enterrada mi madre y que, con su desaparición, se había roto mi vínculo con la vida. De modo que sentí en mis mejillas una lágrima.

Era absurdo.

No recordaba haber llorado jamás.

Tuve que andar de espaldas porque quería seguir viendo lo que había sido mi hogar. Lo último que vi fue que los rayos de la luna daban de lleno sobre «la carassa».

11

LA CARA

La nueva Rambla del Raval se ha llevado por delante muchas calles, igual que tiempo atrás lo hiciera la Vía Layetana y, más tarde, los bombardeos franquistas, que arrasaron las que estaban delante de la catedral. Pero así como la Vía Layetana se llenó de edificios nobles y hombres con chistera, en la Rambla del Raval nadie parece haber buscado la nobleza. Entre las grietas de las calles penetra al fin un poco de sol y aire limpio, pero sus ocupantes suelen ser magrebíes, indios, filipinos y hombres y mujeres que han cargado a sus espaldas toda la miseria del mundo. Los catalanes que hace años lucharon por la libertad en esas calles ya han desaparecido, y de la libertad tampoco se habla gran cosa.

Una de las calles que, por el momento, ha permanecido más o menos intacta es la de Espalter, junto a la nueva plaza de Salvador Seguí. Antaño esa plaza también estuvo ocupada por un pequeño laberinto de calles y bares sombríos donde había bebidas de garrafón, hombres de ojos vidriosos y mujeres que esperaban a que alguien les pagase una cama.

Marcos Solana, abogado de ricos, era allí ocasionalmente abogado de pobres. Al menos dos veces al mes acudía a la asociación de vecinos para resolver gratis las dudas legales que le planteaban todos los que dormían bajo un techo que se les estaba cayendo a pedazos sobre la cama.

Esa mañana le acompañaba Marta Vives, una joven pasante de su despacho que sólo ansiaba aprender y que por eso le seguía en sus visitas al barrio. Si la frialdad de los libros le había enseñado que el Derecho poco tiene que ver con la humanidad, aquellas calles calientes le enseñaban que la humanidad poco tiene que ver con el Derecho.

Marcos Solana era joven, atractivo e incluso pretendía ser atlético (corría cada año el maratón y llegaba sin saber dónde tenía las piernas). Marta Vives era joven, atractiva y atlética, aunque ella de verdad, porque figuraba en la selección catalana de salto de pértiga. Además, era historiadora, pero la historia no le daba para comer cada día, y por eso utilizaba su segunda carrera, la de abogado, para tratar de ganarse la vida. Su padre siempre le dijo que, en lugar de eso, se dedicara a vender pisos, pero su padre ya estaba muerto.

Fue ella la que dijo:

—Te he pedido que me acompañases hasta aquí al salir del juzgado porque en esta zona va a haber nuevos derribos. Ya sabes que preparo un libro sobre el acoso inmobiliario, y pretendo que tú me orientes en algunas cuestiones. Sobre todo quisiera que me presentaras a algún vecino afectado.

Mientras hablaba pensó avergonzada: «Con muchas pasantes como yo, este hombre se arruina».

Pero todo se le podía perdonar a una mujer joven —según el concepto de los abogados, que aún se llaman jóvenes a los cuarenta años— que tenía una inmensa cultura, unas sólidas piernas y, según se decía, una acreditada inocencia sexual.

La calle Espalter es corta, tiene un dudoso porvenir y la forman edificios viejos que, a su vez, están construidos sobre las ruinas de otros edificios más viejos todavía. No sería extraño que bajo sus cimientos apareciese un cementerio.

—Yo he estudiado muy bien la historia de esta zona —dijo Marta Vives— y sé que los cimientos de los edificios están instalados sobre otros edificios que ya no existen, y hasta diría que sobre una constelación de muertos. Bajo algunas viejas plazas de Barcelona hay cementerios cubiertos por la nueva civilización. No hace mucho se descubrieron calaveras cerca de aquí, junto a la iglesia románica de San Pablo. Los antiguos cementerios parroquiales tienen, sencillamente, una capa de asfalto encima.

Mientras subían por Espalter dejaron a la derecha la plaza de Salvador Seguí, un sindicalista asesinado por los pistoleros de la derecha muchos años antes, según decían en el barrio los pocos que no le habían olvidado. La piqueta lo destruía todo y las nuevas edificaciones

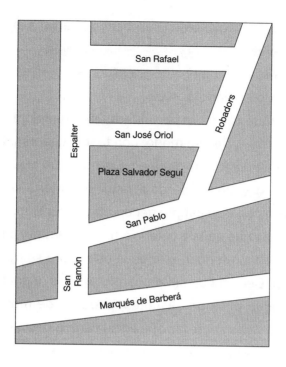

arrasaban desde las camas hasta los ataúdes, desde las cocinas hasta los balcones donde un día ondeó una bandera federal, desde los bidés de las prostitutas hasta las camas de las monjas. Estaban aún en tierra de felaciones, pero antes fue tierra de conventos. Marta, durante sus meses sin trabajo, y sin poder soportar la ciudad viva, se consolaba pensando en la ciudad muerta.

No sabía hasta qué punto eso mismo lo había tenido que hacer mucha otra gente.

—Pasa en todas partes —continuó—. Bajo el Borne, que fue mercado principal durante años y años sin que nadie se preocupase de mirar bajo las piedras, han aparecido las casas de la ciudad de 1714, la que fue destruida durante la guerra de Sucesión. Seguro que bajo alguna de las casas que están derribando aparecen ahora las ruinas de otras.

—No sé por qué te interesa especialmente eso —dijo el abogado mirando al vacío.

—Porque me he especializado en arqueología —susurró Marta—. De ese modo, con tantas carreras, tal vez gane en un día lo que gana en dos horas un electricista.

Pero no se sentía dolida al decir eso. Marta Vives sabía que las cosas siempre tienen otra dimensión.

La casa que señaló estaba a medio derribar, o tal vez sólo a medio reformar, porque la estructura se mantenía en parte. Del interior, sin embargo, apenas quedaba nada, excepto pilas de cascotes, pedazos de mosaico y restos de vigas sobre las que en su tiempo descansara la inocencia de una cuna. La muchacha se detuvo y señaló lo que quedaba de una puerta. A través de ella, unos obreros marroquíes sacaban los restos y los cascotes.

—Seguro que han acabado echando a los vecinos —dijo Marta— y los que vengan después de la reforma pagaran diez veces más. Es una historia repetida en este barrio, y por eso quisiera hacer una investigación. Acabaré pidiendo que me den trabajo en una revista de arqueología de ésas que duran sólo dos meses.

—No creo que te haga falta, porque en mi despacho acabarás teniendo un porvenir —dijo Marcos con una sonrisa—. Pero me parece que aquí te interesan menos los vecinos vivos que los cascotes muertos.

—En este caso sí, tal vez sí. Como detrás de esta casa había otra medio enterrada, quizá saquen algo de interés. Me extraña que ningún técnico municipal vigile las excavaciones. Pueden destruir a martillazos parte de nuestra historia.

—Los propietarios de las obras tienen buen cuidado de que no venga ningún técnico municipal. Si se descubre algo valioso, les pararán los trabajos y entonces el negocio se irá al diablo. De todos modos, espero que tú no lo denuncies —añadió Marcos riendo.

—¿Por qué?

—Porque seguramente yo tendría que hacer un recurso contra la paralización de las obras. Y quién sabe si, a lo peor, hubiera encargado que lo redactases tú.

Rieron un momento ante aquel escenario de fachadas carcomidas, ventanas por las que apenas podía asomar una cabeza, cascotes y polvo. Años antes, la plaza de Salvador Seguí había consistido en un dédalo de callejas con bares, chicas de cincuenta años en espera de una oportunidad, portales por donde no pasaba un ataúd y prostíbulos tan baratos que parecían financiados por la asistencia pública. Ahora, en esa misma plaza, algunos críos jugaban al fútbol, los trileros instalaban sus mesas y alguna chica de cincuenta años seguía esperando su oportunidad.

Pero ya no había españolas, viejas madres de familia que morían con el acento de sus tierras y el recuerdo de sus vírgenes comarcales, sino negras mal vestidas que, por lo visto, habían encontrado la libertad en Europa.

—En estas zonas, los restos arqueológicos son el terror de los constructores —insistió Solana— porque el ayuntamiento les puede paralizar las obras. En cualquier caso, aquí no hay restos tan importantes como los del barrio gótico o la muralla romana: lo máximo que se encuentra aquí son viejos cementerios de gente que murió de hambre. Pero ningún concejal hace ya caso de una calavera.

Se detuvieron ante el pedazo de pared derruida por donde eran sacados los cascotes. Piedras sin interés, pedazos de mosaico, fragmentos de viga que habían sostenido los siglos de las casas. De pronto, Solana hizo un gesto de atención.

—Mira.

Entre dos obreros sacaban un fragmento de piedra que era distinto de los otros. Se trataba del dintel casi entero de una vieja puerta sobre el cual estaba esculpida una cara.

Solana tomó del brazo a Marta Vives.

Y volvió a decir:

—Mira.

Era una «carassa», lo cual significaba que en el edificio sepultado bajo la casa actual había existido un prostíbulo de la Edad Media. No era fácil hallar piezas así, y por lo tanto el descubrimiento, por sí solo, ya causaba admiración. Pero Marcos Solana sintió en aquel momento algo que no era admiración precisamente.

Sintió miedo.

Sus ojos se entrecerraron.

Sus dedos temblaron levemente sobre el brazo de la muchacha.

Bisbiseó:

—No puede ser...

Pero era. Solana tenía la memoria suficiente para recordar muy bien el dibujo que había sido hallado en el jardín de la torre de la Bonanova, la torre del difunto Guillermito, cuando una vieja criada se desmayó de horror. Recordaba con claridad los rasgos del dibujo y podía compararlos con «la carassa» que ahora tenía enfrente. Los rasgos eran exactamente los mismos. El dibujo hallado en la parte más rica de la ciudad era una reproducción exacta de la escultura hallada en la parte más pobre.

Preguntó a los obreros que la sacaban:

—¿Dónde la han encontrado?

—Ahí abajo. Debajo de los cimientos de esa casa que derribamos había otra mucho más antigua. Pero casi no quedaba nada más que la puerta.

—¿Y esa cara estaba al descubierto?

—¡Qué va!... Estaba enterrada. ¿No ve la cantidad de escombros que hemos tenido que sacar de encima?

Marcos Solana se estremeció de nuevo. Eso significaba que el que hizo aquel misterioso dibujo y lo dejó en el jardín de la Bonanova no tenía delante «la carassa» para copiarla. Eso significaría ni más ni menos... que la había dibujado de memoria.

Dibujar de memoria una cara que llevaba enterrada hacía siglos...

La muchacha susurró:

—¿Qué te pasa?

—Nada. Es algo que estoy recordando ahora.

—Yo diría que te has asustado...

—Sí.

—Pues el descubrimiento tiene importancia, pero no es para asustar a nadie. Significa, sencillamente, que hemos descubierto una casa de putas de antes del descubrimiento de América.

—Y dentro de cinco siglos la gente descubrirá tal vez los restos de las casas de putas que ahora tenemos a nuestra espalda. Pero no es eso lo que pienso.

—Pues ¿qué?

Alguien que debía de ser un encargado de obras les interrumpió:

—Apártense.

—¿Qué van a hacer con esta piedra? —preguntó Solana.

—Tenemos que dejarla aparte para que la vea un técnico del Ayuntamiento. Cuidado, apártense, que pesa.

Los dos lo hicieron. Al menos, pensó Solana, en aquella obra eran cuidadosos con los restos. Volvió a tomar del brazo a su pasante y ambos se alejaron unos pasos de allí, aunque el abogado seguía con una mueca que le desfiguraba la cara.

En cambio, ella no parecía afectada en absoluto. Parecía preocuparle mucho más el aspecto artístico de lo que acababan de hallar que el misterio que tanto preocupaba a Marcos Solana.

—Supongo que «la carassa» será conservada en algún museo —dijo—. Lo merece.

—Más de lo que imaginas. ¿Te has dado cuenta de que representa el rostro de una persona joven?

—Yo más bien pienso que representa a una persona sin edad. Y pienso también en los siglos que han pasado y los misterios que habrá detrás de esa cara —opinó Marta.

—Uno de ellos me parece el más importante: alguien que no la había visto la dibujó de memoria.

Dio la sensación de que Marta Vives no le acababa de entender. Pasaron sobre los cascotes en dirección a la Rambla del Raval, donde siglos antes estuvo la corte de los milagros de la ciudad vieja y donde ahora la ciudad nueva seguía fabricando un milagro cada día. Gentes que cinco años antes no habían oído hablar de Barcelona estaban fabricando una Barcelona que dentro de cinco años nadie reconocería.

Sonaron unas campanadas lejanas. Solana pensó: «La iglesia del Pino».

Seguro que el que esculpió «la carassa» había oído sonar, siglos atrás, aquellas mismas campanas.

Quizá deseando ignorar la angustia secreta de Solana, Marta susurró:

—Ayer archivé los últimos papeles de la herencia de Guillermito Clavé. Su viuda será muy rica.

—Ya lo era antes.

—¿No le da cierta grima pensar que las cenizas de su marido reposan junto a esa extraña piedra negra?

—No, porque parece ser que esa piedra es antiquísima, y el difunto debía de creer que eso lo aproximaría de algún modo a la eternidad. Pero no hablaré con ella de algo así.

—¿Por qué?

—Me he dado cuenta de que la eternidad me asusta.

Y siguieron hacia el pequeño local —unas sillas plegables, dos mesas de desguace, un par de lámparas y una bandera catalana— donde Solana atendía gratis a los inmigrantes que esperaban encontrar su rincón en la ciudad. Había sólo cinco esperando, pero en el transcurso de las horas llegaron otros diez. Marcos Solana y Marta Vives acabaron agotados y sin haber ganado ni para el billete del autobús, pero tuvieron la sensación de que estaban justificando sus vidas.

Cuando las calles de la ciudad ya estaban cubiertas de sombras, ella volvió al pequeño piso donde vivía sola. Estaba en el centro, cerca de la Escuela Industrial —y por tanto no lejos del Clínico—, con dos habitaciones donde se amontonaban los libros, una cama donde se amontonaba la soledad y dos ventanas en cuyo alféizar dejaba a veces alimento para que se amontonaran las palomas inmigrantes.

Marta Vives no quería creer en la muerte, sino en la vida que palpita.

Aunque aquella noche tuvo una sorpresa. La segunda de las ventanas, la que daba al dormitorio, estaba abierta, y ella estaba segura de haberla dejado cerrada. «Quizá ha sido el viento», pensó. Pero durante el día no había hecho viento. «No tiene importancia», pensó también. Sí la tenía, porque las palomas se habían colado dentro.

Las dos habitaciones habían sido registradas, aunque con minuciosidad, orden y hasta un cierto cuidado científico. Dentro de lo posible, cada objeto había sido vuelto a colocar en su sitio; una persona menos meticulosa que Marta no habría notado nada. Y eso fue precisamente lo que le dio más miedo: era como si allí hubiera entrado alguien que no era como los otros, alguien que vivía en el aire. ¿Quién podía haber entrado por una ventana que estaba a cinco pisos de altura, sólo al alcance de las palomas? ¿Y quién había hecho aquello para no robar nada?

Nada, no faltaba nada. Ni documentos, ni las escasísimas joyas, ni dinero, ni las llaves de reserva que estaban dentro de la casa.

Sólo faltaba un objeto. Uno. E inexplicable.

Sólo faltaba un retrato de su madre.

12

LA GUERRA QUE GANÓ EL DIABLO

No sé si existe aún, porque yo no he vuelto a acer-
carme a ella, pero entonces existía, juro que existía.
Estaba en la calle Palma de San Justo y era una cloaca
romana junto a la cual estaban los basamentos de las
columnas de un porche. La cloaca debió de ser olvida-
da durante siglos y siglos, porque yo leí en un periódico anticlerical, *El Diluvio*, que había sido redescu-
bierta en 1928. Pero cuando vi por primera vez «la
carassa» existía, y seguía existiendo cuando huí. La cloaca estaba dentro de las murallas y pertenecía a la entraña de la ciudad muerta.

Pese a que allí no cabía una persona de pie, viví en su
interior casi tres días, para que no me encontrara el dueño de la casa. Estaba seguro de que me buscaría y paga-
ría a alguien para que diese conmigo, como se hacía con
todos los esclavos fugitivos; pero de mí no podía sacar
gran provecho, así que supuse que se cansaría pronto.

Ocultarme en la cloaca romana fue lo mejor que se me pudo ocurrir, porque los buscadores de esclavos hurgaron en todo el perímetro amurallado. Luego supe que también habían buscado en el Raval, la Muralla de Mar y las Atarazanas, donde se construían las galeras. Buscaron incluso en las alturas de las torres, pero a nadie se le ocurrió hundirse en las cloacas.

Cuando salí, una noche, poco antes de que cerraran las puertas de la ciudad, comprendí que tenía que buscarme un nuevo refugio. Barcelona se extendía por la llanura, más allá de la frontera que marcaban las Ramblas, con sus avenidas de agua y los charcos fétidos que se formaban al final, junto a la orilla del mar, y que los ciudadanos tenían que atravesar a pie y generalmente descalzos. Como esa frontera ya no podía contener la extensión de la ciudad, iban formándose calles perpendiculares a la muralla, como por ejemplo la del Hospital, que terminaba perdiéndose en el vacío. Justamente cerca de esa calle estaba la casa donde yo había nacido, de modo que jamás me aventuraría por ella. Claro que a continuación venían campos, pequeños bosquecillos, viviendas de una sola planta y hasta un cementerio donde eran enterrados los más pobres de la ciudad, y cuyas calaveras aún se encuentran sepultadas en el mismo lugar. Junto al cementerio se alzaba una iglesia lo bastante lejana para inspirarme confianza. Era la de Sant Pau del Camp. Las plegarias y los muertos eran su único entorno.

En Barcelona, fuera de las murallas, existían dos iglesias románicas antiquísimas: una era la de Nuestra

Señora del Coll, que estaba perdida en las brumas de la distancia, y otra, mucho más cercana, era la de Sant Pau. Era anterior al siglo X, con detalles visigóticos en su parte anterior, y lógicamente había sido arrasada por los musulmanes varias veces hasta ser reconstruida en 1117.

Y yo viví en ella porque me recogió su párroco. Al encontrarme en la calle debió de confundir mi expresión de miedo con una expresión de piedad, y me dio el trabajo de acompañarle en los viáticos nocturnos, que a veces eran peligrosos pese a la presencia del Señor. Algo vio en mí que le hizo creer que con mi cara paralizaría a la gente.

El sacerdote servía a Dios y al obispo en un paraje cercano a las primeras estribaciones de Montjuïc, con sus cuevas donde se refugiaban vagabundos y ladrones. En las inmediaciones de Sant Pau del Camp peligraba

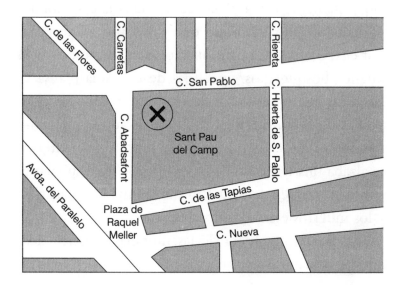

la virtud. Era también lugar apto —decían los feligreses— para los pecados de la carne. Por todo ello no era extraño que los viáticos nocturnos significaran un peligro y que el párroco de Sant Pau prefiriera que le acompañaran al menos dos acólitos, uno de los cuales fui yo. Me convenía porque así tenía techo y comida, y además el templo me protegía contra cualquier detención porque era lugar sagrado.

Las iglesias de mi edad infantil eran ricas, aunque no todas, en especial Sant Pau, donde abundaba de todo menos la gente próspera: es decir, a Sant Pau no le caían testamentos ni mandas. Porque, por lo que pude ver y aprender, los moribundos dejaban en testamento a las parroquias gran parte de sus bienes, ya que de lo contrario, decía el confesor, no era seguro que tuviesen buenas referencias ni buenos testigos en el juicio del Más Allá… «Complaced al Señor —gritaba el santo hombre que cuidaba de mí— porque en el terrible y decisivo momento Él os hará una sola pregunta: ¿Qué me habéis dado?»

Y la gente daba, pero como es natural mucho más en los lugares ricos que en los pobres, que eran generalmente los de extramuros, como mi iglesia. En las parroquias prósperas, una enorme cantidad de tierras de labor y solares urbanos pasaban a la Iglesia por testamento cada vez que un cristiano se despedía, nunca mejor dicho, de los bienes de este mundo. La iglesia percibía los diezmos, de los que las primicias eran la tercera parte, aunque según pude ver, no todo iba a los bien comidos servidores de la fe. Muchas iglesias catalanas eran de padrinazgo particular, y el patrono se quedaba buena parte de la dádiva sin importarle demasiado si lo quitaba del corazón de Dios o de la boca del clérigo. De ahí que muchos templos subsistieran gracias a bautizos, bodas, entierros y limosnas, a las que yo dedicaba una santa energía. Incluso algunos ayuntamientos les ayudaban dándoles parte del importe de las multas que se imponían a los que eran pillados trabajando en día festivo. Nefasto pecado que luego, por lo que vi, los catalanes siguieron practicando entusiásticamente para alimentar a los nuevos cristianos que llegaban al mundo.

Las largas horas nocturnas esperando la confesión de los que morían me hicieron comprender algo que no había comprendido cuando era su tiempo: yo estaba vivo gracias al sacrificio de mi madre, es decir, estaba vivo gracias a un acto de amor. Probablemente me habrían ejecutado por atacar a una niña y beber su sangre. Y ese sentimiento, aunque demasiado tarde, me hizo cambiar en cierto modo, me obligó a avergonzarme de mí mismo y a tratar de vivir como los demás. Frecuentaba los cementerios durante las noches, pero eso formaba parte de mi trabajo, porque cuando en Barcelona se declaraba una epidemia, algo harto frecuente, yo tenía que buscar por anticipado, en lugar sagrado, huecos para las tumbas, que no siempre abundaban. También perdí el miedo a las cruces, que antes me aterrorizaban, porque las veía continuamente. Y hasta creo que no me habría sido imposible aprender a rezar, sobre todo a la Virgen: la Virgen, no sabía por qué, siempre me daba pena. La veía haciendo la voluntad de un Dios implacable y encima soportando el dolor que le iban trayendo otros.

Y me ocurrieron entonces dos cosas que al parecer no tenían sentido, y posiblemente no lo tendrán nunca. La primera es que perdí la noción del tiempo, de forma que no me percataba del paso de los años: era como si contase por siglos. La segunda fue tomar conciencia de que las desigualdades aumentaban en mi ciudad en lugar de disminuir, de forma que por fuerza Barcelona había de ser una ciudad revolucionaria. Cuando veía a las mujeres como mi madre aplastadas por los clientes, que a su vez eran unos muertos de hambre, ya debí haberlo pensado, pero entonces no me daba cuenta. De todos modos hay gente que no se da cuenta en toda su vida; y los que entonces lo pensaban creían firmemente que era voluntad de Dios.

La primera de las cuestiones, es decir, el paso del tiempo, sí que me preocupaba de verdad, aunque por una razón muy concreta: el párroco de Sant Pau, sus feligreses y los otros acólitos que trabajaban en la iglesia envejecían, mientras que yo siempre tenía la misma cara. Crecía un poco, pero sin que mis facciones variasen: la marca de los años no dejaba huella en mí, y eso a la fuerza acabaría llamando la atención de la gente.

No tardaría demasiado en necesitar un cambio de refugio; tendría que esconderme en algún otro lugar donde no me conociese nadie.

Y entonces el párroco de Sant Pau empezó a perder la fe.

En algunas ocasiones, por las noches, cuando nos abrigábamos ante una fogata en las cercanías del cementerio, me hablaba de que la vida no tenía sentido. «Y eso que la vida —reconocía— ha sido creada por el Señor.» Todo consistía en nacer, buscar algo que te diese el pan, seguir el instinto para reproducirse (instinto que además venía acompañado por la trampa del amor), envejecer y morir, dejando el sitio a otros. Nacíamos sobre las tumbas de los antepasados en espera de ser antepasados también, y fornicábamos junto a los cementerios sabiendo que sólo conseguiríamos una cosa: que los cementerios fueran más grandes.

—Esta vida no tiene sentido —murmuró el párroco mientras tendía las manos hacia la fogata—. Sustituirnos unos a otros, ¿para qué?

—Para que consigamos la vida eterna —dije—. Nuestra estancia en la tierra es sólo un paso, y seremos juzgados según lo que hayamos hecho en ella.

Era lo mismo que yo oía en los sermones de los domingos, o sea, las palabras de los sacerdotes, pero no tenía sentido que yo hablase como uno de ellos, puesto que no lo era ni jamás se me había ocurrido serlo. Además, había algo en las palabras de los sacerdotes que me repugnaba, sin que pudiese precisar razón. Tal vez lo dije porque quería halagar al párroco, que era mi protector. O porque consideraba que era mi obligación decirlo, ya que los dos vivíamos dentro de la iglesia.

—Eso es lo que he creído hasta ahora —me interrumpió—. Por eso soy sacerdote, y además con auténtica vocación. Son muchos los que no la tienen.

—¿Por qué?

—Porque el sacerdocio es, al fin y al cabo, un modo de vida. No creas que hay muchos más. O naces noble y con bienes, o sea que no tienes que trabajar, o has de ganarte la vida de alguna forma. ¿Cómo? O eres un esclavo en los campos, sometido a tu señor, o eres un esclavo de los gremios, si has llegado a ser libre en la ciudad. Ser libre quiere decir morirte de hambre, ni más ni menos. Lo único que queda entonces es la guerra o el clero: por eso hay tantos soldados de rapiña y tantos sacerdotes que no tienen fe.

Recordé a muchos de ellos que habían sido clientes de mi madre, pero no quise decirlo.

—Sin embargo, yo tengo fe —dijo el párroco con la mirada perdida—, y es precisamente eso lo que me hace pensar. Por ejemplo, he llegado a la conclusión de que el mundo no está bien construido, y por tanto no puede ser obra de Dios.

Me estremecí.

Nunca había oído hablar así a un hombre que viviera de la Iglesia.

Aunque en el fondo sentía una alegría secreta al oírle hablar de aquel modo, no sé por qué.

No me atreví a preguntarle, de manera que él continuó:

—Mira, por ejemplo, a los animales. Ellos nunca matan si no es por miedo o por hambre, con lo cual nos dan un ejemplo constante que deberíamos imitar. Porque nosotros matamos por placer.

—O por una causa justa —me atreví a decir.

—Buscamos una causa justa para disimular el placer, o al menos es lo que ocurre la mayoría de las veces. Las guerras son un magnífico ejemplo de las causas justas. Lo que admiro de los animales es que jamás caen en ellas.

—A los animales también los ha creado Dios —musité, defendiendo algo que no me importaba—, y en ese sentido podría decirse que la obra es perfecta.

—Y los hombres la destruimos —objetó—. Nos convertimos en dueños de los animales para sacrificarlos.

—Eso también es verdad. Hacemos perverso algo que nunca lo ha sido.

—Lo hacemos perverso todo, y encima con la aparente gracia de Dios. Guerras, crueldades, maldades e injusticias dependen de nosotros, los hombres. Enfermedades, cataclismos, terremotos, pestes, accidentes en los cuales los niños son quemados vivos dependen de Dios. Ya me dirás si, por un lado o por otro, éste es un mundo bien construido.

—Dios no puede haberse equivocado hasta tal extremo —susurré.

—Pues entonces le hicieron equivocarse.

—No lo entiendo.

Era cierto: no lo entendía, aunque en el fondo de mi corazón algo que no sabía explicar me obligaba a estar de acuerdo con el párroco de Sant Pau. Pero éste no parecía dispuesto a seguir con sus palabras, al menos de momento. Perdió por un instante la mirada en el vacío mientras sus manos se acercaban más a la fogata. Nos pareció ver a lo lejos que unos ladrones de tumbas abrían la fosa de alguien enterrado aquella misma mañana, para ver si encontraban alguna alhaja. Normalmente el párroco los habría perseguido invocando la santa ira de Dios, pero aquella vez no se movió, como si de pronto no le importase. Seguía con la mirada perdida.

—No es que no me atreva a perseguirlos —dijo al cabo de un par de minutos—: después de todo, el cementerio está bajo mi custodia, pero si no me muevo es porque no vale la pena luchar contra la grotesca construcción del mundo. Ahí tienes la prueba de que la muerte es tan absurda como la vida. Todo cuanto hagas será inútil.

—Veo que no tiene ganas de luchar —susurré, esperando no ofenderle con aquellas palabras.

—Ya he luchado bastante. Quizá hay algo que no conoces de mí.

—¿Qué?

—No sabes que yo he sido soldado.

Hice un gesto de sorpresa. La verdad era que no lo sabía. Yo pensaba que el párroco de Sant Pau del Camp se había pasado siempre la vida en el cementerio y en la iglesia.

—No. No podía ni imaginarlo —dije en voz baja.

—Siendo muy joven me enrolé en la guerra para reconquistar el Rosellón, que pertenecía al rey de Mallorca. Barcelona había dado créditos para la lucha, empobreciéndose todavía más y sin darse cuenta de que aquello significaba una matanza de hombres que después de todo hablaban la misma lengua y que cualquier animal habría comprendido que no merecían morir. Cualquier animal, por supuesto, habría sido más listo que nosotros. Pero eso, entonces, no me importaba. Para combatir me dieron un escudo y un hacha.

—No me lo imagino con un hacha —murmuré.

—La utilicé una única vez.

—¿Cómo?

—Entré un solo día en combate. Me habían enseñado que yo debía utilizar una estratagema, si el enemigo era tan incauto para caer en ella. Debía alzar el hacha sobre su cabeza, como si fuese a partirle el cráneo, y el enemigo se protegería con el escudo toda la parte superior, sin darse cuenta de que dejaba al descubierto la entrepierna. Mi movimiento, entonces, tenía que ser muy sencillo pero terriblemente rápido: bajar el hacha y hundírsela en los genitales, en un golpe de abajo arriba, partiéndole casi en dos. Sus partes, su vejiga, su vientre, caerían de pronto al suelo entre una oleada de sangre. Lo hice tan bien que mi enemigo ni siquiera fue consciente de que moría: mejor dicho, sí que lo fue, porque la muerte fue atroz y lenta, perdiéndolo todo por la horrible grieta. Lo vi tan de cerca que su sangre saltó hacia mi cara.

El párroco abrió un poco las manos. Era como si dijese: «¿Ves qué sencillo?». El primer golpe engaña, el segundo mata. Oímos confusamente que los ladrones de tumbas habían dado con el ataúd de madera tosca y lo estaban abriendo, pero no hicimos caso. El sacerdote cerró los ojos y prosiguió:

—Me negué a seguir luchando, sobre todo cuando vi, después de la victoria, que el campamento enemigo era saqueado, los niños muertos y las mujeres violadas. Y algo más.

—¿Algo más?...

—Dos cosas. La primera fue la organización de una misa para agradecer a Dios la victoria. De modo, me dije, que Dios quedaba proclamado autor de aquello. La segunda fue cuando volví a ver al hombre al que había matado. En el campamento estaba su perro, y el perro aullaba junto al muerto mientras los soldados nos abrazábamos por la victoria. El único sentimiento que vi, entre tantos miles de hombres, fue el de aquel animal.

Y se puso en pie. Su mirada se había vuelto hacia la cripta románica de la iglesia, que no era su obra pero sí su responsabilidad en este mundo. Me dio la sensación de que, de pronto, aquel hombre creía en los siglos, no en el templo. A lo lejos, se veían las fogatas que los centinelas habían encendido en las torres de la muralla. Del cementerio, que casi se extendía hacia Montjuïc, llegaron una serie de golpes, como si alguien estuviese rompiendo un ataúd. En una carpa situada muy cerca cantaba una mujer y se oían risotadas.

Aquella voz me recordó a mi madre.

Mi madre, a veces, cantaba para los clientes, que luego la poseían por turno.

—Si éste es un mundo bien hecho... —balbució mi protector—. Si éste es un mundo bien hecho, y si los hombres nacimos a imagen y semejanza de Dios...

Bueno, ¿quién cree eso? ¿Voy a dedicar mi vida a una mentira tan monstruosa? Cuando hubo una guerra entre Dios y el diablo, ¿de veras crees que la ganó Dios?

Giró sobre sus pies y se dirigió lentamente hacia la iglesia, que estaba perdida entre las sombras. Por eso no vio lo que traían entre sus manos los que acababan de robar la tumba de una mujer recién sepultada.

Era una cruz de bronce que el cadáver tenía sobre su pecho. No creo que valiese demasiado, pero algo sacarían los ladrones de ella: al fin y al cabo era una cruz de bronce. Mientras los saqueadores se dirigían a una de las carpas alineadas frente a la muralla de la Rambla, yo me dirigí con una antorcha hacia la tumba recién violada y cubrí de nuevo con tierra el cuerpo de la mujer.

Había sido muy guapa. Y aún parecía viva.

Pero huí al oír llegar al guardia. Aún pensarían que el que había violado la tumba era yo.

13

LA HERENCIA CATALANA

Marcos Solana y el padre Olavide entraron en el despacho.

La cruz estaba allí.

Era una cruz de bronce, de tamaño medio, que podía cubrir todo el pecho de una persona. Como estaba limpia y bruñida y el bronce es un metal agradecido, parecía una cruz nueva, una de ésas que están en los catálogos de las pocas tiendas de arte sacro que aún existen en Barcelona. Pero era una cruz muy antigua, una auténtica pieza de 1400. Había sido acreditada por tres clases de peritos: los de una sala de subastas, los de la Audiencia y los del Obispado, que movió a sus expertos cuando se discutió si el arte religioso de La Franja, tierra de habla catalana entre Cataluña y Aragón, pertenecía a una comunidad o a otra. Por eso muchas cruces y muchas vírgenes que deberían estar en las iglesias han acabado en los bufetes de los abogados o en las antesalas de los obispos.

Esa cruz había estado en muchos lugares.

Pero de momento fue el padre Olavide el que la examinó con más respeto y atención, quizá porque veía en ella algo que los otros no verían nunca. Acariciando su alzacuello, que le tapaba hasta la mandíbula, y alisando con la otra mano la sotana que le llegaba hasta los pies, el padre Olavide parecía más que nunca un hombre alto, ascético, surgido de otro tiempo, como si acabara de nacer de un breviario de la época de Torras i Bages. Sabía que llamaba la atención por la calle, pero eso le enorgullecía, porque era el testimonio público de una religión por encima del tiempo.

El abogado Solana, junto a él, examinó las piezas de arte sacro que estaban sobre una de las mesas. Al lado de la cruz lucía un anillo episcopal —último vestigio de alguien que fue fusilado durante la guerra civil—, una custodia, un Libro de Horas y un cáliz que también había sido limpiado cuidadosamente. Pero aun así, aquellos objetos parecían hablar desde un tiempo que ya no existía, desde más allá de la muerte, con una voz que ya no entendía nadie.

Por la puerta del fondo entró entonces Marta Vives, como un impacto de juventud que se colara repentinamente en el despacho, cuando nadie la esperaba. Marta intentó sonreír, pero su sonrisa parecía helada desde dos días atrás. Nadie le había preguntado por qué, ni siquiera Solana.

Fue éste quien murmuró:

—Gracias por tu asistencia, Marta. Hoy, al fin, podemos firmar la transacción que acabará con el maldito pleito. Llevamos cerca de ocho años con él. Una vez firmemos el documento, todo esto se incorporará a la herencia de los Vives. He pedido que tú redactes el acta porque eres una experta en arte. Estoy seguro de que así no podrá haber ningún error.

Se sentó detrás de la mesa, frente a una inmensa estantería donde estaban todos los libros que en los últimos cien años ha parido la ley, y continuó:

—Este pleito por la herencia empezó, Marta, mucho antes de que tú entraras a trabajar en el despacho, y es uno de los que más me han aperreado la vida. Empezó discutiéndose si era una herencia castellana o catalana, lo cual lo variaba todo, porque ya sabes que, según el Código Civil, se tienen que dejar forzosamente los dos tercios a los herederos —el tercio de legítima y el de mejora—, mientras que en Derecho catalán son de libre disposición para el testador las tres cuartas partes de la herencia. No se podía hacer nada sin aclarar antes ese concepto. Con la ley castellana, la herencia se repartía de una manera, y con la ley catalana de otra.

Hizo una breve pausa mientras contemplaba al padre Olavide. Éste no prestaba atención a sus palabras, como si no le importaran las sentencias de los hombres sino las sentencias de la eternidad. Ni siquiera parecía haberse dado cuenta de la entrada de Marta Vives.

Marcos Solana prosiguió:

—Luego hubo otro largo pleito, aunque éste eclesiástico, porque esta cruz y los demás objetos habían aparecido en La Franja, una zona catalano-aragonesa que se disputan dos obispos. Finalmente, el padre Olavide fue nombrado árbitro de la cuestión y consiguió llegar a un acuerdo. Por eso está aquí, para firmar el acta que luego llevaremos al notario.

—No fue fácil —dijo el sacerdote con voz lejana.

—Los objetos que aquí vemos —finalizó Marcos— pertenecieron históricamente a la familia de los Vives, y a ellos les serán devueltos cuando los documentos se legalicen.

Marta, que estaba junto a la mesa, se acercó un poco más y tomó entre sus dedos la cruz. Seguro que no era el elemento más valioso —la custodia alcanzaba varias veces su precio—, pero aquella cruz parecía fascinarla. Sus finos dedos de mujer experta en antigüedades acariciaron los bordes de la reliquia, sus relieves comidos por los años, ese brillo artificial que parecía tener debajo la oscuridad de una tumba.

—Es extraño —musitó.

—¿El qué?

—No he podido apartar los ojos de esta cruz desde que entré en el despacho. Me pregunto en qué sitios habrá estado hasta llegar aquí, en qué palacios, en qué cárceles y en qué sepulcros. Quizá sean fijaciones de anticuario.

—Por supuesto —dijo Marcos, que deseaba acabar pronto—, aunque ésa sea una fijación que no hace daño.

—Hay algo más —susurró Marta.

—¿Y qué es?

—La familia que reclama judicialmente esta cruz se llama Vives, y yo también me llamo de ese modo.

—Casualidad —dijo el sacerdote.

—Oh, claro que sí... —Marcos Solana atajó la cuestión con un encogimiento de hombros—. El apellido Vives es antiguo y muy habitual en esta tierra. Además, tiene auténtica categoría cultural... Pero hay Vives ricos y Vives pobres, Vives que disfrutan de un patrimonio y Vives que no pueden disfrutar de nada... Quizá un militar con ese apellido lo pasó mejor que nadie.

—¿Quién?—preguntó el padre Olavide, que presumía de saberlo todo.

—Fue capitán general de Cuba —dijo el abogado— y durante su mandato se caracterizó por no dar golpe. Lo pasaba tan bien en su poltrona que, en la vieja Cuba, cuando se referían a alguien que ya no podía pasarlo mejor, le decían: «Vives como Vives».

La muchacha sonrió.

—Pues yo no puedo decir lo mismo que el capitán general. No tengo más que problemas.

Y dejó la cruz sobre la mesa con tanto respeto como si fuese un ser vivo, sin poder apartar su mirada de ella.

Una serie de rápidos pensamientos pasó por detrás de sus ojos, pero todos se referían al tiempo que se iba, al tiempo que transformaba las cosas en polvo y que, sin embargo, dejaba un resquicio para la idea de eternidad, la única que sin ninguna prueba habían asumido los hombres.

La eternidad... Marta Vives no podía dejar de pensar que la eternidad da sentido a todo aquello que no es eterno.

La voz del padre Olavide la distrajo un momento. Aquella voz parecía llegar siempre de muy lejos, como el retumbar de la piedra del primer sepulcro que se abrió en nombre de la Iglesia.

—Me gustaría que las cenizas de nuestro amigo Guillermito Clavé dieran vueltas en el espacio creyendo que así se hacen eternas... Mejor que estar enterradas con una piedra.

—Parece como si usted se burlase, padre...

—Yo siempre me río de todo lo que intenta sustituir la idea de Dios.

Y tomó asiento ante la mesa, con su habitual rostro imperturbable, con los ojos perdidos en un espacio que no correspondía a los otros. Todos los fanáticos de Dios —pensó Solana— tienen la misma mirada perdida.

—Con esto terminamos muchos años de trabajo —murmuró el sacerdote—. El de hoy es un gran día, y por cierto lleno de hechos notables. Usted, Marta, que redactará el acta, se llama Vives por parte de padre, aunque también por parte de madre. Se llama usted Vives y Vives... Bueno, es igual. Si yo no fuera sacerdote, elogiaría su belleza y su inteligencia, pero como lo soy, sólo elogiaré su inteligencia... Dispóngase a escribir, amiga mía... Hoy acabamos por fin con un pleito inacabable.

—Más inacabable ha sido para mí que para usted —dijo riendo Marcos Solana—. Usted sólo ha tenido que dilucidar si estas piezas sagradas pertenecían a Cataluña o Aragón, pero yo he tenido que examinar todos sus antecedentes para saber a quién habían pertenecido. Muchos documentos me los facilita la familia reclamante, pero otros los tuve que buscar en los archivos parroquia-

104

les, los librotes del Registro Civil e incluso los de los cementerios. Aunque no voy a quejarme ahora... Cuando uno se dedica a viejas herencias catalanas, parte de su trabajo es un trabajo de topo. No saben el alivio que siento al dar carpetazo a un pleito así.

—Habrás hallado detalles desconcertantes —dijo Marta mientras encendía el ordenador.

—No puedes ni imaginarlo. Como tampoco puedes imaginar, seguramente, que tú tienes trabajo en el bufete a causa de este pleito, Marta. Cuando empecé a encontrarme con objetos tan antiguos decidí buscar la ayuda de una persona como tú, con conocimientos de arqueología. En realidad, me has ayudado mucho en la última fase, pero no lo sabes todo. No te he comentado algunos detalles porque son, digamos... incluso un poco terroríficos. En los viejos archivos episcopales, en los papeles que provienen de la iglesia románica de Sant Pau del Camp, se habla de un párroco vinculado a ella que fue quemado vivo en Madrid junto a una mujer acusada de brujería. Y la historia de esa cruz... Nadie puede imaginar la de cosas absurdas, o terribles, que se encuentran en los archivos de las iglesias o de las grandes familias, en los papeles de otro tiempo. Yo mismo me asusto porque pienso que acabaré convirtiéndome en un abogado fósil... Por ejemplo, cuando encontré los antecedentes de esa cruz de bronce.

—¿Tiene historia?...

—Demasiada.

—Quizá por eso me ha llamado tanto la atención —susurró la muchacha.

—No seré yo quien lo niegue. Hay objetos que tienen magnetismo —opinó el abogado.

—¿Y cuál es, a grandes rasgos, la historia de esa cruz? —preguntó Marta.

—El primer detalle es que fue robada de una tumba —contestó Marcos con los ojos cerrados.

—¿De la tumba de quién?...

—De la tumba de una mujer asesinada.

14

LA HOGUERA

Es de justicia reconocer que el párroco cuidaba el cementerio de Sant Pau del Camp e intentaba asistir a todas las ceremonias a pesar de que no le pagasen por ello, ya que los muertos de aquel sector eran pobres y cuando había epidemias se amontonaban ante las fosas. También llevaba una especie de registro que incluía los nombres y las circunstancias de la muerte, aunque yo pensaba que ese registro no serviría nunca de nada, pues era imposible que alguien se ocupase de él pasados los siglos.

Era un buen sacerdote, meticuloso en todas sus obras, pero hasta yo me daba cuenta de que lo sometían a vigilancia.

Más allá de la pequeña iglesia se extendía una superficie llana cortada por la montaña de Montjuïc, y esa superficie tenía dos extremos: uno eran las murallas de Atarazanas, donde había una constante actividad, y el otro, en el punto más alejado del mar, un paraje bastante siniestro donde ahorcaban a los condenados y en el cual había una cruz que se tapaba cada vez que alguien era colgado. Por eso aquel punto fúnebre empezó a ser llamado de la Cruz Cubierta.

Las personas que habitaban el sector tenían fama de ser pobres —más que las de Sant Pau— y, por supuesto, más descreídas. Por eso llamaba la atención que tantas hicieran cada domingo la larga caminata sólo para escuchar a aquel párroco. Y que también el obispo enviara con regularidad a algunos de sus hombres fieles sólo para escucharle.

Porque lo que me había dicho a mí lo decía también en público, aunque con otras palabras. El espectáculo del mundo —venía a decir— no nos sugería una creación perfecta, sino más bien una creación imperfecta. La vida no tenía sentido si no era en la repetición de las especies, y no proporcionaba ninguna satisfacción moral —o ninguna elevación moral— porque todo ser vivo necesitaba matar para seguir viviendo.

Los que llegaban desde muy lejos para escucharle le entendían. Pero la verdad era que nadie les había hablado nunca así.

Los hombres fieles del obispo también le entendían. Pero la verdad era que nunca habían oído a nadie hablar así.

Casi repitiendo las palabras que había pronunciado ante mí en la soledad de la noche, el párroco disculpaba a los animales, que eran una de las partes más bellas

108

de la Creación y nunca sentían odio ni mataban si no era por hambre o por miedo. Yo le podía haber contestado que algún animal mata más por curiosidad que por hambre, como por ejemplo el gato, pero nunca lo hice porque, en líneas generales, el sacerdote tenía razón. En cambio, el hombre —decía en sus sermones— mata por placer. Y muchas artes culinarias de la época no eran más que refinadas muestras de crueldad, porque si el animal sufría al morir podía tener un sabor más apetitoso. Yo, por aquel entonces, no entraba en ninguna especie de cocina, pero sabía de conejos despellejados vivos, gatos sumergidos en agua hirviendo antes de ser despellejados también, peces que iban a la brasa todavía vivos y alegres ceremonias populares en que el cerdo era arrastrado con un garfio clavado en la garganta hasta el lugar del sacrificio. Eso por no hablar de la crueldad refinada que empezaba a darse entre los caballeros, en los lances de toros.

Más tarde, en la larga soledad de los siglos, sería testigo de prácticas igualmente atroces. Por ejemplo, caracoles quemados vivos en paja fina, o sibaritas de la mesa que inmovilizaban un mono, le levantaban el cerebro utilizando una fina sierra y, con una cucharilla, comían directamente los sesos cuando el animal aún estaba vivo. Con el tiempo he aprendido que cada libro de cocina es un catálogo del horror.

Pero ésta —decía el sacerdote— es sólo una parte ínfima de la falta de sentido de la Creación. La vida de los torturadores, o sea la de los hombres, también estaba sometida a todos los catálogos de la maldad: nuestras vidas trabajosas, y casi siempre ahogadas por la injusticia y el hambre, nos llevaban a la muerte y a la muerte de las personas que llegábamos a amar. Este sinsentido se complicaba aún más —concretaba el sacerdote— cuando se nos decía que después de una vida tan dura y sin rumbo nos esperaba el infierno, puesto que ni un mal pensamiento nos sería perdonado. «Eso no lo hace un Padre con sus hijos —gritaba en las misas de los domingos, en una iglesia que se hacía cada vez más pequeña— por muy injusto, vanidoso y cruel que ese Padre sea.»

De aquí deducía que en la Creación no habían triunfado las fuerzas del Bien sino las del Mal, y que la propia muerte de Jesucristo en la cruz era un acto de venganza y humillación dictado por el Mal, ya que había que suponer —en esto el sacerdote era ortodoxo— que Cristo representaba el Bien. No podía encontrar una forma más clara de decirnos que, con la crucifixión de su rival, el diablo había triunfado.

A veces, la gente salía llorando de la iglesia de Sant Pau.

A veces.

Pero los enviados del obispo no lloraban jamás y lo anotaban todo.

Todo.

Yo no lloraba, porque, entre otras cosas, jamás tuve la sensación de la muerte. Pero me atormentaban las dudas. Si el Ángel Malo había ganado la batalla, la crucifixión de Jesucristo era, en efecto, la prueba más palmaria que podíamos tener. Pero si no era así, si la había ordenado el Padre Bueno para complacerse en ella, ¿qué clase de Padre Bueno era y qué respeto merecía? Todo esto me hacía pensar que el sacerdote, mi protector, tenía toda la razón: el Dios de la Biblia no podía ser bueno. Pero ¿y si había sufrido aquel mal trago para que ya no le importase ningún mal trago de los que los humanos le íbamos a dar? ¿Y si lo había hecho para que cualquier otro pecado fuese perdonado? Este pensamiento me aliviaba, aunque estaba en contradicción con la doctrina de la Iglesia. La doctrina de la Iglesia era sencillamente ésta: ¡al infierno!

Si yo hubiera vivido aún en el prostíbulo, viendo cómo poseían a mi propia madre, no me habría planteado jamás estas preguntas, porque en el prostíbulo nunca se hablaba del Más Allá. Ni siquiera los clérigos, cuando iban a yacer, hablaban de Dios. Ellos menos que nadie. Pero en la iglesia de Sant Pau era distinto, porque Dios estaba en todas partes, sobre todo en la cabeza del atormentado sacerdote. Y el atormentado sacerdote era un hombre bueno que además me había descubierto.

Me había descubierto.

Y era lo más extraño del mundo, porque yo aún no me había descubierto a mí mismo.

Me lo dijo una de las noches, ante la fogata, rodeados por el cementerio en paz, mientras los perfiles de la iglesia, que ya tenía siglos, empezaban a ennegrecerse.

—Me he dado cuenta de que creces en tamaño un poco —dijo mirándome fijamente—, pero que tu cara no cambia nunca. Nunca. Cuando te conocí, tenías ya una cara más vieja de la que correspondía a tu edad, o sea, aparentabas ser un chico de unos veinte, aunque tu cuerpo era mucho menor. Lo noté ya al principio, pero la caridad me obligaba a ignorarlo, puesto que no tenías adónde ir. Después, a lo largo de estos años, te he estado observando sin decirte jamás nada. Y ahora he llegado ya a la conclusión: si el mundo se rige por el principio del Mal, el Mal debe de tener hijos. Son pocos, muy pocos, pero deben dar testimonio. Tú eres uno de ellos, aunque quizá no te hayas dado cuenta aún: tú eres uno de ellos.

Aquel hombre era el más listo y observador que había conocido.

—Me he fijado en que apenas comes, como si realmente no lo necesitaras. Me he fijado en que, muy de tarde en tarde, desapareces y muestras luego en tus labios unas gotitas de sangre. He preguntado en los mercadillos cercanos a la muralla, donde son sacrificadas las reses enfermas que no pueden entrar en la ciudad, y recuerdan haberte visto por allí. No te critico, porque mucha gente aprovecha la sangre de los animales muertos. Pero me da miedo que un día ataques a una persona viva.

Cerré los ojos.

Atacar a una persona viva…

Ya lo había hecho. Por eso era una especie de bestia fugitiva.

Por eso estaba allí.

Me estremecí.

Pero el sacerdote me dijo suavemente:

—Eres un enviado del Mal, y el Mal se irá desarrollando en ti aunque sea muy poco a poco. Pero se desarrollará sin remedio. Tienes facultades que en este momento ni siquiera presientes, y por lo tanto deberías darme miedo. Pero no me lo das. Yo creo que la Creación es una larga obra, y que aunque en ella impere el Mal, todo tiene remedio.

Juro que yo no pensaba —ni había pensado nunca— que pudiese dar miedo. Ni que tuviera condiciones excepcionales, a no ser la de comer poco, no dormir casi nunca, huir de la luz del sol y necesitar de vez en cuando sangre como un borracho necesita bebida. No daba importancia a hechos que para mí no tenían significado alguno: por ejemplo, levantaba piedras que ninguna persona de mi edad habría levantado y adivinaba cómo poder matar a un hombre de un solo golpe, rompiéndole la tráquea si lo atacabas por delante y la médula si lo atacabas por detrás. Sin haberlo ensayado nunca. Era un conocimiento instintivo, como el que tienen las fieras, sin que necesiten matar para saberlo.

Hice algo que no había hecho nunca.

Besé la mano de aquel hombre.

Era quizá el único hombre realmente bueno que había conocido.

Pero los amigos del obispo, que asistían a sus misas y sus sermones, no debían de pensar lo mismo, porque enviaron a la Inquisición. Ya entonces la Inquisición tenía un palacio en Barcelona, dentro de las murallas, y yo llegué a conocerlo bien, aunque jamás me había preocupado su existencia hasta aquel momento. Se llevaron al sacerdote y ya no lo volví a ver, me quedé solo en Sant Pau del Camp, en su silencio y su cementerio.

No por mucho tiempo.

Podían llevarme a la Inquisición también a mí. Necesitaba huir como fuese, perderme en algún lugar donde nadie me reconociera.

Supe más tarde que el sacerdote había sido trasladado a un tribunal de los dominicos de Madrid —los traslados se hacían a pie, en cuerda de presos— y que los amables dominicos le habían exhortado a que reconociese que en el mundo imperaba el Bien. Como el párroco insistía en que imperaba el Mal, los amables inquisidores le aplicaron el mal, quizá para darle un poco de razón. Él sobrevivía a la tortura como si ya supiera que ésta formaba la entraña del mundo, pero no dijo lo que los dominicos anhelaban oír. Entonces fue entregado al brazo secular y quemado vivo junto con otras diez personas más, en un gran auto de fe del cual la virtud del pueblo salió grandemente favorecida. Me contaron que fue un magnífico domingo de primavera, al anochecer, y que habían presenciado la cremación unos cuantos monjes que después serían santos, por su defensa de la idea del Bien. Pero entonces yo ya estaba en otro lugar de la Barcelona negra.

No fue sólo eso lo que me contaron. Bueno, tal vez ni falta hizo que me hablaran, porque yo llegué a leer las actas de la ejecución. Con todos aquellos herejes —cuyos nombres se conservaban para el buen orden del Señor— había sido quemada una mujer joven, también trasladada a pie desde Barcelona. Me impresionó el hecho de que fuera una mujer, aunque no habría debido darle importancia. Los hombres y las mujeres sufren igual cuando se les quema, pese a que a los hombres se les tenga menos lástima.

En las actas quedó el nombre de la mujer. Se llamaba Vives.

15

LA MUJER QUE CREÍA EN EL TIEMPO

—Las actas están aquí —dijo Marta Vives mientras se estiraba suavemente la falda sobre sus sólidas rodillas de atleta—; son copias autentificadas de los archivos de la Inquisición. Las obtuve cuando fui la semana pasada a Madrid, a hacer aquel informe en la Dirección General de Registros.

Marcos Solana no les prestó atención. Las copias estaban allí ocupando parte de la mesa —demasiada parte de la mesa, pensaba— cuando otros temas más urgentes necesitaban aquel espacio. El interés de Marta Vives por la Edad Media empezaba a hacerse ridículo.

Claro que muchas veces los conocimientos de Marta le eran de utilidad. Edificios caros de Barcelona estaban aún sometidos al censo enfitéutico según el cual, en otro tiempo en el que aún se creía en la eternidad del Señor, un terreno era cedido sin precio alguno para que el adquirente lo labrara o edificase en él, sin más beneficio para el cedente que una pequeña renta pagada al menos una vez cada treinta años y un porcentaje del valor de la venta o la herencia cuando el terreno se heredaba o se vendía. Como con el tiempo se habían edificado calles enteras sobre aquellos terrenos, ahora cada traspaso o cada herencia significaban una fortuna. Barcelona no habría crecido —pensaba Marcos Solana— sin el censo enfitéutico y sus enormes complicaciones urbanas.

Claro que eso correspondía a una época lejanísima en la que había más terrenos que hombres. Casi no podía ni concebirla.

Y Marta Vives le ayudaba en eso porque conocía la historia de todo, en especial la historia de las viejas familias. Pero ahora tenían otras cosas que hacer, aparte de dedicarse a los viejos legajos de la Inquisición. Marta pareció adivinar sus pensamientos porque se justificó:

—Conseguí esos papeles entre dos gestiones, en un momento que me quedaba libre. No retrasé para nada lo que me habías encargado.

Marcos trató de sonreír. Le costó. Se nota que un abogado es veterano cuando va perdiendo la sonrisa.

—De todas formas, no sé qué interés puede tener todo eso —dijo—. Son papeles que sólo se buscan para una tesis doctoral o para escribir un libro.

—Te equivocas —aclaró Marta.

—Pues ¿para qué?

—¿Recuerdas que cuando se adjudicó aquella cruz medieval a nuestros clientes, no hace mucho, me dijiste que había sido sacada del sepulcro de una mujer asesinada?

—Claro.

—La mujer asesinada se llamaba Vives, como yo. Yo soy Vives por parte de padre y por parte de madre. Existía una posibilidad de que aquella mujer de la tumba profanada fuese una antepasada mía.

—Y decidiste averiguar.

—Sí.

Marcos Solana paseó sus ojos por el paisaje que se extendía más allá de la ventana. Como tenía el despacho en un ático de la Vía Layetana, vislumbraba las torres de la catedral, las de Santa María del Mar, la cúpula de la Generalitat, los tejados del barrio viejo, donde antes hubo palomares y ropa tendida y ahora había alguna habitación ilegal y algún viejo decidido a morirse al sol. La Vía Layetana había destripado casas, enterrado recuerdos, sepultado por dos veces a los muertos, pero eso había ocurrido en una época lejanísima, cuando ni los abuelos de Marcos Solana tenían proyectado conocerse. De modo que el abogado era consciente de vivir sobre una ciudad sepultada, aunque a veces, cuando sonaba el maravilloso carillón de la Generalitat, le parecía una sepultura digna de la Historia.

—Así que crees que la mujer que tenía esa cruz en su tumba pudo ser una antepasada tuya.

—No digo que lo crea. Sólo digo que existe la posibilidad.

—Y ya que estás en ello, quizá la mujer que fue quemada viva en Madrid, junto con el párroco de Sant Pau del Camp, también podía serlo —añadió Marcos, algo irónico.

—Reconocerás que no es imposible.

Marcos Solana se encogió de hombros. La mayor parte de los abogados que ganan dinero se dedican a la constitución de sociedades, fantasmas o no, y a las transacciones inmobiliarias, lo que les da un gran sentido de la actualidad y hace que su mundo suela empezar en los años ochenta, cuando se comenzaron a utilizar los primeros ordenadores. Pero él era un abogado de viejas familias con estirpes ancladas en la Edad Media y vivía entre archivos, panteones y hechos que habían acontecido alguna vez en el transcurso de los siglos. La actualidad, pues, no era más que el resultado de mil pasados distintos, y eso hacía que Marcos Solana no fuera exactamente un abogado como los otros, aunque a veces sentía vértigo.

Años antes, cuando él, muy joven, empezó a trabajar para las viejas familias y, por tanto, se encontró con los censos enfitéuticos, había un procurador que lo sabía todo y conocía cualquier antecedente, como si el Registro de la Propiedad lo hubiese creado él. Se llamaba Bernardino Martorell y tenía en la calle de la Diputación un despacho más bien fúnebre. Pero una vez muerto Martorell, resultaba muy difícil encontrar personas que supieran moverse entre los papeles sepultados siglos atrás. Una de esas personas era Marta Vives, aunque últimamente se estaba obsesionando con las viejas historias. Y obsesionarse es malo.

—No tendrás tiempo para tantas cosas —le dijo Marcos Solana.

Y dejó de mirar el paisaje, las viejas torres, para mirar

las firmes piernas de Marta Vives, piernas de atleta, de campeona. Pero sobre aquellas piernas, Marcos Solana lo ignoraba todo. Quizá alguien las acariciaba, quizá alguien las mordía en secreto o buscaba con la lengua su hueco final. El abogado ignoraba si aquella mujer cargada de historias tenía historia.

—Dormiré menos horas —contestó ella—, pero no te preocupes, porque todo el trabajo del despacho saldrá a su tiempo.

—Me temo que hará falta, Marta. Por si no tuviéramos bastantes asuntos civiles entre manos, me ha caído encima un asunto criminal. No me ha quedado más remedio que aceptarlo porque viene de un viejo cliente que quiere que me constituya en acusador privado. De ese modo me acabarán pasando todos los datos del sumario por el caso de aquella mujer estrangulada en una casa de Vallvidrera y junto a la cual apareció un hombre salvajemente muerto por arma blanca. Es un caso sobre el que se han hecho incluso reportajes de televisión, o sea que a cualquier abogado sediento de fama le encantaría. Pero yo odio la fama. No haré declaraciones, y apareceré en público lo menos posible. Lo digo por si algún periodista me telefonea. Dale cualquier excusa para que no insista. No quiero que nada me distraiga de mi auténtico trabajo.

—Pues claro que sí —dijo Marta—. Lo haré al pie de la letra. Pero ¿quién es el cliente?

—Un banquero que tiene varias lujosas fincas en los alrededores del lugar del crimen. Le interesa que todo se aclare para que las propiedades no pierdan valor y para que yo, como parte en el juicio, pueda entrevistarme con la policía si hace falta, disipando rumores. Ya sabes: los suelos urbanizables necesitan mejor fama que las personas. Pero aquí hay algo extraño.

Marta Vives apenas volvió la cabeza para mirarle.

—¿Qué? —preguntó.

—El banquero, cuando me recibió en su despacho, tenía sobre su mesa varios retratos lujosamente enmarcados. Retratos políticos, claro. Uno de ellos dedicado por el Rey; otro, curiosamente, dedicado por Franco. Los banqueros nunca se enfadan con la Historia. Pero había también algún retrato de familia, naturalmente. Por ejemplo, el de unos niños sonrosados que ahora deben de ser, por lo menos, interventores de cuentas. O el de una señorita de muy buen ver que ahora, muchas veces mamá, ya no debe ni poder subir las escaleras del Liceo. O la de un grupo de caballeros que debían de ser, seguro que sí, un consejo de administración. Me di cuenta de que entre ellos había un hombre con una cara muy joven, con una cara inexpresiva, como sin tiempo. O yo estoy loco o esa cara la había visto antes alguna vez. Y en algún lugar que no me cuadra.

—¿Y por qué no se lo preguntaste?—susurró Marta Vives.

—Porque no estaba seguro de que fuera él —contestó Marcos con la mirada perdida—. Porque no estaba seguro de que fuese la misma cara.

16

LA MUCHACHA QUE QUERÍA MORIR

Al párroco delgado que había sido quemado vivo vino a sustituirle un párroco gordo que no pensaba ser quemado vivo jamás. Era amigo del obispo y, al parecer, había reunido los informes que luego fueron enviados a la Inquisición. Creía en la bondad del Señor, la bondad de la fe y la bondad del vientre. Comía hasta quedar casi sin aliento en una época de hambres atroces que llenaban los cementerios y bendecía en su garganta vinos lejanísimos que le eran traídos a lomos de mulas. Por ejemplo, los de Alella, hijos de unas viñas que estaban cerca del mar, pasado el Besós; y los del Priorato, una tierra tan remota que para lograrlos había que ir casi a territorio de infieles. Pero él los prefería, porque aseguraba que eran excelentes para la consagración de la misa.

Por supuesto, tenía una barragana. Era una chica muy joven, casi una niña, que hacía todos los trabajos pesados y a la que por las noches se oía gemir, aunque no de placer precisamente.

El nuevo párroco hizo dos cosas: primera, echar a todos los pordioseros que dormían en los cementerios; y segunda, preguntarme mi edad.

—Según los registros, has estado aquí casi quince años —dijo—, por lo que deberías ser mucho mayor. Dime qué edad tienes.

—No lo sé; nunca me lo han dicho, y tampoco creo que mi nacimiento conste en ninguna parte.

—Pues es extraño, porque los feligreses me han dicho que, ya entonces, tenías el mismo aspecto que ahora.

Era una señal de alarma, la señal de alarma que yo estaba esperando desde mucho tiempo atrás y que significaba el único peligro que yo no podía evitar. La gente se acabaría dando cuenta de que mi aspecto no cambiaba nunca. Por lo tanto, decidí huir.

Por entonces, el Raval estaba cambiando mucho en pocos años. La parte izquierda de la Rambla, bajando hacia el mar, estaba cerrada por la muralla, y en su parte final, hacia Escudellers, se edificaban algunos palacios. Pero la parte derecha de la Rambla, siempre bajando, era ancha y libre, y seguía siendo la tierra del mal: el alcohol, los bailes, la música popular, las mujeres públicas y la impiedad constituían su mundo. Aunque también era el único sitio donde cabían los cuarteles, los conventos y hasta el único gran hospital, de modo que su ambiente iba cambiando. Las calles perpendiculares a las Ramblas se hacían más animadas y compactas y se iba formando así otra ciudad donde todo el mundo se conocía, es decir, todo el mundo podía conocerme a mí.

Necesitaba irme lejos, y me dirigí hacia la otra iglesia románica más antigua de Barcelona, a Nuestra Señora del Coll. Quizá es que lo antiguo me atraía, o es que no sabía encontrar trabajo fuera de las iglesias. Allí, en aquel lugar tan lejano, era posible que necesitaran un acólito.

Lugar lejano…

Y a fe de Dios que lo era.

Había que salir de las murallas por la puerta de Canaletas y andar siempre hacia el norte, a través de campos poco poblados, hacia una aldea que empezaba a nacer y a la que llamaban Gracia. Pero aquel lugar de gente independiente, y hasta belicosa, era sólo la mitad del camino. Era preciso remontar unas montañas suaves y descender luego una hondonada que entonces no tenía nombre, pero a la que más tarde oí designar como Vallcarca. Allí empezaba la verdadera subida, entre bosques y caminos de cabras, para llegar a dos lugares píos: uno, a la izquierda, eran unas cuevas donde vivían unos eremitas dignos de piedad y que la gente llamaba Penitentes, y otro, mucho más lejano, era una ermita pequeñísima a la que llamaban del Carmelo, dedicada, no a la ira del Señor, sino a la soledad de una Virgen. Pero la iglesia del Coll no estaba tan lejos, se encontraba al final de las primeras cuestas.

Apenas nadie vivía por allí; sólo se distinguían unas cuantas masías y unos pequeños rebaños de cabras. Todo era soledad, silencio, matojos y la quietud de las estrellas. Era un mundo completamente distinto del de Sant Pau del Camp, donde las músicas se oían hasta altas horas de la noche y en cuyos muros, a veces, hasta se asentaban las prostitutas.

El encargado de la iglesia —no sé si ni siquiera era párroco— me recibió bien y me preguntó qué edad tenía. Le dije que veinte años. A continuación me hizo un ligero examen de latín, doctrina cristiana y canto religioso que superé perfectamente: me había pasado demasiado tiempo oficiando ceremonias y asistiendo a entierros. Pero de ningún modo le dije que venía de Sant Pau del Camp, porque ya se sabía lo ocurrido con el párroco y yo podía adquirir enseguida fama de hereje.

La iglesia era tan diminuta que en la parte del altar apenas cabíamos el sacerdote y yo. Los fieles eran cuatro campesinos, sobre todo mujeres, que vivían en el temor de Dios y jamás faltaban un domingo.

Allí pronto me encontré con dos cosas, una buena y una mala: la buena, por supuesto, era que nadie me conocía, y la mala, que allí no había mataderos ni animales que se desangrasen. Los cerdos y las cabras eran sacrificados, naturalmente, pero en familia. Habría sido arriesgadísimo repetir lo que había hecho por las noches entre las murallas de Barcelona. Eso me asustó, porque yo prácticamente no comía. Lo que me daba verdadera fuerza era la sangre.

De alguna forma tenía que resolverlo.

En la iglesia había muy poco trabajo, a diferencia

de Sant Pau del Camp, donde siempre había viáticos y siempre se estaba muriendo gente. Además, en las épocas de predicación del párroco que fue quemado vivo, el templo se llenaba de gentes venidas de todas partes, gentes que jamás habían oído una palabra de Dios tan distinta de las otras palabras. Aquí, en Nuestra Señora del Coll, una zona sin casi habitantes, la gente se moría poco. No había apenas trabajo, excepto contemplar el paisaje desde las lomas. En el silencio de los campos, la Barcelona amurallada se veía como una mancha pequeñita, y las calles que iban naciendo en sus alrededores ni siquiera se distinguían. Claro que por tan escaso quehacer no me pagaban nada: sólo la cama y la comida.

Una vida tan plácida me permitió hurgar en los viejos archivos que se conservaban en el templo, algo que sólo el párroco y yo podíamos hacer. Nadie en la zona sabía leer, y menos escribir, y su catalán era tosco y fabricado con cuatro palabras. Nadie conocía el castellano, que en cambio era bastante usual en las calles de Barcelona. Yo me maravillé de saber leer y escribir no sólo en catalán y castellano sino en latín, lo cual indicaba lo bien que me habían enseñado algunos clientes de mi madre cuando se compadecían de mí. El latín no tenía secretos gracias al párroco de Sant Pau, el considerado hereje, pero aun así yo debía de tener una inteligencia muy superior a lo normal para haber aprendido tanto. O quizá era muy viejo y había podido disponer de unos años que los otros no tendrían nunca. No lo sé. En aquella época era completamente incapaz de definirme a mí mismo.

Quizá el párroco de Sant Pau lo había hecho, al decirme una noche que el Mal también necesitaba hijos. Pero yo no quería recordarlo. Y la verdad es que nadie me había vuelto a definir.

Hasta que tuve que ir al palacio de la Inquisición, donde me esperaba El Otro.

Y hasta que conocí a una muchacha que quería morir.

17

ALGUIEN QUE CONOCIÓ AL DIABLO

Cuando la policía se encuentra ante casos inexplicables busca a tientas, y eso quiere decir que en la oscuridad tropieza con todo el mundo.

Dos de las personas con las que la policía más tropezó fueron el padre Olavide y el abogado Marcos Solana, aunque ni mucho menos fueron los únicos. Lo que diferenció al sacerdote y al abogado fue que los trataron con mucho mayor respeto; incluso un comisario besó la mano al padre Olavide. Resultó que el comisario era del Opus.

Los interrogatorios versaron principalmente sobre la muerte —«muerte nunca vista», decía el comisario de la Obra— de Guillermito Clavé. Ahora Guillermito Clavé ya estaba sepultado en forma de cenizas, pero el caso continuaba abierto con la necesaria discreción. Era un asunto de asesinato, y los asesinatos no deben turbar la paz de las buenas familias.

La viuda sólo había sido interrogada una vez.

El padre Olavide dos, como confesor del difunto. ¿Tenía éste amistades extrañas? ¿Era aficionado a hacer experimentos científicos con su propia sangre? «Porque hay gente que está muy loca, padre, más de lo que parece.» Guillermito, aparte de la religión, ¿había confesado creencias en algo sobrenatural?

Porque era evidente que se enfrentaban a algo sobrenatural, de eso estaba seguro el comisario piadoso. Primero, porque la muerte de Guillermito no se la explicaba nadie según las reglas de la lógica. «Nadie cree en vampiros en el siglo veintiuno, excepto algunos historiadores que acabarán siendo perseguidos por la fuerza pública.» Nadie podía creer tampoco que la manchita de sangre que había dejado el asesino perteneciera —o al menos pudiera pertenecer— a la misma sangre que se conservaba en los restos de una campana de 1714. La viuda de Guillermito les había dado toda clase de explicaciones sobre eso —mientras ordenaba comprar medio millón en acciones de Aguas de Barcelona, porque la muerte de Guillermito la había hecho más rica aún— y el policía piadoso se mareaba y no sabía ya qué preguntar a los otros miembros de la Obra.

Era un caso en el que no se habían encontrado jamás.

Mientras tanto Marta Vives, en las pocas horas que le dejaba libre el despacho, investigaba en los archivos más recónditos de la ciudad, buscando no ya el tiempo que se había ido, sino al menos una sombra de ese tiempo. Renunció, por supuesto, al Archivo Fotográfico, frente al antiguo Borne, porque en los años que ella investigaba nadie había pensado jamás fotografiar nada. ¿O quizá sí? ¿No le había hablado Marcos de una cara que se repetía a lo largo del tiempo? Pero era inútil revisar miles y miles de fotos, millones y millones de caras, buscando al fin y al cabo algo que ya sabía pero que no podía comprender.

Se le ocurrió entonces indagar en dos sitios, dominando su propio miedo.

Los dos únicos archivos que podían serle útiles eran el Diocesano y el de Historia de la Ciudad. Husmeó entre centenares de legajos que tenían ese inconfundible olor del olvido y de la muerte. Pasó todas las horas posibles en las salas de estudio, hasta que la echaron. Buscó por Internet, donde sin embargo no solía haber noticias remotas. Hurgó en todo lo que se refería al apellido Vives, el suyo, pero se encontró con que la Inquisición había condenado a personas con apellidos variadísimos —a veces simples apodos—, de modo que las pistas se perdían. Únicamente pudo comprobar que la mujer enterrada con una cruz de bronce en Sant Pau del Camp había sido asesinada y se llamaba Vives, pero sin que existiera ningún dato de su nacimiento o de su vida anterior. Era como si aquella mujer hubiera vivido en las nubes hasta que bajó a la tierra. Y entonces la asesinaron.

De los viejísimos archivos que procedían de Sant Pau del Camp llegó a deducir que aquella mujer de la tumba ultrajada había podido tener una hija, si bien no constaba nada acerca de su nacimiento. Marta Vives comprendió al fin que se encontraba en un camino sin salida, ante una pared donde parecía estar escrita una sola palabra: «FIN».

Marta tuvo que olvidarlo mientras se hundía en el despacho, en sus pleitos y papeles de hoy, siempre más urgentes que los de ayer. Menos mal que su mesa de trabajo, situada en lo mejor del ático de Vía Layetana, le permitía ver la Barcelona vieja, la de los cementerios secretos, sobre la cual estaba investigando. Le consolaba ver a un tiempo la vieja torre de la plaza del Rey y la nueva Casa de Cambó —¿nueva?— donde había cristalizado la vida financiera de la ciudad, y donde en los años de la guerra civil cristalizó la historia obrera. A Marta, que conocía bien la historia de Barcelona, le divertían dos anécdotas de Francesc Cambó, quien se había encontrado siempre con una España que no deseaba. Una anécdota era la de la construcción de la propia casa, un prodigio de lujo entre los solares a medio edificar de la nueva Vía Layetana. Los solares aún vacíos eran tantos y estaban tan sucios que por las paredes medianeras del edificio subían las ratas hasta el propio ático de Cambó. Éste pidió al arquitecto que le diese alguna solución, y el arquitecto ideó hacer un voladizo a la altura del ático: «Así las ratas caerán desde lo alto y se matarán». A Cambó le pareció bien la idea, pero quiso hacer el voladizo a la altura del tercer piso. «De ese modo las ratas no se matarán —opuso el arquitecto—. ¿Por qué lo hace?» Y Cambó contestó: «Porque no me parece deportivo jugar con tanta ventaja».

La otra historia se refería a la inauguración de la nueva sede del Círculo Ecuestre, en pleno Paseo de Gracia, con unas instalaciones que lo convertían en el mejor club privado de Europa. Cambó fue invitado al acto, naturalmente, y al acabar el evento comentó: «Ya hemos fabricado el lugar señorial. Ahora sólo falta fabricar los señores».

Todo esto ayudaba a Marta —mujer joven que languidecía entre las cosas viejas— porque así lo que tenía alrededor le parecía menos aburrido y más humano. También humana le parecía la conclusión de la policía en cuanto al doble crimen de Vallvidrera: «A la fuerza debe ser un asesinato ritual. Todo es tan absurdo que no queda más remedio que pensar en el diablo».

Por supuesto, al diablo no lo tenían fichado.

Y una agotada Marta buscaba datos, pistas inútiles, papeles perdidos, verdades que quizá no habían existido jamás.

Hasta que en Internet, el reino de las casualidades, encontró a alguien que buscaba lo mismo que ella, aunque desde otro punto de vista. El punto de vista de Marta Vives era el misterio y la muerte, mientras que el de su interlocutor era el lujo.

Los grandes historiadores conocen la relación que suele haber entre el lujo y el misterio y la muerte.

Su interlocutor era un joyero. Pidió a Marta que le visitase urgentemente, porque de otro modo no se atrevía a contarlo.

Juraba que había tenido una relación con el diablo.

Y mientras tanto, Marcos Solana, ex miembro de la junta del Colegio de Abogados, presidente de la comisión de Ética y letrado de personas que iban a misa, hizo algo que un abogado de esa clase nunca debe hacer. Envió al diablo la Ética.

Y no una sola vez, sino dos.

La primera infracción la cometió cuando estuvo solo unos minutos en el despacho del banquero que le había pedido ser acusador privado en el caso del doble asesinato de Vallvidrera. Pero ¿acusador privado contra quién? No había ningún detenido, no había más que indicios que parecían conducir al Más Allá. Y a pesar de eso, el banquero tenía interés en que el asunto no se durmiese.

Hubo un par de entrevistas, y en una de ellas el banquero se ausentó unos momentos del despacho. Marcos Solana ya se había fijado otra vez en la antigua foto de un consejo de administración donde aparecía una cara que le resultaba conocida. Al quedarse unos instantes solo, fotografió con su móvil aquella vieja estampa. Cuando el banquero apareció de nuevo, él fingió estar telefoneando.

Esa foto, bien tratada por un técnico, le permitió concretar la identidad de la cara que le había llamado la atención.

Ésa fue su primera acción éticamente reprobable. La segunda consistió en robar la foto de los antiguos doctores del Clínico, la del Servicio de Urgencias de 1916. Como la foto estaba sencillamente colgada en un pasillo, no le resultó tan difícil.

Provisto de aquellos documentos gráficos, Marcos Solana inició sus investigaciones. Naturalmente, Marta Vives le ayudó en ellas, pues la muchacha, cuando se estudiaba el pasado, tenía una especie de magnetismo.

Con los datos que poseía, Marcos Solana fue a visitar al comisario del Opus.

Ya se sabe que los comisarios, de mejor o peor gana, están dispuestos a escuchar cualquier historia. Pero si el comisario es de la Obra, parece mejor dispuesto a escuchar cualquier cosa que tenga relación con los misterios de la fe.

Uno de los misterios de la fe es la resurrección de la carne.

De modo que el comisario se dispuso a escucharle.

El comisario se llamaba Echevarría.

Estaba tan seguro de la resurrección que abominaba de las cremaciones, a pesar de los cambios de la doctrina de la Iglesia.

Marcos Solana le mostró las fotos.

«Servicio de Urgencias del Clínico en 1916»

Las batas blancas abrochadas hasta el cuello, los bigotes y las perillas, los botines, más de unos quevedos sobre la nariz. La huella gris del tiempo.

«Consejo de administración del Banco de Barcelona, 1905»

—Mire estas dos caras, comisario.

—Diantre, parecen la misma.

—«Son» la misma.

—Bueno, no hay tanta diferencia de años —objetó el comisario—. El mismo hombre podía ser banquero en 1905, sobre todo de un banco que se fue a tomar viento, y médico en 1916. Tendría que cambiar de oficio casi a la fuerza.

—Pero no seguiría teniendo la misma cara.

—Veremos, en primer lugar, si la cara es la misma, porque puede darse el caso de un parecido como los de la vida real. ¿Sabe qué le digo, abogado? Que no quisiera tomar parte en una rueda de reconocimiento de sospechosos. Hay coincidencias tan asombrosas que a veces no sé qué pensar.

—Es cierto.

—Pero por suerte, estamos en el mejor sitio para comprobar algo así. Dispongo de técnicos en antropometría que pueden comprobar los rasgos... Si usted vuelve esta tarde, le podrán dar una respuesta segura.

Marcos Solana volvió por la tarde, después de comer en el Círculo Ecuestre. Ambiente de negocios, de familias conocidas, susurros de letrados y la última exposición de un pintor que también aspiraba a la eternidad. Como Marcos era muy conocido, no pudo comer solo. ¿Sabes que el juez Valbuena no ha querido ir al Supremo? ¿Te has dado cuenta de las auténticas manías de la jueza Rius? ¿Sabes que se ha descubierto un desfalco en la Generalitat, y que no lo sueltan porque va a haber elecciones? La sopa de cangrejos estaba buena y la carne en su punto, pero Marcos Solana apenas probó bocado. Cuando volvió a ver a Echevarría le dominaba una especie de vértigo.

—Han examinado los perfiles y las medidas de las cabezas, aparte de los rasgos. Ahora no hay duda de que en las dos fotografías está la misma cara —dijo el comisario.

—Dios santo...

—No debe extrañarle tanto, Solana. No son muchos los años de diferencia.

—Pero la cara no ha cambiado...

Consejo de administración del Banco de Barcelona, cuando éste estaba en lo mejor de su poderío. Trajes de lana de Manchester, chalecos ceñidos hasta el último botón, lazos de pajarita o chalinas de las que más tarde pondría de moda Ventura Gassol. Calvas memorables, panzas a la Grand Vefour, barbitas recortadas por un príncipe ruso que ya había pedido el exilio anticipado. Todo un mundo que ya había dejado de existir, aunque existía aún la casa donde se reunía aquel consejo de administración: la primera casa de la Rambla, antigua fundición de cañones. Y siempre el tiempo en las ventanas, el tiempo, el tiempo.

—He averiguado también otros detalles —dijo el comisario, piadoso.

—¿Cuáles?

—Recursos de un viejo policía que conoce gente. Ante todo, he hablado con Francesc Cabana, que es el mejor historiador de la banca que tenemos en este país. El hombre de la cara que no cambia nunca era, en efecto, consejero del Banco de Barcelona en 1905. Se llamaba Eduardo Rossell.

Marcos Solana le miró con renovado interés. Por fin un dato comprobable, una pista. Y también una cierta sorpresa, porque no esperaba que el comisario se esmerase tanto.

—Señor Echevarría, ¿qué más ha averiguado?

—Que ese hombre, Eduardo Rossell, desapareció dos años después. Hay algún dato en los archivos de Jefatura. Se dice que lo secuestraron los anarquistas por motivos políticos —o mejor sociales, porque los anarquistas no creían en la política—, algo que no era tan raro en aquella época. Se hicieron investigaciones, claro, dada la personalidad del banquero, pero éstas quedaron del todo frenadas cuando la Semana Trágica de 1909. Aparecieron tantos cadáveres en Barcelona que cualquiera pudo ser el de Rossell. De hecho, parece que hasta hubo una identificación de restos, aunque sin demasiadas garantías, hasta que el caso se cerró. No necesito decirle que ahora es un caso que pertenece a la prehistoria.

—No es tan extraño lo que me dice, comisario —susurró Solana—, porque las desapariciones violentas forman parte de la historia de este país, pero los archivos del Banco de Barcelona existen aún. Se podrá reconstruir la historia del tal Rossell. Por ejemplo, de dónde venía.

—Lo he hecho. No crea usted que mis hombres del servicio informático han estado inactivos. Hay indicios de que Eduardo Rossell hablaba varios idiomas, entre ellos algunas lenguas muertas, conocía la historia del país como si la hubiese vivido y manejaba la contabilidad como si fuese una computadora. Hay indicios de que asistía a tertulias en Els Quatre Gats, donde la gente se asombraba de todo lo que aquel tipo sabía. Hasta Sánchez Ortiz, que entonces era director de *La Vanguardia*, le hizo una entrevista.

—Entonces estamos de suerte.

—De suerte nada, amigo mío: nada. Todo lo que le cuento es espuma: alguna anécdota en los periódicos, fragmentos de memorias de gente de la época y pedacitos de los boletines bancarios. Pero nada oficial. Que ese hombre existió es cierto, pero para empezar, no hay certificado de defunción.

—En cierto modo, es natural —dijo Marcos, quien había tenido que reconstruir filiaciones enteras de gente desaparecida durante las guerras—. En este país han pasado demasiadas cosas.

El comisario, que quería santificar su trabajo en la Tierra, miró al abogado con una secreta piedad.

—He hecho algo que tal vez debería haber hecho usted —murmuró.

—¿Qué?

—Utilizar a mis informáticos, y sobre todo mis amistades en el Registro Civil, para encontrar el acta de nacimiento de Eduardo Rossell. En la entrevista que le hizo Sánchez Ortiz, él dice que siempre fue corredor de Bolsa y que nació en Barcelona. No da nunca el año, lo que ha complicado mucho las pesquisas, pero se han revisado los nacimientos de al menos veinte años. Como es lógico, figuran muchos Eduardo Rossell, pero todos tienen fecha de defunción, o al menos expediente de presunción de muerte, como manda el Código Civil. Éste sería el único que no ha muerto a pesar de que desapareció y lo buscó la policía. Absurdo. Tendría que estar diez veces muerto. Nos encontramos ante un tipo que no sólo no muere, sino que no consta ni que haya nacido.

Marcos Solana cerró otra vez los ojos.

La lujosa casa de la Bonanova.

El fin de Guillermito Clavé.

El tiempo.

El tiempo en las ventanas.

Y otra vez el vértigo.

Con un hilo de voz susurró:

—Vamos a por el médico de 1916.

—Exacto. Servicio de Urgencias, uno de los primeros instalados en este país. Unas caras bien conocidas. Por suerte, los archivos del Hospital Clínico son muy completos.

—¿Y...?

—El médico que aparece en la foto es identificable. Se llamaba doctor Serra, especializado en Cardiología. Se presentó a unas oposiciones libres y resultó que el tío lo sabía todo. Hay siempre un modo lógico de ejercer la medicina, que es aplicar a la vez lo antiguo y lo nuevo, y parece que en esto nadie le superaba. Nadie. En las oposiciones obtuvo el número uno. Un médico de los que formaban el tribunal confesó que nunca había visto un caso así. El tal doctor Serra le describió una trepanación como hacían los cirujanos de las galeras en el siglo xv. Lo asombroso no fueron los detalles y la descripción del instrumental, sino que no se tenía noticia de ningún libro que lo explicase. En el tribunal llegaron a la conclusión de que aquel tipo lo había vivido, pero esa conclusión era tan absurda que al final se pusieron a reír.

Solana contempló con admiración al comisario.

—Ha hecho muchas averiguaciones en pocas horas —elogió.

—Digamos que el caso me ha apasionado porque nunca me había encontrado en una situación así.

—¿Y qué saben del doctor Serra en los archivos del Clínico?

—El doctor Serra acababa de estrenarse, como quien dice, cuando se produjeron las huelgas obreras de 1917, que en Barcelona causaron muchos heridos. El servicio de

Urgencias trabajó a tope, y aquel médico novato lo hizo tan bien que mereció incluso una felicitación municipal.

—Por consiguiente sería ascendido...

—Iban a hacerlo cuando el doctor Serra decidió de repente que quería ejercer la medicina privada en Madrid. Se ve que su fama había llegado lejos, incluso aparecen varias menciones en los periódicos de la capital. Parece ser que muchos clientes de dinero querían tenerlo allí. Que el doctor Serra se dejase tentar me parece razonable, porque un médico de fama en la Villa y Corte podía ganar muchísimo dinero. E incluso entrar en el Palacio Real.

—Supongo, comisario —dijo Solana con admiración— que ya se ha puesto en contacto con el Colegio de Médicos de Madrid.

—Con mis compañeros policías de Madrid, que es distinto, aunque ellos han averiguado varias cosas bastante sencillas. Por ejemplo, que nuestro admirado doctor Serra nunca se colegió en la capital. Estuvo un par de semanas alojado en un hotel de lujo de Madrid, según él mismo notificó al Colegio de Médicos, pero sólo eso. Y de pronto desapareció. Así de sencillo. Desapareció. Mis colegas de Madrid y yo nos hemos dado cuenta enseguida de que es inútil buscar pistas, sencillamente porque no las hay.

El abogado Marcos Solana sentía frío hasta en las yemas de los dedos.

Estaba ante un hombre que no nacía ni moría, aunque en realidad nacía y moría cien veces.

No reconoció ni su propia voz al preguntar:

—¿Registro Civil?…

—En este caso, ni eso. No consta el lugar donde había nacido el doctor Serra, así que no sabemos dónde buscar. Pero veo que usted tiene ojos de alucinado, abogado, y yo quisiera tranquilizarle.

—¿Sí? ¿Cómo?

—Diciéndole que la desaparición es una de las circunstancias de la vida humana que se da con más frecuencia. Ya no le hablo de las guerras, donde una persona se esfuma en el aire y hay que esperar largos años para empezar a tramitar la presunción de muerte. No, no hace falta recurrir a eso. Cada día hay viejos que se pierden y de los que ya no se vuelve a saber, chavales que se van porque quieren estrenar una vida y lo más probable es que estrenen una tumba sin que nadie lo sepa. Chicas engañadas o raptadas que a lo peor yacen bajo el árbol junto al que iban a jugar con sus padres. Nunca más se vuelve a saber de esos ancianos, de esos chicos aventureros, de esas nenas en flor. Si lo sabré yo, que he de cerrar casos continuamente… No le extrañe, amigo mío, que a lo largo de tantos años hayan desaparecido un banquero y un médico.

—Pero no los dos con la misma cara y sin dejar ninguna presencia en el Registro Civil.

El comisario hizo un gesto de comprensión que al mismo tiempo era lo más parecido del mundo a un gesto de impotencia.

—Abogado… —preguntó en voz baja—, ¿cree usted en el diablo?

18

LA CAMA DE HIERRO

Me parece haber dicho que hubo dos circunstancias que lo cambiaron todo entre la calma y el olvido de Nuestra Señora del Coll: mi visita al Tribunal de la Inquisición y el conocimiento de una niña que quería morir.

No sé decir cuál de las dos fue más importante, pero empezaré por la visita a la Inquisición porque fue lo que sucedió antes. La visita me la exigió el párroco, dado que necesitaba completar sus archivos y yo era el único que sabía leer, y además conocía todos los hechos históricos que me plantearan. De modo que me dio una carta de recomendación, un pedazo de pan, unos gramos de tocino y me despachó con estas palabras:

—Tú comes poco, así que no te vas a morir de hambre. En cuanto a agua, por el camino encontrarás toda la que quieras.

En efecto, la llanura barcelonesa estaba surcada de regueros y torrentes que bajaban de la montaña, y muchas veces se construían casas y calles sobre los cursos de agua. Más tarde, en la lejanía de un tiempo que aún estaba perdido en las brumas, yo asistiría, por ejemplo, a la construcción de la Rambla de Cataluña sobre la riera de Malla. Pero entonces era algo que no podía ni imaginar.

Era un riesgo introducirme de nuevo en la Barcelona amurallada con un rostro que no había cambiado en absoluto, mas necesitaba obedecer para no ganarme la desconfianza del párroco. Y no me quedó más remedio que andar por un larguísimo camino hacia la calle de los Condes, donde estaba el Tribunal de la Inquisición. O mejor dicho, aún no estaba oficialmente allí. Una de las sedes más siniestras que se han dado en la Historia no tuvo como centro las dependencias del Palacio Real hasta el siglo siguiente, pero entonces se hacían ya allí muchos interrogatorios. Los locales estaban junto al salón del Tinell y destacaban en ellos unos arcos semicirculares que con los años fueron de los pocos elementos arquitectónicos que se conservaron. Toda la parte del palacio asignada a la Inquisición era lóbrega y siniestra, y tenía entrada directa por la calle de los Condes mediante una puerta que luego, con los años, vi sustituir por una sólida reja. Lo que no ha cambiado es el escudo que está sobre esa puerta y que ahora distingue el Museo Marés. Con el transcurrir de los siglos he vuelto allí para disfrutar de las obras de arte, y al observar las caras de los otros visitantes veo que no saben que entre las mismas piedras se escucharon acusaciones atroces, gritos de dolor y condenas a la hoguera. Me maravilla encontrarme en el museo con damas de la buena sociedad que necesitan una ración de cultura para sus tertulias y con viejecitas que hablan entre susurros, como si no se atrevieran a perturbar la paz secreta de los muertos.

Bien, pues por aquel entonces el Santo Oficio aún no tenía la sede oficial en aquel lugar, pero funcionaba. Me introduje en la ciudad por la Puerta del Ángel, donde antes tenía lugar el mercado de esclavos, y vi el de la plaza del Pino, que estaba tan vivo como antes de que yo abandonase Barcelona y en cuyas cercanías había bebido la sangre de las reses. Me di cuenta de que ahora estaba en una ciudad más rica, con más comercios y con los talleres de los gremios mucho mejor instalados, aunque se seguía trabajando en la calle. Había gentes mejor vestidas, pero el aire seguía siendo espeso y maloliente porque las calles eran tan estrechas como antes, y encima había aumentado la población. Barcelona se ahogaba, y empezaba a hablarse de construir pisos por encima de las calles, de forma que éstas se convirtieran en una especie de túnel. Al mismo tiempo se iban alzando nuevas edificaciones por la parte del Riego Condal, de modo que dudo que alguien supiera la cantidad de habitantes que entonces tenía Barcelona. Más allá de las murallas, en el Raval, donde yo había vivido, ya se amontonaba una verdadera multitud.

Pero el miedo que yo tenía era a que me reconociesen, por lo cual llevaba un sombrero que me tapaba en parte la cara, vana precaución, porque cada uno iba a lo suyo y, como seguiría sucediendo siglos más tarde, nadie se fijaba en nadie.

Una vez en el Tribunal, me presenté ante el secretario, que no mostró el menor interés por mí a pesar de que yo le hablaba en correcto latín. Me dijo que me esperara y fui recluido en una sala donde había dos largos bancos de piedra y más de diez personas en mi misma situación. Por el momento no supe qué hacían allí, pero pronto me di cuenta, con temor, de que estaban todos citados para sufrir un primer interrogatorio. Ante la Inquisición se presentaban muchos casos dudosos, generalmente por denuncias, y no era extraño que hubiese un interrogatorio preliminar sin la presencia de los verdugos y los expertos en tortura. Todo tenía un cierto aire civilizado, incluso culto, porque enseguida me percaté de que los reunidos allí eran gentes de una cierta enjundia. La Inquisición nunca interrogaba a los simples, a los que se limitaban a repetir la palabra de Dios, sino a los que juzgaban esa palabra. En mi país, ésa ha sido siempre una constante, sin que nada la haya hecho variar: todo aquel que piensa es sospechoso. Lo mejor es decir a todo que sí y aclamar al que manda.

Uno de los que se encontraban a la espera, por ejemplo, era cirujano, pero había estado años en las galeras del Rey como sospechoso de pirata sarraceno. Relataba con voz triste y monótona la suerte de los remeros, que estaban encadenados a los bancos y tenían que hacer sus necesidades en ellos, de manera que el fondo de cada buque destilaba podredumbre y era reconocido por el olor a millas de distancia. No había nada más sucio en el mundo, decía aquel hombre, que una galera, ni nada más dado a infecciones, por pequeñas que fuesen las heridas. En éstas llegaban a nacer gusanos, pero lo asombroso, decía el cirujano, era que las heridas con gusanos se curaban más que las otras, porque éstos se comían la parte podrida y dejaban la parte sana. Yo me sentía mareado sólo oyendo sus palabras. Y además, cuando había un incendio, los remeros no eran liberados, sino que morían abrasados vivos. Otras veces, si caían prisioneros, se les eliminaba de una forma rápida e higiénica: atados en masa en la playa, de modo que no pudieran nadar, eran arrastrados mar adentro por la galera vencedora hasta que se ahogaban en el fondo de las aguas.

Las personas que han recorrido el mundo necesitan ser escuchadas, y aquel antiguo cirujano no hacía más que hablar. Pero lo más horrible para mí fue cuando empezó a narrar operaciones en el cráneo. Decía que en la trepanación estaba la cirugía más ejemplar, pues ya los antiguos egipcios la practicaban, y que él sabía dónde horadar exactamente sin necesidad de alzar toda la tapa de los sesos. Con un solo golpe o un agujero, en los casos más rebeldes, descubría dónde estaban los humores maléficos, arrancaba o limpiaba una pequeña parte de los sesos y luego la volvía a tapar. El único inconveniente —reconocía— era que a veces los operados olvidaban su nombre, no conocían a sus compañeros o, sencillamente, se volvían locos. Yo no tenía idea entonces de que cada parte del cerebro regula una facultad distinta, mas aquel hombre las recitaba con una precisión absoluta, como yo mucho más tarde descubriría oyendo a otros médicos. Puedo jurar que desde entonces han mejorado los instrumentos y los métodos, pero que todas las ideas-madre están ya en la medicina antigua, aunque los libros se han perdido y han muerto las voces de los que sabían explicarla.

Sin embargo, la brutalidad de aquellos relatos, las grandes carnicerías, las agonías interminables que fluían de la boca de aquel médico me producían a la vez náusea y horror. Él no sabía por qué iban a interrogarle, aunque parece ser que había hecho unas cuantas curaciones milagrosas y, por lo tanto, empezaba a tener fama de brujo. Mal asunto si ante la Inquisición demostrabas saber más de lo que sabía ella.

Otro de los citados era alquimista. Hoy se le llamaría químico con toda la amplitud de la palabra. Conocía las propiedades de la materia, sobre todo la orgánica, la que estaba relacionada con el carbono, de un modo que yo no podía ni imaginar. Tomé conciencia de que con aquellos hombres aprendía en pocas horas más que en toda mi vida, aunque yo no era consciente de lo que mi vida había durado.

Todo terminó de pronto.

En la sala entró un hombre vestido severamente y nos miró uno a uno con unos ojos helados y profundos que cortaban hasta los pensamientos. Naturalmente me miró a mí también, y me di cuenta de que me había reconocido al instante.

A la fuerza tenía que ser así.

El hombre que acababa de entrar era El Otro.

Ahora estaba en sus manos.

Supe en aquel instante que allí, en el palacio de la Inquisición, mi vida iba a terminar.

Habría podido decirse que El Otro iba vestido como un sacerdote, aunque no llevaba sotana. Aquella apariencia se la daban las ropas negras y cerradas hasta el cuello, el aire severo y su mirada glacial, que parecía la imagen de un Dios vengador. Iba peinado con el pelo muy corto, sin tonsura, y su rostro no había variado desde la primera vez que le vi. Al igual que yo mismo, El Otro tampoco parecía tener edad.

Se me quedó mirando un largo rato, como sorprendiéndose de que yo hubiera tenido la osadía de llegar hasta allí. Luego sonrió torcidamente, dándose cuenta de que me tenía en su poder. Y ante mi mirada interrogante susurró:

—Yo trabajo aquí.

Era lógico. ¿Dónde, sino en la Inquisición, iba a trabajar un individuo como él, cuya vocación era la muerte? Comprendí enseguida que me haría arrestar, me sometería al tormento en una de las salas interiores y reservaría lo que quedara de mi cuerpo para la hoguera del primer auto de fe.

Por primera vez en muchos años sentí miedo. Recordé que aquel tipo era el que había ahorcado a mi madre.

Pero en lugar de eso murmuró:

—Ven conmigo.

En algunas estancias el palacio de la Inquisición era incluso elegante, sobre todo el despacho al que fui conducido. Tenía muebles de sólida madera, sillones frailunos y, para evitar la desnudez de la piedra, unos tapices que a mí me parecieron de Flandes. Naturalmente, sobre la mesa había un gran crucifijo de marfil, que ya no me impresionaba —antes las cruces me daban miedo— porque estaba harto de verlos en las tumbas.

Se sentó al otro lado de la mesa y dijo con una calma gélida:

—Soy uno de los secretarios de la Inquisición, el más importante. No pronuncio condenas, pero soy el que decide en los interrogatorios hasta dónde llega la fe de las personas sospechosas.

Y añadió con la misma voz helada:

—Contigo no hay nada que decidir.

Esperé unos segundos sin saber qué pensar, consciente de que estaba perdido. Jamás saldría vivo de uno de los edificios más siniestros de Barcelona, y si salía vivo sería para ser transportado a la hoguera. El frío que reinaba en aquella estancia era espantoso, como si las piedras de las paredes hubieran sido arrancadas de los panteones una a una. El Otro volvió un poco la cabeza, dejando a la vista parte de su cuello, y me di cuenta de que algo brillaba sobre su piel. La finísima cadena que mi madre había llevado hasta el momento mismo de morir aún existía.

En sus ojos helados apareció el odio, pero tuve la extraña sensación de que le disgustaba ese sentimiento. De que estaba harto de tener que odiar. De que esperaba algo así como que yo me postrara y le besara los pies. Que gritara mi arrepentimiento desde el fondo de los siglos.

Porque dijo con voz opaca:

—Tú vienes desde el fondo de los siglos.

Noté de forma confusa que él había adivinado lo que quizá ni yo mismo sabía. Pregunté con una voz que no parecía la mía:

—¿Vengo del fondo de los siglos? ¿Por qué?

—Porque la Creación no ha terminado todavía.

La niña que quería morir tenía apenas once años; era pequeña, rubia, frágil, pero con las sugerentes formas de alguien que pronto será mujer. Tenía una cintura muy fina, unos senos ya insinuados pero duros —«serà mamelluda», decían los entendidos del remoto barrio— y, sobre todo, unos labios carnosos y como dibujados a pincel tras los que asomaban unos dientes enteros y blanquísimos. «Eso —decía hasta el párroco— es un milagro de Dios», porque incluso las dentaduras jóvenes solían estar incompletas, eran oscuras y muchas veces cargadas de podredumbre. Los hombres la miraban y creían entonces en el milagro de Dios.

Aquella huérfana, recogida por caridad en la única casa rica del entorno, era la criada más insignificante de un hogar lleno de mujeres recelosas, altivas, orgullosas de su dinero ya que no podían sentir orgullo de nada más, mandonas y convencidas de que Dios da a cada uno su papel en la vida. Sólo dos hombres, el padre y el hijo, componían el personal masculino. El padre, el amo, propietario de grandes tierras pero también de un solo diente, entró una noche en el cubículo donde dormía la niña.

Le abrió las piernas con el gesto despectivo del que examina una pieza de ganado.

Ella gimió.

Un revés en la cara acabó con sus gemidos y le cubrió la boca de sangre.

Luego el hombre la penetró hondamente, todo lo hondamente que pudo, mientras ella contenía sus gritos y se estremecía de dolor.

El hombre se vació en ella con un grito de placer.

—Si quedas preñada del amo no esperes que yo reconozca al hijo, puerca —le advirtió él mientras recobraba la vertical apoyándose en los pechos de la niña.

La peor humillación para ella no fue la pérdida de su virginidad, el dolor, la sumisión, sino la sensación de que aquel hombre no daba la menor importancia a lo que acababa de hacer.

Como si acabara de vaciarse en una ternera.

—Sobre todo —dijo el amo mientras se abrochaba— no se lo cuentes a mi hijo.

El hombre que no sabía lo que era la muerte se retrepó en el sillón frailuno y dijo:

—No, la Creación no ha terminado todavía.

Permanecí en silencio.

Ignoraba lo que El Otro quería, aunque jamás podría ser bueno para mí.

Apreté los labios.

—El principio del Bien siempre luchará contra el principio del Mal —susurró El Otro—, y eso será así desde el principio hasta el final de los tiempos.

No me atreví a decirle que tal vez no existía la Creación, sino una serie de fuerzas cósmicas que habían evolucionado a través de los siglos y nos habían hecho evolucionar con ellas. No me atreví, sobre todo porque decir eso en el palacio de la Inquisición significaba la pena de muerte.

Existían en Barcelona algunas personas que creían en la evolución más que en la Creación, pero la mayor parte de esas personas estaban ya muertas. Es decir, no existían, sino que habían existido.

Me encogí de hombros. Al fin y al cabo, ¿podía soñar en salir vivo de allí?

—Dios —me dijo la persona que tenía sentada enfrente— completa la Creación mediante el Espíritu Santo, que no descansa jamás en su lucha contra el Mal, y que tiene un solo intérprete: el papado. Claro que, al mismo tiempo, el Mal, el Diablo, tampoco descansa nunca.

—Y ¿cómo lo hace? —me atreví a preguntar.

—Por medio de seres como tú. De auxiliares del Diablo. De hijos nacidos de su simiente secreta. De pequeños monstruos contra los que habrá que luchar hasta el último día del último Juicio. De seres que habrá que eliminar para que no difundan su semilla. No sé si has pensado alguna vez que siempre he tenido la sagrada obligación de matarte.

Me estremecí de nuevo, en mi pequeñez, ante El Otro, que en el fondo —ahora me daba cuenta— pertenecía a la misma especie que yo: la especie de los inmortales. Yo era un inmortal que muy pronto dejaría de serlo.

—Tengo que hacerlo —añadió con una sonrisa helada—, tengo que hacerlo para que en el mundo siga rigiendo el Bien.

La niña que quería morir supo que tenía el vientre ya maltrecho, pero seguía teniendo los dientes blancos. Su vientre estaba cada vez más maltrecho porque el amo la visitaba noche a noche, con creciente deseo, mientras presumía de que la Providencia le había dado la verga más poderosa de toda la comarca. Y debía de ser verdad, porque los dolores de la niña eran cada vez más atroces. Y el hombre repetía cada vez al descabalgarla:

—No se lo cuentes a mi hijo.

Podía habérselo contado a las mujeres de la familia, que eran legión —y todas propietarias de un modo u otro—, pero la niña que ansiaba morir sabía que habría acumulado el desprecio al dolor y la vergüenza. Lo único al parecer importante era que no lo supiese el heredero, es decir, el hijo.

Claro que todo lo malo puede empeorar, dice un

viejo proverbio que luego aclamaron los científicos. El amo se cansó pronto del vientre de la niña, que había aprendido a no llorar y que con eso quizá causaba una decepción secreta al amo, así que buscó otra vía. Aunque la sodomía era pecado nefando y podía ser castigada con la muerte, nunca era tan mal vista si se ejercía discretamente de amo sobre esclava (no esclavo) y de amo sobre sirvienta (no sirviente). Y así fue como el hombre de un solo diente aprendió que la niña podía volver a llorar, lo que daba a las noches la emoción necesaria. A veces, el amo incluso tenía que taparle la boca.

La niña que quería morir volvió a sangrar.

Y el amo le hizo otra paternal advertencia:

—No se lo cuentes a mi hijo.

El Otro decidió que me encarcelasen en el propio palacio de la Inquisición, en el cual había yo entrado por donde hoy existe una verja. Era evidente que no tenía autoridad para hacer que me quemasen, puesto que para ello hacían falta todas las solemnidades de un proceso y un auto de fe, pero podía morir «accidentalmente» en el tormento. Y eso fue lo que decidió sin perder un minuto.

—Lo siento —dijo—, a mí me gustan las muertes rápidas.

No era una muerte rápida la que me esperaba, aunque tuviese que parecer accidental. Mientras yo era obligado a esperar en una de las dependencias del palacio, El Otro buscó dos testigos que me denunciaran por haberme visto efectuar ritos diabólicos. Con ese requisito ya tenía suficiente para interrogarme y para someterme al tormento.

Claro que él no iba a estar presente, no iba a rebajarse a eso. Él pertenecía a los cuerpos celestes de la doctrina, que mantienen siempre su dignidad porque no ven lo que la doctrina hace sufrir a los seres humanos. Los Papas no asisten a las torturas y las muertes, Dios no asiste a las torturas y las muertes, Dios sólo ES.

Uno de los verdugos me condujo al lecho de hierro, que consistía en un somier con púas de metal sobre las cuales era atado el ser humano que iba a lavar su conciencia. Pero éstas estaban colocadas en sentido ascendente, hacia la cabecera de la cama, de modo que no se te clavaban inmediatamente cuando eras tendido sobre ellas. El suplicio empezaba al funcionar la rueda.

Los pies del torturado estaban atados al eje de una rueda situada a los pies de la cama, que el ayudante del verdugo hacía girar hacia abajo. Como la víctima estaba también atada a la cabecera de la cama no sólo sufría la tortura del estiramiento de los músculos, sino que al deslizarse el cuerpo hacia abajo las púas de hierro se le clavaban hasta el fondo. Era casi imposible salir vivo de aquella máquina de torturar por muy poco tiempo que te tuviesen en ella.

Mientras me ataba por las muñecas y los tobillos el verdugo dijo:

—Más vale que confieses ahora.

El hombre del falo erecto, orgullo de la comarca, tuvo que ir a una feria de caballos que se celebraba en Vic, de forma que dejó sola a la huérfana que quería morir. Los caballos eran de gran clase, machos araneses que los tratantes traían a pie desde el Valle, sin montarlos, y a veces terminaban su ruta en la que había sido la Imperial Tarraco. Días y días a pie, procurando que el mejor aspecto correspondiera siempre a las bestias. El hombre del falo erecto no se esforzó tanto: fue a Vic en carro, aunque tardó dos días enteros, dos días con sus noches.

Ya la primera noche, la niña que quería morir fue visitada por el hijo, el heredero, orgullo y prez de todos los falos extramuros. Claro que la niña que quería morir no pudo compararlo con el del padre hasta que lo vio. El heredero, que ya tenía veinte años y conservaba al menos media dentadura, empezó por quejarse. Dijo que ser «hereu», la institución típica de la tierra catalana según la cual el hijo mayor se lo quedaba todo, era un auténtico castigo, y hasta la niña que quería morir lo entendió. Estaba obligado a vivir en la casa del padre llevando con su esfuerzo todas las propiedades, lo cual le convertía, al fin y al cabo, en un esclavo de la tierra. Pero no sólo eso: tendría que dotar a todas las hermanas cuando se casasen, y si llega a tener hermanos les habría tenido que dar profesión u oficio. Claro que el hijo del dueño no se quejaba de eso, sino de lo peor: tener que estar sometido siempre a su padre y su madre, hasta que murieran. Ellos eran los verdaderos amos, ellos ejercían una tiranía discreta y constante, de sumisión y besamanos, de verdaderos reyes. Claro que gracias al *hereu*, las propiedades catalanas no se fragmentaban y eran rentables, mientras que en algunos reinos como el de Galicia (había oído decir a los segadores de temporada) todo se repartía y era improductivo, de tal modo —ilustró a la niña— que si había una vaca y cinco hermanos, a cada uno de ellos le correspondía, por decirlo así, un quinto de vaca. Cada pueblo tiene su lógica, pero —añadía— la lógica no siempre es buena.

La niña que quería morir aprendía rápidamente.

La lógica era mala, por ejemplo, cuando el padre tenía derecho a ejercer su poder sobre todas las personas del servicio olvidando a los demás, que también tenían necesidades y deseos. A la niña no se la consideraba una mujer, sino un objeto. Y con los objetos no se peca. Así que él procuraría hacer algo distinto para no imitar en todo al padre, y se mostró maravillado —lo estaba ya antes— de que la niña que ansiaba morir tuviera todos los dientes: era preciso buscar la fuerza de la vida en ese espacio providencial de los dientes. Y entonces le mostró que la familia podía estar contenta de sus atributos, no sólo de sus tierras, y la niña que quería morir se sintió ahogada. Y volvió a llorar y a escupir. Semen, dolor e impotencia.

—Más vale que confieses ahora.

Y lo hice. ¿Por qué negar que adoraba al diablo si, según El Otro, el poderoso, el sabio, yo era hijo del diablo? Pedí que se tomara nota de mi confesión, lo cual no estaba previsto por El Otro, quien contaba con que yo iba a morir en el tormento. La confesión requería unas ciertas solemnidades, entre ellas un escribano para anotar que mis palabras eran voluntarias y que no se me había torturado, lo cual significaba de momento una garantía para mi vida. De forma que confesé, y además lo hice con una cierta solvencia moral, puesto que sabía que no iba a perjudicar a nadie.

Lo primero que tenía que hacer era examinarme a mí mismo. ¿Madre? Una esclava prostituta. ¿Circunstancias de mi nacimiento? Era posible que hubiese intervenido alguien que estaba por encima de las leyes del mundo. ¿Mi edad? No la sabía, aunque tal vez me aproximara a los treinta años: de hecho, como apenas había cambiado físicamente, no tenía nada que me sirviera de referencia. Si asegurara tener veinte años, iban a creerme; según como me vestía, parecía más joven o más viejo, y eso lo utilizaba a veces para que no me reconocieran. En los sitios que yo frecuentaba no había espejos ni nada donde se reflejara mi imagen: a duras penas la veía reflejada en las charcas. Pero me daba cuenta de que podía parecer atractivo, y de que mi cultura, muy superior a la normal, podía convertirme incluso en un hombre deseable. Y nada más. Yo apenas podía contar nada de mí mismo.

Eso era suficiente para que me sometieran al tormento (si no tenía una historia lógica, podía tener una historia sobrenatural), así que me inventé una biografía: criado de prostíbulo, hijo de una prostituta y un desconocido. De hecho, había centenares como yo, y además, en cierta forma, estaba diciendo la verdad. Otra cosa era mi dimensión moral.

¿Cuál era mi dimensión moral?

Quizá no me lo había preguntado nunca. Yo era un perseguido, y como tal tenía derecho a acumular odio, aunque fue en aquel momento cuando me di cuenta de que nunca había analizado mis estados de conciencia. ¿Estaba destinado al Mal? ¿Era justamente como había dicho El Otro? ¿Era un engendro del diablo?

¿Me obligaba eso a no tener conciencia?

Me di cuenta de que no era así. Me di cuenta de que conocía el Bien y conocía el Mal. Si el Diablo estaba en mi origen, el Diablo conocía el Bien y conocía el Mal. En realidad, con el Mal dignificaba el Bien, como el Bien no lo sería si no existiera el Mal. Llegué a la conclusión —en la que hasta entonces no había pensado— de que el Diablo es un sabio creador de ambigüedades, y por tanto es también un creador de hombres. De que la Creación es una obra conjunta que no ha terminado (El Otro mismo me lo había dicho) y en la que cada hombre sigue participando con su granito de sal.

Yo mismo no sabía qué estaba pensando.

Pero no era tan sencillo.

Del mismo modo en que contribuimos a formar una ciudad, contribuimos a formar una conciencia.

Me pregunté si esa conciencia me había sido obligatoriamente dada.

Llegué a la conclusión de que no.

De que yo mismo podía contribuir a fabricarla. Y de que quizá el Diablo, al fin y al cabo otro perseguido, era más tolerante conmigo de lo que podía serlo Dios.

Pero eso no podía decirlo en confesión.

—En realidad no confiesa nada —dijo el escribano—. Nos hace perder el tiempo.

Era la señal para que me forzasen a hablar, y yo sabía muy bien lo que eso significaba.

Bastó una orden seca para que me atasen desnudo sobre la cama de hierro.

19

LAS JOYAS SON EL TIEMPO

De todos era sabido que Marta Vives utilizaba Internet en el bufete, pero no era amiga de hacerlo para sus investigaciones privadas. En la red hallaba una gran cantidad de información, pero no era lo bastante antigua, era una información que jamás podía igualar a la que ella encontraba en los viejos archivos, donde era una autoridad que quizá con los años llegaría a ser reconocida.

O tal vez lo era ya.

Sólo así se explicaba que por Internet hubiese entrado en contacto con aquel joyero que temía haber visto al diablo.

Marta Vives acudió a la cita.

Por unas horas decidió olvidar a aquella antepasada suya que fue asesinada, y cuya cruz de bronce había sido robada de la tumba en el viejo cementerio de Sant Pau del Camp, un cementerio del que ya no se tenía memoria.

Una mujer asesinada de la que le parecía saber que había tenido una hija...

El joyero no era tal joyero. Mejor podría decirse que lo había sido. Tuvo un establecimiento en la calle Fernando, cerca de las Ramblas, lugar de dinero antiguo, damas encorsetadas y pisos nobles que tenían estucos en el techo.

Ahora los estucados permanecían, pero el lugar ya no era noble, el dinero antiguo se había ido al Paseo de Gracia y las damas encorsetadas habían sido sustituidas por audaces nenas que enseñaban el ombligo. Marta Vives, mujer quizá anticuada, se estaba dando cuenta de que el ombligo se había ido transformando en un llamamiento erótico de urgencia.

El joyero que ya no lo era se había convertido en un diseñador de éxito. De hecho, siempre lo fue. Creaba joyas exclusivas siguiendo el criterio modernista que el recuerdo de Gaudí había dejado establecido: insectos, libélulas, cadenas enroscadas sobre sí mismas, alas hechas de oro pero que parecían hechas de aire.

—Amiga mía, siéntese.

Marta Vives recordaba los diseños. Horas y horas en los archivos y las pinacotecas la habían familiarizado con los retratos de las damas que lucían joyas inmortales, hoy legadas a las nietas y guardadas en las cajas fuertes de los bancos. En cuanto vio al joyero, recordó a algunos de sus clientes: Roca, que parecía llevar siglos en el Paseo de Gracia; Domènech, que estuvo en las Galerías Condal, y últimamente Suárez, donde se concentraba el dinero nuevo. Los grandes joyeros necesitan un creador, y el hombre que Marta tenía delante lo era.

—Perdone que la molestara al coincidir los dos en aquel chat. En el fondo, creo que buscábamos lo mismo: usted, historias de mujeres antiguas que aún deben de tener un sitio en el tiempo; yo, diseños de los que las damas aún llevaban a principios del siglo veinte, para tener ideas nuevas. Enseguida me di cuenta de que usted es una auténtica autoridad.

—No en joyas —confesó Marta Vives—. Me gano la vida como pasante de abogado, pero mis verdaderas vocaciones son la historia y la arqueología. He dado clases en seminarios.

—Y ha sido asesora del Salón de Anticuarios. Fue allí donde oí su nombre.

Marta Vives sonrió. Quizá en su sonrisa no hubo orgullo, sino todo lo contrario: timidez y vergüenza.

—Me pagaban tan poco que de eso no habría podido vivir.

—¿Y como pasante de abogado sí?

—Al menos es algo fijo.

—Me parece usted muy joven para ser una investigadora reconocida.

—Dudo que sea reconocida. Pero llevo tantos años entre papeles antiguos que también dudo haber sido joven alguna vez.

El diseñador le enseñó sus últimas creaciones, o intentos de creación: docenas de dibujos, ensayos en metal, fotos antiguas sobre las que buscaba una variación, catálogos que parecían haber nacido siglos atrás en una gala del Liceo… Al acabar, se sentó ante una cartulina en blanco.

—Usted, señorita, sabe que me llamo Masdéu.

—Usted sabe que me llamo Marta Vives.

—Quiero hacerle una consulta, y si me lo pide le pagaré por el tiempo que ha empleado en mí. Sería lo justo. Pero antes pretendo que me diga si ha visto esto alguna vez.

Y con trazos de profesional le dibujó en la cartulina una cadenita muy fina, que en principio no parecía tener un gran valor en sí. En realidad era una cadena sencilla, muy delgada, que aun labrada en oro no sería expuesta en ningún escaparate de postín. Marta la miró con escepticismo.

—¿Por qué tenía que haberla visto?

—Usted es una experta. Había visto joyas en catálogos de todo el mundo.

—Aunque yo fuera una experta de verdad —susurró Marta—, esta cadena en concreto no me habría llamado jamás la atención. Es una cadenita sin nada extraordinario. Quizá tenga algo especial, pero yo no lo noto.

—Vea el dibujo. Se aprecia mejor con lupa, los eslabones parecen tener forma de seis.

Marta Vives contempló el dibujo con lupa. El dibujo era tan real que parecía como si pudiera tocarse la cadena. Y era verdad: la estructura parecía muy frágil, ya que los eslabones, en cierto modo, estaban abiertos: cada uno de ellos pendía del otro por la cola del seis.

—Pero aún así no se deshace con facilidad —dijo Masdéu—. Es un engarce casi perfecto.

—Supongo que eso es lo que da valor a la joya —opinó Marta—, porque la cantidad de material que requiere esa pieza es escasa.

—No.

—¿Me está diciendo que el diseño tiene poco valor?

—Al contrario, es algo muy poco usual, y hasta para un joyero con experiencia representa un desafío. Pero su auténtico valor radica en que es una pieza que yo no había visto jamás, y que conste que tengo experiencia. Por eso quería saber si la había visto usted alguna vez.

—No.

—Lo cual me hace creer aún más en la rareza de esta joya, lo que sin duda le otorga un valor. Pero no es eso. El auténtico valor de esta pieza única —que incluso no sé si existe realmente— está en su historia. Yo compré cierta vez una colección de antiquísimos grabados para buscar nuevas ideas: la pesadilla del creador es hallar algo que los otros no hayan encontrado todavía. Había dibujos de damas con joyas antiguas, y eso era lo que me interesaba. Pero de pronto, entre el montón de viejos papeles, encontré la descripción de un rito diabólico. Nada especial, porque esos ritos son de todas las épocas y de todos los países; no me extrañaría nada que en Barcelona aún se realizaran. Pero aquel rito diabólico, en el cual de momento no había víctimas, se veía interrumpido de pronto por una especie de antidiablo, un hombre vestido de negro del que, al parecer, nadie sabía nada, y que mataba con su daga a uno de los participantes. El grabado era antiguo, yo imagino que del siglo xvi, de tal modo que hasta la daga, muy bien dibujada, me pareció una pieza de diseño para nuestra época. El hombre que interrumpía la ceremonia no estaba, en cambio, muy bien dibujado. Se trataba de alguien sin edad definida, vestido con elegantes ropas negras. Pero en su cuello había algo que sí estaba muy bien dibujado: era esa cadena. Resultaba tan especial que casi me obsesionó: pensé inmediatamente en imitarla, y por eso guardaba los viejos grabados. Aunque he de confesarle que con un poco de miedo.

—¿Por qué?

—Los ritos diabólicos me parecen una práctica tan antigua y tan ligada a los misterios de la naturaleza humana que me causan inquietud. Pero en este caso hubo hasta miedo. Todo era tan perfecto, tan real, que incluso me molestaba tener los grabados en casa. Y un día alguien los robó. Y no sé cómo. Mi casa no ofrece una seguridad especial, pero por eso mismo se nota que no hay en ella objetos de valor. Por si fuera poco, sólo yo sé, en el desorden de mi estudio, dónde tengo guardadas las cosas. Un ladrón vulgar lo habría desordenado todo antes de hallarlas. Bueno, pues no había nada desordenado y sólo faltaba eso.

Marta Vives se mordió el labio inferior con tanta fuerza que casi brotó sangre.

Se acordaba de algo muy especial.

Alguien, sin desordenar tampoco nada, había robado el retrato de su madre.

Por un momento se le nubló la vista.

No sabía qué pensar.

El diseñador preguntó:

—En sus estudios, ¿ha visto muchos grabados relacionados con el diablo?

—Seguramente sí, pero sólo recuerdo uno de ellos en

concreto. Es una pintura de Michael Pacher que se remonta a 1480, me parece. Su título es *San Agustín obliga al diablo a sostenerle el misal*. Siempre me pareció que, en este caso, el diablo no deja de ser un personaje muy correcto.

—Yo también recuerdo esa pintura, pero en ella no había ningún diseño de joyas. ¿Y retratos de damas con alhajas? ¿Los recuerda?

Marta Vives repasó el fondo de su memoria. Todo su cerebro era un inmenso archivo. Pero ¿quién le iba a dar de comer sólo por eso? A veces dudaba de que su cerebro valiese para algo. Muchos le habían dicho que valían más sus piernas.

—Recuerdo un Leonardo Da Vinci —murmuró—. Se llama *La dama del armiño* y es de 1494. En él hay una joven que luce un hermoso collar de dos vueltas: una está muy ceñida al cuello, la otra le cae entre los senos.

—Lo he imitado muchas veces —confesó Masdéu—. Es uno de los collares más elegantes que se puedan crear para una dama.

—¿Y qué me dice del colgante de la *Virgen con Niño*, del Maestro de la Verónica?

Masdéu la contempló con admiración.

—Era inevitable que usted y yo nos acabásemos encontrando —susurró—. Usted es una de las mujeres más estudiosas que he conocido, una de esas mujeres que están por encima del tiempo. ¿Y sabe por qué he dedicado mi vida a las joyas? Porque están también por encima del tiempo. Las buenas joyas duran siempre, son amadas siempre y además resumen la historia. Uno de sus hechizos es que nunca han tenido una sola dueña: las generaciones se unen en ellas.

—Podría citarle alguna otra obra que recuerdo —dijo Marta con una lejana sonrisa—. Por ejemplo, el collar de María de Borgoña, hija de Carlos I el Temerario. Es una de las joyas más complicadas y bellas que he visto.

—Lo mismo que yo. También la he imitado en mis diseños, pero nada puede parecerse al sublime original. Cualquier imitación carece de grandeza.

Marta Vives sonrió complacida. Se daba cuenta de que aquel hombre, mucho mayor que ella, podía haber sido perfectamente su maestro y orientarla en el camino de los viejos libros, pero ninguno de los dos podría haber desarrollado su vocación junto al otro. Masdéu era un diseñador, ella, la modesta pasante de un abogado que vivía entre gentes que no se aman. A veces, Marta empezaba a notar un rictus en los labios, y ese rictus era el de los años que no sirven de nada.

—Y, sin embargo, nunca ha visto la cadenita que acabo de mostrarle... —dijo Masdéu.

—Confieso que no.

—Yo sólo la he encontrado en el ritual de aquella ceremonia satánica, lo que me causó una cierta inquietud. Le confieso que hasta sentí una especie de miedo y al mismo tiempo una especie de estupor, porque el antidiablo, el que mataba con la daga, me inquietaba más que el diablo. Lo que de verdad me aturde, sin embargo, es que me hayan robado esos papeles viejísimos. ¿Quién puede necesitarlos? ¿De qué pueden servir? ¿Y quién ha podido encontrarlos como si supiera desde siempre dónde estaban?

Marta volvió a recordar con angustia el robo del retrato de su madre.

Sólo eso: angustia.

Pero sintió frío hasta el fondo de los huesos cuando Masdéu deslizó en voz baja:

—¿Sabe quién era el autor del grabado que me robaron? Se llamaba Vives, como usted. Fue su obra póstuma, porque lo asesinaron poco más tarde.

20

EL SEÑOR DE LOS MUERTOS

El secretario de la Inquisición había decidido ya que no se iba a perder más tiempo conmigo. Hizo una seña al verdugo para que me atasen a la cama de púas. Noté el horror de los pinchos en mi espalda desnuda, pero todavía no se me clavaron porque yo podía evitarlo con la relajación de mi cuerpo. Todo sería distinto con la primera vuelta de la rueda, porque entonces me clavaría materialmente en ellas.

El secretario ordenó:

—Comience.

En aquel terrible momento me di cuenta de una serie de circunstancias. En primer lugar, la sala de piedra olía a sudor y a sangre, como si de pronto se hubiera exhalado sobre ella el último aliento de los muertos. La rueda era tan grande que a la segunda vuelta quedaría completamente hundido en las púas. La única luz que iluminaba la tortura era la que procedía de dos grandes hachones. Y lo más asombroso para mí: el hombre vestido de negro, el que ocultaba la fina cadenita de oro, ya no estaba en la sala.

Había salido diciendo:

—La Iglesia no es responsable de esto.

Sus manos no se mancharían con mi sangre.

Pero sabía que iba a morir.

Noté que la cuerda de mis pies se tensaba, mi cuerpo era impulsado hacia el final de la cama y las púas de hierro, orientadas hacia arriba, se empezaban a clavar en toda mi espalda, desde los hombros hasta las nalgas y el mismísimo sexo. Era la primera vez que yo notaba que tenía sexo: dos testículos jóvenes y un pene que se había empequeñecido por el horror. A todos los efectos era un hombre, pero nunca me había sentido como tal. Era como si mi cuerpo no existiese, como si fuera una coraza traída desde el otro mundo. Mi madre jamás me había hablado de mi cuerpo. Y yo no era consciente de él.

De pronto lo fui.

Hice un esfuerzo espantoso para no gritar, para no regalar a los torturadores la sensación de que su obra estaba bien hecha. Noté el gotear de la sangre por debajo de la cama. La sensación de la muerte, que hasta entonces me había sido ajena, entró en mí. Me di cuenta de que jamás había pensado en la muerte, como si yo no fuera como los otros. Y es que quizá no era como los otros. Las púas se clavaron un poco más, y entonces pensé que aquello era el fin. Cuando se hundieran entre mis costillas y las separaran, todo mi cuerpo quedaría dislocado. Cuando se hundieran en mis riñones y en mi hígado, ya no me quedaría la menor posibilidad de vivir.

Los torturadores conocían bien ese instante.

Fue entonces cuando lo comprendí.

Hacían una pausa y me daban la última posibilidad de confesar. Luego sería demasiado tarde.

El secretario dijo:

—Habla ahora.

Ahogué otro grito de dolor mientras mis ojos se ponían en blanco. ¿De qué podía hablar? ¿De que había nacido así? ¿De que no conocía mi destino? ¿De que había sido perseguido desde el mismo instante en que vi la luz?

Las alimañas, que tampoco se conocen a sí mismas, mueren sin saber por qué las matan.

Yo no sabía lo que era.

Sólo sabía que iba a morir, y que el hombre vestido de negro, El Otro, aguardaba la noticia detrás de la puerta.

Seguramente él sí que sabía por qué yo tenía que morir.

El secretario dijo:

—Es increíble lo que aguanta.

Con todas las púas clavadas, con la espalda destrozada, era imposible que yo no aullase de dolor, y eso aumentó sus sospechas. Si yo tenía la resistencia del diablo, a la fuerza tenía que ser un diablo.

El torturador propuso:

—Esto acabará con media vuelta más.

Y se dispuso a darla. Pero el secretario, movido por la curiosidad, ordenó:

—Espera.

Quería que alguien más presenciase aquello. Si yo no era un hereje como los otros, merecía la atención de los altos guardianes de la fe. Anotó algo en sus legajos y oyó con indiferencia el lento gotear de mi sangre.

—Déjalo un momento así.

—Se desangrará.

—Quiero informar directamente al obispo.

Yo debía de ser un caso tan especial que valía la pena mostrarme, aprovechar mi muerte. Valía la pena cualquier cosa con tal de que el Bien quedase proclamado.

—No aflojes la rueda. Quiero que lo vean.

Y salió. Supe, con la poca consciencia que me quedaba, que a continuación iba a entrar El Otro. Pero no entró. Casi me partí la lengua para evitar un alarido mientras notaba el lento fluir de la sangre.

De pronto tuve una sensación increíble.

Me había quedado solo.

La sala que ahora me parecía enorme, cuyas piedras conservarían para siempre el olor de los muertos.

Los hachones que apenas disipaban las sombras.

Aquel lento tictac, tictac, que no era más que el gotear de mi propia sangre.

Y el dolor, el dolor imposible que me impedía hasta respirar porque las púas se me clavaban más y más con cada temblor de la piel.

La rueda estaba fija. Yo no podía moverme ni una décima de pulgada. Seguramente me encontrarían muerto cuando decidieran volver.

Pero no.

Me querían vivo.

Querían que el obispo en persona viera a aquel hijo de Satanás.

Cerré los ojos.

¿Yo era hijo de Satanás?

¿Había conocido mi destino alguna vez? ¿Llegaría a conocerlo?

¿Tenía un destino? ¿O era el de las alimañas, que han nacido solamente para ser exterminadas?

¿Por qué me perseguía El Otro?

La mente es prodigiosa, la mente se aísla, se hace preguntas, se da respuestas para huir de la realidad, para no sentir el dolor. La mente es nuestro propio misterio interior, y no lo desvelaremos nunca. Yo estaba muy lejos de mí mismo, de mi carne sangrante y mis articulaciones rotas. Mi mente se preguntaba quién era yo, sin darse cuenta de que yo no era nada porque iba a morir.

Y de pronto oí muy cerca una respiración.

Un olor a podrido.

Abrí los ojos y vi un rostro junto al mío. Un rostro que parecía comido por la lepra, lleno de arrugas, cargado de siglos, con unos ojos que me estaban mirando desde más allá del tiempo.

No era uno de los inquisidores.

Yo no sabía quién era.

No podía saber aún que el que me estaba mirando era el señor de los Muertos.

Hay lugares que están marcados por el destino, pero entonces yo aún no lo sabía. No sabía tampoco que en 1761 vería alzarse el Colegio de Cirugía, según un proyecto de Ventura Rodríguez que se debía a Carlos III y a Pere Virgili, el médico personal de Fernando VI. No podía saber que más tarde estaría allí la Real Academia de Medicina y Cirugía. No sabía aún —ni podía saberlo— que los barceloneses de hoy pasarían tantas veces ante sus puertas, frente a la entrada de la vieja biblioteca Central, en el que fue Hospital de la Santa Cruz.

No, yo entonces no podía saber eso.

Sólo sabía que me estaba muriendo. Y que me miraba una cara sin tiempo, venida del otro mundo.

Una voz casi inaudible susurró:

—Van a volver pronto.

No contesté. ¿Para qué? Lo sabía.

—Han ido a buscar al obispo, pero luego dejarán que mueras.

También lo sabía. ¿Por qué me lo contaba aquel fantasma? Su cabellera blanca le llegaba hasta los hombros, y sus ropas negras, manchadas de no sabía qué, exhalaban un olor insoportable, más insoportable que todos los hedores de las fosas de la ciudad. Su aliento también apestaba. Pese a la atrocidad de mi dolor, que hacía que me olvidara de todo, tuve en aquel momento una sensación de pesadilla.

Musitó:

—¿Sabes quién soy?

No me molesté en negar. No hice un movimiento. En aquel momento no podía importarme quién era.

—¿Sabes qué hacen con los muertos?

Negué por primera vez.

—Comprenderás que aquí muere gente. O quedan restos descuartizados. Aquí hay cadáveres. ¿Y qué hacen con ellos?

Tampoco me moví. Nada me importaba.

—Yo me los llevo —murmuró.

Ahora entendía su hedor, ahora entendía las manchas casi podridas de sus ropas.

—Alguien tiene que hacerlo —me atreví a susurrar.

—Pero es que a mí me pagan.

—A los sepultureros se les paga —musité, intentando pensar en algo que no fuera mi terrible dolor.

—No es eso. La Inquisición no me paga nada. Son los físicos del Hospital de la Santa Cruz.

—¿Por qué?

—Para estudiar los cadáveres. Los diseccionan. Por cada cuerpo nuevo me dan algo, y así el Tribunal no tiene que preocuparse de sepultarlos. Los muertos también dan dinero, aunque tú no lo imagines. Tú eres demasiado joven para saberlo.

Hice una mueca.

¿Demasiado joven?

¿Quién podía conocer mi edad? ¿La sabía yo mismo? ¿Sabía en qué año llegué desde el fondo del tiempo?

El hombre se acercó un poco más.

Su hedor se hacía insoportable, y eso que yo estaba en una habitación creada para los muertos.

—Te he dicho que me pagan dinero.

—¿Y qué tienen los cadáveres que salen de aquí? ¿Son distintos de los otros?

—Claro que son distintos. Los que mueren en el tormento están descoyuntados, y eso permite a los físicos estudiar los casos más extraños. Yo me ocupo de cargarlos en mi carreta y llevarlos al pudridero del Hospital de la Santa Cruz. Allí acaban enterrándolos, pero antes se estudia con ellos. Si yo no hiciera este sucio trabajo, los físicos no aprenderían.

—Pero yo todavía no estoy muerto. No sirvo.

La propia debilidad que sentía al haber perdido tanta sangre me sumía en una inconsciencia casi total. Mi mente estaba paralizada. El dolor, a pesar de lo terrible que era, se estaba diluyendo en el aire.

Entonces el fantasma susurró:

—Los físicos me pagarán mucho más por un torturado que todavía esté vivo. Quieren ensayar sistemas de curación que en el hospital no les permiten. De ese modo, si el torturado muere, nadie les pide cuentas.

Cerré los ojos sin entender nada. A cada momento me sentía más débil y más fuera de mí mismo. No comprendía qué había venido a buscar el señor de los Muertos.

—No te creas que me gusta ser sepulturero —dijo—, lo hago para ayudar a los físicos. Me ocupo de hacer desaparecer los miembros amputados del hospital y lo que queda de los cuerpos después de diseccionarlos. Ya podrás imaginar que junto al Hospital de la Santa Cruz hay un cementerio.

Lo sabía. Claro que sí. Había vivido lo bastante cerca para saberlo.

Pero no estaba preparado para oír lo que el otro musitó.

—Claro que junto al cementerio conocido hay un cementerio secreto. En realidad, toda Barcelona está repleta de tumbas de las que acaba no acordándose nadie. A veces, cuando hay epidemias, las casas se queman con los muertos dentro. Luego se edifica encima y nadie recuerda nada. Hay noches de bodas que se pasan a sólo cinco metros de un muerto.

Volví a cerrar los ojos.

—¿Y qué?…

—Voy a sacarte de aquí —susurró la voz—. Puede que no logre hacerlo porque tienes las púas clavadas en la espalda, pero si aflojo la rueda tal vez te será posible moverte. Claro que puedes morir en el camino. Puedes morir.

Le miré con repentina esperanza, aunque sin acabar de creer. Quizá lo que quería era someterme a un nuevo tormento que yo ignoraba, pero eso ya no tenía importancia. Cualquier cosa era mejor que el dolor insoportable al que estaba sometido, cualquier cosa era mejor que aquel gotear de mi sangre y aquella sensación de que mis huesos iban a estallar.

—¿Crees que me importa morir?

—Debes saber algo. Si nos atrapan, seremos ahorcados los dos por burlarnos de la Inquisición.

—La horca será un alivio.

—Me darán mucho dinero por tu cuerpo si logro llevarte al hospital. Nunca han tenido para sus ensayos a un torturado como tú.

Supuse que los físicos me torturarían todavía más, si lograba llegar vivo.

¿Pero qué importaba ya?

—No podrás conseguirlo —logré susurrar—. Éste es un Tribunal cerrado y guardado. Tiene que haber vigilantes al otro lado de la puerta.

—Claro que los hay, si lo sabré yo… Pero el torturador está ahora ocupado con otro detenido, y el secretario que lo anotaba todo ha ido en busca del obispo. No sé qué han pensado al verte así… Debes de ser un personaje importante para que se hayan molestado tanto.

—No soy un personaje importante. Sólo soy…

El dolor fue tan insoportable que lancé un grito y una imprecación. Hasta entonces habíamos hablado en catalán, en la lengua común, pero el fantasma me miró con asombro.

—Eso es hebreo —dijo.

—¿Qué…?

—Has dicho algo en hebreo: lo reconozco porque hay físicos y alquimistas que lo utilizan.

—Yo no sé nada de hebreo.

—Lo que no sabes es ni quién eres.

¡Pues claro que no lo sabía ni lo había sabido nunca! ¿Qué conocía en realidad de mí? ¿De qué clase de mundo había venido?

Pero el otro continuó en voz muy baja:

—Los que realmente mandan aquí han ido en busca del obispo, y por eso tardarán en volver. Los guardianes que hay en el camino nos dejarán pasar si digo que estás muerto y tú logras parecerlo del todo.

—Pero…

—Para mí este trabajo es el más habitual del mundo, y todos están acostumbrados a verme por aquí. En el patio tengo el carro con los muertos. Si tú logras fingir bien, serás uno más camino del cementerio.

Soltó el seguro de la rueda, la aflojó y casi inmediatamente todo mi cuerpo se encogió como si lo hubiera movido un resorte, pero eso hizo aumentar el dolor y los hilillos de sangre. El señor de los Muertos, el que trataba con carroña cada día, se dio cuenta de que tenía que darse prisa porque yo estaba a punto de morir. Si alguien en Barcelona entendía de eso, era precisamente él.

—Tú no te muevas.

Me dejé llevar. Parecía mentira la fuerza sobrehumana que tenía aquel hombre con aspecto de haber cumplido los cien años. Me desclavó de las púas, y eso hizo aumentar el dolor de tal manera que lancé otra imprecación. El señor de los Muertos me miró con asombro mientras me sostenía.

—Eso es arameo.

Pero ¿qué sabía yo de arameo? ¿Y qué podía saber él? Para aumentar mi dolor, el tipo se estaba burlando.

No pude seguir pensando en eso.

Un terrible desgarro me hizo perder el sentido.

Quizá era lo que esperaba el fantasma, porque así podía manejarme mejor. Me sacó de la cama de hierro dejando tras de sí un río de sangre y me sujetó por los pelos, arrastrándome sobre el vientre. De ese modo se veía toda mi espalda y las horribles heridas, que seguían sangrando. Cualquiera que me viese así, arrastrado como una res acabada de sacrificar, se jugaría el alma a que yo estaba muerto. Mi falta de conciencia ayudó, porque no me daba cuenta de lo que estaban haciendo conmigo. En caso contrario, habría sido incapaz de fingir.

Detrás de la puerta había dos guardianes, pero estaban medio borrachos. Más tarde aprendería que la borrachera es el único remedio que permite a ciertas personas estar en contacto directo con el horror.

—¿Ya te llevas a los muertos, hijo de la gran puta?

—Hoy vienes antes.

Sin dejar de arrastrarme por el pelo, ahora con una sola mano, aquel personaje del otro mundo entregó una moneda a cada uno de los guardianes, que la aceptaron con la mayor naturalidad. Deduje que yo no era el primer muerto-vivo que el fantasma se llevaba de allí. Lo que no sabía era lo que iba a suceder cuando los torturadores me echasen en falta, pero comprendí que no me encontrarían aunque fuesen en busca del señor de los Muertos. El Hospital de la Santa Cruz debía de albergar tantos rincones ocultos que ni los de la Inquisición lograrían dominarlos.

Comprendí también por qué nos dejaban pasar rápido.

El hedor que se desprendía de aquel individuo era el de una auténtica fosa.

El viejo palacio tenía, y tiene, un patio, en cuyo centro se hallaba un carro con tres cadáveres. El «mío» iba a hacer cuatro. De los extremos de aquel carro se deslizaba tanta sangre que hasta empapaba el rabo del pobre asno que tiraba del vehículo. Fui materialmente arrojado sobre los otros muertos, pero siempre con la espalda al aire, porque de lo contrario el contacto con aquella podredumbre me habría matado antes de llegar al hospital. En el aire del patio, que hoy es lugar de cultura y recogimiento, flotaban miles de moscas cebadas como lechones.

Por suerte, seguía casi inconsciente.

Apenas me daba cuenta de nada.

—Sal pronto de aquí, rata asquerosa.

Estaban abriendo la puerta. Sobre los cuerpos fue posada entonces una lona, para que los ciudadanos libres de Barcelona no viesen tanta podredumbre, pero ese disimulo no servía para nada. Un hilillo de sangre marcaba la ruta del carro, del que todo el mundo se apartaba debido a su siniestro olor.

Y así llegamos, después de atravesar la muralla de la Rambla, al Hospital de la Santa Cruz.

En aquel tiempo era el más hermoso y moderno de Barcelona.

El hospital había empezado a levantarse en 1401, iniciándose por la nave de levante. Hasta entonces, los hospitales barceloneses habían dependido de la caridad pública, en parte de la municipal y en parte de la de la Iglesia, lo que planteaba frecuentes conflictos de competencias. Durante esos conflictos, supongo, nadie se molestaba en contar los muertos. Fue en 1401 cuando el Consejo de Ciento nombró una comisión para negociar con la Iglesia, y se decidió unificar los diversos hospitales en uno solo, que estaría instalado en la Casa dels Malalts d'en Colom, lo cual no era ninguna garantía, pues la Casa dels Malalts había sido antes un centro de leprosos.

Cuando yo fui ingresado en el hospital —que no estaba lejos del prostíbulo donde había nacido— el edificio distaba mucho de ofrecer un aspecto respetable. Todo estaba en obras, puesto que no se unificarían las fachadas hasta el siglo XVIII, y por lo tanto aquel antro aparecía por el momento cargado de rincones, no todos los cuales eran conocidos. Existía un cementerio de pequeñas dimensiones, unas salas de reposo —donde siglos más tarde se instalaría la mejor biblioteca de la ciudad— y otros departamentos más pequeños donde no imperaba más que la muerte. Al ser un hospital gratuito se admitían toda clase de experimentos, pero no de una manera legal. La medicina oficial, al contrario —y por lo que yo sabía— estaba muy reglada. Pócimas preparadas en la gran farmacia —y que en principio servían para todo—, sangrías, ayuno, sanguijuelas, oración y reposo. Ésos eran los grandes remedios. Las naves donde luego se amontonarían los libros estaban llenas de camas desde las que se contemplaba el Más Allá. Había una parte visible del hospital que era rutinaria, esperanzadora y sobre todo santa.

Pero la gran cantidad de despojos humanos que producía aquel sitio había atraído a sepultureros, ladrones, alquimistas y físicos no reconocidos que llegaban desde todos los rincones de Europa. Allí, en las dependencias contiguas a las fosas, y que escapaban al control del hospital, se troceaban cadáveres, se diseccionaban tejidos y se arrancaban los fetos de las madres muertas sin que nadie se preocupase de si el feto estaba vivo o no. Todo servía para los experimentos, efectuados a veces por auténticos rufianes y a veces por los científicos más importantes de Europa, fugitivos de sus países en guerra y a los que nadie daba plaza en el hospital. Los muertos de esos arrabales no eran contados en ninguna parte, y por eso existían unas enormes sentinas donde eran lanzados los cadáveres. Cuerpos enteros —que quizá no habían exhalado aún su último suspiro— eran también arrojados allí.

La ciencia avanzaba entre podredumbre, sangre, aullidos de dolor, gusanos y oraciones al Altísimo. Era el único medio de que la ciencia medieval avanzase, porque cada muerto dejaba una lección que al muerto no le servía de nada, pero que alguien, quizá un físico francés, un judío o un eslavo, aprendía para siempre.

Puesto que yo era un cuerpo ilegal obtenido mediante soborno, fui entregado enseguida a un grupo de cirujanos militares que habían logrado salvar sus vidas en lejanas batallas contra los serbios, los vikingos

184

o los turcos. Toda una chusma internacional se había congregado allí, al amparo del dinero de la gran ciudad, queriendo dejar de ser chusma. El «equipo» que me compró constaba de tres cirujanos daneses, que eran en realidad tres amputadores. Siguiendo la norma sagrada de las batallas, cada miembro infectado o cuyo olor delatase ya la podredumbre era separado del resto del cuerpo mediante una sierra, conteniendo la hemorragia con un torniquete. Aquellos físicos mejoraban su técnica cortando los miembros de los muertos, pero de vez en cuando necesitaban un vivo, que les era negado sistemáticamente. En este caso el vivo era yo, y querían probar si podían salvarme.

La suciedad era espantosa y la única medida higiénica consistía en baldes de agua lanzados sobre las mesas llenas de vísceras y sangre. Pero aquellos médicos extranjeros estaban descubriendo algo asombroso, y era que en los miembros donde anidaban gusanos y se criaban ciertos hongos se daban a veces curaciones inexplicables. Los cirujanos hablaban de esos hongos con una especie de respeto, aunque no había base científica que avalase nada, y por eso la suciedad no les repelía. Sobre las mesas, entre la sangre y el agua, había a veces excrementos humanos.

Todo aquel mundo anexo al hospital, pero oficialmente desconocido —y al cual eran entregados los cadáveres—, fue mi mundo durante dos semanas, las que necesité para volver a caminar encorvado como un mono. Tuve la inmensa suerte de que me tomase a su cargo un cirujano de guerra judío, quien había desobedecido la orden de expulsión y por tanto vivía escondido, aunque a veces, de noche, se aventuraba por los callejones del Call. Él comprendió enseguida dos cosas: que yo era un joven fundamentalmente sano y que las salvajes heridas de mi espalda se llenarían enseguida de gusanos. Había aprendido esa técnica en las galeras, donde las marcas de los latigazos eran muy parecidas a las mías.

Lo primero que hizo fue comprobar que mis articulaciones, más o menos, estaban en su sitio, y que la rueda no me había destrozado por completo. Luego se ocupó de las heridas de mi espalda, advirtiéndome que sufriría mucho y que no tenía la menor garantía de curación. «Claro —añadió, señalándome con el mentón las naves del hospital— que tampoco la tienes aquí dentro.» Su técnica consistía en quemar azufre directamente sobre las heridas, aplicando más tarde una pomada que, al parecer, era de su invención. Yo no tenía la menor idea de que aquella pomada estaba hecha con grasa de cadáveres, preferentemente femeninos porque despedían una cremosidad más suave. «De la mujer se aprovecha todo —me llegó a decir más adelante—, en especial de la matriz que ha contenido hace poco un feto.»

Aquel hombre no había oído hablar jamás de las células-madre y murió sin sospechar que, de algún modo, estaba en el buen camino. Lo que sabía con certeza era que la medicina no avanza si no es sobre los cuerpos de las víctimas.

Varias veces me desmayé en las curas. El azufre ardiendo sobre las heridas era mucho peor que los tormentos de la Inquisición. No entiendo cómo pude resistirlo, porque otros dos que estaban a mi lado en parecida situación murieron, uno de ellos completamente loco. Suerte tuve de que la crema de cadáver femenino que me aplicaron luego resultó ser casi refrescante, y más todavía la capa de barro que me añadieron encima.

Durante días me mantuvieron en secreto en el depósito de cadáveres, que olía horriblemente y del cual la administración del hospital se desentendía. Sólo unos sacerdotes se ocupaban de los cuerpos que eran reclamados por las familias, siempre y cuando quisieran enterrarlos por el rito católico. Los demás, entre ellos los musulmanes y judíos, no merecían la menor atención.

Cada día me repetían el tratamiento.

Eran arrojados sobre mi espalda algunos baldes de agua, se me limpiaba el ungüento y a continuación el azufre era vuelto a quemar sobre las heridas, produciéndome un dolor que estaba más allá de la muerte. Esa operación se repitió tres veces, y luego volví a ser depositado con la espalda al aire, bañado en grasa animal y en barro. Se me alimentaba con sorbos de agua y una escudilla de sopa que el físico me tenía que dar cucharada a cucharada, pues no podía incorporarme ni mover los brazos.

Durante todo ese tiempo horrible supe que me buscaban. Supe que El Otro investigaría en burdeles, chamizos, leproserías e incluso fosas de muertos. Y fue admitido en las dependencias del Hospital de la Santa

Cruz. En las dependencias oficiales, pero no en las secretas. Aquél era otro mundo, un mundo infernal y remoto. Las leyes que regían para los vivos no regían para los muertos.

En mis delirios pensé que tanto sufrimiento no me serviría de nada. Que El Otro me capturaría y me enviaría de nuevo al Tribunal de la Inquisición. Pero tuve suerte en eso y en otra cosa.

El físico, tras ver mi heridas en carne viva, susurró:

—Están naciendo hongos en tu carne. Los físicos del hospital dirían que estás perdido, pero yo digo que tal vez puedas salvarte. He visto muchos casos en que los hongos regeneran los tejidos. Aunque no quiero decir eso en público, porque tal vez me acusarían de hereje y me enviarían a la hoguera.

Tuvo razón.

Fue acusado de hereje por explicar sus creencias a uno de los jefes del hospital y tuvo que huir de Barcelona. Y mis heridas cicatrizaron. Aunque con el cuerpo encorvado, sin poder mover todavía las articulaciones bien, se me dijo que podía irme. Los anatomistas destructores de cadáveres me habían comprado, pero no querían hacer más experimentos conmigo. Y encima vi que en sus rostros había satisfacción y hasta bondad. Mil veces he pensado luego que lo que de verdad une a los humanos es el orgullo por el trabajo bien hecho, y que ese orgullo puede santificar a un médico.

De todos modos, el judío que luego sería un fugitivo más me dijo:

—Yo apenas he hecho nada. Lo increíble es la reserva de vida que tienes; no entiendo de qué estas construido ni cómo puedes seguir viviendo. Si llego a viejo, tal vez lo pueda averiguar.

No sé si llegó a viejo.

Y no creo que lo averiguara nunca.

Pero yo volví a pie al único sitio donde me podía considerar razonablemente seguro: la viejísima iglesia románica del Coll. Caminando de noche para que nadie me llegase a ver, inicié la ascensión de los campos yermos que empezaban a poca distancia de la puerta de Canaletas, llegué hasta aquella población llamada Gracia, tan celosa de su territorio, y la dejé atrás. Otra vez los caminos entre las suaves colinas, otra vez la hondonada llamada Vallcarca, otra vez las sendas que conducían por un lado a la iglesia del Coll y por otro a Penitentes, a las cuevas de los eremitas.

Me parecía que el mundo había girado cien veces desde mi partida.

Pero allí todo estaba igual.

La iglesia donde apenas cabían los fieles. Los montes donde se perdían las cabras. La visión remota de Barcelona en sus murallas. Los amos de la tierra. Y la niña, la niña de ojos perdidos que no podía decir las cosas del hijo al padre ni al padre las cosas del hijo.

Fue allí donde cometí mi crimen.

21

LA ÚLTIMA CASA DE LA MURALLA

Marta Vives seguía las huellas de un fantasma que era ella misma.

No sabía de dónde sacaba el tiempo. No entendía cómo era capaz de compaginar sus investigaciones con el trabajo del despacho que le encargaba Marcos Solana, donde cada vez se amontonaban más riñas entre familias, más arrendamientos anteriores a la ley Boyer, más lejanísimas herencias. Pero era tal vez porque Solana creía ciegamente en ella. Ninguna de sus pasantes era tan capaz de obtener una historia a partir de un simple apellido o de establecer un linaje a partir de un documento que, al parecer, no decía nada. Marta Vives conocía toda la historia del país, sus pequeños secretos, sus combinaciones familiares, sus desventuras, sus riquezas y sus cuernos. Y sin embargo se iba dejando en los papeles la alegría de sus ojos y caminaba cada vez con pasos más lentos y cansados, sin que ello —decían los entendidos— afectase a la belleza de sus piernas. Al contrario, decían los doctorados: es más fácil perseguir hasta la cama a una mujer que tiene los pasos cortos.

Aprovechaba las gestiones fuera del despacho para visitar edificios, penetrar en archivos y hurgar en las viejas notarías de Barcelona, donde todo el mundo cree que se conservan sólo papeles pero en realidad se embalsaman pedacitos de almas.

Su única base de partida era una cruz robada de una tumba medieval. Allí, en aquel pedazo de muerte, empezaba la historia de sus antepasados. A partir de ahí, papel a papel y registro a registro, la muchacha había podido seguir la corta vida de la hija de aquella mujer que había sido asesinada. Los retazos de su historia aparecían en un registro eclesiástico del año 1493, muy poco después del descubrimiento de América, donde se detallaban las víctimas barcelonesas a causa de una infección de las aguas. Gran número de personas habían sido enterradas en una fosa común, pero en algunas de ellas se señalaba la causa particular de la muerte: puñalada en reyerta, rabia transmitida por un perro, envenenamiento por hierbas tóxicas, asesinato ritual. Ése era el único caso. Su lejana antepasada había muerto en un asesinato ritual.

Ello indicaba misteriosas relaciones venidas desde el fondo del tiempo, pero que no tenían sentido. Y estaba el robo de la única foto de su madre, y estaba el joyero Masdéu buscando una cadenita de oro que él no habría diseñado jamás. Marta Vives seguía buscando incansablemente, aunque a veces no sabía qué y sentía miedo de su propia vida.

Claro que lo primero era encontrar los sitios donde habían vivido sus antepasados. Adentrarse en la vieja Barcelona, una Barcelona que ya no existía: la Vía Layetana se llevó cientos de casas que nadie recordaba, la nueva plaza de la Catedral estaba construida sobre las ruinas de calles que ahora eran sólo pedacitos de papel, y el viejo barrio de la Ribera estaba tan en ruinas que cuando éstas fueron desenterradas en las obras del mercado del Borne nadie las reconoció al principio. Allí podían haber vivido —y muerto quién sabe cómo— los que llevaban su apellido, pero era imposible seguir las huellas en una ciudad que se devoraba a sí misma.

Por fin encontró una pista de la que podía haber sido su bisabuela, o tal vez la madre de su bisabuela. Lo primero que vio fue que la familia seguía siendo endogámica, pues las mujeres Vives se casaban con hombres Vives, para lo cual tenían que pedir muchas veces licencia de parentesco, una traba difícil de superar. ¿Qué llamada secreta, qué tendencia había obligado a aquellos seres a buscarse una y otra vez, como si obedecieran un mandato remoto? ¿Había degenerado la especie con tanta consanguinidad? Parecía que no: Marta Vives estaba muy sana, y al parecer su madre también lo había sido. No había llegado a conocer ni a su padre ni a su abuelo.

La pista la llevaba a la última casa que había existido sobre la muralla de las Rondas, el tercer y último baluarte de Barcelona, después de la muralla romana y de la gótica. Abarcaba principalmente las que hoy son las rondas de San Antonio y San Pablo, enlazando con la fortaleza de Atarazanas. La vieja muralla de la Rambla había dejado fuera el Raval con sus miserias (y también la grandeza de sus conventos y la maravilla del Liceo), pero la nueva muralla de las Rondas había encerrado todo aquello dentro de un anillo militar. En el Raval las calles se habían ido haciendo más y más angostas, como antes sucediera en Ciutat Vella, el hacinamiento más cruel y las casas más inhabitables. Los industriales establecidos en aquel perímetro desde el siglo XVIII habían construido al lado viviendas para sus obreros, pero cuanto más pequeñas mejor, de modo que pronto no quedaron ni una higuera, ni un jardín, ni un pájaro. Las tabernas que necesitaba aquella nueva masa obrera eran cada vez más insanas y embrutecedoras (hasta que un ciudadano llamado Anselmo Clavé fundó los coros con los que intentaba sacar a los obreros de aquella especie de tumbas) y los prostíbulos más sórdidos y angostos. Ya no existía en ellos «la carassa», como en la Edad Media, y lo más sincero habría sido sustituir aquella vieja alegría por la cara de una mujer llorando. Ahora, en los prostíbulos no había apenas conversaciones, los clientes no se conocían ni los frecuentaban los clérigos. Eran simples depósitos de semen con cuyos hilillos las prisioneras parecían ir construyendo la telaraña de sus vidas.

La casa que Marta Vives buscaba era la última que había estado en pie de las que se construyeron directamente sobre la nueva muralla, cuando ésta dejó de ser útil y el espacio faltó más que nunca, propiciando su derribo en 1854. Las casas eran ilegales, y lo fueron durante siglos, como las que hasta 1946 taparon nada menos que la vieja muralla romana. En sus investigaciones, Marta Vives había averiguado incluso quién fue el último inquilino expulsado de aquellas casas de la ciudad antigua: se llamaba Robusté.

Pero la casa ya existía. Se había alzado al borde de la calle Riera Alta y duró casi hasta los años ochenta del siglo xx, o sea, que era un edificio memorable. Tan memorable que durante los últimos cincuenta años había sido un hotel para parejas, siempre compuestas por una mujer profesional y un hombre que casi llegaba a serlo. Durante los más variados regímenes políticos se perpetuaron allí las artes del beso furtivo, la felación, el amor para toda la vida, la cortina y el espejo.

Marta miró el nuevo edificio actual. Una casa de apartamentos, acristalada y vulgar, construida simplemente para la vida eficaz, la que solamente pasa, sin ninguna relación con la vida que se sueña. Claro que los edificios nuevos están construidos sobre el alma de los viejos. O al menos ella deseaba creerlo.

Examinó en los archivos las fotos de lo que había sido el barrio. Todo estaba prácticamente igual, excepto la plaza del Peso de la Paja, ahora cerrada por una casa de sanitarios y antes cerrada por un bar de putas melancólicas. Tampoco existía el cine Rondas, una fábrica de sueños barata para familias que habían decidido creer en algo, ni por supuesto la última casa de la muralla. Antes hubo allí un edificio de ventanas pequeñas, con un bar en la planta baja —el Bar Picón, según mostraban las fotos— en cuyas habitaciones de alquiler las mujeres contaban monedas y los hombres contaban polvos. Debió de haber sido un edificio de escaleras estrechas, puertas que no encajaban, camas de anticuario, cortinas de sacristía y espejos en el techo. Cuando el edificio fue destruido no cayeron al suelo los ladrillos, sino las palabras secretas.

Pero el edificio, según las investigaciones de Marta, no había sido siempre un hotel para parejas. Antes fue una casa de vecinos y en él habitó la bisabuela de Marta, o quién sabe si la madre de su bisabuela. Las pistas se perdían en las nubes de la historia anónima... Marta avanzaba por las viejas calles y sentía que el tiempo estaba entrando en ella.

Se atrevió a buscar en la sección de Estadística, donde constaban los vecinos de cada casa de la ciudad para la confección del censo electoral. Pero fue inútil, porque las mujeres no habían tenido derecho a voto hasta después de la Dictadura de Primo de Rivera: ninguna dama llamada Vives figuraba en el censo. Por suerte para ella, encontró la ayuda del padre Olavide, que frecuentaba el despacho (era especialista en testamentos canónicos), y que la orientó hacia la Cámara de la Propiedad Urbana. Allí quizá se diera el milagro de que existieran archivos de viejos contratos de inquilinato que tal vez nadie había consultado jamás. El padre Olavide sabía buscar aún mejor que ella. En realidad, el padre Olavide parecía saberlo todo.

Y halló el contrato: Elisa Vives, piso tercero izquierda, dos pesetas al mes. Con esos datos consiguió investigar en el Registro Civil, pero no constaba aquel nombre; quizá el Registro había sufrido daños durante la guerra civil, quizá la gente pobre de dos siglos atrás no se molestaba en hacer constar que se había ido de este mundo.

Fue el padre Olavide quien le aconsejó de nuevo:

—Mire en el cementerio Nuevo, que por supuesto es el viejo. Es muy anterior al de Montjuïc, inaugurado a finales del XIX. Como conozco al administrador, le telefonearé para pedirle que le dé facilidades. Y es que las va a necesitar: no sé si existen archivos de entierros que correspondan a la época de las guerras carlistas. Si fueran personas ricas sí, porque se conservan los panteones, pero personas pobres... En fin, puede intentarlo.

Marta Vives lo intentó. Se sumergió en un mundo de amor convertido en mármol. Lápidas de letras borradas por el tiempo, figuras aladas de bordes devorados, poesías esculpidas a mano para recordar el amor de una tarde. Y gatos, muchos gatos que se perpetuaban en el silencio de las horas. Marta se adentró en aquel mundo y en los más antiguos registros tuvo la suerte de hallar el nombre: Elisa Vives. Un nicho que había sido vaciado por falta de pago al menos cincuenta años atrás. «Aunque hubo una familia que pagó incluso después de la guerra civil», informaron a Marta. «Debían de ser amigos, porque por el apellido no tienen nada que ver. La familia se llamaba Masdéu.»

Y el administrador añadió:

—Precisamente un señor llamado Masdéu vino a preguntar lo mismo que usted hace poco. Le atendí bien porque le conocía. Una vez mi mujer le compró una joya.

22

LA TUMBA EN LA COLINA

La gran llanura de Barcelona se extendía hasta el infinito. Daba la sensación de que la ciudad no ocuparía nunca aquel terreno, igual que hoy tenemos la falsa sensación de que los humanos nunca ocuparemos el mundo entero; pero desde la iglesia del Coll se empezaba a ver ya que Barcelona tenía sus límites. Por un lado la cerraba el mar, por el otro las montañas, a la izquierda un río, y a la derecha, un segundo curso de agua que marcaba una frontera. Y era fácil ver, ya entonces, que pequeñas poblaciones independientes como Gracia, Horta, Sarriá o Pedralbes iban llenando la tierra que luego la gran ciudad se acabaría tragando. Más allá del Raval se distinguían entre la bruma algunas casas del Pueblo Seco, que no crecía porque estaba prohibido edificar a menor distancia del alcance de los cañones de Montjuïc. Desde el Coll, en las tardes que no terminaban nunca, se distinguían unas colinas

197

que no ocupaba nadie. El sol se vaciaba sobre unos campos donde aún imperaba el silencio de los siglos.

Todo estaba igual.

El párroco supo que me había torturado la Inquisición, pero no por eso dejó de admitirme en el templo; sabía que el Santo Oficio detenía a muchas personas sólo por una sospecha. Los demás seguían allí: los pastores, los propietarios, unas mujeres perdidas que trabajaban como esclavas y sobre todo la niña.

En ella nada había cambiado, excepto sus ojos perdidos y su mueca de sufrimiento. Las señoras de la casa la trataban cada vez peor y con más desprecio, porque para ellas era solamente una aprendiza de puta; en cambio, para sus maestros, el amo y el «hereu», no hubo un solo reproche. La niña, como los animales, formaba parte de lo que les había dado la tierra.

—No soy una aprendiza de puta, soy una puta completa —me dijo una tarde con la vergüenza reflejada en sus ojos—. Ya me lo han hecho todo.

Se confiaba a mí porque notaba de una manera misteriosa que yo no tenía sexo y que estaba por encima de mi edad. Ella se confiaba a mí porque necesitaba confesar su vergüenza, porque así aceptaba el mundo y se justificaba para morir.

Le habían hecho de todo y estaba embarazada, pero no sabía si del padre o del hijo: en esas condiciones no le quedaba más que parir en el campo, como los animales, coger a la criatura y huir. Nadie iba a ayudarla, y menos la Iglesia. Como propagadora del pecado tal vez sería acogida en un centro de mujeres arrepentidas, donde se la acusaría toda la vida no de lo que había hecho sino de lo que le habían hecho, como si la culpa fuera de ella. Y ella no quería que su criatura conociera eso: ella quería morir.

La sociedad era santa y justa.

Ella no podría cambiarla.

Me lo confesó una tarde, cuando le ofrecí refugio en una gruta después de que varios vecinos la persiguieran a pedradas. Enternecedor y terrible: sólo su perro la acompañó y lamió sus heridas. Su perro, y yo mismo, yo, el que no tenía nombre ni amaría ni sería arrastrado por la edad.

Me sentía terriblemente débil. La pérdida de sangre me había dejado tan exhausto que apenas me podía mover, y un oscuro instinto me llevaba a buscarla. La pequeña no me ofreció sus labios porque sus labios no tenían ningún valor: me ofreció confiadamente su cuello.

No sé si lo sabía.

O si su instinto se lo dijo.

Su instinto de mujer que quería morir.

Quedó quieta mientras yo mordía su cuello, sin causarle ningún dolor. Quedó quieta mientras yo sorbía su vida. No se alteraron sus hermosos ojos al notar que los objetos se borraban para siempre. No sé si se dio cuenta de que moría, como no me di cuenta yo. O quizá sí que lo supo. Quizá, porque su última palabra fue:

—Gracias.

Yo fui quien la mató sin llegar a comprenderlo.

Yo fui quien mintió y dijo haber hallado su cadáver, pidiendo que le dieran sepultura junto a la iglesia.

El párroco se negó.

Toda la gente honesta y bienpensante que iba a misa se negó. Por ejemplo, el dueño de la masía más importante del entorno. Y el joven «hereu», que merecía no ser corrompido en esta vida. Y también las señoras de la casa, quienes no la querían junto a las tumbas de sus padres pero prometieron rezar a Dios para que perdonara a aquella puta.

Fue enterrada sola en la cima de la colina desde la que se divisaba toda la llanura, desde las montañas hasta el mar.

La enterramos en solitario el párroco y yo.

El párroco me pidió que no se lo contase a nadie.

Pero sí lo contó el perro aullador, que estuvo gimiendo junto a la tumba.

Lo contó tres días y tres noches.

23

LA CIUDAD DE LOS FANTASMAS

Fue el juez Brines quien recibió a Marcos Solana en su despacho, que daba al paseo de Lluís Companys, abogado de pobres en tiempos difíciles. En la mesa se apilaban los legajos, desde la pantalla del ordenador un muñeco hacía muecas y desde los árboles del paseo llegaba una luz melancólica.

El juez Brines había sido compañero de Solana, y admiraba su profundo conocimiento de las familias más tradicionales del país. «En el fondo, siempre son las mismas —pensaba—. Antes se dedicaron a la navegación y al comercio con Cuba, luego al textil y más tarde a los cupos de materias primas. Su última mina inagotable ha sido el ladrillo, un negocio sin fin. Sí, siempre son las mismas, pero en el fondo cuesta conocerlas.»

Por eso, a veces, el juez pedía consejo a Marcos Solana. Y Marcos Solana se lo pedía a Marta Vives.

—Voy a cerrar el caso del crimen ritual de Vallvidrera

—explicó—. Lo llamo crimen ritual porque no sé encontrar otra explicación. He pedido toda clase de datos a la policía, pero siempre me dan los mismos, de modo que no encuentro solución. El caso irá a archivo provisional, aunque estaré atento por si se descubre algo nuevo.

Encendió un cigarrillo y añadió:

—Lamento tener que hacerlo, porque así queda todo por resolver. Es un caso tan inquietante que me gustaría haber encontrado más pruebas.

—¿Recuerdas algún caso semejante?

—En realidad no, pero debe de ser porque llevo pocos años en este juzgado. Algunos compañeros me habían hablado de extraños crímenes que no tenían sentido, y en los que un periodista podía incluso imaginar la mano del Más Allá; algunos se remontan incluso a la época de Franco, y ni siquiera están en los archivos de los periódicos. La razón es muy sencilla: durante la época de Franco no se publicaba nada sobre hechos que tuvieran algo que ver con la religión, para que el ciudadano no se confundiese. En la religión todo era santo. Pero ¿por qué te digo que ese asesinato de Vallvidrera ha estado de algún modo relacionado con la religión? En realidad no lo sé. Sólo sé que fue un rito... En fin, voy a dictar auto de archivo provisional, si el fiscal o la parte querellante no pide otra cosa.

Marcos Solana asintió lentamente.

No, él no podía pedir otra cosa.

Caso cerrado.

Nunca se volvería a abrir, a no ser que alguien, un día lejano, lo utilizase como guión para una serie sobre ritos satánicos.

202

Susurró:

—Gracias por tu amabilidad.

—No creas que me siento feliz al olvidar ese asunto. La verdad es que me inquieta. A veces siento como si no existiera el tiempo, a pesar de que asistimos a nuestra propia degradación. Hay ideas que viven eternamente, y a menudo me he preguntado si puede haber seres que también vivan eternamente.

—Yo también lo he pensado.

—Pero ésta no es una conversación razonable.

Marcos Solana musitó:

—No, no es razonable.

—Ni políticamente correcta.

—Ni políticamente correcta.

—Un juez no puede abrir sumarios basándose en cosas del Más Allá —remachó Brines.

—Pero el Más Allá existe.

Los dos hombres se estrecharon las manos. Marcos Solana iba a dirigirse a la puerta cuando preguntó, como si acabase de recordarlo:

—Me han dicho que te han ofrecido un traslado.

—Sí, a Madrid, con una categoría superior, pero les estoy dando largas. Lo que ganaría de más lo perdería en el alquiler del piso, porque aquí tengo un apartamento barato y allí habría de buscarlo de nuevo. Además me gusta Barcelona, a pesar de ser una plaza donde a un juez no se le considera y donde cada día aumenta el trabajo. Barcelona es una ciudad que vive de mitos, a pesar de que dice que es una ciudad realista. Y está poblada de fantasmas de anarquistas, de sindicalistas, de revolucionarios, de gente que hoy trabaja laboriosamente y mañana, no se sabe por qué, decide abrir las tumbas de los conventos. Ahora la ciudad presenta encefalograma plano, es verdad. Pero los fantasmas existen... Ah... No quisiera olvidarme de que muchos de ellos son fantasmas de mujer. Aquí han hecho historia las cortesanas más honradas de Europa.

El juez lanzó una carcajada mientras acompañaba a su visitante a la puerta.

—Ah... —dijo como de pasada—. Agradécele a Marta Vives sus informes. De vez en cuando se los pido, cuando en un sumario aparece un viejo apellido, y ella lo sabe todo y me orienta con tanta sabiduría y desinterés que no se lo podré pagar nunca. Hace dos semanas le pregunté por los protagonistas de una estafa bancaria que pertenecían a viejas familias, y ella me contó los antecedentes de tal manera que me pareció que yo estaba viviendo a principios del siglo xx, cuando aún se fundaban bancos en Barcelona. No sabes tú el trabajo que me evita... Por cierto, en aquel informe aparecía el nombre de un antepasado de Marta, que quizá por eso sabía tanto. El antepasado era, según parece, un contable de mucha categoría, uno de esos tíos con antiparras que te hacían en una tarde el balance de la Maquinista Terrestre y Marítima. Un tipo perfecto, de esos que no se equivocan jamás. Y de pronto, un día lo encierran en un siquiátrico.

Solana, a quien no le gustaban los números, murmuró:

—A lo peor tuvo un empacho de cifras.

—Tu pasante, Marta, no daba detalles. Solamente cita a su antepasado porque él era secretario general de un

204

banco y dejó las cuentas sin cuadrar, lo que explica unos desfases posteriores que con el tiempo dieron lugar a una estafa. Se notaba que a Marta no le gustaba escribir sobre el tema. Pero deduje que aquel buen hombre se había vuelto loco: empezó a decir que él creía en la inmortalidad, lo cual es muy normal porque todos los católicos creen en ella. Pero luego afirmó —y lo hizo en una junta general— que él conocía a seres inmortales. «Los santos que están en el cielo», le dijo un médico de comunión diaria. «No —afirmó el antepasado de Marta—. Se trata de personas que están en la tierra.» Los médicos, cada vez más asustados, le presionaron para que diese más detalles, y acabó citando el domicilio de un hombre que, según él, era inmortal. El banco pagó a un investigador privado para que fuese a aquel domicilio, y allí no vivía nadie: mejor dicho, había vivido un hombre que ya no estaba. El enfermo acabó en un siquiátrico, donde se suicidó o le suicidaron: nunca se ha sabido y además hace años de eso. Pero por lo que sé de Marta Vives, muchos de sus antepasados han ido muriendo de una forma trágica.

Hizo un gesto de pesar, quizá arrepentido de haber hablado tanto. Pero al fin y al cabo, Solana era un amigo, y Marta Vives una mujer a la que apreciaba.

Se atrevió a añadir:

—Cuídala. Es una mujer que vale mucho. Y…

Hubo un silencio. Solana preguntó:

—¿… Y?

—Y tengo la sensación de que está en peligro.

24

LA ÚLTIMA CARGA

La República declaró la iglesia de Santa María del Mar monumento de interés nacional el 3 de junio de 1931, sin provocar por ello un alzamiento de la derecha. Fue una prueba de que a la República los temas culturales le interesaban tanto como los agrarios, pero no debió ir más lejos, según los entendidos. Ya había bastante limitando el interés cultural a las iglesias.

Conozco el debate porque yo entonces trabajaba de reportero en *El Diluvio*, el diario anticlerical, y aun así tenía muchos amigos en los diarios de la derecha, como *La Veu de Catalunya*. Allí me apreciaban porque les resolvía cualquier duda. «¿Quién era presidente de las Cortes cuando se decidió acabar con el cantón de Cartagena?» Y yo lo sabía. Creo que por eso entré en *El Diluvio* y por eso me consentían que tuviese amigos del otro bando.

Por otra parte, trabajar en *El Diluvio* cuando se instauró la Segunda República no era tan difícil. Cualquier ciudadano podía entrar en la redacción, escribir lo que le diera la gana y entregarlo para su publicación, naturalmente sin cobrar. La mitad de las veces, el artículo aparecía.

Me aficioné a la calle Argentería, en cuyo final está Santa María del Mar, por el Fossar de les Moreres, que el gobierno catalán consideraba un lugar de honor. Hoy sigue siendo considerado lugar de honor —después de numerosos gobiernos catalanes en el exilio—, pero la calle Argentería es un lugar típico y rico, con numerosos restaurantes donde se sigue cultivando el honor del país. Pocos se fijan en el Fossar de les Moreres, donde están sepultados los héroes —o los locos— de 1714.

Yo voy muchas veces a visitarlo, porque habría debido ser uno de los sepultados en el osario y conmigo tenía que haber estado El Otro.

Después de la muerte de la niña comprendí que no podía seguir entre aquellas colinas. Me perseguirían como responsable de aquella muerte, que desataría todas las leyendas, y lo peor es que era responsable.

Notaba sobre mí como una maldición.

Miraba mi rostro en el espejo de la sacristía y veía siempre la misma cara: la de un hombre que no llegaba a los treinta años, que no variaba de expresión, de estatura, de gestos. A mi alrededor todo cambiaba, incluso iban elevándose casas nuevas por las colinas, pero el tiempo parecía haberse detenido en mí. Como ya había ocurrido en otros lugares, era inevitable que la gente se diese cuenta de algo extraño, que acabara pensando «esto no puede ser».

Y además estaba la muerte de la niña.

Pero en este caso yo había sido el instrumento. ¿Instrumento de quién? ¿Y por qué? ¿Cuál era mi misión, si es que la tenía? ¿Cuál era el sentido de mi culpa? ¿Había irremediablemente algo que me impulsaba hacia el mal?

Tenía que huir.

No podía permanecer tanto tiempo en el mismo sitio.

El cura me dejó marchar, pese a que sospechaba algo extraño. Antes de eso, tuvo a bien informarme de que este mundo estaba perfectamente determinado por la mano de Dios, que los papeles estaban ya distribuidos y cada uno conocía el suyo. De un lado los dueños de la tierra, que habían sido distinguidos por el Señor gracias a sus virtudes y que eran los encargados, no sólo de mantener la Verdad, sino también de la distribución de los bienes. De otro, la chusma, a la que había que redimir cultivando la augusta virtud de la caridad. El sentimiento caritativo era el más noble que Dios nos había dado, porque gracias a él se distribuía la justicia en el mundo. Todo lo que fuera perturbar el orden natural de Dios era pecado, y si además se usaba la violencia, el pecado era gravísimo, digno del mayor castigo. Por eso debía estar agradecido el que no había recibido nada de Dios, ya que entraba de lleno en el terreno de las bienaventuranzas. ¿No me daba cuenta yo de que todo estaba previsto? Esto me lo dijo porque notaba que yo no era lo suficientemente pío, pese a haber trabajado tantos años en el templo.

El párroco sospechaba que, de algún modo, yo estaba destinado al mal.

Me fui de allí lleno de dudas sobre mi identidad y mi destino, pero no me marché demasiado lejos. En las profundidades de Vallcarca se había constituido un grupo de eremitas que parecían vivir exclusivamente del agua de las numerosas fuentes y que me acogieron pensando que lo que yo quería era meditar. Y no andaban desencaminados, puesto que la incertidumbre me ahogaba, me cuestionaba a mí mismo y dudaba de que la creación del mundo hubiera finalizado; a lo sumo, estaba a medias. Supongo que esto me convertía en un revolucionario y, lo que era peor, en un hereje, pero ninguno de los anacoretas pareció notarlo. Luego supe que todos pensaban más o menos igual que yo, que algunos eran fugitivos de la ley o buscados por haber huido de sus señores. No se mezclaban con los anacoretas de Penitentes, pese a tenerlos tan cerca, porque éstos parecían pensar que el mundo estaba tan bien hecho que encima no lo merecían.

Aquella especie de fraternidad del agua —ya que no de la comida— duró poco, porque fuimos detenidos como sospechosos de robo y bandidaje, aunque allí nadie había robado nada. Yo mismo, el más miserable, no había hecho más que aprovechar la sangre de un perro que de todos modos iba a morir. Yo creo que el perro me agradeció que aliviara su sufrimiento: encadenado a la puerta de una masía, había soportado desde siempre el sol implacable y el frío glacial, la soledad y los palos con que le entrenaban para aumentar su fiereza. Yo fui el único a quien dejó acercarse, al amanecer, quizá porque en mis ojos había visto algo que sólo veían los que conocían la verdad elemental del mundo.

Casi todos los eremitas fueron encarcelados, pero conmigo fueron piadosos porque, al fin y al cabo, yo era un recién llegado. Sólo me tuvieron entre rejas dos meses, que pasé junto a uno de los ancianos más extraños con que me había encontrado en la vida. Era casi ciego, y a pesar de ello parecía conocer por instinto todas las proporciones del mundo. En su juventud había sido discípulo de los geómetras griegos y los matemáticos árabes, por lo cual su mundo era un simple conjunto de números que armonizaban entre sí. Con el borde de una piedra escribía incansablemente en el suelo de tierra de la cárcel, y de su boca aprendí saberes que jamás creí que pudieran existir. Entre ellos, toda la geometría de Euclides, las perfectas proporciones de Fidias y las ecuaciones ideadas por los árabes y muchas veces transmitidas por los judíos. Me di cuenta entonces de que yo, pequeño monstruo, era un sabio.

Pero no me serviría de nada. Mi liberación significó que debía trabajar en las numerosas zanjas que se abrían en el Raval para construir casas sobre los antiguos cementerios. Aprendí allí que las ciudades se construyen sobre restos humanos y sobre objetos (un anillo, un ánfora, un pedazo de gasa, un pañuelo corrompido por los años), y que los cadáveres pasan por sucesivos estadios de gusanos, larvas, moscas, escarabajos y polvo, polvo de siglos que yo respiraba cuando los cuerpos eran desenterrados para abrir las zanjas. Adquirí más conocimientos sobre anatomía y sobre huesos que cualquier físico de los que visitaban al rey, pero eso nadie lo supo jamás.

Tres veces cambié de sitio para no llamar la atención de nadie. Mi primer nuevo destino estuvo en las canteras de Montjuïc, tan explotadas desde antiguo y con tantos sufrimientos encima que cada roca parecía contener el alma de un picapedrero muerto. Luego fui destinado a contable de un importador de sedas y, por fin, a algo mejor: a escribiente de una notaría que estaba en la plaza del Aceite —más tarde desaparecida y en la que existía una taberna donde siglos después conocería a Picasso—, en la que se anotaban todos los actos jurídicos de una ciudad que ya era la más importante del Mediterráneo. Porque en tantos años yo no había cambiado, pero Barcelona era un gigante desconocido, un gigante que había inventado algo que ha sabido conservar siempre: la convivencia. La convivencia y el espíritu de acogida. Nadie que venga a trabajar es extraño en la ciudad de todos, aunque tenga que sufrir como sufrió mi madre. Los que no nacen barceloneses acaban muriendo barceloneses. Por eso yo me di cuenta de que amaba mi tierra, a pesar de su insensatez.

Pero son los insensatos los que hacen la Historia, mientras que los cuerdos sólo hacen los calendarios.

A veces, me deslizo como una sombra hacia Santa María del Mar, hacia el Fossar de les Moreres. Dicen que allí «no s'enterra cap traïdor», porque todos los que yacen en su suelo son héroes. Los héroes —ahora lo sé— creen que cumplen una misión ética, pero en realidad están cumpliendo una misión estética. Sin ellos, la Humanidad no pasaría de la categoría de rebaño.

Si algún historiador me consultase, yo le daría algunos nombres de los que yacen allí, porque los conocí y estuve junto a ellos. Conocí su miedo, su decisión, su fe en la muerte porque no tenían fe en la victoria. Sólo ésos son los verdaderos héroes.

Todo empezó por una cuestión que los catalanes hicieron suya y en la que empeñaron su palabra, pero que en realidad debería haberles importado bien poco porque era una cuestión europea, una de esas cuestiones de ricos por las que mueren los pobres.

Yo ya sabía —desde mi puesto de escribiente mayor del notario— que esta ciudad tiene una característica: no quiere vivir del Estado, pero tampoco quiere que el Estado viva de ella. Por eso fue siempre muy celosa de sus fueros y privilegios, que los reyes de España tenían que jurar. Y cuando los reyes de España pedían dinero a las Cortes catalanas para financiar alguna de sus guerras, solían marcharse sin sacar en limpio más que cuatro cuartos. La verdad es que, en consecuencia, tampoco los reyes concedían a los catalanes gran cosa.

Mis conciudadanos —si así los puedo llamar sin que monten en cólera— eran por tanto muy celosos de sus leyes, que habían tenido que defender frente a las tropas de nuestro señor Felipe IV, rey que aprovechó muy bien su vida, pues la dedicó a cazar faisanes y fecundar mujeres dignas de elogio. Pero peor les fue cuando su heredero, Carlos II, murió sin descendencia, sin haber aprendido de sus antepasados el arte de la fecundación, y ello despertó los apetitos de los grandes de Europa. Los grandes de Europa siempre han sabido muy bien lo que tienen que hacer, algo que los pueblos no han aprendido nunca.

Los que hemos vivido demasiado, como yo, tenemos cierta tendencia a la mala baba. No creo que los que murieron defendiendo las murallas de Barcelona supieran lo que yo sabía sobre las dinastías europeas, pero eso les importaba poco: a su lado, supe que estaban allí por puro orgullo. El notario, que sí lo sabía, no sintió deseos de tener orgullo alguno.

—Luis XIV de Francia —me dijo, como si yo necesitara saberlo— ve vacante el trono de España y quiere imponer un rey francés con el nombre de Felipe V, lo que le convertiría en el más poderoso de Europa, sin rival alguno. Porque ya debes de saber que se empieza a hablar del equilibrio de Europa, y el que domine Europa dominará el mundo.

El notario, sin saber que había vivido más historias

que las de todos sus antepasados juntos, me siguió diciendo:

—El equilibrio europeo se habrá roto si Francia y España se unen, y por ello los estados centrales quieren imponer un rey austriaco. Carlos. Eso, a los trabajadores catalanes, que siempre estarán abajo, debería importarles poco, pero Carlos de Austria ha prometido respetar sus Fueros, y Felipe no se ha arriesgado a tanto. Tienes que saber que Francia es un país centralista, aunque dudo que entiendas eso del centralismo.

Hice un gesto de ignorancia, como si no supiera bien de qué hablábamos, mientras apilaba las escrituras en que estaban distribuidos los bienes de la tierra. Conocía la historia de cada papel. La historia de cada gran familia. La historia de cada vida y, sobre todo, de cada muerte.

Y conocí bien lo que pasó después. Barcelona mantuvo su palabra a favor del austriaco, y las potencias europeas llegaron a pactos entre sí sin mantener palabra alguna. Los catalanes, y en especial los barceloneses, quedaron en la guerra absolutamente solos.

Y parecían contentos de estarlo.

Ésta había sido una ciudad sensata. El notario era sensato. Los comerciantes lo eran. Los que morían en las canteras y las cuadras lo eran. Jamás habían aspirado a otra cosa que a ganarse un pedazo de pan.

Esta ciudad había creado los gremios más honrados

y severos. Había establecido las primeras normas mercantiles con la «taula de canvi». Mejorado las cartas de crédito de los lombardos. Establecido las normas del derecho marítimo. Definido para siempre las normas urbanísticas con las «Ordinacions de Sanctacilia». Había hecho honor a los seguros de transporte. Establecido en los matrimonios la separación de bienes. Creado el testamento recíproco. Mantenido la libertad para testar en la mayor parte de la herencia. Evitado la dispersión de las tierras. Cataluña, y sobre todo Barcelona, parecían haber nacido para ser razonables.

Bueno, pues no lo eran.

Barcelona vive de mitos.

Lo que ocurre es que no se ha dado cuenta.

El notario dejó de trabajar en septiembre de 1714. Yo dejé de trabajar. Los menestrales de los gremios dejaron las herramientas y tomaron las armas. Los que tenían brazos se plantaron en las murallas. Los físicos subieron a éstas para atender a los heridos. Las mujeres se olvidaron de que tenían hijos para recordar que tenían una bandera.

Y todo por un rey lejano del que ni siquiera sabían bien dónde había nacido.

Todo por una palabra.

Las campanas tocaron a rebato.

Las campanas no entienden de sensateces. Son siempre la última voz que dejan los muertos, pero entonces fueron la última voz de los que iban a morir.

Yo me preguntaba por qué.

Ella me lo dijo.

Eva procedía de la Cataluña interior, que ya estaba sometida por las tropas borbónicas llegadas de toda Europa. Un doble círculo de cañones, torres de asalto, coraceros, montados, mercenarios a pie y minadores convertidos en topos rodeaba la ciudad sin esperanza, pero las campanas seguían siendo la última voz de los que iban a morir.

Yo no tengo sexo. Yo no tenía sexo. Las mujeres, al mirarme, sabían que no iban a perpetuar la especie, y por eso no entiendo lo que Eva vio en mí. Quizá, como el perro encadenado, adivinó en mí la verdad elemental del mundo. Además, ella no necesitaba perpetuar la especie, porque ya llevaba la especie dentro. Estaba embarazada de nueve meses.

Al igual que la niña que anhelaba morir, su señor la había poseído cuando acababa de cumplir quince años, dejando bien sentado que son los señores, y no los siervos, los que dominan las fuerzas de la Tierra. Eso sí, no había sido usada tantas veces como la niña que anhelaba morir, y además el señor le había prometido mantener al hijo con dos condiciones: que no pidiera nunca ser reconocido y que, como todos sus antepasados, permaneciera atado a la propiedad y fuera para siempre un pedazo más del campo.

Eva me hizo dar cuenta de que la ciudad luchaba por una promesa, pero ella lucharía por una parte de su ser.

La historia de Barcelona está llena de mujeres que lucharon por una parte de su ser. Pero de ellas no se habla nunca.

Y ella intuía que lo que llevaba en sus entrañas era una niña. El instinto de las mujeres nunca las engaña. Eva sabía que su hija nacería pegada a la tierra, que se haría mayor, vería nacer sus pechos y crecer sus caderas. Y que el amo también la vería crecer y querría hacer suyas esas caderas. Y esos pechos.

Y al fin otra cama.

Y otro señor que mediría con ella su virilidad.

No, Eva no quería eso.

Me lo dijo:

—Quiero que mi hija nazca libre.

Desde los tiempos que guardaba mi memoria, Barcelona siempre había sido identificada con la libertad. Los siervos que lograban afincarse en ella pasaban a ser libres. Los que tenían una hoz luchaban para no ser esclavos. Los que iban a morir imaginaban que los fueros los hacían distintos de los otros y les daban un futuro.

Soy demasiado viejo.

Oí ese deseo ancestral en una canción revolucionaria, durante la guerra civil:

«Si yo muero, mis hijos vivirán.»

Eva decidió que su hija viviría.

La conocí en las murallas, cuando a pesar de su gravidez empuñaba una alabarda. Yo estaba a su lado porque quería vivir aquel momento de locura y sabía que sólo las locuras hacen la Historia. Cuando vi que las granadas destrozaban la muralla la llevé a una de las torres de la catedral, que me parecía un lugar más seguro.

La vieja «Tomasa» tocaba a rebato.

Los que morían por un rey lejano no sabían que estaban muriendo sólo por su honor.

Eva sabía algo más.

Eva sabía que moriría, pero no por su vientre, sino por el vientre de su hija.

Sabía más que yo.

Cuando la acogí en mis brazos no pensé en ella, sino en mi madre. Mi madre no había podido nacer libre. Y cuando las murallas ya cedían hechas pedazos, cuando las tropas borbónicas ya entraban a sangre y fuego en la ciudad, Eva me dijo llorando que quería hacer una última cosa en su vida: lograr que su hija naciera en una tierra libre. Le dije que Barcelona ya no lo era, que sólo le quedaban unos cuantos brazos y apenas media legua de libertad, si es que la libertad existía. Pero eso fue lo que forzó a Eva y a su maravillosa juventud, que sólo oye una voz y un latido: casi oculta bajo la campana, se subió la falda y se acuclilló como las bestias del campo, como las primeras mujeres. Noté sus senos hinchados, oí su estertor y el crujido de sus dientes. Balbució mirándome:

—La ciudad la acogerá.

Mientras las balas silbaban a nuestro alrededor, e incluso rebotaban en la campana, intenté ayudarla porque sabía; en los hospitales, mientras la sangre manchaba las paredes, había visto trabajar a los físicos.

Y entonces aquel joven intentó ayudarla también. Soltó su bandera al darse cuenta, quizá, de que el vientre de una mujer contiene más verdades que todas las banderas del mundo. Se acercó a Eva, la tendió en el suelo y le abrió las piernas, entre las que ya coronaba una cabeza. La sangre lo salpicó todo. Ella ni siquiera gritó porque era consciente de que no estaba pariendo una hija, sino una esperanza.

—Soy ayudante en el hospital —dijo aquel joven—. Algo sé de esto.

Yo sabía bastante más, pero noté que hacía las cosas bien, de modo que me limité a ayudarlo. Mientras veía apretar los dientes a Eva pensé que ni ella ni la niña tenían apenas posibilidades de vivir, no ya por las balas, sino por la suciedad. Lo lógico era que al cabo de unos días murieran las dos a causa de las fiebres.

El joven casi gritó:

—Ya ha nacido. Es una niña.

Y noté humedad en sus ojos.

Seguro que era de los que piensan que la vida siempre vencerá a la muerte.

Pero el asalto estaba ya en la fase final. Los barceloneses morían tras las últimas piedras de la muralla. Desde la altura, vi a uno de los representantes de la ciudad, Casanova, que caía abrazado a la bandera. Los extranjeros avanzaban triunfales a redoble de tambor mientras los últimos defensores intentaban detenerlos, no ya con sus armas, sino con sus gritos. Tomé a la niña ensangrentada y la dejé bajo la campana, junto a su madre, que había perdido el conocimiento.

Fue entonces cuando la bala me rozó el cuello; pudo haberme penetrado de lleno, pero sólo me acarició. Mi sangre salpicó la «Tomasa» y dejó impregnados sus bordes. Como suele ocurrir en esos casos, no sentí el menor dolor y casi no me di ni cuenta.

Me di cuenta, en cambio, de que aquélla era la última embestida y de que las tropas borbónicas ya estaban allí. Barcelona entera estaba muriendo, pero no sería la primera vez. Y de repente apareció El Otro, moviéndose entre las ruinas. Iba vestido de negro, como siempre, impecable, severo… No llevaba armas y parecía estar allí sólo para contar los muertos.

Qué gran alegría para él, pensé.

Los muertos no pecan.

El ataque final estaba llegando a los últimos rincones de Barcelona. Todo a mi alrededor se derrumbaba y los gritos de triunfo de los vencedores ahogaban los alaridos de los moribundos. Desde abajo, varios soldados me apuntaban, y entonces fui consciente de que podía morir.

Mi cabeza fue durante segundos un torbellino. Necesitaba vivir. Y allí tenía un auténtico festín de sangre.

Y triunfó el Mal.

Triunfó mi cobardía.

Puse delante de mí al joven, que ya se había puesto en pie y recobrado la bandera. Las dos balas que iban a mi pecho fueron al suyo. Le vi caer y yo me seguí protegiendo con su cuerpo, cayendo al mismo tiempo que él.

Me salvé.

Los gritos iban cesando.

Los asaltantes remataban a la bayoneta a los heridos.

Pero la bandera seguía en pie.

Me deslicé entre los tejados de la catedral pisando los últimos cadáveres, y entonces cayó la bandera.

Lo que viví en esos días me enseñó que la gente sencilla, el pueblo, acaba siempre cumpliendo su destino, que es trabajar para sus hijos y morir para sus amos. Queda el honor, pero el honor no alcanza a los desconocidos del Fossar de les Moreres, ya que se lo reservan los que no están enterrados allí. Ningún hombre o mujer que aspire a la eternidad querrá ser pueblo.

Y me di cuenta de algo que ya sabía: Barcelona sigue viviendo de mitos.

Cada once de septiembre se organiza un homenaje patrio a Rafael de Casanova, que cayó junto a la bandera pero que no murió: se retiró a sus propiedades e incluso aceptó una pensión del vencedor, muriendo de viejo como un hombre razonable. Y se olvida al general Moragas, que fue decapitado por los vencedores y cuya cabeza fue exhibida en una jaula.

Uno debería inclinar la cabeza ante el pueblo sin nombre.

Pero sólo la inclina ante los que dejan de ser pueblo.

Bueno, aunque nadie tiene que hacerme caso.

Yo no soy más que un proscrito.

Barcelona lo perdió todo, menos el deseo de seguir trabajando. Al día siguiente de la destrucción, la gente estaba en sus puestos y volvía a ser un pueblo dispuesto de nuevo a escribir la Historia. Felipe V —que no lo hizo tan mal, porque al menos introdujo ciertas normas civilizadas de los franceses— dictó el Decreto de Nueva Planta, que anulaba prácticamente todas las libertades catalanas, y destruyó el antiguo barrio de la Ribera, el de Santa María del Mar, para crear la Ciudadela. Entre ésta y los cañones de Montjuïc se tenía que dominar por entero la ciudad levantisca; así no habría hijo de madre que se atreviera a alzar la voz. Barcelona posiblemente sea la única ciudad del mundo que ha visto alinear sus calles para facilitar las cargas de la caballería.

En efecto, desde la Ciudadela, donde estaban las tropas, la calle Princesa lleva en línea recta a los ciudadanos (y a los jinetes armados) hasta los centros de poder que son el Ayuntamiento y la Generalitat, fácilmente dominables; desde allí, la calle Fernando sigue llevando en línea recta a las Ramblas, siempre agitadas, y también en línea recta, por la vieja calle Conde del Asalto, al Paralelo, última frontera del Raval, y a sus obreros hambrientos. Cualquier tropa que descienda desde Montjuïc enlazará con la que ha cabalgado desde la Ribera y convencerá al pueblo de que lo mejor es seguir siendo pueblo.

Encima el pueblo no suele saber lo que quiere. Y mi larga experiencia de malvado me dice que el pueblo siempre manda mal al pueblo.

Los desalojados del barrio de la Ribera fueron trasladados a una nueva Barcelona en minúscula que se llamó «la Barceloneta». El nuevo barrio fue diseñado, no sin falta de talento, por un ingeniero militar llamado Ceemeño, y allí los nuevos vecinos hicieron tres cosas: descubrir el mar, llenar los pisos de críos y soñar con la revolución pendiente, hasta que los fusilamientos en las playas les convencieron de que es mejor no soñar. Con los años, vi convertirse la Barceloneta en un barrio de restaurantes, cervecerías, refugios para calamares y plazas para yates, o sea, lo vi convertirse en un barrio del todo razonable.

Los que vagamos entre las sombras no olvidamos nada, pero los vecinos de las ciudades olvidan su propia historia. Cuando el Borne, el gran mercado central, quedó en desuso porque ya existía otro mercado mayor, se pensó hacer allí un centro cultural o una gran biblioteca, para lo cual hacía falta excavar en los cimientos que durante siglos habían soportado el paso de los faquines, los gritos de los vendedores y el peso de las carretas. El gran vientre de Barcelona estaba vacío y se pensó en llenarlo con pedazos de memoria. Pero al profundizar en la tierra aparecieron los restos de casas, calles, zanjas y conducciones de agua, es decir, una verdadera ciudad ignorada, una especie de ciudad egipcia. Nadie sabía bien lo que era aquello, hasta que por deducción lógica se llegó a la conclusión de que eran los restos del barrio de la Ribera, destruido por Felipe V y desde donde los barceloneses habían resistido la última carga. O sea, era un barrio de héroes que durante siglos había estado sepultado bajo toneladas de verduras y frutas que ni siquiera eran del país. Las autoridades se pusieron en posición de firmes ante aquel honor, derramaron lágrimas municipales y, por supuesto, llamaron a los fotógrafos. Se puso especial cuidado en localizar los posibles cadáveres para honrarlos debidamente.

Aparecieron algunos huesos, pero sólo dos esqueletos humanos que parecían recuperables. Uno pertenecía a un hombre joven que empuñaba los restos de una hoz y daba la mano a una mujer. *La Vanguardia* quiso hacer un gran reportaje sobre la posible relación sentimental entre los dos muertos, aunque de nada sirvió. Al tratar de separarlos, se convirtieron en polvo.

25

EL HOMBRE
QUE NO FUE ENTERRADO NUNCA

Polvo, polvo, polvo... Desde las ventanas de su despacho, que dominaban la ciudad vieja, Marcos Solana veía crecer sin cesar la ciudad nueva, que ya desbordaba todos los límites y que además destruía los edificios antiguos de diez familias para hacer bloques de cincuenta, donde nadie recordaba la historia ni del terreno en que vivía. Por todas partes se veían grúas y nubes de polvo que indicaban la muerte de un edificio y anunciaban el parto de un nuevo hijo del cemento. Barcelona estaba llena de pozos de petróleo donde los constructores hacían más negocios que los que se hicieron en la antigua Texas.

Mejor, se decía a veces.

En las viejas calles no se podía vivir.

Pensaba a veces en el callejón Malla, ya desaparecido, donde antiguas fotografías le mostraban niños que jamás habían visto el sol.

Y todo era muy rápido, demasiado rápido. Él había leído que la Diagonal no llegó a la carretera de Sarriá hasta 1900, y que el resto eran campos y casas aisladas donde la gente no se atrevía a vivir. Ahora la Diagonal no tenía fin, porque era en realidad una autopista que llevaba a los barceloneses a la huida, aunque también soportaba a más de un millón de los que entraban y salían para su trabajo. Porque una de las maravillas de Barcelona era que los barceloneses ya no podían permitirse el lujo de vivir en ella.

Solana dio una vuelta por su despacho y desfiló ante sus ventanas, una a una. Se sentía protegido por la ciudad vieja. Y al mismo tiempo se sentía más seguro porque pisaba su propia historia.

En aquel momento entró Marta Vives. El abogado susurró:

—Perdona, pero se te ve cansada.

—No lo estoy. Es simplemente que ahora duermo mal por las noches.

—Si quieres, puedes tomarte un fin de semana largo, para cambiar de ambiente. Físicamente quizá te canses más, pero los problemas se te irán del coco.

Ella sonrió, señalando la mesa donde se amontonaban los papeles. Pero Solana sabía que no era sólo eso. Algo preocupaba a Marta Vives —hasta diríase que la asustaba— de tal modo que a su fortaleza física añadía ahora un encanto especial, un aristocrático punto de languidez. Al principio, había sorprendido al abogado por su tipo de atleta, su altura y flexibilidad, su potencia física. Ahora la admiraba por su inteligencia, pero a veces parecía transmitirle una especie de miedo.

—Gracias por tu último informe, Marta. Es muy completo.

—No tiene ningún mérito. Era un tema que conocía bien.

—Conocer las cosas siempre ha sido un mérito, amiga mía. No le quites importancia.

Mientras hablaba, Marcos Solana miraba con disimulo sus piernas. No se atrevía a hacerlo abiertamente porque temía que Marta lo notase y entonces, ¿qué pensaría ella? ¿No sería vergonzoso para Solana que ella temiera una especie de acoso sexual?

Desvió la mirada.

No, no era justo. Una mujer tiene derecho a no ver perturbada su intimidad. Muchas veces —y aunque pocos lo piensan— la intimidad es lo único que le queda.

—¿Por qué duermes mal, Marta?

Ella desvió la mirada. No podía decirle la verdad, decirle que en horas de trabajo visitaba los archivos para buscar datos sobre su familia, para hurgar en detalles que sólo podían estar allí o en los cementerios. Eso la dejaba a veces sin tiempo para los asuntos del despacho, pero se llevaba los papeles a casa y los trabajaba de noche, sin decirle nada a Solana. Éste veía que todos los casos estaban en orden y tampoco hacía preguntas. Sólo notaba que Marta no era la misma, que la vencía una especie de hundimiento interior.

—Son épocas —dijo ella—. Luego pasará.

Y cruzó las piernas.

Marcos se dijo una vez más que tal vez eran las más bonitas que había visto en su vida.

Pero ¿por qué guardaba Marta aquella especie de miedo en sus ojos?

Lo cierto era que la muchacha estaba intentando averiguar por qué el joyero Masdéu y ella buscaban lo mismo. Por qué los antepasados de los Masdéu habían pagado la tumba de una antepasada suya, de la que nada sabía apenas. Podía preguntárselo directamente a Masdéu, claro, pero le parecía una ingenuidad. Prefería hacerlo teniendo algunos datos, sabiendo al menos en qué terreno se movía.

Fue a ver a un viejo historiador llamado Conde. Jubilado de la universidad, olvidado por sus discípulos, Conde seguía investigando y había llegado a ser un hombre de una ciencia absoluta y una mala baba también absoluta. Decía que la Historia no sirve para nada, puesto que nadie la enseña. «Ahora mismo —proclamaba— en los institutos, la primera trinchera de la ciencia, hay alumnos que aprueban sin saber quién fue Franco y qué guerra provocó. Hay incluso quien dice —sin morir a continuación— que fue un presidente de la República elegido por sufragio popular. Los que escribimos sobre Historia somos cuatro chalados y cinco inútiles. Dentro de cien años, otros cinco chalados y otros cuatro inútiles escribirán sobre nuestras guerras civiles todo lo contrario de lo que he escrito yo, pero tampoco los leerá nadie.»

Recibió a Marta Vives en un anticuado despacho de la calle Petritxol, antes calle de abogados y ahora calle de exposiciones y chocolaterías. Lo primero que le dijo fue:

—Usted debería dedicarse a otra cosa.

—¿Por qué?

—Es muy joven y muy guapa.

—¿Y a qué debería dedicarme, según usted?—preguntó ella con el mentón alzado—. ¿A acompañar a un banquero mientras dice que va a estudiar un balance?

—No, pero debería participar en los concursos de la tele y hacerse famosa. Seguro que el noventa por ciento de los que participan son peores que usted. Me parece una lástima que deje usted perder su vida y no participe en la cultura del pueblo.

—¿Qué cultura?

—La de aprender que este país nace y muere cada día. Ni conserva un recuerdo del ayer ni le importa lo que hará mañana. Cuando se acaba el último concurso de la televisión, se ha acabado España, pero eso es magnífico. Yo creo que llevamos camino de ser un país absolutamente dichoso.

Marta no se atrevió a quitarle la razón. Ojalá el mundo fuera solamente el que le ofrecían los concursos de la tele.

—Usted sabe que me tomo en serio la Historia, sobre todo la de esta ciudad —dijo—. Ya le envié mi expediente académico para que me recibiera. Precisamente porque me tomo en serio la Historia, me gustaría hacerle unas preguntas sobre las muchas dudas que tengo.

—¿Está preparando una tesis doctoral?

—Ya la presenté. En mi expediente verá que la calificaron *cum laude*.

Conde pareció desconcertado un momento. Consultó unas notas que tenía a su lado. Luego miró a Marta con más respeto.

—La compadezco —dijo.

—¿Por qué?

—Fue una tesis sobre Barcelona. Y ésta es una ciudad complicada.

—Estoy de acuerdo —repuso Marta—. Desde una perspectiva de siglos, no creo que Barcelona haya tenido una lógica.

—Me temo que pensamos lo mismo, pero tampoco me gustaría tener la lógica de una ciudad suiza. Siéntese.

Marta lo hizo, pero no cruzó las piernas.

—¿Qué quiere saber?

—Usted busca documentos originales. Usted ha estudiado todos los registros que existen en este pequeño país.

—No están bien llevados —protestó Conde—. Y muchos han desaparecido.

—Quizá no todos los historiadores son tan meticulosos como usted —elogió Marta—. Se limitan a citarse unos a otros y no consultan un maldito registro.

—Y a quién le importa. Nadie vive del pasado, sino del riguroso presente. Como máximo, el pasado es un tema de discusión, o ni siquiera eso. Pregúnteselo a las clientas de las chocolaterías que hay aquí abajo y ahora deje de alabarme y dígame qué quiere.

—Necesitaré informes sobre una antigua familia, pero no podré pagárselos. Si usted tiene que perder horas buscando en viejos papeles, olvídelo. Contésteme sólo si sabe la información de memoria.

—Todos los historiadores de verdad son pobres, a menos que se dediquen a otra cosa, así que intentaré ayudarla.

—Hay una vieja familia barcelonesa: los Masdéu.

—Hay muchas viejas familias barcelonesas, pero pronto no va a quedar ni una. Tampoco es que eso tenga demasiada importancia. Las viejas familias son una lata y pronto no servirán ni como seña de identidad. Lo que se impone ahora es la cultura del mestizaje.

Y añadió:

—Perdóneme. Ya habrá notado que yo soy uno de esos tipos que protestan de todo.

—Y yo le preguntaba si recuerda algo de los Masdéu.

El profesor Conde cerró un momento los ojos, como si quisiera quedarse a solas con sus pensamientos. Marta imaginó que también se debía de pelear con ellos, pero eso era una prueba de buena salud.

Al fin, él susurró:

—Una rama de la familia se dedicó al comercio. Fueron rabiosamente proteccionistas, estaban en contra de la importación de géneros textiles extranjeros, porque de ese modo la industria catalana no tenía competencia. Los que sí tenían competencia eran los obreros, que vivían cada vez peor y se organizaban en células revolucionarias. Pero lo que le digo no es ninguna novedad, es simplemente la historia de Cataluña durante la segunda mitad del siglo xix.

Marta susurró:

—Si una parte de la familia se dedicó al comercio, supongo que en el sentido más amplio, eso significa que hubo partes que se dedicaron a otros menesteres.

—Por supuesto: a la política y al clero. También eso forma parte de la historia de Cataluña durante el siglo XIX.

—¿Qué significa «política»?

—Alcaldías y poco más. Todo lo que estuviese ligado a los intereses concretos de cada comarca. Un alcalde podía entonces hacer muchas cosas, y si quiere le cuento la historia del río Llobregat, sus colonias textiles y sus fábricas.

—¿Y qué quiere usted decir con «clero»?

—Me parece recordar que ahí llegamos más lejos. Hubo un obispo, un prior y varios catequistas, o sea, defensores de la religión tradicional tal como nos viene explicada en los libros. Incluso hubo una especie de visionario. Y los sacerdotes de la familia fueron muy ultramontanos, algo así como capellanes de las brigadas carlistas.

—¿Guerrilleros de Dios?

—Podría ser una definición acertada.

—No ha consultado ni un papel. Tiene usted una memoria prodigiosa, señor Conde.

—Lo cual puede significar que me lo he inventado todo, como hacen otros.

Marta sonrió mientras pensaba que estaba cansando al viejo. O quizá el viejo se alegraba al darse cuenta de que aún alguien se acordaba de él. Pero, por si acaso, hizo una última pregunta:

—¿Queda algún rastro de las viviendas de esa parte, digamos clerical, de la familia?

—Pues lo normal: conventos, parroquias, residencias

de curas ancianos o incluso viejos cuarteles carlistas. En Cataluña fueron muy habituales durante el siglo XIX.

—¿Alguien vivió en Barcelona?

—No lo recuerdo, pero puedo consultarlo. O quizá sí que lo recuerde... Déjeme ver. Me parece que uno de los sacerdotes murió en Barcelona, pero no en la casa patriarcal de la familia, que estaba en la calle de Mercaders y, naturalmente, hoy ya no existe. Una vez, sin que por eso me echaran de la ciudad, hice un estudio sobre las relaciones entre comercio y clero en la época que se ha dado en llamar «de la fiebre del oro». Oro para unos cuantos, claro. Puedo consultarla, si usted está dispuesta a seguir sentada quince minutos más.

Y hurgó en su biblioteca, que estaba llena de papeles amarillos cuyo orden sólo conocía él. Marta pensó que algunos se le desharían entre los dedos. Conde buscó y buscó, levantando nubes de polvo y larvas mientras Marta se preguntaba por qué una atleta como ella, que había ganado campeonatos, se había aficionado a aquel polvo de tumbas.

Después de casi una hora, que sustituyó a los quince minutos prometidos, Conde hizo un gesto de satisfacción.

—Creo que lo tengo —dijo.

—¿El qué?

—La casa donde murió uno de los sacerdotes de la familia. Quiero decir el único que no murió en una residencia o un convento. Fue uno de los Masdéu más sabios, llegó a obispo y por supuesto no tuvo herederos. Eso explica lo que le diré a continuación.

—¿Qué?

—Legó sus bienes al ayuntamiento de la ciudad para que creara una biblioteca destinada a los estudiantes pobres. Valiente tontería, porque para eso ya hay bibliotecas mucho más importantes. Quiero pensar que se refería a estudiantes que quisieran entrar en el seminario, pero ésa es una tontería aún mayor: ya nadie quiere entrar en el seminario. De manera que el ayuntamiento aceptó el legado, hace ya muchos años, pero no se molestó en llevar adelante nada más. La casa se fue arruinando, y al parecer estaba en tan mal estado que ni siquiera los okupas se molestaron en tomarla por asalto. Ahora lo único que vale es el solar, e imagino que el ayuntamiento acabará haciendo una permuta, o algo así. Pero para eso tiene que dejar que se hunda la casa.

—¿Dónde está?

—Naturalmente, en el casco viejo; creo que en la Baja de San Pedro, pero no lo recuerdo con exactitud. Lo voy a mirar porque tengo aquí un catálogo municipal.

Buscó entre otros papeles no tan viejos, pero que inspiraban un cierto sentimiento de piedad. Al fin le entregó a Marta una nota escrita.

—Aquí la tiene. Me pregunto para qué quiere todo esto. Para qué lo necesita.

Marta dijo con un hilo de voz:

—Pienso ir a la casa.

—¿De veras?

—Si no, no le habría molestado.

Los dedos del viejo Conde temblaron un instante. Sus ojos, que normalmente destilaban desprecio, destilaron un mar de dudas. Con una voz que ya no parecía la suya, musitó:

—No lo haga.

—¿Por qué?

—Dicen que el cadáver del sacerdote no salió de allí —murmuró mientras se volvía de espaldas—. Según los registros oficiales, no fue enterrado nunca.

26

EL CONDE DE ESPAÑA

—Yo soy Carlos d'Espagnac, señor del castillo de Ramefort, capitán general de Cataluña. Exijo que mis órdenes sean cumplidas de inmediato, y todo aquel que se retrase deberá atenerse a las consecuencias. Quiero tener aquí, en mi mesa, dentro de cinco minutos, los documentos necesarios para que se ejecuten esta misma mañana las penas de muerte.

Oí perfectamente las palabras de aquella especie de Ser Supremo que cada día necesitaba su ración de sangre.

Yo, el hijo de un prostíbulo, el que no moría nunca, veía morir a los otros.

Y además lo sabía todo sobre aquel capitán general absolutista. Carlos José de España y Couserans había nacido en Foix, Francia, en 1775, y estaba destinado a morir en Organyá, Lérida, en 1839, estrangulado por sus propios hombres. Al iniciarse la Revolución francesa huyó al Reino Unido, y después a Mallorca. En 1792 se puso al servicio de la Corona española y luchó contra sus propios compatriotas franceses. En 1811 había alcanzado el grado (a mí me era imposible saber con qué méritos) de mariscal de campo. Fernando VII, hombre de fino instinto, lo nombró capitán general de Cataluña en 1818.

Yo lo recordaba todo por la sencilla razón de que lo había vivido. El conde de España reprimió con extrema dureza la sublevación «dels agraviats», mandando incluso ahorcar a los que habían sido indultados. Era normal que exhibiera sus cuerpos en los patíbulos de la Ciudadela y bailara ante los muertos.

Y todo esto lo sabía yo muy bien porque había llegado a ser nada menos que su secretario. Yo, el hombre sin muerte, estaba hundido en un mundo de muertos.

A veces me costaba soportar mis recuerdos.

Pensaba que es justo que los recuerdos —y la vida— tengan la palabra «Fin».

Pero yo no la tenía. Yo estaba obligado a vivirlo y recordarlo todo. A veces, me parecía estar de nuevo en las murallas de Barcelona, o bajo la «Tomasa» de la catedral, que manché con mi propia sangre, cuando las tropas de Felipe V entraron al asalto y delante de mí una mujer paría a una hija soñando que sería libre en la ciudad libre. ¿Libre...?

Barcelona, ante mis ojos, ya no había vuelto a serlo.

Yo cerraba esos ojos.

Y me acordaba de que, desde entonces, en la maltratada ciudad, habían ocurrido una multitud de hechos: la relativa prosperidad del comercio, la entronización de Carlos IV, la época del gran Goya, la guerra de la Independencia, que abarcaba dos reyes, la entronización de Fernando VII y el absolutismo más despiadado, del que en Barcelona era legítimo representante el conde de España.

Él hundió en aquel mundo de muertos a la Barcelona que había querido ser libre.

Después de las palabras del capitán general consulté mi reloj, una preciosa pieza de oro que uno de los ahorcados me confió para que la hiciera llegar a su hijo. Nunca pude hacerlo, porque su hijo había sido ahorcado también.

Calculé el tiempo que me quedaba. Menos de cinco minutos… Yo, el hombre sin edad, era, por ironía del destino, uno de los secretarios del capitán general, justamente el que contabilizaba los muertos en la Ciudadela. Me había recomendado el obispo de Barcelona antes de morir: «Es un santo varón —había dicho el prelado—, porque desde que lo conozco no ha hecho otra cosa que repartir viáticos y buscar sepultura a los muertos». Lo curioso es que eso era verdad: nada había logrado aprender tan bien como todo lo que estaba relacionado con la muerte de los hombres.

Cinco minutos…

Si no me daba prisa habría de «atenerme a las consecuencias».

Así que salí corriendo de allí, en busca de la lista de los condenados a muerte.

El palacio de los capitanes generales estaba entonces junto al mar y se comunicaba con un sector de la muralla costera. Se extendía sobre una gran explanada que recibía el nombre de Pla del Palau, y que era una especie de milagro en una ciudad tan apretada que apenas tenía plazas, porque Barcelona seguía siendo estrecha y pegada a las murallas. Allí, en el Pla del Palau, ejercía sus facultades omnímodas el sicario de Fernando VII, un español tan español que había nacido en Francia.

«La historia es una farsa —solía decirme Espagnac después de unos cuantos tragos—. Fernando VII, que antes pedía a los españoles que mataran a los franceses, pide ahora a los franceses que maten a los españoles. Entonces, ¿cómo me voy a tomar yo en serio la Historia? Los que se la toman en serio mueren inútilmente por ella. Porque los muy imbéciles no saben que la Historia la escribirán quienes les han matado.»

—Pues ésta es una ciudad donde la gente muere por ser libre —le había contestado yo una vez.

—Exacto... Y lo importante es que muere.

No me atreví a decirle que sin duda la Historia la escriben los que han sobrevivido, pero la leyenda —que siempre acaba siendo más importante— la escriben, aunque sea a través del viento, los que han sabido morir, y yo sabía, por mi experiencia, que las leyendas acaban siendo más importantes que las historias.

No me atreví a decírselo porque, en teoría, yo tenía que alegrarme de las ejecuciones.

Pero mi mano temblaba cuando le presenté la lista.

Esta vez eran tres.

Tres hombres jóvenes que se habían atrevido a gritar a favor de la Constitución. Como si la Constitución —decía el conde de España— sirviese para enseñarle algo al rey.

Aquella noche, tras haber asistido en persona a las ejecuciones en la horca —Fernando VII, llevado de su piedad, había ideado un procedimiento al parecer menos doloroso, que era el garrote vil, pero al capitán general le parecía demasiado complicado usarlo—, el señor d'Espagnac nos pidió a su mayordomo y a mí, como uno de sus secretarios, que le preparásemos ropa civil adecuada a sus propósitos. Esa ropa civil tenía que ser la de un burgués que no llamara la atención, o sea, la de un ciudadano acomodado cualquiera.

El señor capitán general llevaba una vida nocturna muy intensa. En algunas ocasiones, alguien le decía —no yo— que podía ser peligroso salir de noche y de incógnito, pero siempre contestaba, con su forma peculiar de hablar:

—¡Coxones! ¡Voy de muxeres!

Ir de «muxeres» podía ser más peligroso para los otros que para él, si bien se miraba, porque todas las mancebías estaban llenas de espías: delatores, traidores y, en general, personas de ancho culo que cobraban de Su Majestad. También estaban llenos de mujeres chivatas que, a cambio de protección, pasaban continuamente informes a los sicarios del conde de España. Por descontado que por las «casas llanas», verdaderos templos de la convivencia civil, deambulaban también falsos ciegos, guitarristas limosneros, escribientes en busca de su primer empleo y hasta toreros en busca de una oportunidad. Porque Fernando VII defendía las corridas de toros como si ahí estuviera el verdadero espíritu de la patria. A veces, en las plazas pequeñas, el público estaba autorizado, ya agonizante el toro, a saltar al ruedo y apuñalarlo con saña. Fue una de las épocas más repugnantes que me ha tocado vivir. Y yo estaba en su centro.

Se había fundado una escuela de Tauromaquia, la Universidad de Barcelona estaba cerrada a causa de su espíritu levantisco y los estudios habían sido trasladados a Cervera, que era ciudad tradicional, pequeña y fácil de controlar. Los pocos que se atrevían a hablar conmigo se quejaban de que en este país no hacía maldita falta pensar y que era mejor así porque Dios nos miraba como a hijos predilectos. Los que intentaban pensar, por el contrario, se daban cuenta de que la verdad no estaba en su país y que debían ir a buscarla al extranjero. Estaban naciendo las dos Españas.

Aquella noche el capitán general quiso mezclarse con el pueblo llano, es decir, visitar sus cuadras, como dijo textualmente. Y así, me hizo entrar —con dos pistolas cargadas por si pasaba algo— en una casa contigua a la plaza del Regomir, donde el olor a tabaco sin refinar, a vino espeso, a habitaciones sin ventilar y, sobre todo, a aguas sucias, nos hizo retroceder lanzando maldiciones. En efecto, era un burdel más sucio que aquel de la Edad Media en el que había trabajado mi madre.

—Ahí tienes el refinamiento del pueblo que me critica —gruñó—. En el fondo, ese ambiente les gusta.

Me pidió entonces que le acompañara a otro prostíbulo mucho más limpio y distinguido, y donde una dama de alta alcurnia se dedicaba a proteger doncellas. Pero tuvimos mala suerte. La ilustre dama estaba enferma de viruelas y su marido, que también cuidaba del negocio, sufría un ataque de la llamada «gota remontada», o ascendente, lo cual quería decir que le había empezado en los pies mas luego le inmovilizaba las piernas y las caderas entre terribles dolores. Cuando la dolencia llegaba al corazón y la vida se extinguía, era conveniente dar gracias a Dios por su misericordia. Como es natural en tales circunstancias, las castas doncellas no trabajaban con sus sexos, aunque sí con sus labios para rezar por la salvación de las almas.

Al conde de España le gustaban precisamente las doncellas piadosas, y se le daba una higa que el dueño se muriese de gota; pero la viruela era demasiado contagiosa, y eso le asustó. Nos fuimos de allí mientras juraba que al día siguiente enviaría hombres para quemar el ajuar entero de la casa.

—Tendría que quemar también toda esta ciudad de perros —barbotó—, menos sus cuarteles y sus iglesias, que son lo único sano que hay en ella. Porque en esta tierra de mal nacidos no admiten la autoridad; sólo admiten el pacto.

Llegar a esta convicción le sacaba de quicio, porque el capitán general estaba convencido —y lo había proclamado muchas veces— de que el poder no puede pactar. Jamás debe pactar. El poder no está para ser entendido, sino para ser respetado. Yo habría podido decirle, dada mi experiencia, que en Barcelona un poder que se entiende es un poder que se respeta, pero era difícil que un pensamiento tan complicado entrase en la cabeza del señor d'Espagnac, como no había entrado en la cabeza de su dueño y señor, el rey Fernando VII. Por eso callé y por eso nos dirigimos bajo la noche a la calle Montcada, donde se alzaban los palacios de la vieja burguesía ya en decadencia. Aquellos palacios solían tener una amplia entrada donde cabían los carruajes y una rica escalera lateral (en la escalera solía estar la distinción de la casa) que llevaba a un primer piso dedicado, normalmente, a los negocios del señor, quien a veces lo alquilaba. El resto eran habitaciones para la familia, tan nobles como se quiera pero carentes de luz. Me he preguntado muchas veces si por eso las damas de la época tenían la piel tan blanca.

En la calle Montcada vivía una dama que ocasionalmente recibía visitas de alto origen, pero la dama no estaba. Seguro que alguna persona virtuosa se la había llevado a dormir a otro sitio. «El señor tenía que haber avisado…», se excusó la doncella.

Y entonces el capitán general, a quien todo salía mal esa noche, me dio otra orden odiosa. El contacto con una mujer sosiega a los tiranos, y ésa suele ser una de las grandes virtudes del sexo. Aunque maldito si yo podía saber eso… Pero como Espagnac no había encontrado ninguna hembra que lo aplacase, su rabia era incontrolable. Me mandó comprobar si estaban a punto las listas con los ahorcamientos del día siguiente. Lo hice, y fue cuando me di cuenta de que en los primeros lugares estaba una casi niña, Elisenda, que sólo tenía quince años.

Yo había visto antes su nombre, pero confiaba en ir escamoteando la lista, o al menos retrasar su turno, y poder salvarla.

Ya no me iba a ser posible, porque había sido pillado por sorpresa.

Y aquí entraba mi mundo de confusiones, la contradicción de mi vida. ¿Qué me importaba a mí una niña ahorcada? ¿No debía sentir, por el contrario, alegría al ver balancearse sus piernas? ¿No representaba yo al Mal?

Yo mismo me hacía muchas preguntas que no tenían respuesta.

O quizá hallaba dos respuestas, aunque me cargaban de dudas: con el Mal se puede pactar, porque no es un valor absoluto, mientras que con el Bien absoluto no se puede pactar. Sólo cabe ponerse de rodillas y pedir perdón. Y la segunda posible respuesta estaba en la idea de la libertad. Yo siempre había querido ser libre, sin conseguirlo, y no podía odiar a las personas que también ansiaban ser libres.

Nadie podía entenderme.

Y menos una bestia como Espagnac, que representaba la Verdad y el Bien absolutos.

Habíamos regresado de nuevo a la fortaleza y fuimos en línea recta a la prisión. Noté que el señor de nuestros destinos estaba muy excitado ante la idea de ahorcar a una niña, ya que no podía poseerla. Preguntó al guardián quién era Elisenda.

Y el guardián dijo:

—Es ésta.

Yo la miré a la luz de la lámpara de aceite, y vi en su cara la dulzura de una muerte aceptada.

Era como un perrillo que sabe que va a ser sacrificado. Miraba al vacío sin pena y sin odio, porque Elisenda debía de tener la virtud de los animales: no entendía el mal. Su tez demasiado blanca y sus ojos cargados de fiebre indicaban que padecía una enfermedad muy común en la Barcelona de las murallas, donde no había casas ventiladas ni agua limpia: la tuberculosis. Su expresión avergonzada y sus ropas medio rotas me indicaron a su vez otra cosa: el carcelero la había violado.

Y fue el propio carcelero el que me lo explicó con toda la claridad del mundo mientras el capitán general revisaba por sorpresa la guardia, algo que hacía con frecuencia:

—Yo creo que ella es inocente y ha querido cargar con las culpas de todo un grupo que quiso asesinar al señor d'Espagnac. Yo me la he follado antes para que se vaya entrenando. Aunque no va a tener mucho tiempo para aprender, porque está en el grupo de mañana.

«En el grupo de ahora mismo», pensé.

El capitán general estaba rabioso.

Pocas iras superan a las iras de la gente mal follada.

Pero al mismo tiempo, al mirar a la chiquilla, recordé algo más. A falta de otras dotes, yo tenía una memoria visual prodigiosa, y jamás olvidaba los rasgos de una cara. Y los rasgos de aquella cara ¿dónde los había visto yo?...

De pronto lo recordé.

La torre de la catedral.

1714.

La mujer que quería ver nacer una niña libre en la ciudad libre.

Claro que habían pasado más de cien años. Lo que para otros era una eternidad.

Y para mí nada.

Pregunté:

—¿Qué recuerdas de tu familia?

Me miró con desconfianza, pero ya nada importaba. Encogiéndose de hombros susurró:

—¿Vale la pena recordar?

—Tal vez no, pero ¿qué sabes de tu madre?

—Trabajaba en una fábrica de hilados. Catorce horas diarias, menos los domingos por la tarde. Los domingos por la mañana había que repasar las máquinas. Murió un día en el mismo telar, yo creo que de agotamiento, aunque al menos sin darse cuenta. ¿Qué? ¿Es eso lo que quería saber?

—¿Por eso eres una revolucionaria? ¿Qué crees que vas a cambiar?

Elisenda cerró los ojos.

—Mi madre me enseñó a ser una revolucionaria. Sé que no sirve de nada, pero ella me lo enseñó.

—¿Y tu padre?

—Murió en un penal de Mahón.

El guardián me miró con suspicacia. No entendía nada de aquel interrogatorio. Casi dio un empujón a la chica mientras gruñía:

—Me han dicho que se va a adelantar la ejecución.

Entonces, ¿qué coño esperamos? ¿A qué viene tanta charla?

Ni siquiera le miré.

—Elisenda, ¿recuerdas algo de tu abuela?

—No la llegué a conocer, pero sé dónde nació.

—¿Dónde?

—En una de las torres de la catedral, en septiembre de 1714.

Ahora el que cerró los ojos fui yo.

En el nombre de Satanás...

Más de cien años desde el nacimiento de aquella niña de la que se iba a perder la memoria...

Más de cien años de una niña nacida libre...

¿Y qué se había hecho de aquella ansia de libertad? ¿Qué?

Elisenda debió de notar algo raro en mí, porque susurró:

—Y todo esto ¿qué le importa?

—Quizá no me importe nada. ¿Qué sabes de la vida de tu abuela?

—Sólo eso: que nació durante el asalto a Barcelona.

—¿Nada más?

—Bueno... Lo que a veces me contaba mi madre.

—¿Y qué te contaba?

—Que tuvo una hemorragia terrible y que la atendieron unas religiosas... Claro que los primeros auxilios se los tuvo que dar un médico militar: un médico militar de los vencedores, por si faltaba algo... Eran las fiebres de después del parto. Casi todas las mujeres morían.

Apreté los labios. Recordaba la terrible suciedad, el polvo, la metralla, las manos grasientas, la orina… Aquella niña nacida libre necesitaba haber sido de hierro para lograr vivir mientras su madre se desangraba.

—¿Qué fue luego de ella? Me refiero a tu abuela. Lo que tú sepas.

—Una vez se curó, las religiosas pusieron a la madre en la puerta del convento.

—¿Y la hija?

—A la niña, la que sería mi abuela, se la quedaron como pupila y luego como sirvienta. No salió de allí hasta casi la madurez, cuando se casó con un pobre hombre que también había servido a las monjas. Tuvieron una hija, que fue mi madre, la que murió al pie de un telar. Pero me pregunto qué importa eso, qué le importa, sobre todo, a un hombre como usted.

Y me miró despectivamente, con rebeldía, clavándome unos ojos que, sin embargo, no habían dejado de ser de niña.

Ya debía de saber que yo era un secretario del tirano que la llevaba a la horca. Más o menos el jefe del carcelero que la acababa de violar. Y yo apenas pude preguntar:

—De manera que ni tu madre ni tu abuela fueron libres un solo día.

—No. ¿Por qué?

—Yo sé por qué lo pregunto.

Elisenda casi escupía sus palabras:

—No, no lo fueron, pero yo al menos moriré libre. Lo que yo pienso nadie me lo puede quitar. Nadie lo puede matar. Y dentro de cien años quizá alguien me recuerde.

—Dentro de cien años seguirán muriendo niñas como tú. Y es verdad; alguien las recordará en las calles.

El carcelero se interpuso entre los dos:

—Bueno, ¿a qué esperamos? El verdugo ya tiene la orden de ejecución. ¿Por qué habla con ella? Su vida de perra no le importa a nadie.

—Claro, y por eso tú te has aprovechado de la perra —musité.

Y sonreí. A mí la gente siempre me ha dicho que tengo una sonrisa siniestra, tal vez una sonrisa de otro mundo. Y quizá eso sea cierto, porque hay algo más terrorífico que la sonrisa de la muerte, y es la sonrisa de la vida eterna. En ocasiones incluso he pensado que por eso Dios, en los millones de imágenes que lo muestran, nunca sonríe. ¿Nadie se ha fijado en eso?

El carcelero insistió:

—Venga, no perdamos más tiempo.

—Ahora ella ya no te sirve, ¿verdad?

—No sé a qué viene eso.

—Viene a que yo conozco muy bien las costumbres del capitán general: quiere que todas las formalidades sean cumplidas, o sea, que la condenada sea sacada de la celda sólo cuando lleguen el verdugo y el piquete. Enciérrala y ven un momento conmigo. Quiero enseñarte las nuevas órdenes.

Aquel miserable no podía desconfiar de mí, yo era cien veces su superior. De modo que obedeció: dio la vuelta a la llave y me siguió hacia un pasillo interior donde estaban las oficinas de la tropa, pero donde a aquella hora de la madrugada no había nadie. El silencio era absoluto. Más allá de las ventanas de piedra no se veían más que jirones de niebla.

De pronto se volvió hacia mí.

—¿Qué estamos haciendo aquí? —farfulló.

Y se encontró con mis ojos quietos.

Y mi sonrisa.

La sonrisa de la vida eterna.

—Pero...

No tuvo tiempo de decir nada más.

Quizá tuvo tiempo de pensar, eso sí; pensar durante segundos en aquel mundo siniestro que nunca había conocido.

Su cuello. Su convulsión. Mi mordedura sabia.

Hasta un vampiro puede sentir asco. Hasta un enviado del Mal puede llegar a la náusea.

Me repugnó beber su sangre.

Pero la necesitaba. Llevaba demasiado tiempo sin saciar mi impulso secreto, el pozo sin fondo de mi sed. Dejé su cuerpo tan vacío que tuve que limpiarme la sangre de las comisuras de mi boca. Y escupí sangre sobre la piltrafa.

Luego tomé las llaves y volví sobre mis pasos.

Tenía un plan para salvar a la niña.

Aún era posible.

Cuando volví a la celda de Elisenda me sentía en paz conmigo mismo y con mi verdadero destino.

Quizá era la primera vez que me sentía realmente libre.

Ella seguía encerrada en la celda, como esperaba. No la habían venido a buscar aún. Me vio con las llaves y algo le hizo adivinar lo que había sucedido, algo hizo dar un salto de diez años a su corazón de niña.

Pero era lo bastante inteligente para saber que hay cosas imposibles.

—Nadie ha podido hacerlo —murmuró—. Otros han intentado huir y no han llegado siquiera al segundo cuerpo de guardia.

Yo barboté:

—Podemos intentarlo.

Y fui a introducir la llave en la cerradura. Pero no pude ni hacerla girar, porque en aquel momento llegó el verdugo con el piquete. Eran cinco contra mí, y yo no tenía más armas que mis dientes. Eso y mi mirada.

No sirvió. El verdugo dijo con naturalidad:

—Ha llegado la hora.

Los soldados del piquete formaron una barrera entre la condenada y yo, haciendo imposible cualquier gesto para salvarla. El verdugo le ató las manos a la espalda meticulosamente. Yo sentí que el suelo vacilaba bajo mi pies cuando noté clavada en mí la mirada de resignación de la niña.

Elisenda fue sacada al patio principal de la Ciudadela, donde tanta gente honrada había muerto y donde el patíbulo estaba instalado de forma permanente; raro era el día en que no funcionaba más de una vez.

Con ojos que no parecían los míos, vi cómo el verdugo subía de espaldas por la escalera de mano, izando a Elisenda por medio de la cuerda con que la tenía atada. La habilidad y la fuerza del sujeto me parecieron increíbles. Cuando tuvo a su víctima a la altura suficiente, la tomó por la cintura y la colocó bajo la soga, ciñéndosela al lado izquierdo del cuello, justo debajo de la oreja, porque así se garantizaba la rotura de las vértebras. Lo que me hizo estremecer fue que la soga quedó enseguida cubierta por el pelo de la niña.

Sonó un tambor, uno solo. Era una muerte barata.

Todo era espantoso incluso para alguien como yo, pero además ocurrió algo con lo que no había contado. Y es que Elisenda pesaba poco, y su simple caída al abrirse la trampilla no le habría provocado la muerte. Hacía falta algo más.

Por eso el verdugo se lanzó sobre su cuerpo en el momento en que se abría la trampilla, cayendo con Elisenda y balanceándose con ella. Fueron dos cuerpos en uno, fueron dos horrores y para mí dos muertes.

Sin embargo, era de justicia reconocer que aquel acto repugnante era profesional, por decirlo de algún modo. Así se garantizaba que, con el peso añadido, el cuello de la víctima se rompería instantáneamente. Pero no quise reconocerlo. No podía. Quedé doblado sobre mí mismo, sintiendo en la boca una saliva amarga. Y todavía me doblé más, bajo el peso de todo el dolor acumulado en mi vida, cuando vi al conde de España, vestido con sus mejores galas, iniciar unos pasos de baile junto al patíbulo. Me habían hablado de aquella horrible ceremonia, de aquel paroxismo de la crueldad, pero lo cierto es que hasta entonces no lo había visto nunca. Por primera vez estuvieron a punto de fallarme las fuerzas.

Y aquella noche me despedí de la Ciudadela, me despedí de un cargo que muchos habrían querido tener y que me daba poder y riqueza. Como secretario del conde de España, yo era envidiado y envidiable, pero no podía seguir más tiempo como lacayo de un poder que anulaba no sólo cualquier libertad, sino cualquier pensamiento. Tenía que empezar de nuevo, tenía que volver a hundirme como una sombra en la ciudad que para mí era eterna.

En el largo camino, aquel camino que a nadie podía confesar, había sido testigo de la búsqueda de la libertad, incluso a costa de la vida. Pero la libertad era un sueño que no se conseguiría jamás.

Recordé a la mujer que había visto dar a luz en 1714, bajo una campana manchada de sangre, y me acordé de que había una luz especial en sus ojos, a pesar del dolor. Ella había querido que su hija naciera libre en una ciudad libre, mas ni su hija ni su nieta lo habían conseguido; lo único que lograron fue una esperanza que estaba en la historia de la ciudad. Y ahora esa esperanza se extinguía para siempre.

Además, dejaba nuevamente un muerto a mis espaldas. Tenía que huir…

Y aquella noche me convertí otra vez en el gran desconocido, me hundí de nuevo en la niebla de los siglos.

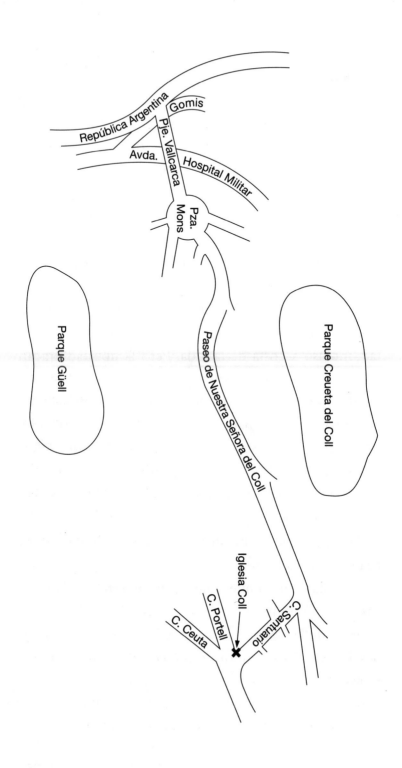

27

LA CASA DE LAS SOMBRAS

En la calle Baja de San Pedro se acumula la historia de la ciudad, de sus pequeños comerciantes, sus patios sin luz y los matrimonios que dejaron toda su ternura en un libro de contabilidad, entre un debe y un haber. Las novias se hacen viejas ante una ventana de la que conocen todos los rayos de sol, y a los niños se les enseña que el gris también puede ser el color de la esperanza.

Marta Vives miró la casa.

Era estrecha y de piedra, pero había sido rebozada, seguramente a principios del siglo xx, con una capa que ya era casi negra. La piedra original se notaba entre los desconchados, y en dos o tres de sus resquicios había nacido el milagro de la hierba.

Otras casas más modernas, y en cierto modo más solemnes, la flanqueaban, y en ellas se advertían signos de vida: algún tiesto en los balcones, alguna cortina que se mecía al viento, alguna ropa tendida. Los portales eran oscuros, pozos sin fondo que llegaban hasta el misterio de los años. Ocasionalmente, el gris era alegrado por el rótulo de un bar; quizá los jóvenes los descubrirían una noche, como habían descubierto los del Borne, pero ahora los clientes miraban al vacío y no parecían haber descubierto nada, ni sus propias vidas.

Se notaba a primer golpe de vista que todo el edificio, de sólo dos pisos, estaba entrando en la fase de ruina, y por eso los okupas no se habían atrevido con él. Nadie parecía haber atravesado en muchos años la viejísima puerta, aunque era evidente que algún técnico municipal la revisaba de vez en cuando sólo para certificar que las propiedades de la ciudad aún no se habían hundido en el subsuelo de ésta.

Tenía que entrar, pero no sabía cómo. Y comprendía que lo primero que tenía que hacer era aparentar naturalidad, como si fuera uno de los empleados del ayuntamiento.

Llevaba una ganzúa que sólo sabía manejar a medias. Uno de los desheredados del Raval a quienes ella atendía en la Asociación de Vecinos le había dado dos clases prácticas, aunque ella no le dijo para qué. Y ahora probaba su pericia, fingiendo que lo que hacía era un acto legal. Quizá tendría suerte.

La tuvo.

Al segundo intento, la puerta cedió. La cerradura era antigua, pero estaba bien engrasada porque de vez en cuando algún agente municipal la supervisaba. Marta se enfrentó a una oscuridad que era como la garganta de un animal dormido.

Y recordó lo que no quería recordar, que era la historia de la casa y la del sacerdote cuyo cadáver aún debía de estar allí. Quizá no tendría que hacer caso de lo que le había contado un viejo sabio loco.

¿O tal vez sí?... En ocasiones, personas que viven solas aparecen momificadas en habitaciones donde ya no entra nadie, porque son seres de los que no se guarda memoria. Las grandes ciudades ocultan secretos así, o tienen en su subsuelo tumbas de las que se ignora todo. Si el sacerdote había muerto en las profundidades de la casa —que sin duda tenía sótanos—, era posible que ningún técnico municipal hubiese notado nada cuando se hizo el acta de ocupación, apresurada y rutinaria. Sin embargo, en las habitaciones del interior, más allá de las angostas escaleras, había detalles que denotaban una pasada grandeza.

Por ejemplo, los restos de dos mesas de caoba, los de una cama que parecía un catafalco y unas viejas estanterías con lo que un día fueron libros y hoy eran apenas unas páginas apergaminadas esparcidas por doquier. Toda la vida de una ciudad que ya no existía estaba envuelta en aquella crisálida de muerte.

Nadie se había vuelto a preocupar de nada más: los ayuntamientos administran bienes, pero no el tiempo que huye. Un día aquello se hundiría y los periódicos —no todos— acusarían de desidia a la administración de la ciudad. Y luego nada. O quizá dentro de unos años habría allí unos apartamentos y un loft.

Vio los despojos de dos gatos también momificados. Sólo el diablo sabía cómo habían podido penetrar allí. El aire, como el de una vieja tumba, no tenía olor.

Todo eso vio Marta Vives gracias a una linterna, pues la casa, obviamente, no tenía agua ni luz. Por la parte de atrás, una claridad lechosa llegaba desde los angostos patios. Las voces de un serial de televisión daban vida a aquel templo del pasado, pero era una vida absurda.

¿Podía interesarle algo de aquel último rincón de los Masdéu? Marta pensó que no, que allí no encontraría nada. Además, empezaba a sentir miedo, pese a que ella era experta en habitaciones abandonadas, olvidos y tumbas.

Mejor salir de allí. Incluso no llegaba a entender por qué había venido.

Y entonces le pareció ver una sombra sobre una silla, al lado de la ventana más oscura, la que daba a un ángulo del patio interior. Se detuvo con todos los sentidos alerta, aunque también con la sensación de haberse equivocado; al fin y al cabo todo eran sombras en la casa.

Pero la que estaba en la silla... ¡tenía forma humana!

Marta sintió que se le cortaba la respiración.

La sombra se movió. Se puso en pie poco a poco.

Avanzó hacia ella.

28

LO BASTANTE HONRADO PARA MATAR

El café de las Siete Puertas fue inaugurado el día de Navidad de 1838, casi al mismo tiempo que se construían las llamadas Casas de Xifré, que hoy se conservan exactamente igual que entonces. La inauguración coincidió con el nacimiento del Paseo de Isabel II, en su confluencia con el Pla de Palau, ocupado en los buenos tiempos por autoridades como el conde de España. Juan Cortada, un cronista que entonces escribía en el *Diario de Barcelona*, recalca la importancia del número 7, tan habitual en la mitología y en las sectas. «El café sin nombre —decía— tiene siete puertas. ¡Gloria al café de las Siete Puertas!» Cortada pasa, pues, por ser el creador de esa denominación. Resulta sorprendente también que el porche situado delante del café tenga siete arcos, número que en este caso se liga a la masonería.

Todo el edificio en el que el café está construido tiene, por otra parte, simbología masónica. En primer lugar, la alusión a Urania en el frontispicio, desde la Edad Media símbolo de la Astronomía y la Arquitectura adoptado por los masones. Se da la circunstancia de que Xifré, el constructor del edificio, había nacido en 1777. Dentro del café se aprecian también signos masónicos, como el embaldosado de cuadrículas blancas y negras y los azulejos de las paredes más antiguas.

Todo esto lo leí yo en un libro que José María Carandell y Leopoldo Pomès habían escrito sobre el viejo café. Y lo leía precisamente en una de sus mesas, mientras la sala se iba llenando de hambrientos comensales que conocían la fama del restaurante. Abundaban los comensales de guía turística, en especial los japoneses.

Clos, uno de los viejos camareros, me preguntó:

—¿Necesita algo más, señor Ponte?

Ahora me llamo Ponte.

Tengo la misma cara de treinta años, la misma estatura y el mismo peso, la misma mirada huidiza que procura no mirar con fijeza a ninguna parte. Poseo el documento de identidad de un muerto al que yo mismo sepulté entre la argamasa aún fresca de un edificio que estaba siendo construido. Era el de un confidente de la policía que estaba investigando mi identidad y que me ponía en peligro. Pienso mucho en las muertes que he ido causando, pero en ésta no. El tal Ponte no merecía vivir, y además actué en defensa propia.

La policía cree que al confidente lo asesinó alguien

y que nunca aparecerá. Bueno, pues es cierto: lo asesinó alguien y nunca aparecerá. Como no tengo tarjeta de crédito (yo, todo un interventor de banca, no la tengo) ni he pedido pasaporte ni hago diligencias en centros oficiales, mi documento de identidad es difícilmente controlable. Sé que no lo podré renovar jamás, porque entonces aparecería una extraña historia, pero para entonces ya me habré buscado otra identidad basándome en la gran cantidad de desaparecidos que se dan cada año en Barcelona. Eso de los desaparecidos es un manantial que no se me acaba nunca.

—Aquí tiene la cuenta, señor Ponte.

Pago y doy una generosa propina, porque ahora no me falta dinero. Como apoderado, controlo las operaciones de Bolsa de mi banco y no tengo más que cruzar la calle para llegar a mi lugar de trabajo, que es el palacio clásico que hay delante del café. Ese edificio clásico da la sorpresa de albergar en su interior una magnífica construcción gótica, y hace años se descubrió una maravillosa sala superior cuya existencia nadie conocía. Muchos viejos edificios de Barcelona son como tumbas donde todavía no se sabe lo que hay.

Miro el Pla de Palau, el lugar donde antes estaba el palacio del conde de España. Y trato de mirar más al fondo, al parque de la Ciudadela, donde siempre funcionaba la horca. La historia de Barcelona está construida por unas docenas de muertos de los que se habla y por miles de muertos de los que no habla nadie.

Sólo yo los recuerdo.

Los liberales.

Los rebeldes que tuvieron tiempo de lanzar un último grito de esperanza.

La niña.

El respetable señor Ponte, al que nadie puede relacionar con un confidente del Barrio Chino, cruza la calle y se introduce en la Bolsa. La foto del documento de identidad es lo único falso, pero la edad suscita admiración en todos los que la leen. En el documento figura que he cumplido cincuenta y cinco años, y todo el mundo se maravilla al ver mi rostro que no cambia.

Digo que uso cremas para la piel.

Me preguntan cuáles son.

Respondo siempre que es un secreto que me llevaré a la tumba. «Lástima. Si las comercializara, se haría fabulosamente rico.»

—No sirvo para los negocios.

No sirvo para los negocios y, sin embargo, soy apoderado de un banco.

Pero mi caso tampoco es tan raro. La mayoría de los hombres y las mujeres que sobreviven en la ciudad trabajan en algo que no les gusta.

No siempre fue así.

Cuando aquella noche de 1820 dejé de ser uno de los secretarios del conde de España, busqué refugio en un centro liberal, y por supuesto clandestino, que era en realidad una logia masónica. Sus miembros creyeron en mí porque les facilité los planos de unas entradas en la Ciudadela que les permitieron dar un golpe de efecto y liberar a media docena de condenados a muerte. Yo mismo, para acabar de convencerles, participé en la operación nocturna.

No se pudo salvar a uno de los condenados, llamado Serra. Lo ahorcaron a la mañana siguiente, dejando una joven viuda.

Yo llevaba una existencia sin mujeres.

Pero fue aquella mujer, Claudia, la viuda que no sabía llorar, la que marcó mi vida.

Aquel grupo de conspiradores liberales tenía una tapadera: una escuela para analfabetos en la calle de Aviñón, en la cual yo me ofrecí a dar clases. Para que no me reconocieran, me teñí el pelo y usé una barba postiza. También me puse unas gafas falsas, pero tras ellas subsistió algo que no cambiaría nunca: mi mirada de vida eterna.

Por supuesto, todos los que acudían a aquella escuela de analfabetos sabían leer y escribir: las clases eran una excusa para propagar la idea revolucionaria. Los constitucionalistas, los avanzados, los librepensadores y hasta algún hereje se extasiaban ante mis clases. Yo era el único hombre que parecía saberlo todo.

Veían que no tenía que consultar ningún libro. Que conocía la historia de los edificios más importantes de la ciudad como si yo mismo los hubiese construido. Que para mí no tenían secretos las anécdotas de los antepasados famosos. Era el mejor maestro que habían tenido, y eso aumentó mi fama.

La aumentó demasiado.

Los sicarios de Fernando VII se infiltraban en los círculos clandestinos, y así no era de extrañar que alguien se diera cuenta de que mi cara no cambiaba nunca, a pesar de los disfraces. Cada día me estaba jugando la vida.

Fue Claudia la que me lo dijo. Claudia, la viuda de Serra, el hombre ahorcado al que no habíamos podido salvar, vino a verme a mi pequeño refugio, que estaba en la calle de Escudellers. La calle, contigua al puerto de la ciudad, había contenido hermosos palacios de la nobleza, y aún quedaban restos de su pasado. Todavía no era una calle cercana al mundo del hampa, como sería mucho más tarde.

Yo disponía de una habitación en una especie de fonda que me habían recomendado los propios masones y que tenía un nombre muy peligroso: «La Hermandad». La pagaba con las traducciones del latín que me encargaban para textos universitarios.

Claudia era joven y tenía las facciones blancas y finas de las mujeres que siempre han vivido en la ciudad. No obstante, era una revolucionaria, más incluso que su marido, el ahorcado: no sólo bordaba banderas, como Mariana de Pineda, sino que las empuñaba. Estuvo en un asalto a la Ciudadela en la que murieron veinte hombres y ella era la única mujer. Perseguida por las calles, fue amparada sin embargo por un cura ultramontano, que en pago la quiso violar. El

marido de Claudia, ya la primera noche, mató al ultramontano.

Ahora vivía más allá de la muralla de San Antonio,
en una calle que no tenía todavía nombre y donde
más tarde estaría el famoso mercado del Ninot. Cuando vino a verme me lo dijo claramente:

—Los de la Logia empezáis a ser conocidos, y en
cualquier momento vendrán los esbirros del rey y os
detendrán a todos. Y si no te detienen allí, lo harán en
esta fonda cuyo nombre es como un anuncio. Tienes
que venir a vivir a un sitio más seguro, y yo lo he encontrado. Lo estuve buscando desde que ahorcaron a
mi marido.

Sencillamente, me estaba invitando a vivir con ella.
Era la primera mujer que se interesaba por mí y la primera, pienso, que me veía como un hombre. Naturalmente, le dije que no.

De ningún modo podía hacer aquello. Ella descubriría enseguida que yo no era un hombre.

Pero al final no me quedó más remedio que acce-
der. Un infiltrado de la policía denunció a la Logia y
vinieron a detenernos. Yo escapé porque conocía un antiguo pasadizo medieval que había en la calle, aunque
necesitaba como fuera cambiar de domicilio.

Y allí estaba Claudia.

Generosa. Valiente. Partidaria de la libertad para toda
la nación y de la libertad para todas las mujeres. No pensó jamás en el peligro que ella también corría, ni pensó
tampoco que en la pequeña vivienda sólo había una
cama.

No sé si en aquel momento existían en Barcelona más mujeres como Claudia. Quizá era única. Consideraba al hombre un compañero junto al que se podía morir, pero que no era el dueño de su destino. Llevábamos apenas una semana viviendo juntos (yo dormía en el suelo sin ningún problema) cuando se dio cuenta de que yo apenas comía, de que salía casi todas las noches, no se sabía adónde, y de que cierta vez regresé con unas pequeñas manchitas de sangre en la ropa. Le dije que había matado a un sicario de la policía real, lo cual era cierto, pero lo que no pudo imaginar fue la manera en que lo maté.

No debí haberle dicho nunca la verdad. Claudia me consideró un héroe y se enamoró de mí. Yo era un compañero vivo, y su marido no era ya más que un compañero muerto. Claudia empuñaba las armas porque creía en el futuro, y en este caso el único futuro era yo.

Recuerdo la modesta casa rodeada de vacío, o sea, rodeada de huertas, de perros aulladores y de gatos que se refugiaban entre las piernas de Claudia. Ella trabajaba a veces como labriega y otras iba a la ciudad, a ayudar a las sirvientas de las casas nobles, pero aun así era una mujer distinguida. Tenía clase. Cualquier hombre se habría sentido atraído por ella.

De hecho, había gente rica que la rondaba. Le ofrecían dinero. Claudia era la antecesora de las muchachas que durante siglos vinieron a Barcelona a ganarse el pan y se lo tuvieron que ganar no sólo para ellas, sino para su hijo, al ser expulsadas por inmorales de las casas de señoras que no habían trabajado nunca. Pero

Claudia no cedía. Cedió conmigo porque me consideraba un valiente. Menudo valiente, yo, que siempre atacaba a traición y no era más que un cobarde. Una noche me ofreció sus labios, su aliento y su cama. Entre el silencio de unos campos donde sólo los perros seguían aullando, viendo a lo lejos las fogatas de las murallas de Barcelona, Claudia descubrió que yo tenía sexo, pero que no sentía la llamada del sexo. Y yo me hundí por primera vez en la vergüenza de mí mismo.

Porque incluso un hombre que no siente el sexo se avergüenza de no servir para nada ante una mujer. Millones de hombres me habían precedido antes en ese camino, aunque yo no lo sabía. Y como millones de hombres, ya que era inútil, decidí al menos ser sabio.

No sólo había nacido en un prostíbulo, sino que conocía todos los prostíbulos de la ciudad, porque no había en ella nada que yo no conociera. Durante mis estancias en las iglesias había oído susurros de confesiones de mujeres y sabía lo que a éstas las tentaba, de modo que seguí queriendo ser sabio.

Hice lo que había visto hacer a lo largo de los siglos, aunque no lo compartiera. Me serví de todas las combinaciones en las que el pene no existe, y adiviné todos los secretos que las mujeres nunca revelan y que siguen siendo secretos porque no los practican con nadie.

No sirvió. Claudia no quería un señorito burgués —yo lo parecía— sino un compañero íntegro, capaz de darle hijos y de luchar junto a ella. Noté que en lugar de tener un orgasmo en su vientre tenía lágrimas en los ojos.

No era como las otras.

Las otras sólo querían tener una seguridad, un futuro entre sus propias paredes, unos hijos bien criados y una serie de prohibiciones en la cama.

Y porque Claudia no era como las otras le conté la verdad, hice lo que no había hecho con ninguna otra mujer del mundo. Pensé que por una vez podía ser sincero y entregarme a una mujer que se me entregaba.

Pero no me creyó. Claudia no creía en los hombres inmortales sino en los que tenían el orgullo de morir. Y a la noche siguiente, cuando yo estaba fuera como siempre, la policía realista rodeó la casa. La querían atrapar viva; Claudia, que era la enlace de los revolucionarios, conocía tantos nombres que se los sacarían aun abriéndole las entrañas.

Por eso ella no quiso que la cogieran viva.

Se ahorcó.

Lo único que encontraron los sicarios fue un mensaje póstumo que no supieron que iba dirigido a mí. El mensaje decía sencillamente: «De todos modos, tienes que creer en algo».

Claudia murió para ser enterrada en la fosa común, como su marido, pero no imaginó ni por un momento que tendría un entierro lujoso: lo pagó un prestamista en cuya casa ella había trabajado y que cien veces había intentado comprarla. Una gran corona de flores tenía una cinta cuyo contenido le pareció inexplicable a todo el mundo. Decía: «Al fin aceptas mi dinero».

Muchos hombres sólo tienen ese único orgullo.

El prestamista hizo todo lo posible para que de aquel gasto no se enterara su mujer.

Su mujer se enteró.

Yo, que había buscado refugio en el despacho de un abogado de la calle de San Pablo —cerca de la iglesia y de su viejo cementerio, donde ya había cambiado todo—, recibí el encargo de ver a la esposa para hacer una partición de bienes. Y la tranquilicé tanto al respecto que decidió seguir con su marido, porque «al fin y al cabo —dijo— me conviene más». Esa frase burguesa era toda una declaración de principios que yo no comenté con nadie.

El prestamista, agradecido, pagó al abogado una buena minuta, y además quiso conocerme para incorporarme a sus negocios. La solución pactada también era ideal para su buena imagen. Al ampliar sus negocios y transformarlos en un verdadero banco, el antiguo prestamista reconvertido en banquero me tomó definitivamente a su servicio.

Y allí nació otra vez el señor Ponte.

Curiosamente en Barcelona, considerado el mayor centro económico de España, no hay bancos genuinamente catalanes: todos son entidades con sede fuera de Cataluña, como por ejemplo el Santander Central Hispano, el Bilbao-Vizcaya y el Español de Crédito. Y sin embargo, yo sé que en Barcelona se creó el primer gran banco español, cuando sólo existía el Banco de

San Fernando, que luego fue el Banco de España. Su propietario más famoso fue Manuel Girona, un multimillonario que llegó a financiar de su bolsillo la nueva fachada de la catedral. El Banco nació en 1842, y la que fue su sede aún puede verse en las Ramblas: es el último edificio de éstas, bajando hacia el mar. Supongo que está llamado a ser un edificio serio hasta que se hunda, pues antes contuvo una fundición de cañones y luego algo peor: los juzgados militares.

El Banco de Barcelona, así llamado, tuvo incluso el privilegio de la emisión de billetes de curso legal, lo que le colocaba en una situación privilegiada casi única. Pero sufrió dos crisis: una en 1848 (hambre en Europa, revoluciones y retirada masiva de fondos) y otra en 1866 (crisis de los títulos de crédito, que llegaban a confundirse con los billetes de curso legal), aunque las superó bien. Cayó sin embargo en 1920, cuando el nuevo orden europeo al final de la Gran Guerra acabó con los privilegios comerciales que España había obtenido por su neutralidad. Fin.

Yo, Ponte, que durante tantos años fui uno de los amos de la Bolsa, sé que el carácter individualista de los catalanes hará que nunca tengan grandes bancos. Sé también que un hombre no puede mantenerse durante muchos años en los ambientes financieros sin cambiar de aspecto y sin llamar la atención de los que cada día descubren una nueva arruga en su rostro. De modo que tuve que inventarme una dinastía.

Cuando noté que corría peligro, me fui a trabajar a París y luego a Ginebra, donde afirmé tener un hijo.

Por supuesto, me retiraba de los negocios y me despedía de los herederos del prestamista, que ya había muerto. Fui a su entierro en primera fila e hice enviar una corona, el texto de cuya cinta tampoco entendió nadie: «Le devuelvo su dinero».

Estuve viviendo dos años, no en París, adonde los banqueros iban con frecuencia, sino en los bajos fondos de Marsella, que los banqueros no visitaban jamás. Allí conocí varias tretas de lucha, entre ellas el «coup de le Pere François», que con el solo movimiento de dos dedos arrancaba los ojos del enemigo.

Y transcurridos esos dos años se presentó en Barcelona mi «hijo», tan parecido a mí que todo el mundo se quedó asombrado. Fingí que me gustaban las mujeres (mi «padre» nunca las había frecuentado) y hasta tuve dos mantenidas: eran dos chicas sencillas a las que di dinero a cambio de su discreción y con las que nunca tuve el menor contacto sexual. Debieron de pensar que eran una excusa para disimular mi afición a los hombres, algo mucho más frecuente de lo que la gente piensa.

Mientras tanto, Barcelona había cambiado tan enormemente que nadie la conocía. No existía la muralla de las Ramblas y se hablaba muy seriamente de derruir la de las rondas de San Antonio y San Pablo. El tirano Fernando VII había muerto sin que ello trajera la paz: como definitivamente ya existían las dos Españas, comenzaron las guerras carlistas.

Pero la ciudad crecía y crecía, y se ahogaba cada vez más dentro de las murallas; los negocios textiles se extendían por las calles acomodadas (Fernando, Ancha, Canuda, Carmen) y en cambio el Raval, donde yo había nacido, se cubría materialmente de viviendas minúsculas donde dormían unas horas los obreros que trabajaban en las fábricas casi contiguas. El Hospital de la Santa Cruz y la iglesia de San Pablo parecían inalterables, pero no quedaba ni rastro del viejo cementerio. Como cientos de años atrás, seguían naciendo teatrillos, barracas de feria y pequeñas casitas donde siempre había gente y donde tantas mujeres lloraban.

No había ni rastro de la casa de mi madre.

Ni de las horcas en el Llano de la Boquería.

Ni de los puestos de vigilancia en la Rambla.

Pero nacían mansiones de gente rica que quería comprar muebles de alta calidad. Por eso, para que me diferenciaran de mi «padre», dejé los negocios de la Bolsa y fingí ser un experto en mobiliario antiguo, algo que además era cierto. Hice negocios, por ejemplo, con instrumentos musicales de gran valor, como una mandolina de 1775 firmada por Vinaccio y un laúd de Matheus Buckberberg fechado en 1613. No desprecié comerciar con azulejos de iglesias lejanas que iban siendo expoliadas por los ladrones —proceso que, al parecer, no terminará nunca— ni con libros históricos, como *De Architectura*, de Vitrubio.

De ese modo, los que habían conocido a mi «padre» no sospecharon de mí. Y es que hay parecidos asombrosos, decían. Tampoco sospecharon de las desapariciones de varios hampones en los barrios bajos de la ciudad, uno de los cuales fue hallado luego sin una gota de sangre. Pero como eso sucedía muy de tarde en tarde y Barcelona era ya una ciudad violenta, nadie receló.

Tampoco recelaba El Otro.

No lo vi más.

Pero volvería a aparecer, estaba seguro. Los hechos siempre se repiten y el tiempo no existe. Lo dividimos para ordenar un poco nuestras vidas, aunque en realidad el tiempo es plano y no tiene principio ni final.

Tampoco frecuentaba los centros revolucionarios, los que darían lugar a la Primera República, para no levantar comentarios en ninguna parte. Yo, hijo de un banquero, era un comerciante rico y respetable, tanto que algunos viejos patricios me ofrecieron a sus hijas en matrimonio sin que las pobres muchachas pudieran decir ni una palabra. Las familias crecían con los matrimonios de interés y se hundían con los matrimonios por amor, de manera que todo el mundo estaba encantado con la sabiduría de las alcobas. Cada vez que tenía que asistir a una de esas bodas, iba luego a visitar la tumba de Claudia.

Quizá ya no volverían a nacer mujeres como ella, quizá la ciudad las había devorado para siempre.

Pero las mujeres revolucionarias seguían existiendo.

Barcelona bullía. Era cada vez más rica y cada vez más pobre.

Mi calidad de experto en arte me hizo distinguir a primer golpe de vista un Goya auténtico de un Lucas, algo que no me costaba ningún esfuerzo porque yo conocía la historia de cada cuadro. También me llevó al contacto con falsificadores de altura, banqueros «ful» y hasta grandes asesinos internacionales que habían hecho del crimen, como luego diría un libro, una de las bellas artes.

Fue uno de éstos, una atractiva y ambiciosa mujer, para ser más exactos, quien me propuso financiar un crimen que me habría de dar los mejores dividendos de mi vida.

Se trataba de matar a un hombre que había concebido una ciudad nueva.

Se llamaba Cerdà.

29

LAS CASAS QUE NO EXISTEN

A Marta Vives le daban miedo las casas viejas, a pesar de ser una arqueóloga; le daban miedo los patios sin luz, las rejas carcomidas, las ventanas que no encajaban y batían con el aire. Le daban miedo sobre todo las camas, en las que siempre había muerto alguien. Marta era de las que pensaban que, de algún modo, los muertos permanecen en las casas.

Estuvo a punto de gritar: lo que se movía al fondo de la casa abandonada parecía un muerto.

Pero se avergonzó de sí misma. Llevaba ya demasiados años viendo tumbas.

Sus firmes piernas dieron un paso de costado, buscando una zona de luz. Relativa luz en aquel mundo que ya no existía. Y pudo ver que la sombra, que de pronto se había movido y ahora avanzaba hacia ella, era la de un hombre vivo. Un hombre alto, delgado, y además vestido con corrección.

No podía tener ningún miedo de él. Era un sacerdote. Y además conocido.

—Padre Olavide... —susurró.

El hombre que tantas veces estuvo en el despacho de Marcos Solana, su amigo y colaborador, quizá el sacerdote más culto de la ciudad, avanzó hacia ella tendiéndole la mano.

—Tengo la sensación de que la he asustado, Marta —dijo él con una sonrisa.

—Padre Olavide, no entiendo cómo está usted aquí. Es verdad que me ha asustado. Soy una idiota.

—Tampoco yo acabo de entender por qué está usted aquí, Marta.

Y se sentó frente a ella. En el que durante años debió de ser el salón de la casa, escenario de viejas recepciones, aún quedaban unas destartaladas butacas isabelinas, dos lámparas de gas destrozadas y los restos de una mesa de caoba. Pero allí no había gas ni modo alguno de alumbrarse, sólo la luz del exterior, que ya apenas existía, aunque las ventanas del otro lado del patio enviaban una leve claridad. Existía vida al otro lado del patio de la casa muerta.

Por educación, Marta había apagado su linterna; no quería que Olavide tuviera la sensación de estar sometido a un interrogatorio. Y además era mejor así, porque desde las casas del lado opuesto se podría ver el foco de la linterna y levantar sospechas.

Marta susurró:

—Creo que lo mío es un acto ilegal.

—No lo entiendo.

—Reconozco que es vergonzoso para una mujer que trabaja en uno de los mejores bufetes de abogados de la ciudad.

—Si usted quiere, no le pregunto más —dijo Olavide cortésmente.

Sus ropas de sacerdote se hundían en la oscuridad; sólo su rostro muy blanco destacaba en aquella especie de niebla.

—Al contrario, padre Olavide, puede usted preguntar lo que quiera.

—Pues dígame por qué ha venido aquí, si no le molesta.

—No pretendo hacer daño a nadie, y eso me disculpa en cierto modo; sólo intento seguir una investigación de la que mi jefe no sabe nada, y que es algo puramente privado. Ya sabe que yo soy una mujer rara.

—¿En qué sentido?

—He estudiado arqueología, historia, heráldica y otras disciplinas dudosamente útiles. Ya sabe que conozco a todas las antiguas familias de esta ciudad.

—Que cada vez está más mezclada. La antigüedad ya no existe o ya no tiene importancia.

Y el padre Olavide sonrió mientras añadía:

—Yo estudio lo mismo que usted, Marta, así que no puedo criticarla. En el Colegio de Roma he dado clases sobre estirpes que se remontan a los primeros apóstoles, lo cual significa, supongo, que he dicho muchas mentiras. Pero lo que usted sabe, en cambio, es verdad, y a su jefe le resulta muy útil; para un abogado aún existen las viejas familias por la sencilla razón de que existen las viejas herencias.

Marta Vives trató de sonreír.

—Supongo que el jefe me aguanta por eso.

—¿Y qué buscaba usted en esta casa, si es que buscaba algo? Pertenece al municipio, aunque me temo que el municipio no hará nunca lo que el último testador quería.

—Precisamente he entrado aquí sin permiso para buscar indicios sobre el último testador.

—¿Sabe quién era?

—Un sacerdote llamado Masdéu.

—Un sacerdote relativamente rico, como muchos de la época. Por eso pretendía que esto fuera una biblioteca pública.

—¿Sabe usted eso?

—Pues claro, querida amiga. Los libros de propiedades del Ayuntamiento no son secretos. Los protocolos notariales tampoco. Un viejo profesor como yo tiene que saber, al menos, unas cuantas cosas sobre su ciudad.

—Bien... —Marta reconocía que el padre Olavide era de los pocos que le podían dar lecciones—. Una antepasada mía murió sin que se registrara su defunción, pero en cambio he averiguado el lugar donde estuvo enterrada. Digo «estuvo» porque ya no lo está: hace muchos años sacaron sus restos del cementerio de Pueblo Nuevo. Mi antepasada murió en circunstancias muy extrañas... y como si estuviese marcada por el diablo. No sé cómo decirlo.

—Lo ha dicho muy bien, aunque me temo que eso no es todo.

—No, no es todo. Mientras hacía las investigaciones supe algo más extraño todavía: los Masdéu estuvieron pagando su nicho, aunque la época de desorden de la guerra hizo, supongo yo, que dejaran de pagarlo. Eso significó que desaparecieran los restos.

—Ésa era una situación muy frecuente —dijo el padre Olavide clavando sus ojos en Marta—. ¿Y qué más?

—No entiendo por qué durante años hicieron ese gasto. No debían ni conocerse.

—¿Y eso le interesa?

—Sí, porque ya le he dicho que mi antepasada murió en circunstancias extrañas, y como si estuviera marcada por el diablo. Y no sólo ella: en mi familia remota se han dado casos que no podré explicarme jamás.

Y añadió con un hilo de voz:

—Perdone, me parece que estoy haciendo el ridículo al hablarle de esto.

—Nadie hace el ridículo cuando habla de temas que le asustan. Porque supongo que usted, Marta, está asustada.

Ella dijo francamente:

—Sí.

—En ese caso no debe avergonzarse de contar las cosas con toda franqueza. Pero no entiendo por qué ha entrado usted aquí. En primer lugar, ¿cómo lo ha hecho?

—Con una ganzúa.

—Extraño modo de comportarse la pasante de un abogado. Pero no se preocupe: yo he oído en confesión revelaciones mucho más asombrosas. ¿Y dice que busca indicios sobre el último habitante de la casa? ¿Por qué?

Marta se mordió el labio inferior.

—Vuelvo a pensar que todo esto es ridículo. Imaginaba que hallaría algún indicio sobre la muerte de mi antepasada.

—Se nota que es usted historiadora.

—Se nota que tengo muchas dudas. Y miedo.

—Bueno... Una cosa son las dudas y otra es el miedo. No debe tener miedo jamás; lo que es natural, como el diablo, no debería darle miedo.

La muchacha vaciló.

—¿El diablo es algo natural? —preguntó con una voz que no parecía la suya.

—Pues claro que sí: se lo digo yo, que durante años he enseñado Patrología en el Colegio de Roma. El diablo es uno de los elementos naturales de la Biblia, si bien con diversos nombres y con características que mueven a la duda. El demonio es uno de los personajes más confusos de la religión, pero sin duda tiene presencia en ella. Debería usted ver su figura como algo muy habitual.

Marta Vives confesó:

—No acabo de entender la idea.

—Porque tal vez esa idea merezca una explicación más larga. Pero contésteme antes a una pregunta: tengo la sensación de que esta casa la asusta, de que estaba asustada antes de verme aquí, junto a la ventana. ¿Por qué?

—Me dijo un historiador que el cadáver del sacerdote aún no había salido de la casa.

La voz de Marta sonó temblorosa al susurrar esas palabras.

A veces, tenía la sensación de ser todavía una niña con los miedos que llegan desde el pasillo, con los crujidos de las maderas y la luz que entra por los resquicios de las puertas. Todo aquello era ridículo —pensaba—, pero sabía que, de no haber encontrado al padre Olavide allí, se habría puesto a chillar.

Al otro lado del patio nacieron de pronto unas luces más intensas. Las sombras que había más allá de la ventana cobraron vida... Algo tembló en el aire y en las cornisas se organizaron matrimonios de gatos.

El padre Olavide susurró:

—¿Eso significa que murió aquí y nadie lo supo?

—No lo sé. Aquel historiador me dijo que no constaba su entierro en ninguna parte, y que su cuerpo no parece estar en ningún sitio.

—En las grandes ciudades hay muchos hechos que no constan en los registros, o que tal vez no se saben encontrar. También es cierto que muchas personas mueren en sus casas y nadie se entera hasta que, de pronto, en una habitación aparece una momia. Cuando yo era un joven sacerdote, en ocasiones me llamaban para bendecir restos de cuerpos que quizá llevaban años en el infierno. Bueno, reconozco que ésta no es una frase muy piadosa... Pero al tratarse de un sacerdote, el obispado habría hecho algo. O el ayuntamiento, al aceptar el legado y hacerse cargo de la casa. Eso es lo que dice la razón, aunque de todos modos...

Marta notó que alguna palabra había quedado colgada en el aire. Con un leve temblor en los labios preguntó:

—De todos modos ¿qué?

—El cadáver podría haber quedado en alguna habitación recóndita... Por ejemplo, una habitación del sótano.

Estas casas centenarias tienen rincones donde durante años y años no ha entrado nadie, y que llegan a quedar en el olvido. Hay falsos tabiques, hay puertas clausuradas. Y además esta casa tiene... ¿cómo le diría yo? Mala fama. Por eso estoy aquí.

Otra vez las luces se apagaron al otro lado del patio, otra vez temblaron los labios de Marta.

—¿Qué quiere decir?

—Usted me ha dicho por qué está en la casa, Marta, y yo en cambio no le he dicho nada. Bueno, pues estoy aquí porque tengo las llaves: en la administración de la biblioteca que tenía que crearse aquí interviene la Iglesia. Y además, soy exorcista desde hace muchos años, y una de las autoridades más reconocidas acerca del diablo. Sé que mucha gente se lo tomaría a broma, pero usted no; el diablo es un personaje habitual en la Patrística, o sea, las obras de los antiguos que crearon doctrina sobre las figuras de los Evangelios y la Biblia.

Marta no manifestó ninguna sorpresa, y mucho menos se tomó aquello a broma. También los libros de la Patrística formaban parte de su mundo.

—Me dice usted algo inquietante —susurró al cabo de algunos segundos.

—Supongo que se refiere a que estoy relacionando al diablo con esta casa.

—¿Y lo hace?

—La verdad, sí —dijo el padre Olavide—. Hay lugares que tienen espíritus escondidos, en concreto las casas antiguas y en las que ha muerto mucha gente. En las casas nuevas, pequeñas y sin historia, que acaban oliendo a pipí de gato, eso no me parece posible. Pero hay sitios que están marcados, y uno de ellos es éste. No creo que sea casualidad el que, sin saberlo, hayamos coincidido aquí. Los dos hemos captado un aire que los demás no notan.

Y se puso en pie, delante de la ventana, cortando el paso de las remotas luces que llegaban desde el otro lado. A Marta le pareció más alto, más delgado y al mismo tiempo más importante. Sentía un inmenso alivio al no encontrarse allí sola. Olavide no sólo le hacía compañía, sino que le daba fuerza.

—En estas calles —siguió él— los secretos parecen acechar en las sombras. Perdone que hable así, pero no sé decirlo de otro modo. Bajo cada casa que existe hay otra casa que existió un día. Si usted hiciese un agujero en una de las cloacas que pasan por aquí debajo, probablemente se encontraría en lo que fue el salón donde se reunía una familia ya muerta. ¿Queda algo de sus espíritus? No lo sé, pero en todo caso la creencia me merece un respeto. Y algo de verdad puede haber, porque ya le he dicho que esta casa tiene leyenda.

Volvió a sentarse. Un rayo de luz se proyectó entonces sobre lo que fuera una mesa de caoba, y esa luz quedó ahogada inmediatamente por una capa de polvo.

Marta susurró:

—¿Qué leyenda?

—Primero está el hecho de que aquí, bajo nuestros pies, podría existir una momia. No es una historia nueva, Marta, no crea que es una historia nueva, y si usted la conoce, también la conozco yo y la conoce otra gente. Quizá, debido a esa razón, sé que aquí han tenido lugar ritos satánicos. Hay gente que ha entrado aquí, ha visto las sombras y ha captado los espíritus. De eso a invocar al diablo hay un paso. ¿No le sorprende que nadie haga nada con esta casa? A veces, puede existir hasta en los lugares más serios, como los despachos municipales, un cierto temor. Aunque no debe hacerme caso. Los sacerdotes sabemos que hay secretos incluso debajo de la basílica de San Pedro, y por eso parece rodearnos un aire de siglos. Algunos indagamos en cosas que parecen no tener sentido.

—Pero usted viene por algo...

—Porque sé que se han celebrado ritos satánicos, aunque sin ninguna víctima. De lo contrario, habría intervenido la policía. Se trata de invocaciones que quizá están cargadas de miedo, como el que ahora mismo siente usted. Y yo vengo, veo si hay algo que me llame la atención y capto lo que queda de los espíritus. Si es que queda algo. Pero también vengo por una razón más prosaica.

—¿Cuál?

—Todas estas viejas propiedades que han ido pasando a manos de la ciudad son administradas en parte por una especie de patronato, que decide sobre su utilización. Aunque generalmente no decide nada. Yo formo parte de ese patronato, y de vez en cuando tengo que hacer un informe.

Tendió la mano a Marta Vives porque ya casi no se veían. Igual que una sombra protectora, la fue conduciendo hacia la puerta.

—¿Quiere que encienda la linterna?—preguntó ella.

—Oh, no... Conozco la casa como si hubiera vivido aquí: no olvide que vengo con cierta frecuencia. Y como ahora tengo que irme, no quiero dejarla sola. Nunca la dejaría sola en un sitio como éste.

Y le estrechó la mano con más fuerza. La muchacha se sintió confortada, apoyada por aquella sombra que parecía dominarlo todo. Vio confusamente la puerta, más allá de la cual yacía otro mundo de sombras.

—Pero usted ha venido para averiguar algo —dijo el padre Olavide— y yo la ayudaré. Todo lo que pueda haber sucedido con esa antepasada suya llegará a sus oídos, se lo prometo, porque quizá yo tenga medios para averiguarlo. Pero no vuelva aquí sola... No vuelva.

Y abrió la puerta para sacarla de allí. Marta Vives se sintió salvada al contacto de aquella mano, notó una nueva fuerza en todos los músculos de su cuerpo. Tuvo la sensación de que se había salvado de algo, le parecía que dejaba atrás un mundo muy real, pero que estaba hecho de tinieblas.

30

LA CIUDAD DEL DINERO

Toda sociedad bien organizada está basada en la aceptación del crimen como parte de sí misma. En las dictaduras mucho más que en las sociedades libres, aunque ninguna de ellas está exenta. Unas veces el crimen yace en la corrupción. Otras, en la falta de libertad. Otras, en la mentira. Otras, en la sangre.

El hombre al que conocí en la cima de Montjuïc, antes de llegar a la estructura del castillo cargado de muertes y leyendas, era simplemente un visionario. Se llamaba Ildefons Cerdà y quería cambiar Barcelona.

No era muy corpulento, y en cualquier otro lugar podía haber parecido incluso insignificante; pero allí, gesticulando, hablando con entusiasmo de la ciudad que tenía a sus pies, llegaba a parecerme un gigante.

—Le hablo así porque necesito ayuda —me dijo—, y usted puede dármela. Algo me dice que usted es sabio y conoce muchas cosas que los demás ignoran. Además, trabaja en el diario más antiguo del continente.

En efecto, yo era entonces redactor —y redactor acreditado— del *Diario de Barcelona*, que era el más antiguo de los que se publicaban en la Europa continental. Más antiguo que él lo era solamente *The Times*, pero *The Times* se publicaba en las Islas Británicas.

—Todos los que han mandado en Barcelona la han considerado básicamente una plaza militar esencial —dijo Cerdà mientras caminaba nerviosamente ante mí por el camino de tierra—, y de ahí sus grandes murallas. Sus grandes y triples murallas que se han perpetuado a lo largo de los siglos. Puede usted darse cuenta de que esa gran llanura que se extiende desde Canaletas hasta la villa de Gracia tiene algo en común: en ella está prohibido edificar para que ninguna fuerza invasora encuentre refugio o pueda ocultarse mientras planta sus cañones o avanza. Es decir, toda la gran llanura ha de quedar limpia y sometida al fuego de los defensores. Ninguna autoridad parece haber comprendido que Barcelona es una gran ciudad comercial y cultural, y por lo tanto algo más que una simple plaza fuerte. Esas gentes no ven que, con las murallas, Barcelona está condenada a morir. Encerrada en ellas, se pudre una gran masa de obreros que no tiene aire, ni limpieza, ni siquiera agua potable, y ya no digamos espacio para moverse. ¿Y sabe usted, señor periodista —me preguntó aquella especie de apóstol— cuántos de esos obreros tienen trabajo todo el año? La estadística me dice que un diez por ciento de los obreros especializados son buscados por los patronos, mientras que el otro noventa por ciento sólo consigue trabajo entre seis y ocho meses al año. ¿No es suficiente ese sufrimiento? ¿Hay que aumentarlo con unas viviendas y una calles que todavía son de la Edad Media?

—Claro que no—dije mientras tomaba notas apresuradamente.

—Usted es uno de los redactores más influyentes de *El Brusi* —añadió Cerdà— y, por tanto, lo que escribe sienta cátedra. Le ruego que no me considere un iluminado.

—Nunca lo haría —dije en parte por cortesía y en parte porque Cerdà era un ingeniero de renombre. Aunque muchos lo consideraban simplemente un iluminado, como él decía.

A continuación, sus manos se abrieron hacia el aire, como si quisiera abarcar con ellas toda la llanura.

—Una gran serie de cuadrículas se extenderá desde el principio de las Ramblas hasta la mismísima villa independiente de Gracia. Las manzanas de casas tendrán todas las mismas dimensiones, pero no se parecerán del todo, porque estarán edificadas sólo por dos lados, muchas en forma de «L», y el interior de esas manzanas consistirá en jardines y espacios libres. Además, la parte edificada de una manzana se enfrentará a la parte libre de otra, lo que en la mayoría de los casos permitirá la vista directa sobre un jardín o un bosque. Y le diré algo más: esas manzanas no acabaran en ángulo recto, sino formando un chaflán, lo que aumentará la belleza y la visibilidad. La visibilidad será de la mayor importancia, porque así los vehículos particulares a vapor que circulen por las calles serán advertidos en los cruces y no se producirán accidentes.

Lo de los vehículos particulares a vapor era algo que no acababa de entender nadie, y menos cuando Cerdà decía que cada familia tendría el suyo.

Ildefons Cerdà continuó, sin importarle demasiado lo que yo pudiera estar pensando:

—Las calles serán anchas y permitirán la circulación de esos vehículos que, de momento, veo propulsados a vapor, y que se estacionarán ante las viviendas donde sus dueños habiten. Dígame usted, amigo mío: ¿quién va a renunciar a ese adelanto? ¿Qué ciudad quiere usted más perfecta que la que le estoy describiendo?

—Pero señor Cerdà —me permití oponerle—, ¿qué sucederá cuando todos los vecinos tengan vehículos de ésos que usted dice? Nadie sabrá dónde dejarlos. No cabrán delante de las casas.

El apóstol me miró casi indignado.

—¿Qué suposición es ésa? —barbotó—. Yo tengo fama de visionario, pero usted me supera. Sepa usted que, con mi proyecto, la ciudad será inmensa y sus calles amplísimas, de modo que los vehículos jamás las llenarán. Piense usted que en cada cuadrícula sólo la mitad se aprovechará para pisos habitables, así que la congestión de que me habla no se producirá nunca.

Y volvió a señalar el enorme espacio que tenía ante sí, como planchado ante las faldas de Montjuïc. Era imposible que aquello se llenase de vehículos, siguiendo su idea de edificar sólo una parte de cada manzana.

Me rogó por fin:

—Por favor, no olvide escribirlo tal como se lo he contado, porque comprendo que no es tan fácil. Y, sobre todo, explíqueselo a su director. Verá cómo queda convencido.

—Ese tal Ildefons Cerdà está loco —dijo el señor Rovira i Trias, penetrando como un caballo desbocado en la hasta entonces silenciosa redacción de *El Brusi*—. Oigan bien esto, señores informadores, ciudadanos bienpensantes que aman su ciudad. El señor Ildefons Cerdà, cuyo plan viene patrocinado por Madrid en contra de los legítimos deseos de Barcelona, ha dicho nada menos:

Y citó.

«Tal vez no se encontraría un solo hombre urbano que no quisiera ver la locomotora funcionando por el interior de la urbe, por todas las calles, por enfrente de su casa, para tenerla enteramente a su disposición.»

El señor Rovira i Trias añadió:

—Ustedes, señores redactores del *Diario de Barcelona*, conocen Barcelona. E imaginen lo que el señor Cerdà ha concebido. Impulsado por la idea de que cada vecino tendrá el vehículo a su disposición, ha imaginado una calle, la de Aragón, nada menos que con cincuenta metros de anchura, para que por allí puedan circular a la vez todos esos vehículos... ¡Cincuenta metros! Y eso no lo decidimos en Barcelona, todo eso nos va a venir impuesto desde Madrid.

Los redactores habíamos dejado de trabajar para escuchar atentamente al patricio. El señor Rovira, junto con el señor Molina, había sido premiado en el concurso convocado por el Ayuntamiento para elegir el mejor proyecto del Ensanche, concurso abierto al público a partir del 27 de octubre de 1859. Pero el premio, al parecer, no servía de nada. Madrid quería imponer el proyecto de Cerdà, con el que yo había hablado no mucho antes en la montaña de Montjuïc.

Grandes sectores de la población lo consideraban una injusticia y un atentado contra los sentimientos barceloneses, aunque yo sabía que en el fondo había algo más. Los propietarios del suelo del futuro Ensanche veían perjudicados sus intereses.

¡Edificar sólo un cincuenta por ciento de sus solares y despreciar la otra mitad!...

—Hay que explicar bien todo esto —ordenó el redactor jefe—. Hemos dado cabida a otras opiniones, y por lo tanto también hay que dar cabida a ésta.

Todos los redactores trabajábamos en una mesa muy larga, juntos casi codo con codo. La mesa estaba iluminada por dos lámparas, y normalmente sólo se oía en la redacción, aquel templo de la verdad, el sonido de nuestras toses y el roce de nuestras plumillas, ya que jamás se habían oído nuestras voces pidiendo una paga mejor. Pero esa noche, con la entrada del señor Rovira, los redactores se habían alborotado, y existían serias razones para pensar que aquél era el principio de la descomposición social que amenazaba a la ciudad. Incluso uno de ellos, el señor Pedemonte, quien jamás movía la cabeza (entre otras cosas porque habría podido cornear a alguien), se atrevió a decir:

—Serias razones administrativas han torcido la voluntad de nuestros ediles, señor Rovira, y han violentado la que en otro tiempo fue sagrada voz del pueblo. El Ayuntamiento opina, con razón, que todo el terreno que se extiende más allá de las murallas, y fundamentalmente las zonas que llevan al camino de Gracia y la Riera de Malla, corresponden a Barcelona, y no a la jurisdicción militar. ¿Y quién mejor que el Ayuntamiento de Barcelona para trazar los planes de un Ensanche que ha de ser asombro de forasteros?

—Por eso se ha convocado un concurso de proyectos —exclamó el señor Rovira— en el que modestamente hemos sido premiados el señor Molina y yo.

Otro redactor llamado Recolons, cuyo nombre había de ser escrito con muchísimo cuidado, dijo:

—Es que aquí se ha cometido un error histórico que sin duda los siglos futuros se encargarán de vengar. El señor Pedemonte, a quien tanto aprecio, ha dado en la diana. Los militares creen que la zona donde se ha de alzar el Ensanche es suya, y han trasferido su dominio al Ministerio de Fomento, evidentemente centralista, que ha aceptado el proyecto del señor Cerdà, ingeniero de Caminos. O sea que lo que los catalanes deseamos será realizado por un madrileño, aunque en este caso también sea catalán. Con todas nuestras fuerzas hemos de oponernos a ese proyecto que nos margina.

Y como conclusión proclamó:

—En fin, que debemos oponernos a la espada y al carajo centralistas.

Oídos aquellos brillantes discursos, el redactor jefe se dirigió a mí:

—Escriba todo esto, para que el pueblo lo sepa y pueda opinar.

—¿Puedo escribir también lo de la espada centralista?

—Sí, aunque mire, lo del carajo centralista no lo ponga.

—No, señor.

Empecé a escribir, pero el señor Recolons quiso dar nuevas muestras de su elocuencia:

—Señores, ¿y qué decir de los problemas médicos que sin duda originará el plan del señor Cerdà? Sí, amigos míos, he dicho «problemas médicos» y nunca mejor empleada la expresión. En el Ensanche, el señor Cerdà, ingeniero de Caminos, no ha proyectado calles, sino carreteras. Unas rectas larguísimas se cruzarán con otras rectas larguísimas, lo cual originará vientos huracanados que, cual en un túnel, se prolongarán a lo largo sin obstáculo ni límite. No hallando obstáculo de ningún tipo, los vientos barrerán en su camino transeúntes, toldos y carruajes. Incluso los vehículos funerarios besarán el polvo. Yo afirmo, caballeros, que con ese plan, Barcelona va a quedar a merced de los elementos.

Entusiasmado por el parlamento, el señor Pedemonte fue a abrazar al señor Recolons, pero éste supo apartarse a tiempo para no ser víctima de una cornada. Y en aquel momento entró el administrador, que también era accionista del diario y además dueño de grandes terrenos en el camino a Gracia, y gritó:

—El señor Cerdà, puesto que los terrenos no son suyos, propone nada menos que construir sólo la mitad de cada manzana, dejando la otra mitad para el esparcimiento de las masas. Como si no supiéramos ya que, en esta ciudad, los esparcimientos de las masas suelen acabar en reuniones obreras, en intentos de sabotaje y hasta en embarazos que nadie había previsto. De todo ello está claro que no se obtiene ningún beneficio público.

Hizo una pausa dramática y, en su calidad de propietario, añadió:

—En cambio, si las manzanas fueran edificadas por los cuatro costados, o sea en su totalidad, se obtendrían cuatro beneficios. Primero, el propietario de los bienes raíces obtendría una ganancia doble, es decir, mucho más razonable. Segundo, hallarían acomodo muchas más familias y habría muchos más alquileres. Tercero, los albañiles tendrían exactamente el doble de trabajo y sueldos. Y por último, qué voy a decirles de las plantas bajas de las susodichas manzanas. El señor Cerdà, habituado al despilfarro madrileño, propone que el cincuenta por ciento del suelo sea público, ignorando que, edificada toda la manzana, en las plantas bajas podrían instalarse con comodidad los almacenes textiles, los despachos al mayor y al *detall*, los comercios de indianas y los talleres que producirán al capital un beneficio razonable. Y digo más, señores: bajo las casas podría pensarse en construir subterráneos donde guardar los vehículos movidos con vapor, alcohol y otras sustancias inclasificables. Y esas zonas subterráneas podrían ser vendidas al público por los mismos propietarios. Porque vamos a ver: ¿a santo de qué los vehículos privados van a invadir las calles? ¿No son las calles del municipio? Y por lo tanto el municipio, en legítima defensa, ¿no tendría derecho a cobrar una tasa por estacionamiento y circulación?

El señor Pedemonte, entusiasmado, comprendiendo que aquello era el futuro, movía varias veces la cabeza en cariñosa embestida, aunque por suerte no pilló a nadie descuidado. Y el redactor jefe volvió a ordenarme:

—Escriba.

Debo añadir algunos detalles más, puesto que yo lo vi y lo viví todo.

En primer lugar, se había acabado el señor Ponte, banquero, a pesar de que más adelante me convendría resucitarlo. Ahora yo era el señor Temple, de nacionalidad británica y doctorado en Oxford, aunque mi documentación la había robado de un inglés auténtico ahogado en la playa y cuyo cadáver había aparecido irreconocible una semana más tarde. El señor Temple estaba separado, y su ex mujer jamás se interesó por él.

En segundo lugar, tuve motivos para saber que el primer edificio que se construyó en el Ensanche fue la Casa Gisbert, en la esquina de Puerta del Ángel con la destartalada plaza de Cataluña, plaza que, por cierto, no estaba prevista en el plan Cerdà. La primera piedra de esa casa la puso Isabel II en otoño de 1860, cuando visitaba la ciudad: con ese real gesto, el Ensanche quedaba inaugurado. Poco después se alzaba la Casa Estruch, al otro lado de la plaza, como segundo edificio de la ampliación de la ciudad.

Aunque los años me permitieron conocer otras versiones: por ejemplo, que el primer edificio del Ensanche, fuera de las murallas, fue el de la Ronda de San Pedro número tres, el cual, con su hermosa fachada de piedra, sobrevivió hasta los años cuarenta del siglo XX. Curiosamente, la primicia de las edificaciones la tiene el propio Cerdà, como director de la empresa Fomento del Ensanche de Barcelona. En el cruce de las calles Roger de Llúria y Consejo de Ciento se creó una llamada «Plaza Cerdà», que no tuvo continuidad. En cambio, sí que tuvieron continuidad las plazas de los señores Trias y Molina.

Barcelona no suele ser una ciudad agradecida, aunque los ayuntamientos lo niegan.

Pero antes hubo un enigma que yo no expliqué a nadie.

Antes hubo quien se dio cuenta de algo, pese a que yo tomaba todas las precauciones: se dio cuenta de que yo no cambiaba nunca de aspecto ni de edad aparente. De que me había movido por la ciudad con diversos nombres. Y de que llevaba una vida nocturna incontrolable, relacionada a veces con personas que habían desaparecido.

Eso dio motivos para pensar que yo me movía en zonas tenebrosas.

Y era cierto.

Alguien que sabía todo eso me coaccionó. Alguien me dijo que podía someterme a investigación, y que de ella saldrían algunas cosas que ni esa misma persona entendía. En Barcelona —dijo— había demasiadas sombras flotando en las cloacas.

Y yo formaba parte de ellas.

Para que nadie se metiese en mi vida, yo tenía que hacer sólo dos cosas. La primera, proporcionar documentos falsos a un profesional que vendría a la ciudad a cometer un asesinato. La segunda, ocultarle en mi casa durante menos de una semana, hasta que saliera del país. Era posible que la opinión pública se conmocionase con el entierro de la víctima, pero duraría poco. Al fin y al cabo, la víctima no era tan importante.

La persona que debía morir era un ingeniero de Caminos llamado Ildefons Cerdà.

La ciudad —me dijeron con cierta solemnidad— necesitaba su eliminación porque las fuerzas del capital estaban indignadas con él. En primer lugar, si se aceptaba su plan en lugar del de los señores Molina y Trias, los terrenos que llevaban a Gracia valdrían mucho, y los que llevaban a poniente muy poco. Y aquí había ya grandes intereses de que hablar. Pero aun dando por sentado que se aceptaría el plan Cerdà, ¿qué significaba eso de edificar sólo la mitad de las manzanas? En esta ciudad —me dijo mi interlocutor— se puede jugar con todo e incluso con el patriotismo, pero con el valor de los terrenos no se juega.

En resumen, que si el señor Cerdà moría, se acababan todos los problemas.

Los años me enseñarían más tarde —quizá no mucho más tarde— que hay crímenes que no se resuelven jamás. Aún no se sabe quién estaba detrás del asesinato del general Prim, quién estaba tras los cartuchos de dinamita puestos en la escopeta de caza de Franco, quién respiraba en el complot contra Kennedy. Todo eso me lo enseñarían los años, en efecto, pero hay verdades que no necesitas que te enseñen. Éste era un crimen político y nada más, un crimen político movido sencillamente por el dinero.

Mi interlocutor era un intermediario que iba a ganar una fortuna con aquella muerte: no me dijo quién estaba detrás, naturalmente, pero resultaba muy fácil adivinarlo. Estaban detrás los grandes propietarios, los explotadores de terrenos, los que cambian la faz de las ciudades con un talonario y una sonrisa.

No me quedó más remedio que aceptar, y no sólo porque la coacción era importante. No me quedó más remedio porque no hablaba con un intermediario, sino con una intermediaria, y las mujeres, cuando amenazan, son mucho más peligrosas y sutiles que los hombres.

Además, era la querida de un banquero.

Se llamaba Serena.

Era la más bonita de todas las mantenidas de la ciudad, la más lista, la más ambiciosa. Para hacerse respetar, mantenía en su casa de la calle Canuda una tertulia literaria. Conocía el castellano, el catalán y el francés: lo mismo recordaba unos viejos versos de François Villon que unas frases de Rabelais, una cita de Ramon Llull que unas palabras del Arcipreste de Hita. Todo esto sabía acompañarlo con unos escotes profundísimos y unas piernas admirables que ella se preocupaba siempre de insinuar, pese a la longitud de su falda.

Las mantenidas suelen ser siempre más listas que los tipos que las mantienen.

Supe que ella ganaría muchísimo dinero por su trabajo, que era sólo el de asegurar el paso del asesino, y que además guardaba la fortuna que se le había de pagar al autor del crimen. El único que no ganaba nada era yo.

Bueno, guardaba mi paz y evitaba que El Otro me descubriese. Hacía muchos años que no lo veía. Sin duda estaba en el extranjero, pero seguía existiendo, seguía existiendo. El Otro era el único capaz de acabar conmigo.

De modo que acepté.

Mas pasaron muchos meses y el asesino no llegó. Serena no volvió a hablar conmigo, quizá porque era cada vez más influyente y más rica. Pero los dos compartíamos un secreto que podía destruirnos, así que fui a verla.

Pese a mi trabajo como redactor en el *Diario de Barcelona*, yo ignoraba aún muchas cosas sobre aquella mujer, y las ignoraba porque el auténtico dinero es discreto, es un valor que no necesita palabras. Sólo sabía que Serena había roto con el banquero, su protector, y que ahora no era querida de nadie. Seguía dando fiestas en sus salones, pero los negocios los manejaba ella sola.

¿Con qué dinero?

¿Y qué iba a ser de mí y del trabajo que me había encargado? ¿Cómo iba a quedar en suspenso lo que los dos sabíamos?

Se lo pregunté.

Y obtuve una carcajada.

—No se preocupe —contestó—, no era una broma.

—Pues entonces ¿qué?…

—No sé exactamente quién es usted, pero me inspira un cierto miedo. Las mujeres siempre sentimos algo de miedo ante los hombres a los que no podemos conquistar. Siempre que usted sea un hombre, claro…

Me estremecí.

Era mucho más lista de lo que parecía.

—Olvide que un día vine a verle —dijo Serena con una nueva sonrisa— y, sobre todo, olvide nuestra conversación. Ya ve que Cerdà sigue viviendo, y le aseguro que no va a correr peligro. Todo lo que le dije ya no tiene la menor importancia.

—Pues entonces la tenía —susurré.

—Claro que la tenía. El plan de ese advenedizo iba a ser aceptado y representaba un auténtico peligro para los intereses de la ciudad.

—Los intereses de algunos propietarios —concreté.

—Oh, claro que sí… ¿Y es que hay algo más legítimo que los intereses? ¿Qué es más legítimo? ¿Las banderas? Muchos propietarios se asustaron porque si el plan de Cerdà se respetaba, sus solares valdrían mucho menos de lo que ellos pensaban. Y usted ya imaginará que algunos, pensando en las nuevas edificaciones, ya habían pedido créditos.

—Llevo demasiados años conociendo los negocios —musité—. Sí... Tal vez demasiados años.

—Entonces comprenderá que un grupo de personas se asustara —concretó—, entre ellas el distinguido caballero que me compartía con su mujer. Por cierto, no puede usted ni imaginar lo aburrido que era en la cama y la fantasía que tenía que poner yo para que algo valiese la pena. Fui yo la que le dije que eliminaría el problema, dando para ello los pasos que hiciesen falta, dejando a salvo su buen nombre. Yo me ocuparía de todo, pero eso significaba poner en mis manos una bonita suma. O tres bonitas sumas: la que le iba a pagar a usted (aunque no pensaba pagarle nada), la que ganaría por mi trabajo de intermediaria y la que debería entregar al asesino. Por cierto, al no hablarle en tanto tiempo, pensé que usted se habría dado cuenta de una cosa.

—¿De cuál?

—El asesino no existía.

Pese a mi experiencia, me quedé sin respiración. Era la primera vez que me daba lecciones una mujer.

—Pero entonces... —susurré.

—Entonces, entonces... En el fondo es muy sencillo, y me sorprende que no lo haya comprendido antes. Amigo mío, quizá haya que soportar muchos hombres encima para comprender lo que vale el dinero, y yo he soportado a algunos. No me cabía ninguna duda de que el dinero se impondría sobre el plan de Cerdà y al final los solares serían edificados intensivamente. Como así ha sido. Y el pesado que lo financia todo ha salido ganando, pero nunca le he devuelto las cantidades que me entregó. Con ellas he hecho inversiones.

—¿Dónde?

—En la promotora para el Ensanche que tiene el propio señor Cerdà —dijo.

Y me regaló otra encantadora sonrisa.

—Lo mejor de esta ciudad, amigo mío —añadió—, es que aquí, para hacer negocios, no hace falta matar a nadie.

31

LO SIENTO POR EL MUERTO

El cadáver estaba en la Morgue, y ni siquiera lo habían cubierto con una sábana. La forense, que curiosamente era una mujer joven y guapa, llena de vida, lo miró con atención. Había señales en aquel cuerpo que no entendía de ninguna manera, aunque pensaba entenderlas después de la autopsia.

El padre del muerto estaba también ante los restos, pero sostenido por dos enfermeros. No se tenía en pie. No sólo era un anciano: la visión del cadáver lo había hundido por completo; ni siquiera se fiaba ya de sus recuerdos, de sus palabras o su mente que, de pronto, se había cubierto de niebla. Por eso había venido con su abogado, por si le hacían alguna pregunta.

El abogado era Marcos Solana.

Con los ojos entrecerrados, éste recordaba la noche en que allí mismo veló el cuerpo de Guillermito Clavé, un cuerpo en el que no parecía quedar ni una gota de sangre. Pero ahora, a pesar del poco tiempo transcurrido, todo le parecía distinto. En el Clínico se estaban haciendo obras, cada vez quedaban menos rincones de piedra sombría y habían desaparecido las viejas fotos de las paredes, las fotos de los médicos muertos.

Fue la joven forense la que murmuró:

—No entiendo lo de las marcas en la piel, que a la fuerza han de tener algún significado. Parecen un ritual. Perdone, pero ¿usted sabía si su hijo llevaba en vida esa especie de tatuajes? ¿O si los había dibujado por algún motivo?

—No son tatuajes —contestó Solana en lugar de su cliente—, y seguro que esas marcas han sido causadas después de la muerte.

La joven forense le miró con una expresión helada.

—He preguntado al padre.

—Perdone —musitó Solana.

—No —dijo el anciano antes de derrumbarse—, mi hijo no tenía en el cuerpo ninguna marca.

Y eso fue lo que recordó Marcos Solana en su despacho, ante las ventanas desde las que se divisaba la parte vieja de la ciudad. Eso fue lo que le hizo preguntar a Marta Vives:

—Marta, ¿tú crees en la eternidad?

—La eternidad puede estar en las bibliotecas —dijo— porque siempre habrá alguien que las consulte y rescate un nombre del olvido. Pero las bibliotecas no serán eternas, y los hombres tampoco. En cambio, quizá la eternidad esté en nuestros genes: los trasladamos de una generación a otra y forman la entraña de nuestra vida. Sí, quizá los genes sean la eternidad: si un día los seres humanos desaparecemos, de nuestros genes saldrá algo nuevo, pero seguirán viviendo.

—Sin memoria del pasado...

—Sin memoria del pasado —contestó Marta.

—Quizá por eso la eternidad la basamos en Dios, que tiene memoria. ¿Tú crees en Dios, Marta?

—Si no hubiera nada más allá, toda la riqueza de la vida me parecería grotesca. Ésa puede ser una razón.

—¿Y en el diablo? ¿Crees en el diablo?

Por el lado del mar, la ciudad se iba oscureciendo. Se aproximaba una tormenta de levante que pronto haría brillar las cercanas torres de la catedral, llenaría de reflejos la Vía Layetana y haría que en las calles estrechas sólo se escuchara el ruido de las gotas.

Marta Vives no se sorprendió ante la pregunta.

Parecía como si llevara pensando en ella mucho tiempo.

—En los libros santos se habla mucho de Dios, pero no se aclara quién es —murmuró—, y aún menos quién es el diablo, el cual aparece citado muy marginalmente y con personalidades distintas. La Biblia no dice que el diablo se rebelara contra Dios: sólo dice que lo tentó. Si se dice que Dios está en todas partes, el diablo también tendría que estarlo, pero no llego a discernir más allá. Lo que sí creo, curiosamente, es que el diablo es más humano que Dios.

Y a continuación musitó:

—¿Por qué lo preguntas?

—Uno de mis clientes ha perdido a su hijo. Lo han asesinado, lo cual sitúa el hecho en quince líneas de los periódicos; en las grandes ciudades hay asesinatos casi cada día. Pero en esta ocasión había unas marcas extrañas sobre el cadáver: todo hacía pensar en un ritual.

—¿Diabólico?...

—Eso es lo que me pregunto, aunque también me pregunto por qué llamamos diabólico a todo lo que es extraño. Quizá es que necesitamos personificar el mal. Si ahora estuviese aquí el padre Olavide se lo preguntaría.

—Él no presume nunca, pero es doctor por varias universidades —elogió Marta.

—Porque ha vivido en muchos lugares. Pero después de lo que he visto hoy, no sé qué pensar: lo que estaba marcado a punzón en el cadáver eran cifras. Se trataba de algo así como una cábala. Me cuesta creer que en este siglo del progreso y el materialismo constantes existan todavía creencias que vienen del fondo del tiempo. O quizá sea lógico, después de todo: cuanto más avanzan la técnica y el materialismo, más nos damos cuenta de que hay algo que hemos dejado atrás sin comprenderlo. De que hemos dejado atrás cosas que no hemos visto, pero que nos marcan. Es decir, que existe el fondo del tiempo.

Captó en los ojos de ella un brillo de inteligencia; Marta se interesaba por aquello, pero no sólo por aquello: también por la arqueología, el urbanismo, la historia, el derecho... Marta Vives —pensó amargamente el abogado— no era como su mujer, que sólo se interesaba por el dinero, el lujo y los programas del Liceo. A su lado, Marcos Solana se daba cuenta de que su existencia había sido absolutamente inútil, de que sólo se basaba en un Debe y un Haber, pero en cambio, junto a Marta, le parecía que la vida volvía a tener sentido.

No sólo por las piernas de Marta. Por sus labios, por el cuerpo flexible y duro que ocultaba bajo los vestidos baratos.

En Marta amaba la curiosidad por la vida, el ansia de comprenderlo todo, aquella especie de plenitud que él sabía ver hasta en un parpadeo de sus ojos.

Pero intentó apartar de él esos pensamientos. Jamás daría motivo para que ella, una simple pasante, creyera que él trataba de abusar de su poder.

32

EL VERDUGO DE BARCELONA

Como es natural, tuve que dejar *El Brusi*, donde
había adquirido una cierta notoriedad, y me hundí
en otro mundo que hasta entonces no había sido el
mío. La necesidad me obligaba. Incluso pensé en
cambiar de ciudad, marcharme a otro lugar grande
y donde nadie me conociese, por ejemplo Madrid,
pero Barcelona era mi ciudad y me sentía ligado a
ella por la fuerza de mis propios secretos. Aunque
mi rostro me delataba, decidí que cambiando por
completo de ambiente pasaría desapercibido y nadie
me buscaría. Y, por lo tanto, de la calle Fernando,
donde había alternado con los burgueses, me fui a
vivir a la Brecha de San Pablo, donde alterné con los
parias.

En realidad, bastaba con cruzar las Ramblas y hundirse en las calles del Raval, que yo conocía tan bien,
ya que la distancia física entre uno y otro mundo re-

sultaba mínima; pero con aquel cambio parecía haberme ido a vivir a otro planeta.

El Ensanche iba creciendo para albergar a todos los barceloneses que hasta entonces habían vivido al pie de las murallas. Si en 1818, después de las «guerras del francés», Barcelona tenía sólo 83.000 habitantes, en 1821, debido a la paz y la riqueza, eran ya 140.000, y 187.000 en 1850. El perímetro amurallado de 1719, tras la ocupación por Felipe V, era de 6.051 metros, y tenía que dar albergue a 860 habitantes por hectárea, es decir, cada persona disponía sólo de 11,44 metros, la cuarta parte de lo necesario para una vida relativamente digna. El índice de mortalidad era superior al de París y hasta al del miserable Londres de la época, y la esperanza de vida de los barceloneses quedaba establecida en treinta y seis años para un rico y veintitrés para un jornalero.

Cuando pienso en esto, aún me parece que no puede ser verdad. Pero yo lo he vivido.

La densidad humana, que alcanzaba los límites de las peores ciudades asiáticas, estaba marcada no sólo por el escaso perímetro de Barcelona, sino por su utilización. Dentro del recinto amurallado había cuarenta conventos, veintisiete iglesias y otros tantos edificios públicos, once hospitales y casas de beneficencia y siete cuarteles. Puesto que no quedaba ya ni un mínimo espacio para edificar más viviendas, la ciudad se las ingenió para seguir construyendo sobre el vacío. Cuando ya se habían ocupado los patios y los jardines de las casas, cuando las habitaciones ya no podían ser más exiguas, se comenzaron a hacer arcos en las calles para edificar encima. Algunas calles barcelonesas se convirtieron en túneles.

Por eso no es extraño que, cambiando sencillamente de barrio, me introdujese en un mundo distinto donde nadie me reconocería. Además, allí no se necesitaba ninguna documentación: cualquier nombre, cualquier apodo, valía.

Mi refugio fue, por el momento, el Bar del Centro.

El Bar del Centro fue, en palabras de un historiador, «el último reducto de la bohemia barcelonesa triste y amarga». Estaba situado, curiosamente, cerca del lugar del que yo huía, pero insisto en que era otro mundo. Un río de pobreza, de misterio, de recelo y de peligro separaba las dos ciudades.

El local estaba en la Rambla del Centro número doce, entre las calles Unión y San Pablo, casi al lado de la portería por la que los artistas llegaban al escenario del Liceo. Quizá por eso, todo el recinto emanaba un aroma rabiosamente literario y despreocupado; imagino que por ese motivo nadie se preocupaba del confort.

Las mesas y sillas de madera estaban cojas; los mármoles y espejos, gloriosamente sucios; las botellas de los anaqueles, cargadas de polvo. Detrás del mostrador había una trastienda de reducidas dimensiones donde estaba la mesa de juego. A la mesa, sobre la que circulaban pequeñas fortunas, la llamaban «la pastera».

Su dueño se llamaba Esteve.

Las mujeres le volvían loco.

A mí no.

Pero llegamos a hacernos amigos.

Yo conocía muy bien el barrio, que en realidad había sido mi reino. Pero desde los tiempos de «la carassa» había cambiado mucho.

No sé si para bien.

Seguía siendo un lugar de hacinamiento donde las normas de Cerdà y su Ensanche no se aplicarían jamás. Los bares miserables, las habitaciones como celdas y los prostíbulos baratos abundaban, como en los lejanos tiempos de mi madre. Con los años, hubo alguno que anunció las especialidades que allí se practicaban. Uno se llamaba «La mamada».

Con la industrialización y el proletariado proliferaron los lugares de piojo veterano, colchoneta podrida y ratas de buena familia vacunadas contra las mordeduras de los hombres. No parecía haber esperanza allí, en el lugar al que después de tantos años había vuelto.

Algunas cosas habían cambiado a peor en la época de mi regreso. Por ejemplo estaba la cárcel, que entonces me parecía eterna, pero que vi destruir en 1936 por los revolucionarios barceloneses. Junto a la Brecha de San Pablo, en el Patio de los Cordeleros, se reunía la miseria más acreditada de Europa.

La enorme cárcel parecía taponar las calles. Siempre acababas encontrándote con ella.

Yo había visto muchas ejecuciones públicas, entre

ellas la de mi propia madre, pero allí, junto al Patio de los Cordeleros, se vivieron las últimas. El lugar adquirió por ello una fama entre fascinante y siniestra. La gente acudía desde todos los rincones de la ciudad cuando, de tarde en tarde, actuaba el verdugo. Era el centro de la muerte.

Los padres llevaban allí a sus hijos para que aprendieran lo que es la vida, y a más de un niño le vi recibir una bofetada ante el cadalso, para que no olvidara nunca adónde lleva el crimen. Algunas personas sensibles se desmayaban, pero otras sufrían una especie de frenesí erótico y entraban en una forma de éxtasis. Pese a lo temprano de la hora, las casas de mujeres que estaban por allí cerca se llenaban de clientes.

En aquel lugar que luego Barcelona olvidaría, y donde ahora hay una plaza desnuda (cerca de la cual hubo unos baños públicos y un baile barato de donde las chicas ya salían embarazadas de seis meses), se habían desarrollado escenas horribles. Alguien, en los cafetuchos de la zona, hablaba de una ejecución pública y múltiple a causa de un crimen cometido en Vilafranca del Panadés. Varios campesinos, entre ellos una mujer, mataron a un cura para robarle. Los hombres condenados a muerte fueron trasladados a Barcelona, al Patio de los Cordeleros, de donde salieron hacia el cercano patíbulo para morir serenamente. Pero la mujer, una analfabeta aterrorizada y gorda, fue arrastrada materialmente hasta el garrote mientras aullaba: «¡No me matéis! ¡No me matéis!». Y aulló, decían los testigos, hasta el último momento. A veces, de las bocas de los reos —aseguraban los expertos— saltaba sangre. Luego la gente se iba a desayunar, las tabernas se llenaban, la luz oblicua del nuevo día resbalaba por las calles y se metía en los ojos de las mujeres como si fuera uno de sus secretos.

Era un lugar cargado de eternidad, que además coincidía con la línea de las últimas murallas; no hay ni que decir que era un paraje que me repelía y que al mismo tiempo amaba. Más allá de la cárcel estaban las calles proletarias, las casas de pisos con un solo retrete en la escalera, los talleres donde los obreros se ahogaban y los cafés donde se incubaban desde años atrás todas las revoluciones de Barcelona. De vez en cuando, en esas calles penetraba la caballería, los vecinos tiroteaban a la tropa desde los tejados, un par de cañones tronaban en las esquinas y al día siguiente eran retirados los cadáveres de los obreros y unas cuantas mujeres sin edad se vestían de negro.

Pero aquél, como siglos antes, era también lugar de juerga, es decir, de lágrimas secretas ahogadas por una carcajada. Seguían estando allí las barracas de feria, los tenderetes de libros viejos, los cafés danzantes y los pisos donde se alquilaban habitaciones a parejas. En las aceras palpitaba una vida sincera, caliente y viscosa. La actividad sexual más barata de Barcelona también había instalado allí su mundo de sueños y miasmas. La única novedad en relación con los viejos tiempos eran los bares donde los anarquistas soñaban en la revolución y preparaban sus atentados. En uno de esos bares, muy cerca de donde yo vivía, los libertarios confeccionaban bombas. Curiosamente, el bar se llamaba La Tranquilidad.

Yo casi no necesitaba dinero para vivir: apenas comía, aunque de vez en cuando los vagabundos que dormían en la calle me proporcionaban involuntariamente mi indispensable ración de sangre. Sin embargo, sufría otras limitaciones que marcaban mi existencia: no podía vivir en la promiscuidad, no podía resistir de lleno la luz, no admitía la brutalidad de la ignorancia. Por eso, ya que había decidido ocultarme en aquel barrio durante varios años, necesitaba encontrar algo distinto. Y lo encontré el día que conocí a Nicomedes Méndez.

Nicomedes Méndez era el verdugo de Barcelona.

Como todos los verdugos, tenía una fama siniestra. Además, había perfeccionado el garrote vil.

Pero Méndez, como si deseara vivir lejos del ambiente y que no lo conociera nadie, habitaba lejos de allí, en el hermoso barrio de La Salud, entonces formado por huertecitos y casas aisladas cuyos dueños criaban conejos y hablaban, no de sus mujeres, sino del instinto cazador de sus perros. Llegar hasta la Brecha de Sant Pau, donde yo vivía, significaba para el verdugo atravesar toda la ciudad, pero entre sus obligaciones figuraba visitar la cárcel, sobre todo si tenía que echar un vistazo a un condenado a muerte. «Matar es más difícil de lo que parece —decía—. Es un arte.»

Cuando hacía sus rondas de trabajo, nadie se fijaba en él. El verdugo de Barcelona era pequeño, de apariencia frágil, y cuando acudía a un café era un cliente amable y con aspecto de pequeño rentista. De hecho, nadie se fijaba en él ni lo reconocía, porque en las ejecuciones llevaba sombrero y además se le veía de lejos.

Yo estaba de noche en un café de la Ronda hablando de viejas ejecuciones que había visto, algunas de ellas tan delicadas como ir arrancando los miembros del condenado con unas tenazas. Entonces el verdugo se acercó y pidió permiso para sentarse. Parecía hechizado por lo que acababa de oír. Nicomedes Méndez me miraba a los ojos y bebía materialmente de mis palabras.

Adivinó que había algo especial en mi manera de contar aquellos horrores.

—Parece como si usted hubiera visto todo eso —dijo de pronto.

—Claro que no —exclamé dándome cuenta de que había cometido un error—, comprenderá que por mi edad es imposible que lo haya vivido.

—Claro, claro… Usted no puede tener más allá de cuarenta años… Pero habla con tal realismo que parece un testigo directo.

—No me haga caso. Son historias que uno ha leído; porque, eso sí, soy un ratón de biblioteca que acumula la experiencia de muchos hombres.

—Pues oriénteme, porque yo no recuerdo que haya libros sobre el tema, al menos en esta ciudad.

—Tal vez yo tenga algo en alguna edición antigua. ¿Le interesa el tema?

—En cierto modo sí, aunque sólo por motivos… profesionales. Yo intento hacer bien mi trabajo, aunque la gente no lo imagina. Oiga, ¿usted a qué se dedica?

—De momento a nada. Me quedan unos pocos ahorros y con ellos voy viviendo.

—¿Busca empleo?

—No se qué decirle… Me interesaría trabajar, pero preferiblemente de noche.

Sus ojos brillaron extrañamente. Nunca los olvidaré. Puso sobre mis manos una de las suyas, que quería ser afable, aunque me pareció fría y sarmentosa, y sin dejar de mirarme a los ojos me preguntó directamente:

—Yo soy el verdugo de Barcelona. ¿Quiere ayudarme a ejecutar a un hombre?

Miré con asombro a Nicomedes Méndez. Me di cuenta, por si no lo hubiera advertido ya antes, de que era un hombre de apariencia frágil y modales suaves, bien educado, pero con una gran fuerza en sus manos y un extraño fulgor en los ojos. Me sentía incómodo ante él, a pesar de mi experiencia de la muerte, una experiencia que era muy superior a la suya, muy superior a la de cualquier otro ser vivo. Pero al mismo tiempo había en aquel hombre algo que me atraía de una forma irresistible, que casi me fascinaba.

El verdugo susurró:

—No me gusta llamar la atención ni que la gente me reconozca, y por eso apenas rondo por los cafés.

También entro en la cárcel de la forma más discreta posible, porque la presencia del verdugo siempre es conocida y sume en horror a los condenados a muerte. Ni siquiera a los funcionarios les gusta verme. Pero es mi deber, y lo cumplo escrupulosamente, evitando cualquier sufrimiento inútil.

—Lo sé —murmuré—. Yo trabajaba antes en un… Bueno, quiero decir que tengo muchos amigos en los periódicos, y ellos me hablaban del verdugo de Barcelona.

—Otra cosa que debo decirle, para que aprecie el trabajo que le ofrezco, es que soy el hombre que mejor vive de España.

—¿No bromea?

—Por supuesto que no. La ayudantía que le estoy ofreciendo es una ganga, y mi empleo fijo es ganga y media. En Francia al verdugo se le llama «el ejecutor de las altas obras» como muestra de respeto. Cobro todos los meses y no tengo absolutamente ningún trabajo que hacer. Tengo que ir a la cárcel de vez en cuando, porque mi espíritu profesional me exige echar un vistazo a los condenados al patíbulo. Cada hombre, según la medida de su cuello, pide una muerte distinta, una muerte a medida por decirlo así, y mi obligación de funcionario es dársela… He ideado un nuevo sistema de argolla que hace el garrote mucho más eficaz, rápido y confortable.

—¿*Confortable?*…

—Sí, ya le explicaré. Todo esto viene de que soy un verdugo que se preocupa por los demás y hace que la muerte en el garrote dure sólo lo justo: no crea que lo consigue todo el mundo, porque si colocas mal la argolla asfixias al reo poco a poco. Ha habido fallos inenarrables en los patíbulos de Barcelona.

Y dándome un golpecito afable añadió:

—Mire: todos los condenados a los que hasta hoy he tomado medidas a ojo han sido indultados en el último minuto, de modo que, a pesar de mi siniestra fama, todavía no he matado a un solo reo. Estamos en 1892, y en Barcelona no se ha ejecutado a nadie desde 1875. Así que ya ve: paz y tranquilidad para el espíritu. Yo antes tenía un ayudante, ya que la ejecución no puede hacerla un hombre solo con la necesaria rapidez, pero murió de una apoplejía porque estaba demasiado gordo.

—Y ahora… —susurré— necesita usted otro.

—Sí —me contestó el verdugo—, porque parece que después de tanto descanso se aproxima una gran época llena de normalidad ciudadana. Hay en marcha varios procesos que ya, ya… Habrá trabajo en el patíbulo, y necesito a una persona que no se arrugue en los momentos decisivos, porque hay mucha responsabilidad. Le confesaré que hay algo en usted que me ha llamado la atención y que resumiré en una frase sin sentido: me parece como si usted estuviera más allá de la muerte. No puedo decirle si es el color de su piel, tan blanco, o la luz inquietante de sus ojos. Aunque yo diría que es su sonrisa… No se ofenda, amigo, pero tiene usted algo que hiela la sangre.

No me ofendí.

Sabía que la gente notaba eso.

—Tendremos que hacer unos pequeños trámites para el empleo —dijo Nicomedes Méndez—, porque en gran parte depende del ministerio de Gracia y Justicia. En primer lugar, ¿cómo se llama?

—Blay —dije pronunciando el primer nombre que se me ocurrió en ese instante.

—¿Tiene papeles?

—Me temo que no. Ya sabe usted que la gente que se reúne en estos cafés no da importancia a los papeles.

—Es verdad: sólo los ricos se sacan la cédula personal, por la que hay que pagar dinero. En fin, que en el fondo viene a ser como un impuesto... Pero no se preocupe. Yo soy algo así como «un funcionario distinguido» y puedo responder por usted si hace falta. Supongo que le interesará saber a quién tenemos que ejecutar, porque la sentencia ya está confirmada.

—Imagino que a Isidro Mompart —contesté—. Leo los periódicos y oigo lo que la gente dice en los cafés.

—Efectivamente —musitó el verdugo con los ojos cerrados—. A ése no van a indultarlo, de modo que lo tendré que matar. Acaba de cumplir veintidós años, pero tiene mal instinto, muy mal instinto, nunca se redimirá. La gente lo piensa: muerto el peligroso, muerto el peligro. Ya debe de saber lo que hizo Mompart.

Asentí.

—Violó y mató a una mujer indefensa — aclaró el verdugo, aunque no me hacía falta oírlo otra vez—, lo cual, por sí sólo, ya le hace digno de conocer el garrote vil. Pero a Mompart no se le ha condenado sólo por eso: se le ha condenado también porque entró a robar en una fábrica cerca de la carretera de Mataró, y de paso asesinó a una criatura de cinco años y a una muchachita que hacía de criada. Ya desde el principio del proceso lo vi claro: se le aisló y se escribieron en la puerta de su celda la fatídicas letras PFM, que significan «Petición Fiscal Muerte». Mompart pasea solo por el patio y tiene prohibido hablar con nadie. En uno de sus paseos le eché un vistazo, digamos que por instinto profesional.

—Es usted un enamorado de su oficio —dije sin ningún ánimo de elogio.

—No, enamorado no, sólo trato de hacerlo bien. Un hombre puede ser ejecutado, pero no necesariamente maltratado. ¿Le he dicho ya que he inventado un sistema para que el garrote sea más rápido?

—Sí que me lo ha dicho, pero quizá yo no conozca el método.

—Pues es muy sencillo. El garrote consta de un poste vertical algo grueso, porque tiene que soportar mucha presión, y una silla, una silla cualquiera que a veces se trae de la barbería de la cárcel. O a veces de la propia capilla, lo que a mí me parece un recochineo. A ese poste se ajusta por detrás el «aparato», exactamente a la altura de las vértebras cervicales del condenado: pocas bromas, porque la disposición de esas vértebras, amigo mío, es muy importante. ¿Y en qué consiste el «aparato»? ¿Eh? ¿En qué consiste? —Nicomedes Méndez alzó un dedo, como el profesor que da una lección—. Pues la base es una argolla delantera que se cierra en torno al cuello del aspirante a difunto. Esa argolla va fijada a unas guías que tiran de ella hacia atrás, haciendo que se comprima el cuello. ¿Y cómo tiran hacia atrás? Pues por medio de un tornillo sin fin, de manejo muy rápido, que está detrás del poste, o sea que el reo no lo ve. Y el verdugo lo hace funcionar dando vueltas a una gran rueda, porque si la rueda fuese pequeña el suplicio no se terminaría nunca. Pero ¿por qué estoy hablando de dar vueltas en plural? En realidad basta con menos de una, mi distinguido amigo, o a veces basta con un simple cuarto de vuelta, según el arte del verdugo. Lo que pasa es que hay verdugos que no tienen arte.

Fingí asombrarme.

Yo había visto demasiados verdugos sin arte.

—No me diga —musité.

—Sí lo digo: no tienen arte. Porque la argolla aprieta el cuello del condenado contra el poste que tiene detrás. ¿Y qué pasa? Pues que lo ahoga. Valiente manera de morir. ¿Para eso se tuvo que inventar algo que fuera mejor que la horca? No, amigo mío. Por ello he ideado una pieza posterior que va unida al aparato y que debe encajar bien en la nuca del reo, de forma que la argolla empuja el cuello no contra el poste, sino contra la pieza, que en un santiamén se encarga de romper las vértebras. El dolor que se siente debe de ser cuestión de décimas de segundo, digo yo. Pero algo de vida queda, algo de vida queda.

Me estremecí.

—¿Cómo lo sabe?…

—Porque el corazón sigue latiendo un rato. Me lo han dicho los médicos, que son los que tienen que certificar la muerte. Y también me han hablado de verdugos sin amor al oficio que han tardado casi media hora en matar a un hombre. Hace falta ser un hijo de la gran puta.

Hablábamos en voz baja, sin llamar la atención de nadie, viendo a través de los cristales empañados la vida que pasaba por las callejas, la vida que eternamente se iba. Aunque yo no sabía qué es eso de irse la vida. Yo sólo sabía lo que es el irse de los hombres y mujeres que había conocido. Los soldados volvían al cuartel de Atarazanas arrastrando los pies, los trileros se dirigían al mercado de la pulga, las parejas proletarias llegaban abrazadas hasta el puerto, jurándose una felicidad de ocho duros al mes. También había maricas desesperados que a esa hora se dirigían a un par de locales de la calle de San Pablo, esperando que alguien descubriese que tenían corazón de mujer solitaria. Aquella parte de Barcelona era un grito, una canción, una lágrima, era la gran mentira donde yacen las verdades de la calle. Yo sabía ahora que siempre amaría la calle, que necesitaba su oropel de trapo, su virtud vendida cada noche y su carcajada de difuntos.

Me sorprendía que durante un tiempo yo sólo hubiese frecuentado el Ensanche que crecía, sin necesidad de más, convirtiéndome en el redactor de un diario respetable y en defensor de los intereses de la parte alta de la ciudad. Quizá fue la necesidad de volver a las viejas calles lo que me había impulsado, más que el espíritu de defensa.

Comprendí que, puesto que necesitaba un trabajo, el que me estaba ofreciendo Nicomedes Méndez significaba la entrada en un mundo fascinante, aunque fuese un mundo de sombras.

—¿Seguro que me necesita? —pregunté—. ¿Seguro que habrá ejecución?

—Pues claro que sí. Ya hace tiempo que a Mompart lo condenaron en la calle de San Honorato, en la Audiencia, y es seguro que el rey rechazará el último recurso.

—¿Dónde estará instalado el patíbulo?

—Junto al Patio de los Cordeleros, naturalmente. Es un sitio céntrico, bien custodiado y con excelentes condiciones sanitarias. No siempre esta ciudad ha dispuesto de sitios así, tan bien preparados para un trabajo decente. Antiguamente muchas ejecuciones tenían lugar en… en…

—En la Plaza del Rey —le interrumpí—. La cárcel ocupaba parte del antiguo palacio.

Nicomedes Méndez me miró con suspicacia.

—Eso no lo sabe cualquiera —murmuró—. Nadie lee. Y los recuerdos de la gente no llegan a tanto.

—Me… me lo contaron.

—Ha llegado a ejecutarse gente en el Llano de la Boquería.

Mis ojos se nublaron un momento.

Musité:

—También me lo han contado.

—La ley tiene que ser inflexible —murmuró el verdugo con auténtico orgullo profesional—. Igualmente se había ejecutado en la Cruz Cubierta, aunque eso lo sabe aún menos gente. Yo sé el nombre del último que fue ejecutado allí.

—Yo también. Se llamaba José Escolá —dije velozmente.

—Coño… ¿Y sabes qué apodo tenía?

—El «Sang i Fetge».

La admiración de Nicomedes Méndez se le leía en la cara.

Seguro que nunca se había encontrado con un tipo como yo. Casi extasiado, me pasó la mano por la espalda.

—Tú vas a ser el mejor ayudante que podía soñar —dijo—, y yo soy el único hombre que puede llevarte en línea recta hasta el nido de ratas de la cárcel. Quiero que esta misma noche conozcas al condenado a muerte.

Y añadió:

—Yo sé que antes de la ejecución el reo es visitado por un médico. Me han contado que el último que vio al verdugo le tendió la mano y le saludó diciendo:

—¿Qué tal, colega?…

Fue así, de la mano de Nicomedes Méndez, como penetré de soslayo en los entresijos de la muerte. Lo primero que noté es que, ante la inminencia de una ejecución, la gente tenía unos deseos enormes de conocer al verdugo de Barcelona. ¿Qué cara tendría? ¿Su aspecto seguiría siendo el de un ser humano? Pero nadie conocía de verdad a Nicomedes Méndez, excepto el funcionario del Tesoro Público que le pagaba su sueldo. Esa curiosidad popular fue la razón de que un periódico, *El Noticiero Universal*, deseando satisfacer a sus lectores, publicara un dibujo con su cara. Pero el dibujante se equivocó. Fue un error impagable que ha quedado para siempre en los recuerdos de la prensa. En lugar de la cara del verdugo hizo aparecer... ¡la del famoso novelista Narcís Oller!... que además acababa de ganar los Juegos Florales de la ciudad. Las maldiciones de Oller y sus invocaciones al Dios Todopoderoso, señor de los Ejércitos, llenaron durante semanas los cafés, las mesas familiares, las casas de préstamos y los bancos de una ciudad tan ilustre como Barcelona.

Pero debo insistir en que Nicomedes Méndez me permitía meterme en los entresijos de la muerte. Vi a través de la mirilla de la celda (el verdugo nunca se exhibía ante el condenado) la cara de Isidro Mompart, que reflejaba tres cosas: estupidez, esperanza y miedo. Mompart no creía en nada excepto en su propia vida y en su propio cuerpo, donde terminaban todas las dimensiones, de modo que quería vivir como fuese y todo el tiempo que fuese. Pero me impresionaron las palabras del verdugo:

—Tiene el cuello fuerte. Habrá que engrasar bien el tornillo, pero aun así hará falta una vuelta completa de rueda.

Yo ayudé al verdugo en aquella ejecución, y por lo

tanto conozco perfectamente los detalles. Mompart fue el primer condenado al que anunciaron con tiempo su ejecución: unas doce horas. En otros casos se había dado al reo (quizá por humanidad) menos tiempo para pensar en su fin, pero a Mompart se le añadía ese sufrimiento. De todos modos tengo que decir que le consolaron y no lo dejaron solo ni un momento.

Los Hermanos de la Paz y la Caridad acompañaban al reo en sus últimas horas, trataban de complacer sus pequeños deseos y, si hacía falta, llamaban al notario para que el condenado testase, si es que tenía para dejar algo más que sus cenizas. Pero hasta en esta última caridad, la sociedad estaba cargada de detalles miserables: había periodistas que pagaban para infiltrarse en los Hermanos y así poder narrar en directo las últimas horas del reo. ¿O quizá, al fin y al cabo, trataban de cumplir bien con su deber? No lo sé. Lo que sí puedo decir es que a Isidro Mompart lo rodearon, lo atosigaron y no le dejaron pensar ni un instante. También le dieron una última cena bastante costosa, acompañada de café, licores, tabaco y otras sustancias que, a la larga, son tan malas para la salud. En la celda no había más que una mesa y una silla y el reo permaneció sentado, como ausente, y pensando que en cualquier momento iba a llegar el indulto.

En efecto, desde Telégrafos estuvieron llamando a Madrid toda la noche. Primero cada treinta minutos, luego cada cuarto de hora y al final cada cinco minutos. El mensaje contenía una sola pregunta: «¿Hay indulto?».

326

No lo hubo, como había adivinado el fino instinto de Nicomedes Méndez. Cuando entraron los jueces, el forense, los funcionarios de guardia y el defensor, que reglamentariamente debía asistir para confirmar la identidad del reo, Mompart se desmayó. Tuvimos que arrastrarle al patíbulo después de vestirlo con unas ropas grotescas, como de payaso, con las que se escarnecían los últimos restos de su dignidad. Y así llegó ante el patíbulo, mientras en la plaza sólo se escuchaba el acechar expectante de la multitud y el roce de los pies de Mompart al ser arrastrados por los peldaños. Nada más. Ni el rumor de un soplo de aire. Aquel silencio era espectral y agobiante.

Y de pronto el clamor.

Los insultos que parecían llegar desde todos los rincones de la urbe:

—¡Toma, desgraciado!

—¡Así aprenderás, hijo de puta!

El aire se había llenado de gritos, de insultos, de clamores de muerte.

Fui yo, el inmortal, quien sujetó al condenado al poste mientras Nicomedes Méndez ajustaba sabiamente la argolla. Fui yo quien puso sobre la cara del sentenciado el paño negro, para que no se viera su última y horrorosa mueca. El verdugo no dijo una palabra sobre la ceremonia, que duró menos de un minuto. Tal como había dicho, él mataría a un hombre, pero no lo torturaría más de lo estrictamente necesario.

Nicomedes Méndez dio una vuelta completa a la rueda, justo como había previsto al ver al reo, y lo hizo con precisión de relojero. Oí un estertor, parecido al de un globo que se vacía, y enseguida el crujido de los huesos. El cuello debió de quedar reducido al tamaño de una moneda: el último estertor del reo hizo temblar el paño sobre su cara, pero el público no pudo notarlo.

Todo el cuerpo de Mompart pareció querer salir despedido hacia adelante. Sus manos se abrieron y cerraron espasmódicamente dos veces.

Menos de cinco segundos.

Me di cuenta de que el verdugo, pese a ser novato, no se había equivocado en nada.

Hasta yo lo había hecho bien.

Pero me faltaba lo más desagradable. El verdugo, en el fondo, era un señor. Yo no era más que un vil ayudante, y por eso me tocaba hacerlo.

Me ordenó secamente:

—Ahora enróllale la lengua.

33

EL ENCUENTRO

Marta Vives pasaba muchas veces por allí.

En la que fue la cárcel de las grandes ejecuciones hay ahora una gran plaza que nació en los días revolucionarios de 1936. Por entonces, en la vieja prisión ya no se ejecutaba a nadie, sino que se fusilaba en el castillo de Montjuïc o se aplicaba el garrote vil en un patio de la cárcel Modelo, de tal manera que era ya solamente un lugar donde estaban recluidas las presas femeninas. Era una cárcel de mujeres. Pero para el pueblo, los recuerdos vivían y estaban tan llenos de amargura que se decidió que del edificio no quedara piedra sobre piedra.

Marta Vives, historiadora de las calles, las recorría no sólo con los pies, sino también con la memoria. Casi enfrente de la cárcel estuvo el Circo Olimpia, quizá el mayor de Europa, derribado para construir unas viviendas sin alma y sin gracia donde los niños conocían la vida a través de la televisión, y los matrimonios, con la monotonía del que recorta el cupón, follaban los sábados por la noche. A menos de cien metros había funcionado El Molino, habían estado el Bataclán, el café Sevilla, el teatro Español, el Nuevo, todo un mundo convertido ahora en solares, hoteles para turistas de medio pelo o reductos para inmigrantes. Marta habría sido capaz de escribir la historia de cada sitio, cada escaparate que ya no existía y cada mujer que había puesto allí en venta su última esperanza.

Procuraba hacer todas las gestiones externas del despacho, que eran muchas, para no encerrarse con Marcos Solana. Aún siendo más observadora del ayer que del hoy, se había dado cuenta ya de que le gustaba a Solana y de que éste era desgraciado con su mujer, una mujer que sólo se preocupaba de las tertulias con las amigas, los últimos estrenos, los seriales de televisión y los desfiles de modas. Marcos Solana trabajaba sin descanso y ganaba dinero, pero Marta sabía que, si las cosas seguían así, se arruinaría por completo.

Sabía también que él la admiraba a ella, la mujer culta, silenciosa, que lo sabía todo y era capaz de dar compañía con una sola mirada. Pero no quería provocar el momento, quizá inevitable, en que la soledad los rodease, los pensamientos les hicieran daño y él le acercara los labios a la boca.

Esos pensamientos la turbaban y daban a su rostro una melancolía que los hombres encontraban interesante, como una mirada que acompaña una perversión. También había otros pensamientos más intensos y que llegaban a hacerle daño. Por ejemplo, el fondo secreto de su familia, que estaba sumergido en oscuras historias; Marta Vives

330

sabía que nunca las podría llegar a conocer del todo, porque sólo parecían estar escritas en los cementerios.

Por eso decidió volver sola a la casa de la calle Baja de San Pedro, donde quizá estaba oculto el cadáver de un obispo y donde el padre Olavide le había pedido que no volviera a entrar sola jamás. Puede que en aquel lugar no encontrara nada, como la primera vez, pero la casa la fascinaba.

De modo que una tarde, después de la última gestión, se dirigió hacia ella. Ya conocía la manera de entrar, o por lo menos tenía la primera experiencia, así que se hundió otra vez en aquel mundo de sombras y en la escalera que parecía no llevar a ninguna parte.

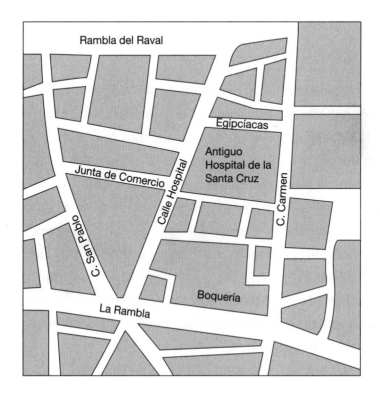

Subía temblorosamente, sintiendo el miedo y la emoción del que viola una tumba egipcia. Su razón le decía que no iba a encontrar nada, pero su instinto le hacía buscar en aquel mundo de sombras. Al fin y al cabo, era un mundo ya suyo.

Distinguió los restos de los viejos muebles: la mesa de caoba, las butacas isabelinas, la cama catafalco, los visillos que ya no eran más que el recuerdo de una telaraña.

Vio todo eso.

Y las manchas de humedad en las paredes.

Y la noche que avanzaba como una mano por los patios de atrás.

Vio en un instante todo eso.

Y la cara.

Curiosamente, la cara no le inspiró ningún miedo. Debía haberlo sentido, pero tuvo la extraña sensación de que aquella cara vivía, de que siempre estuvo allí y formaba parte de la casa. Marta se llevó instintivamente la mano a la boca, aunque no lanzó ningún grito.

Le parecía no ver el cuerpo. Sólo la cara. Y se dio cuenta entonces, entre el silencio, de que era la cara de un hombre sin edad. Su rostro era muy blanco, sus labios muy finos. Nada en aquel hombre llamaba poderosamente la atención: sólo sus ojos, unos ojos grandes e inmóviles en los que parecía descansar el fondo del tiempo, la llama de la vida eterna.

Recordó el encuentro con el padre Olavide.

Al parecer, aquella casa nunca estaba tan sola como ella había creído.

La muchacha apenas encontró fuerzas para barbotar:

—¿Quién es usted?...

El cuerpo del hombre estaba hundido en las sombras y parecía formar parte de ellas, pero los ojos de Marta se estaban habituando a la penumbra y se fijó en que el desconocido era de talla normal, hombros más bien anchos, fuertes, con una esbeltez que incluso ocultaba una cierta elegancia decadente.

Marta repitió la pregunta, en vista del silencio.

—¿Quién es usted?

—No se asuste.

—No me he asustado.

—Digamos —concretó él en voz muy baja— que soy un investigador.

—¿De dónde?

—Pertenezco a un grupo de investigación clásica de la Universidad de Atenas.

—Me extraña que esté aquí, porque esto no tiene nada que ver con el mundo clásico. ¿Cómo sé que es verdad?

El hombre le habló entonces en griego clásico, antiguo, que Marta entendía perfectamente. Sintió una especie de vergüenza al pensar que un conocimiento tan intenso nunca le serviría para ganarse la vida.

—Puede llamarme Temple —dijo la voz—, y no le extrañe que esté aquí: Barcelona perteneció durante muchos siglos al mundo clásico, sobre todo al latino. Grecia y Roma eran las fuentes de la sabiduría.

Marta Vives se asustó ahora; no era miedo a que aquel hombre la atacase, era el miedo del que no comprende nada. De pronto le parecía como si el tiempo no tuviera sentido, como si no hubiera existido jamás.

Farfulló:

—¿Qué investiga en esta casa?

—Lo mismo que usted, supongo: su pasado. Las viejas casas, como ésta, están llenas de secretos y de recuerdos de los muertos. Hasta yo diría que están llenas de ojos que nos miran. Pero no me haga caso. Si le digo todo esto es porque adivino que usted y yo, en el fondo, pensamos lo mismo, y que por eso estamos aquí.

El hombre se acercó más y salió definitivamente de las sombras: en efecto, parecía no tener edad. Su piel era muy blanca, sus manos muy finas, y lo único que asustaba —volvió a pensar Marta— eran sus ojos.

—Reconozco que he entrado aquí clandestinamente —susurró ella—; será mejor que me vaya.

Temple, si es que se llamaba Temple, sonrió.

Tenía una sonrisa que quería ser cordial, pero que de pronto era tan inquietante como sus ojos.

—¿Por qué se ha de ir? Aquí no molesta a nadie, y tampoco comete ninguna ilegalidad. Esta casa es del ayuntamiento, creo, pero no la utiliza, de modo que me parece razonable entrar en ella para investigar. Por cierto, me ha parecido que entendía perfectamente cuando yo le hablaba en griego clásico.

—Claro que le he entendido, porque he estudiado

lenguas muertas. Supongo que en esta ciudad debe de haber muchos muertos de hambre que le habrían entendido igualmente.

—Yo tengo facilidad para los idiomas —dijo Temple—, pero no es ningún mérito: es como si alguien me dictara lo que debo leer o decir. Bien... celebro haberla encontrado, porque uno de mis males es la soledad. Voy de un lado a otro de la ciudad, recuerdo las cosas y no se las puedo contar a nadie. Conozco muchas verdades que me gustaría explicar a los historiadores, pero me temo que no acabarían de creerme. Por eso no le contaré a usted nada, aunque me alegre su compañía. Usted es historiadora, supongo.

—Sí, y hasta escribo libros que no termino nunca. Soy una simple aficionada que nunca podrá vivir de eso.

—¿Pues en qué trabaja?

—Ahora soy pasante de un abogado, porque también he estudiado Derecho. Ya ve: soy como una enciclopedia de saldo, una enciclopedia inútil. Pero al menos es un empleo fijo y en el que me siento bien.

—¿Qué abogado? ¿Cuál es su jefe?

—Se llama Marcos Solana, y es especialista en herencias. Me parece que conoce a todas las viejas familias de la ciudad. Yo también las he estudiado, y por eso le soy útil.

—Conozco a Solana.

—¿De verdad? No le he visto a usted nunca por el despacho.

—Se sorprendería de la cantidad de gente a la que conozco, aunque no me relacione demasiado con ella. Por cierto, no me ha dicho usted su nombre.

—Marta Vives.

—Hay muchas viejas familias con ese apellido —susurró Temple—, y por tanto hay muchas historias.

Se alejó un poco de la ventana, con lo que volvía a entrar en el reino de las sombras. Marta observó que, al andar, no se oían sus pasos. Tampoco parecía necesitar la luz, y se movía como por instinto, pero todo eso —y el hecho de haberlo encontrado inesperadamente allí— siguió sin asustar a Marta.

—Hace bien —dijo Temple como si adivinara sus sentimientos—. Las viejas casas abandonadas tienden a asustar a la gente porque están llenas de historias desconocidas, pero el miedo desaparece cuando esas historias se conocen un poco. ¿Puedo preguntarle si esta casa tiene alguna relación con su familia?

—Aún no lo sé.

—Supongo que por eso está aquí: para saberlo. ¿Quién le dio la primera pista?

—Un joyero llamado Masdéu. Mejor dicho, es un diseñador de joyas.

—También lo conozco.

—¿Usted conoce a todo el mundo?

—Sólo a los miembros de algunas viejas familias... No es un gran mérito, créame. En Barcelona, a lo largo de los siglos, ha vivido mucha gente, pero sin dejar huella. Perdón... Realmente no es eso lo que creo. Todas las personas, por insignificantes que sean, dejan una huella. Para mí, Barcelona está llena de gentes que aún viven. Está llena de fantasmas.

—Es curioso que me diga eso.

—¿Por qué?

—A veces pienso lo mismo —confesó Marta.

Y pareció aliviada. De pronto, se sentía bien allí. Tenía la sensación de que, junto a aquel hombre, nada malo le podía pasar en la casa. Y que tal vez, incluso podría descubrir sus secretos.

—Quizá yo sea capaz de ayudarle —musitó él—. Pero para eso necesito que me diga qué busca.

—Un cadáver —contestó ella asombrándose de su propia sinceridad—. Reconozco que suena absurdo, pero busco un cadáver. Uno de los Masdéu era un religioso que murió y cuyo cuerpo no llegó a salir nunca de esta casa.

Temple la miró de soslayo.

Sus ojos estaban tranquilos y fríos.

—Puedo ayudarla —susurró con voz helada—. Yo sé dónde está el cadáver de ese religioso.

Marta sintió que sus piernas vacilaban un instante. Abrió la boca con asombro.

—¿Y por qué lo sabe? —balbució.

—Porque yo lo maté —dijo el hombre con la misma voz helada.

34

LA FIESTA DEL PATÍBULO

Debo confesar que yo, el ayudante del verdugo, terminé como pude mi trabajo porque, aun después de haber visto tantos muertos, me repugnaba aquella lengua que parecía llenarlo todo. Luego Nicomedes Méndez, hombre cuidadoso donde los hubiera, me pasó un paño impregnado en alcohol para que me limpiase las manos. Hizo entonces una seña para que descendiésemos del patíbulo mientras pronunciaba la frase sacramental de todos los obreros de la ciudad apenas amanecía el sábado:

—Y ahora a cobrar.

—¿Es que hay paga extra?

—Pues claro que hay paga extra. Pero ¿tú qué te has creído? ¿Que se ejecuta gente cada día? El sueldo de un verdugo es corto y hay que buscar algún incentivo. Por cada muerto, hay una paga extra de cien pesetas.

En aquellos años, cien pesetas representaban una pequeña fortuna.

De modo que el verdugo y yo quedamos integrados por completo en el sistema capitalista.

Descendimos del patíbulo entre lo que parecía la admiración del público. Era increíble pero la gente... ¡quería tocarnos! Me di cuenta entonces, por si no lo supiera ya, de que siempre ha existido y existirá la ingenuidad del pueblo. Creo que, en aquel momento, el verdugo y yo estábamos a punto de ser aclamados.

Pero había que volver a la cárcel, porque así lo mandaba la ley. Para lavar la conciencia pública, el verdugo, que al fin y al cabo había matado a un ser humano, tenía que sufrir arresto durante toda una noche. Y yo pasaría la noche con él.

Nicomedes Méndez se percató enseguida de que yo estaba impresionado por lo que acababa de hacer. Porque no es lo mismo asistir a una ejecución que participar en ella. Así que pensó que iba a dejarle y me soltó un discurso entusiástico, como si fueran a proclamarnos alcaldes de Barcelona.

—Se acerca a esta ciudad una época de gran gloria, es decir, de riqueza y respeto a la ley. Se habla de que Barcelona va a celebrar nuevas exposiciones, amparar grandes industrias, crecer y convertirse poco menos que en el ombligo del mundo, aunque eso, como es lógico, aumentará el vicio: juego por doquier, prostíbulos internacionales y grandes avenidas por donde desfilarán landós llenos de mujeres descocadas.

Por lo visto, Nicomedes Méndez ya no se acordaba de que veníamos de una ejecución, y lleno de entusiasmo continuó:

—Por supuesto, habrá escándalos bancarios, escándalos tan grandes que tal vez acaben a puñaladas en los consejos de administración. Habrá atracos y crímenes, y por lo tanto grandes delitos y grandes ejecuciones por cada una de las cuales cobraremos dinero. No te conviene abandonarme ahora, amigo Blay, cuando grandes personajes pasarán por el patíbulo. Quién sabe si, con un poco de suerte, ejecutaremos al alcalde.

Eso no llegó a suceder, pero en Barcelona hubo luego tantos muertos que faltó poco.

No sé cómo Nicomedes Méndez logró convencerme, el caso es que me quedé. Quizá influyó el hecho de que me permitía dormir en su casa y en el lejano barrio de La Salud, donde nadie me conocía. La casa del verdugo era agradable y tranquila, y además estaba rodeada de un huerto. Los vecinos eran amables y silenciosos. El barrio era tan apacible que sólo se oía aullar por la noche a los perros.

Nicomedes Méndez no quería ser un verdugo cualquiera: pretendía pasar a la historia presentando en público su nuevo sistema de garrote vil, y nada menos que en el Salón de Inventores de Ginebra. O tal vez de París, no lo recuerdo bien. Pero de ningún modo quería ser un hombre cualquiera.

Además, el muy maldito resultó ser un profeta. Tuvo razón en lo del crecimiento de la ciudad, su riqueza y sus delitos. Después de tantos años de no ser ejecutado nadie, al año siguiente dimos garrote a Aniceto Peinador, un asesino que supo morir con gran dignidad y entereza. Pese a todo, y aunque la ejecución no resultó demasiado macabra, la situación me parecía insoportable. Era la segunda lengua que enrollaba dentro de la boca: el verdugo era un señor, pero yo parecía un carnicero.

Me despedí de Nicomedes Méndez.

Esa retirada a tiempo me salvó de participar en otra ejecución que me habría marcado definitivamente. Me refiero a la de Silvestre Luis, al que se condenó a muerte por el llamado crimen de la calle Parlamento, en el que asesinó, según la sentencia, a su mujer y sus dos hijas. Pero Silvestre Luis siempre proclamó su inocencia.

Lo incomprensible del caso fue que se le condenó sin pruebas y sin testigos, basándose el jurado simplemente en la declaración, del todo ilegal, de su hijo de dos años, que apenas sabía hablar. Era el único superviviente de la masacre, y pronunció la frase: «Papá ta col mama», o sea «Papá corta el cuello de mamá». El jurado decidió que un niño de esa edad no miente.

Menos mal que la ejecución fue rápida.

También Nicomedes Méndez tuvo razón en lo del crecimiento imparable de Barcelona. La ciudad ya había cambiado de forma radical en los años de la Exposición Universal, con el Parque de la Ciudadela (donde antes había imperado la odiosa fortaleza), el Arco de Triunfo y la amplia avenida que lo bordeaba. Pero además surgían espacios llenos de fábricas, como Pueblo Nuevo, cuyo paisaje estaba materialmente tapizado de chimeneas. O el Clot, que también era barrio de obrero sufrido, capataz y sirena al amanecer. Y se extendían al pie de la montaña barrios como el Pueblo Seco, donde antes estuvo prohibido edificar a causa de los cañones de Montjuïc. Mientras tanto, el Barrio Chino era ya el nuevo nombre del Raval, donde la imaginación popular había creído que eran chinos los filipinos refugiados en Barcelona después de la última guerra colonial.

Y me libré también de participar en la ejecución de Santiago Salvador, un anarquista solitario en una ciudad donde los anarquistas se unían para no ser solitarios. Santiago Salvador lanzó desde el último piso del Liceo (el piso de los pobres, desde el que apenas se veía nada pero al que iban los fanáticos de la música) dos bombas a la platea, causando veinte muertos. Y quizá el número habría aumentado en otros veinte si hubiera explotado la segunda bomba, que cayó blandamente sobre la falda de una mujer. Luego Santiago Salvador se fue tranquilamente a pie, porque ninguno de sus vecinos del piso había notado nada.

Más tarde se dio el gusto de asistir al solemne entierro de sus víctimas desde el lugar más alto de la ciudad, el nuevo monumento a Cristóbal Colón. Cuando le vi poco después en la cárcel —pues mis relaciones me seguían permitiendo la entrada en ella— me explicó tranquilamente:

342

—Perdí una gran ocasión. Fue una lástima.

—¿Una lástima por qué?

—Porque no disponía de otra bomba. Estaban abajo todas las autoridades, toda la aristocracia, los fabricantes, la chusma, y una bomba más me habría permitido acabar con ellos. Habría sido un final magnífico.

Después de haber visto a tantos locos llegué a la conclusión de que Santiago Salvador era uno de ellos, pero eso sí, un loco hecho de una pieza.

Aquellos trágicos sucesos de Barcelona (la ópera *Guillermo Tell,* representada esa noche en el Liceo, no se volvería a representar allí durante un siglo) no fueron hechos aislados. Barcelona seguía siendo una ciudad revolucionaria y donde todo parecía posible, y yo estaba sin quererlo en el ojo del huracán, puesto que ahora trabajaba de detective privado por cuenta de una agencia inglesa, y la agencia inglesa estaba investigando, por encargo de la ciudad, el caso de las bombas que estaban matando a muchos inocentes, entre ellos las floristas de las Ramblas. Se rumoreaba, se sospechaba de todo el mundo y eran detenidos los anarquistas, como de costumbre, pero yo tenía otro punto de vista.

Yo, el detective sin nombre, había asistido con varios disfraces a las reuniones libertarias del Paralelo y el Raval. Y recordaba a un tipo que, mientras los demás hablaban de libertad, solía hablar de dinero. Aquel tipo... ¿no se llamaba Rull? ¿No era el más joven de aquellas reuniones?

Tenía que seguirlo, aunque para eso hacía falta encontrarlo. Porque Rull desaparecía con frecuencia. Y lo encontré.

Pero en el último sitio del mundo donde habría esperado dar con él.

En el despacho del gobernador civil de Barcelona.

35

LA CONVERSACIÓN

—Yo lo maté —dijo con voz opaca el hombre de los ojos muertos.

Y añadió, desviando su cara hacia la penumbra:

—Hace muchos años.

Marta Vives notó que se quedaba sin respiración, que el aliento se le iba con un silbido y le dejaba vacío el cuerpo. Todo contribuía a aquella especie de pesadilla en que se encontraba hundida ahora: el piso del que apenas vislumbraba los contornos, el rostro tan blanco del aparecido, su misma voz, que parecía llegar desde más allá del tiempo.

Además, como modesta pasante de abogado, Marta no había oído jamás una confesión como aquélla.

Lo más increíble era que aquel hombre sonreía.

No era una sonrisa cínica, como podía corresponder a un criminal que sabe que su delito ya ha prescrito. Era una sonrisa lejana, casi triste.

—¿Asustada?—preguntó la voz.

—No estoy asustada —musitó ella deseando serenarse—. Si hubiese querido causarme un mal, ya lo habría hecho. Digamos que estoy sorprendida y que no puedo creerlo.

—¿Por qué?

La voz seguía siendo convincente, suave.

—Nadie confiesa un asesinato y la ocultación del cadáver. Quiero decir que... nadie lo hace voluntariamente.

—¿Y por qué no? Tenga en cuenta que han pasado muchos años desde esa muerte, muchos. Ningún tribunal me condenaría ya por eso.

—Pero ¿por qué me lo cuenta a mí?

—Primero, porque sé que usted me entiende. Sabe lo que es la prescripción de los delitos y todos esos detalles. Segundo, porque me ha dado su nombre.

Marta Vives estaba cada vez más asombrada, más sin aliento.

Pero no era miedo lo que sentía, sino asombro; a cada segundo que pasaba, el miedo disminuía y aumentaba la desorientación.

—¿Qué pasa con mi nombre?

—Su nombre es muy hermoso y su apellido es... notable. Hay sabios que lo llevan o lo han llevado. No tiene la vulgaridad de otros, y hasta le diría que es un apellido respetable. Pero no lo tome como un elogio: me limito a constatar un hecho, puesto que conozco todos los apellidos del país.

—¿Y qué?...

—Digamos que hay linajes. Cada apellido los tiene,

incluso el más vulgar. Y en su familia, desde la más lejana, hay un linaje de personas inquietas y que tal vez pensaron más que las otras. O que se sintieron preocupadas por el sentido de la vida. Eso no es bueno, y a veces merece un castigo.

Marta abrió mucho la boca, pero no supo qué decir. El miedo volvió como una mano fría. Porque lo que le estaba diciendo aquel hombre era lo mismo que cien veces había pensado ella misma.

La voz prosiguió:

—Por supuesto, un linaje no tiene por qué ser siempre igual. Los padres y los hijos no tienen por qué parecerse, aunque a veces se dan obligaciones morales. Por ejemplo, a un padre juez o militar es fácil que lo sustituya un hijo juez o militar. Pero en su caso es distinto: se trata de un linaje endogámico, en el que los Vives varones se han unido a Vives hembras, superando en ocasiones grandes obstáculos. De esa forma se crea un linaje cerrado en el que las ideas de las generaciones se transmiten de unas a otras como se transmiten los genes, creando así una especie de destino, o quizá de religión. No sé si usted lo habrá notado, pero eso marca.

La muchacha veía cada vez menos. Le parecía que sólo existía en el mundo aquella cara tan blanca.

Pero aun así susurró:

—Lo he notado.

—Es natural, puesto que usted ha estudiado mucho y se ha preocupado por los que vivieron antes.

—Pero aun así no lo entiendo…

—¿Qué no entiende?

—Por ejemplo, cómo sabe usted todo eso. Yo puedo haber estudiado mi linaje porque soy parte afectada, pero usted... ¿por qué?

—Por los años.

—¿Qué?

—Digamos que soy muy viejo, pero no me haga caso... Digamos que conozco mejor que usted la historia de esta ciudad y de sus gentes. Y sé que su familia, desde hace muchos años, digamos que desde la Edad Media, fue tentada por la duda.

—¿Qué duda?...

—Vamos a ampliar nuestra perspectiva —repuso el hombre con la misma voz tranquila—. No diré que fue tentada por la duda, sino por las dudas: la religión, el sentido de la eternidad, la bondad de Dios, que a veces no aparecía por ninguna parte, o la existencia del diablo.

El hombre de los ojos quietos hablaba con una sonrisa cada vez más tranquilizadora, aunque acabase de mencionar al diablo. Marta Vives sintió que la curiosidad —quizá la angustia— superaba definitivamente al miedo. Y así, sin mover un solo dedo, le oyó proseguir:

—Durante siglos, hombres y mujeres fueron enviados a la hoguera porque se hacían preguntas como las que se hicieron los antepasados de usted. Por hacerse preguntas de la misma clase surgieron las terribles guerras de religión. El caso de su estirpe, Marta Vives, no es un caso tan aislado.

Marta cerró los ojos. Recordaba en este momento muchas cosas, demasiadas cosas.

La violación de una sepultura en Sant Pau del Camp.

La cruz de bronce.

Las sucesivas mujeres asesinadas, como si las hubiese perseguido un poder diabólico.

La misma antepasada que ya no estaba en su tumba del cementerio de Pueblo Nuevo, aunque alguien pagó por ella.

Y la voz pausada preguntó:

—Adivino que usted está repasando episodios que la han asustado, ¿no?

Ella asintió.

De repente no le extrañaba que aquel desconocido lo adivinase todo.

—No sé si usted será capaz de escucharme —dijo él—. Tal vez la canso o tal vez me hago incomprensible. O quizá usted no quiera permanecer aquí. En ese caso, la acompañaré hasta la puerta para que no tropiece en la oscuridad.

Marta negó:

—Me... me encuentro bien —dijo.

—Entonces permítame hacerle una pregunta que seguramente se hicieron muchos de sus antepasados, especialmente las mujeres, que supongo que eran las más sensibles y por eso se convirtieron en las víctimas.

—Ha... hágala.

—Usted habrá pensado en el diablo.

Marta sentía dolor en los dedos de tanto apretar los bordes de la mesa.

—Por supuesto que sí...

—No diga por supuesto, como si fuera algo natural... Hay mucha gente que piensa en Dios, aunque sea a veces, pero en el diablo casi nadie. Resulta molesto y casi absurdo en estos tiempos en que las personas viven relativamente bien, después de siglos en los que fueron tratadas peor que a animales. Hoy han desaparecido muchas y malditas miserias que hacían que la gente invocase a Dios como su última esperanza. De hecho, pueblos oprimidos o engañados de hoy siguen invocando a Dios y se convierten en sus fanáticos porque no tienen nada más. Pero usted, en cambio, tiene otras opciones.

Marta asintió en silencio sin saber qué pensar.

La voz continuó:

—Una de esas opciones es una cierta justicia social, todo lo relativa que quiera, pero que antes no se había conocido. A lo largo de los siglos, un pueblo del que no se guarda ninguna memoria ha llenado con su sangre las calles para lograr esa cierta justicia social. Hoy existen unas condiciones de vida relativamente dignas, y hasta los más pobres tienen esperanzas porque el propio sistema capitalista ha inventado el mayor de los milagros. Ese milagro se llama el crédito. Gracias al crédito, la gente puede llegar a los pisos, acercarse a las buenas cocinas o conducir automóviles. El pueblo occidental, que es el gran depósito de la civilización cristiana, comprende que puede tener hoy lo que pagará mañana, y en consecuencia está tan lleno de esperanzas como de deudas. Vive entre realidades materiales, comprobables y ciertas, y por ello no necesita pensar en Dios como en épocas pasadas. Dios ha muerto entre hipotecas y créditos bancarios, y por supuesto mucho más ha muerto el diablo.

La voz guardó silencio durante largos instantes, aunque Marta Vives no supo si eran largos o no porque había perdido el sentido del tiempo. La oscuridad era en esos momentos casi absoluta, pero ella aún veía con claridad la cara blanca, cuya piel parecía dotada de luz propia.

—Quizá la estoy cansando —dijo aquella especie de aparecido—, y en ese caso insisto en acompañarla a la puerta. Pero creo que usted tiene interés en lo que le voy a decir.

—¿Por qué?...

—Porque usted misma lo ha estado buscando durante largo tiempo.

Y otra vez se hizo el silencio, aquel silencio cargado de presagios. La voz añadió:

—Le he hablado de que soy muy viejo, y eso me permite conocer hechos que otros ya no recuerdan. Le he hablado de que maté al hombre que vivía en esta casa y sé dónde está su cadáver, algo que los demás ignoran. Pero quizá sea inútil hablarle de eso si no empiezo desde el principio, porque en este caso todo tiene un principio muy lejano.

Marta Vives asintió.

Tenía la boca cada vez más seca, pero aun así logró preguntar:

—¿Cuál es ese principio?

—Digamos que el principio está en los grandes desconocidos de hoy, que son Dios y por supuesto el diablo.

—¿Por qué desconocidos?...

—Porque hoy nadie necesita pensar en ellos dentro del mundo en que nos movemos usted y yo. He conocido épocas en que Dios era lo único que la gente tenía. Y quizá también el diablo. Hoy tenemos otras opciones, y por lo tanto no nos preocupamos de conocerlos.

—¿Sólo por eso?

—Y también por la oscuridad de que se rodean. Dios no ha explicado jamás cómo es. Nunca ha querido mostrarnos su cara. O mejor dicho, para aumentar nuestra confusión, nos muestra tres caras. En esa niebla entre la que se mueve figura también el diablo, del que aún tenemos menos referencias. La Biblia no revela cómo es ni tampoco lo que piensa, aunque la Patrística y los pensadores cristianos han dado vueltas al misterio. Pero en realidad no se sabe nada con certeza. Vivimos en una gran incógnita.

Marta Vives seguía sintiendo dolor en los dedos al aferrarse con tanta fuerza a la mesa. Quizá era lo único que le permitía estar sujeta al mundo, pero no lo pensaba.

—Usted es una estudiosa —dijo la voz con creciente suavidad—. Por eso le ahorraré algunos detalles e iré a lo más importante. Sé que lo es porque muchas generaciones de su familia pensaron en eso.

La muchacha bisbiseó:

—Le ruego que siga.

—Entonces permita que le hable de la Historia Sagrada que a usted le enseñaron de niña, pero que hoy no se enseña prácticamente a nadie, excepto en las catequesis. Allí se habla de la creación del universo.

—Al menos a mí me hablaron de eso —dijo Marta—. Y no me diga que no se sigue hablando.

—No tanto como antes, Marta, no tanto como antes... Pero es igual. A usted le hablaron de una lucha entre el Creador y unos ángeles malignos que se le opusieron. Un llamado Ángel Malo se rebela contra el Creador, lo cual quiere decir, de entrada, que también había sido creado por éste. Si usted afirma que el Ángel Malo es una criatura de Dios no creo que nadie pueda negárselo.

Marta negó con un movimiento de cabeza, lo que significaba una afirmación.

—La Biblia no habla de eso —susurró la voz—. Hablaron de ello los pensadores, siglos después. Y se simplificó todo llegando a dos polos opuestos, que son el Bien y el Mal. Esos dos polos quizá se encuentren mejor definidos en las filosofías orientales que en las nuestras, pero si quiero seguir resumiendo le diré algo que usted ya sabe: el llamado Ángel Malo se rebeló contra el Creador y hubo entre ambos una cruenta lucha, es decir, una guerra.

—Pues claro: es lo que todos sabemos.

—Y sabemos también, porque nos lo han dicho, que el Creador ganó esa guerra y que Luzbel, el ángel caído, o como se le quiera llamar, fue reducido para siempre al infierno y las tinieblas. O sea que vivimos en el reino de Dios.

Marta Vives se mordió el labio inferior.

Sabía que mujeres de su familia muertas antes que ella habían sido atormentadas por aquel mismo pensamiento.

—Bueno... sí —dijo.

—¿Usted lo cree?

—Una persona que piensa —dijo Marta— es una persona que duda.

—Entonces permita que yo, lleno de dudas, le hable sencillamente de la Gran Verdad. Y la Gran Verdad es que la guerra la ganó Luzbel, lo cual nos ha sido ocultado siempre.

Marta Vives sintió unas gotitas de sudor en su frente. Los ojos de las generaciones pasadas, los ojos de los muertos, desfilaron ante sus ojos vivos.

—No me diga que no lo ha pensado alguna vez —susurró la voz.

—Claro que... que sí. Pero pienso al mismo tiempo que el Creador nos hubiese explicado su derrota.

—Por un lado le diría, Marta, que no puede. Los vencidos no son los que hablan, aunque en este caso no es así. El Creador, a través de las religiones cristianas, se ha hartado de decirnos que fue Él quien perdió la lucha.

—¿Decirlo?... ¿Cómo?...

—Marta, le pido que examine los símbolos con un poco de atención. En primer lugar, Dios, o el Creador, se presenta con tres caras, ninguna de las cuales encaja. No acierto a ver qué relación lógica existe entre un Padre cruel y vengativo y un Hijo sufrido y castigado. Ni qué relación tienen ambos con un Espíritu Santo del que nadie sabe nada y que se presenta a sí mismo como un misterio. Una cierta lógica humana me hace pensar que un vencedor no se escondería, sino que se manifestaría con absoluta claridad. Pero esas tres personas han hecho nacer un símbolo que puede aclararnos algo.

—¿Qué?...

—Me refiero al triángulo con el que se representa al Creador, el cual está encerrado dentro. Puede tener muchas interpretaciones, pero una de ellas, para mí muy clara, es que quiere hacernos entender que está prisionero.

Marta dijo confusamente:

354

—La gente no suele fijarse en eso. Yo sí.

—Y las mujeres de su familia también se fijaron.

—Supongo... que sí.

—En muchos casos, eso marcó trágicamente su destino.

Marta Vives hundió la cabeza.

La voz continuó:

—Supongo que ésa le parece, al menos, una interpretación razonable.

—Sigo suponiendo que sí.

—Pues hay más.

—¿Qué?

—Marta, no me diga que usted no lo ha pensado. Me refiero al martirio del Gólgota: si usted no piensa en que el triángulo puede significar que el Creador está prisionero, piense al menos en el Cristo crucificado al que ve continuamente. Si Cristo se presenta como hijo de Dios y compone con ello su historia creíble, a la fuerza se debe creer también el resto de esa historia. ¿Y qué nos dice? Pues que fue condenado, azotado, escarnecido y al final clavado en una cruz. La sucesión de imágenes es clara.

—Al menos creo que eso lo hemos visto todos perfectamente —dijo la muchacha.

—¿Y eso es lo que les ocurre a los triunfadores? ¿A los que triunfan los condenan, los torturan y los sacrifican?... No, Marta, eso no se hace con los que ganan, sino con los que pierden. La crucifixión es el símbolo más claro que nos ha dejado el Creador para indicarnos que perdió la lucha.

—Pero...

—Si después de una batalla ve usted a un prisionero sucio y herido y a su lado un soldado bien vestido que lo vigila con su arma, ¿quién pensará usted que ha ganado la batalla?

—Pues el del arma, claro —susurró Marta—, pero no es ésa la interpretación que le damos.

—O al menos no es la interpretación que le da la Iglesia —dijo su interlocutor—. Nos han hablado siempre de la Redención, pero nunca nos han hablado de la Derrota.

Se hizo más opresivo, más intenso y más denso el silencio en la habitación que ya no veían. Marta se dio cuenta de que volvía a faltarle la respiración.

—Es el símbolo más claro que el Creador pudo dejarnos —concluyó la voz—, el símbolo de que aquella batalla la ganó el diablo.

Marta Vives intentaba reunir sus pensamientos. Siempre había sabido hacerlo, y su mente ordenada lo concretaba todo, pero esta vez no podía. Se sentía desbordada, tal como se habían visto muchas mujeres con su apellido que ahora quizá la estaban mirando desde el aire.

—Usted me está hablando de la religión cristiana —musitó al fin—, pero hay otras, y no todas dicen lo mismo.

—Cierto —reconoció el ser que estaba al otro lado de la mesa—. Cierto... Hay otras religiones, pero fíjese en la más próxima a la Creación y de la cual arrancan las convicciones cristianas. Fíjese, por ejemplo, en la otra gran religión monoteísta, el judaísmo.

—¿Qué pasa con el judaísmo?

—Pues que también tiene un demonio, en este caso

femenino: se llama Lilith. Lilith era la hipotética esposa de Adán, a la que Eva suplantó ocupando su lugar. O sea que la gran madre de la Humanidad no es Eva, como creemos, sino otra. Hay que suponer que hubo una lucha entre las dos, entre la demonio Lilith (a la cual los judíos aún atribuyen poderes maléficos) y Eva, que se supone que era la favorita del Creador.

—Supongo que sí —murmuró la muchacha—, pero aquí la teoría se hunde: Eva venció.

La cabeza blanca se movió negativamente.

—Se equivoca, amiga mía: Eva fue castigada. Fue realmente la primera persona castigada de la Creación, y además con el castigo más cruel y más duro: se atribuye a Eva la pérdida del Paraíso, el engaño, la mentira y hasta la estupidez. Ninguna condena parecida ha caído sobre un ser pensante, porque además abarca sin razón a todas sus descendientes, es decir, las mujeres. El pecado original se lo cargó la pobre Eva, maldita por los siglos de los siglos. Y ahora dígame si yo debo pensar que Eva, deliciosa criatura del Señor, fue una triunfadora.

Marta Vives tenía el cerebro en blanco. Quizá la oscuridad le empezaba a producir vértigo.

La voz remachó:

—La pelea entre las dos, porque la hay cuando dos mujeres se disputan al mismo hombre, la ganó Lilith.

De pronto a Marta la habitación le parecía inmensa, quizá porque no veía sus contornos. Y la voz prosiguió insinuante:

—Hay más.

—¿Más?...

—Bueno... El Creador, si es que vamos a seguir llamándolo así, intentó hacer algo. Todos los derrotados intentan hacer algo y seguir luchando.

—¿Y qué le parece que hizo el Creador? —preguntó Marta, esta vez con voz de desafío.

—Hizo algo lógico para intentar seguir mandando, o al menos para dar fe de sí mismo. Los derrotados que intentan volver al poder hacen un manifiesto: el Creador promulgó las Tablas de la Ley en el monte Sinaí. Quiso demostrar que no estaba muerto, ni siquiera derrotado del todo, y mostró un cuerpo de doctrina. Eligió a un hombre, Moisés, y a un pueblo, el judío, para que divulgaran esa doctrina por el mundo entero. Quizá se dijo —es una hipótesis propia de mi mala fe— que la ira del diablo no podría nada contra todo un pueblo.

—La verdad es que se trataba de un pueblo muy pequeño —opinó Marta—. Siempre me ha sorprendido que Dios eligiera precisamente al pueblo judío.

—Eso no lo podemos juzgar nosotros. Quizá el pueblo judío era el más receptivo de todos. El caso es que le fueron entregadas las Tablas de la Ley.

—Eso no lo discute nadie.

—Cierto, por eso lo digo. Estoy hablando de hechos que nadie discute, no de suposiciones. Pues bien, sobre ello quiero decir dos cosas.

—Dígalas.

—Primera: ni siquiera puede imaginarse un pueblo que lo haya pagado tan caro. Nadie ha sido tan castigado por el vencedor, o sea, por el diablo, como lo ha sido el pueblo judío. Nadie ha sufrido tanto por haber aceptado el testamento del perdedor, ningún pueblo ha sufrido tantas calamidades a lo largo de su historia. Y no sólo por parte del vencedor, sino también del perdedor, porque el pueblo judío cometió el error, más tarde, de matar al mensajero.

Marta Vives continuaba en silencio. No le costaba seguir las palabras de su interlocutor, pero jamás había pensado en ellas antes de ahora. Quizá se sentía avergonzada por no haberlo hecho.

—Pero eso no es todo —siguió la voz—: le he dicho que había dos cosas, y por lo tanto voy con la segunda. Las Tablas de la Ley enumeran una serie de preceptos que resumen la doctrina del Creador: no matarás, no mentirás, no fornicarás, honrarás padre y madre.

—Creo que a ese nivel llego —dijo Marta, ligeramente ofendida—. Lo conozco.

—Ahora imagine por un momento lo que el diablo hubiera escrito en las Tablas de la Ley.

—Pues...

—Dígalo.

—Matarás, mentirás, fornicarás, no honrarás a tu padre ni a tu madre.

—Justo.

—Y eso ¿qué quiere decir? Aclárelo usted mismo —desafió Marta.

—Sólo le pido que observe imparcialmente el mundo que nos rodea. No hemos acabado con las guerras ni con el hombre verdugo del hombre. En ninguna parte se sigue el precepto de «No matarás». Al contrario, el acto de matar nos parece cada vez más lógico y razonable.

—Cierto... Nadie puede desmentir eso.

—Usted acaba de pronunciar la palabra «desmentir». Deje que yo use la palabra «mentir».

Marta hizo una leve inclinación de cabeza.

La voz siguió:

—La mentira es el eje de los negocios, de las relaciones internacionales (la mentira fue elevada por Maquiavelo casi al nivel de la santidad), impera en las relaciones conyugales, en las relaciones comerciales, en las relaciones amistosas y hasta las piadosas. La mentira alivia, la verdad no. La mentira no sólo está considerada como una auténtica necesidad social, sino todo un símbolo de la convivencia. Por otra parte, sin la mentira (y la publicidad es una mentira) no harías negocios. Sin capacidad para mentir, nadie se presentaría a unas elecciones políticas. Usted trabaja en un bufete de abogados: dígame cuántas veces ha necesitado mentir ante los tribunales.

Marta Vives volvió a inclinar la cabeza, pero esta vez con humillación.

—Y vamos con el «no fornicarás» —prosiguió la voz—. Amiga mía, ése es el precepto de las Tablas más vulnerado de todos, e incluso consideramos, en general, que es el más estúpido. En primer lugar, todas las especies vivas fornican... ¿Por qué la humana no? Y es que sin fornicación no hay descendencia. Sin fornicación no se explica la existencia de dos sexos, ni es posible siquiera una relación entre ellos. Y sin la relación entre macho y hembra ni siquiera se llega a entender el mundo. Por no hablar del éxito sentimental e incluso social que lleva implícito.

Añadió con voz opaca:

—Sin sexo no se explican los más profundos sentimientos humanos.

—De modo que las Tablas de la Ley nunca han servido para gran cosa —dijo Marta mordiéndose el labio inferior.

—Digamos que son más sensatas las que habría escrito el diablo, que al final ha impuesto su criterio.

Hubo otro denso silencio en aquella habitación donde Marta Vives ya apenas veía nada.

—No quiero seguir con todos los preceptos —dijo la voz desde el otro lado de la mesa—, porque usted se dormiría, Marta, pero deje que recuerde alguno más, como por ejemplo «No tendrás a más Dios que a mí». La Humanidad ha fabricado tantos dioses que ya no puede ni enumerarlos: el éxito, el trabajo, el dinero, la familia, el mando, incluso la bandera de la Patria. La Humanidad ha fabricado el becerro de oro. Pero lo cierto es que el éxito, el trabajo, el dinero, el mando, la familia y la bandera que defiendes son cuestiones perfectamente legítimas y forman la madera de la que están compuestos los grandes personajes. Yo no veo por ninguna parte el triunfo de las Tablas de la Ley.

Y siguió:

—¿Me permite que le hable de la honra al padre y a la madre? Dígame si la sociedad la tiene hoy en cuenta, aunque reconozco que ese precepto es el que más tarde ha visto la imposición del diablo, el vencedor. Porque antes aún existían los Consejos de Ancianos, la autoridad del *paterfamilias* y otros signos de respeto. Existía, sobre todo, la familia nuclear, tradicional, que reunía bajo el mismo techo a varias generaciones bajo la autoridad del más viejo. Pero ¿y ahora? El padre y la madre son simples figuras pasadas de moda a las que por supuesto no se honra, sino que en todo caso se utiliza. Y lo peor es que, al final de la vida, esas figuras insignificantes molestan. La organización de la sociedad y la moral aceptada han dispuesto que estarán mejor en residencias especiales, verdaderas antesalas del laboratorio de autopsias, donde al menos dejarán de fastidiar. Y ellos mismos aceptan socialmente esa reclusión y esa muerte prematura porque piensan —o dicen pensar— que así su cuerpo durará más. La prolongación de la vida les interesa más que la vida.

La cara muy blanca se movía al otro lado de la mesa. Era lo único que Marta seguía viendo: la nitidez de su piel, aquella especie de fosforescencia.

La muchacha no quiso contestar.

Y la voz siguió, siempre con aquella calma que parecía estar por encima del tiempo:

—Así que ya ve usted, mujer estudiosa y sensata, quién ganó aquella pugna decisiva y quién gobierna hoy el mundo. Y le estoy hablando de lo más reciente, casi contemporáneo, le estoy hablando de la doctrina cristiana que ha ido formando la mentalidad oficial de Europa. Si echa usted un vistazo al pasado (y no dudo de que lo ha hecho), la situación es más clara aún. Piense en la doctrina de Zoroastro, que se desarrolla unos setecientos años antes de la vida de Cristo y que ya nos habla de dos divinidades que representan el Bien y el Mal, con la particularidad, parecida a la doctrina que nos han enseñado, de que el Bien es el creador del mundo. El Dios del Bien. Y su hermano gemelo se rebeló contra él, y a mi entender ganó la lucha, o al menos no la perdió. Piense que la religión de Zoroastro es la de los magos, y éstos tienen facultades que nadie tiene. Pero imagino, Marta Vives, que la estoy cansando con mis palabras, o que tal vez la estoy llenando de miedo y desesperanza: en ese caso destierre ambas cosas, la desesperanza y el miedo. Piense que el diablo, como todos los vencedores, quiere una paz estable.

Añadió:

—El que no quiere una paz estable es el derrotado, porque para sobrevivir necesita seguir luchando. El vencedor no.

Ella meneó la cabeza con un gesto de incomprensión.

—Me temo que no acabo de entenderle —dijo.

—Pues claro que sí, amiga mía. Creo que se me puede entender. El diablo ya intentó llegar con el Creador a una situación de compromiso que garantizase algo así como la marcha tranquila del mundo. Procuró hacer con el Creador un trato.

—Pero ¿qué trato?...

—Está tan claro que hasta figura en la doctrina cristiana. Ahí recibe el nombre de «las tentaciones del desierto». Nada menos que durante cuarenta días y cuarenta noches el diablo intentó dar al Creador algo a cambio de que se le diera algo también, para que aceptase al menos una especie de convivencia. No puedo saber qué habría surgido de aquello, pero el diablo fracasó. No hubo convivencia ni hubo acuerdo, así que el Creador debió seguir su lucha, imagino que cada vez con menos esperanza, aunque apoyándose en las iglesias y en un sólido cuerpo de creencias. El diablo, por el contrario, no se asienta sobre una base doctrinal que esté fuera y por encima de los humanos. Tengo la sensación de que no la necesita.

La voz terminó con una suposición piadosa:

—Imagino que ha desaparecido su miedo.

—Sí...

—Pero en cambio la he cansado.

—De ningún modo —musito Marta Vives—, no olvide que he estudiado acerca de ello y que hay una tradición familiar antes que yo misma, una tradición que ha creado grandes sufrimientos. Yo provengo de ella.

—Por eso he tenido interés en hablar con usted, ya que he tenido la suerte de encontrarla en esta casa.

—A la cual yo he venido por una razón —dijo ella tratando de serenarse.

—Lo sé. ¿Me permite que le dé el consejo más desinteresado del mundo?

—Démelo.

—No se avergüence de su belleza. No la esconda. Lilith puede ser el diablo femenino, pero ha llegado a ser la representación del feminismo. Y quizá la primera que luchó por él. No esconda lo que es suyo, Marta.

Marta intento reír.

—Ése parece un consejo del diablo —musitó—, que lleva en línea recta al pecado.

También se oyó una leve risita al otro lado de la mesa. La voz susurró:

—Es que tal vez yo represente al Mal.

Y la figura se puso en pie. La semioscuridad impedía casi distinguirla, pero se notaba que no tenía edad. Marta volvía a sentir una especie de miedo, porque lo que ahora tenía delante no era una voz, sino una figura que se movía, una figura que parecía llenar las tinieblas.

Y de repente sólo volvió a existir la voz, la voz que la calmaba porque parecía venir desde el fondo de ella misma, o quizá desde el fondo del tiempo:

—Usted ha venido porque lleva años intentando averiguar algo sobre su pasado, algo sobre su familia, y al final le ha parecido encontrar una pista en las tinieblas de esta casa. Aquí puede yacer un cadáver que no salió nunca de entre estas paredes, alguien que alcanzó un alto grado eclesiástico, aunque nunca mandó en esta diócesis. Perteneció a la familia Masdéu, la misma que, por razones que usted ignora, pagó el nicho de una de sus antepasadas.

A Marta Vives se le contrajo la garganta.

—He venido para eso —murmuró—, para llegar al fondo de lo que no sé.

—Pues yo he dicho que podía ayudarla, y voy a hacerlo. No tiene más que seguirme si quiere abrir la puerta del misterio. De modo que acompáñeme.

36

LA CASA DE LAS NIÑAS PERDIDAS

Yo, el hombre sin edad, parecía inmune al asombro, pero esta vez lo sentí, porque conocí a Juan Rull en el lugar más insospechado y aparentemente absurdo del mundo: el despacho del gobernador civil. El gobernador civil de Barcelona era entonces el señor Ossorio y Gallardo, hombre ameno y culto, entendido en las artes de la política y el Derecho Civil. Ignoro si era también un entendido en el difícil arte de las mujeres, pero se decía que muchas de ellas lo admiraban. El señor Ossorio y Gallardo había prometido acabar con las bombas que convertían Barcelona en la primera ciudad del mundo sometida al terrorismo. Ahora son muchas las ciudades que comparten ese dudoso privilegio, pero puedo dar fe de que Barcelona fue la primera.

Cuando yo intervine, por cuenta de una agencia inglesa (nadie parecía fiarse de los policías españoles), acababa de estallar una: fue la de la calle Boquería, que mató a una florista de la Rambla e hirió a otras, conmocionando a toda la población. Porque la gente quizá podría llegar a olvidar la muerte de una marquesa en el Liceo, que era lugar de pocos, pero jamás olvidaría la muerte de una florista de las Ramblas, que era lugar de todos.

Entre los comisionados de los barrios me encontraba yo mismo bajo la identidad de Temple, de nacionalidad inglesa, acento impecable, ropa de primera clase y documentos tan bien falsificados que nunca los podrían descubrir. Además, nadie investigaba a un detective de nacionalidad británica.

Ossorio y Gallardo pronunció —lo recuerdo perfectamente— un discurso tranquilizador, en el sentido que siempre han tenido los discursos tranquilizadores: la Patria estaba en peligro, pero sus enemigos seculares jamás acabarían con ella. Para eso estaban las leyes, que inexorablemente había que cumplir, y asimismo disponía de un arma secreta para detener y hacer ajusticiar a los perversos criminales de las bombas. En resumidas cuentas, un discurso que podría ser repetido cien años después sin que pasase nada.

Me enteré más tarde de que el arma secreta del gobernador era un individuo llamado Juan Rull.

Por supuesto, el señor Ossorio y Gallardo no lo dijo. Terminó su discurso diciendo literalmente: «Yo soy un convencido de que el Estado, en funciones que le son propias, acierte o se equivoque si afectan a la libertad, la tranquilidad y la honra de los ciudadanos, no puede de ellas despojarse. Todo lo que sea oficina de investigación, datos, archivos, secundará la acción con todas mis fuerzas, llevando adelante el proyecto de policía especial, que es muy plausible, aunque no sea nuevo. He dicho, señores».

Bueno, la verdad es que no había dicho nada, pero la gente ya está acostumbrada a eso.

El propio Juan Rull estaba entre los reunidos y, al salir, clavé en él aquella mirada que me habían dicho que parecía la de la vida eterna. Pero él ni lo notó.

Basándome en lo que había averiguado, me propuse seguir hasta el final las huellas de aquel extraño hombre.

Y lo hice.

Y así fue cómo me metí en el infierno.

Yo sabía que Juan Rull era un confidente del gobernador civil, y que por eso cobraba como tantos otros. Los pagos a confidentes espías y agentes provocadores son tan habituales que hasta tienen una partida clasificada como «fondos reservados» en los ministerios. Pero el dinero que aquel tipo cobraba no se correspondía con su vida.

Rull gastaba mucho dinero —demasiado dinero— en La Criolla, una mezcla de «dancing» y cabaret que estaba en el corazón del Barrio Chino, en calles que me eran conocidas desde siglos atrás. Claro que la calle donde se encontraba, en concreto, era nueva para mí. La Criolla estaba en Cid número 10, en un lugar que antes había sido almacén de tejidos. Por eso conservaba una estructura de vigas de hierro, que habían sido adornadas como si fuesen palmeras. En las paredes había grandes espejos, que no transparentaban ni reflejaban nada a causa del humo de los cigarrillos. Casi todo ese humo procedía de las gargantas de los homosexuales, que habían desplazado a las mujeres de su lugar de trabajo. Ése era el lugar donde Rull gastaba su dinero cada noche.

Pero como la gente acaba sospechando de un hombre que gasta y no trabaja (aunque nuestra cultura social da muchas explicaciones para eso), Rull se volvió más precavido y trasladó su lugar de diversión a un prostíbulo de la calle Roca, subiendo a mano izquierda, en un primer piso, casi a la sombra de la Iglesia del Pino.

Voy a describir aquella casa de mujeres exactamente, porque la conocí muy bien.

Se entraba y, casi enfrente de la puerta, aparecía un salón con un balcón a la calle (siempre velado por una persiana) en el cual esperaban las mujeres. Éstas se exhibían en un largo banco color marrón pegado a la pared, donde también se sentaban los posibles clientes. Saliendo de ese salón, un poco a la derecha, aparecía un pasillo que daba a las habitaciones. Recuerdo que eran cuatro, una de las cuales también tenía balcón a la calle. Pero allí nunca entraba el sol, y las sombras se hacían compactas.

Yo creo que esas sombras respiraban, conocían a las mujeres y se burlaban de sus falsos gemidos de placer. Por supuesto, se burlaban también de las maldiciones de algunos clientes. Reconozco que aquel lugar era uno de los más vivos que había visto, a excepción del prostíbulo en que nací.

Juan Rull organizaba en aquella casa fiestas de mujerío y vino, es decir, fiestas de cuaresma. Hacía traer bandejas de comida desde un restaurante próximo, ordenaba a las meretrices que se desnudasen y luego venía todo lo demás. Yo había logrado a veces esconderme en la casa, porque tenía la virtud de parecer una sombra. Más de una mujer pasó rozándome, sin notar para nada mi presencia.

Y allí oí cosas que me permitieron atar cabos, pues no en vano yo era el único que podía conocer a todos los barceloneses, empezando por los muertos.

Supe entonces que Rull practicaba un perverso doble juego, tan audaz como horrible y macabro. Cobraba para evitar que alguien pusiese las bombas, pero si nadie las ponía y reinaba la tranquilidad, a él dejaban de pagarle, esto es, lo despedían. De modo que las bombas las ponía él mismo. A su manera, era un hombre de negocios, un hombre de empresa.

También iba siguiéndole la pista un policía rutinario pero astuto llamado Tressols. En una taberna más bien mortuoria de la calle Guardia me dijo que a él Rull no le engañaba, aunque nadie le creía cuando trataba de denunciarle.

Sin embargo, ni Tressols ni yo estábamos solos en nuestras sospechas. En el Café Español, en el Paralelo, a tiro de piedra del cuartel de Atarazanas, conocí a Alejandro Lerroux, que entonces lanzaba discursos incendiarios pidiendo que el pueblo ocupara los conventos e hiciera madres a las monjas, con todo el trabajo que eso debía de significar. Pues bien, Lerroux, a quien llamaban entonces «el emperador del Paralelo», me confió su pensamiento una noche de lluvia y adoquines brillantes. Me dijo que todas las bombas habían sido colocadas en un perímetro de cien metros a lo largo de las Ramblas. Desde una que estalló en un urinario de la Rambla de las Flores hasta la que hizo explosión en una barbería de la Rambla del Centro, no se contaban ni cien metros de callejuelas. ¿Cómo era posible que las autoridades no las tuvieran bien controladas, a menos que las bombas las pusieran los propios vigilantes?

Uno de los vigilantes era Juan Rull.

Siguiendo su pista, fui conociendo rincones que antes no habían existido, rincones de aquella Barcelona amarga y a la vez prodigiosa que de repente parecía haber perdido la esperanza. Las calles bullían, las desigualdades aumentaban y en el ambiente parecía insinuarse la que más tarde sería la Semana Trágica. Rull, según supe, estaba bien protegido, porque jugaba muchas cartas al mismo tiempo. Conocía a muchos ricos comerciantes a los que proporcionaba informes secretos, porque la verdad es que lo sabía todo. Buscando extorsionar a uno de ellos, se enteró de que conseguía niñas en una red de corrupción de menores que funcionaba entonces en uno de los límites más inabordables de la ciudad, la calle Alfonso XII, y cuya dirigente era una virtuosa viuda llamada señora Blajot. Con el temor de que usara ese dato, mucha gente rica no se atrevía a atacarlo de frente.

Y así Rull tenía cada vez más fuerza.

Por supuesto, aquel tipo era también cliente de la casa cuyos secretos conocía tan perfectamente. Lo seguí hasta ese lugar e incluso en una ocasión me colé dentro, usando mi privilegio de ser lo que siempre había sido: una sombra.

Había allí habitaciones que daban a un jardín melancólico. Pasillos con cortinas rojas y puertas muy blancas. Dos jaulas con dos pájaros que se amaban a distancia. Unas niñas que lloraban junto a los cristales opacos. Conocí a una de ellas, Anita. Fue en el jardín interior, cuando nadie la vigilaba, cuando no se oía más que el rumor de una fuente y el leve temblor de las hojas de los sauces.

Anita me dijo que estaba allí con conocimiento de sus padres, porque querían que ganase lo suficiente para poder pagar la redención de su hermano. Redención no significaba sacarle de presidio, sino librarle del cuartel.

Entonces, en nuestro igualitario país, los ricos podían librarse del servicio militar obligatorio —y por lo tanto de la guerra— pagando al Estado una cuota. Muchos padres ahorraban toda su vida para eso, para que sus hijos varones no murieran, y había incluso compañías de seguros que tenían pólizas especiales para tal fin. Cobraban la cuota y un plus que era su beneficio, pero si el hijo moría antes de la edad militar, devolvían el dinero. En resumen, que en las gloriosas guerras coloniales del país sólo luchaban los pobres.

No me extrañó nada, porque durante siglos lo había visto: los nobles formaban mesnadas con sus siervos y los enviaban a la muerte. Si llegaba la victoria, era la victoria del noble. Si llegaba la derrota, era que los siervos no habían luchado bien. Y si llegaba la muerte, los siervos se convertían en polvo de los caminos.

No era sólo eso lo que había visto. En la organización social que me rodeaba, el hijo varón era el único seguro de subsistencia de sus padres viejos, sin que las mujeres contasen apenas. Lo curioso era que la pobre Anita ganaba el dinero sin que su hermano hiciese nada, pero no creo que la niña —la de las cortinas rojas y las puertas tan blancas— recibiese gratitud alguna.

Bueno, pues los últimos días de Juan Rull concluyeron allí, en aquella casa de los amores prohibidos. Yo le había seguido una vez más y estaba oculto en un solar contiguo. Era una tarde tranquila, sosegada, entregada a los sueños que se iban, una de esas tardes que el poeta Joan Maragall, vecino del barrio, dedicaba a escribir sus versos.

Fue esa tarde cuando estalló la bomba.

La explosión hizo temblar la casa. Los cristales se rompieron, las paredes vacilaron y las puertas se abrieron de golpe. Niñas asustadas y desnudas llamaron a sus padres, y sesudos varones desnudos llamaron a sus abogados. La señora Blajot se puso a gritar.

Y ante mi sorpresa —muy relativa— vi que uno de los hombres que trataban de huir era Juan Rull.

Juan Rull, el que colocaba las bombas.

Pero ésta no podía haberla colocado él, porque habría sido una de las víctimas, y además yo le había visto entrar en la casa sin ningún bulto sospechoso. Fue uno de los atentados sobre los que menos habló la prensa de Barcelona. Y era natural, porque había demasiados intereses y demasiada plata en juego.

Ésa fue la razón de que la verdad sólo la supiera más tarde. Una de las chicas de placer de la calle Roca se había enamorado perdidamente de él, de Rull, hasta el extremo de ser su cómplice y guardarle las bombas. Y esa mujer había acudido con una de ellas a la mancebía de San Gervasio porque no podía soportar que Rull tuviese amoríos con otras. Pero el artefacto que había querido lanzar contra el criminal le explotó en los dedos.

Los pedazos de la mujer, su sangre, sus entrañas, sus pensamientos perdidos, tapizaron las paredes de aquella maldita casa. Y Anita cayó de rodillas en el umbral, Anita, que ya había sido devorada por la ciudad, cerró los ojos y se puso a rezar con la esperanza de que alguien llegase a oírla desde el otro mundo.

Y quizá alguien la oyó, porque ése fue el final de Juan Rull. Se descubrió todo, se habló de todo en el juicio (excepto, claro, de las niñas perdidas), y el gobernador civil y la policía pusieron los resortes para que el fiscal pidiera lo lógico: la pena de muerte.

Esta vez fue la única que lamenté no ser el ayudante del verdugo.

La Audiencia de Barcelona estaba entonces situada en el Palacio de la Diputación Provincial, que más tarde sería el edificio de la Generalitat de Cataluña. Ambas instituciones, la Audiencia y la Diputación, compartían el edificio.

A la Diputación se entraba por la puerta principal, abierta a la plaza de San Jaime, y a la Audiencia por las puertas de la calle del Obispo y de San Honorato, que están en los lados opuestos del palacio y por las que se podía llegar al admirable patio gótico.

En la época en que todo esto sucedía, en la Barcelona de las bombas, la Audiencia constaba solamente de dos secciones, primera y segunda, que era la más pequeña. Eso no planteaba problemas cuando a la sección segunda iban a parar procesos de gran envergadura, como el de Rull, procesos que atraían a toda la prensa y a verdaderas multitudes que tenían que esperar en la calle. Entonces se intercambiaban las salas.

Todo allí era viejo, además de «antiguo», en aquellos espacios con muebles tapizados de rojo, con un terciopelo devorado por los años, ajado y sucio, y paredes cubiertas por tapices que —eso sí— eran valiosos y que pasaron luego al Palacio de Justicia. Quizá la propia vejez del ambiente, sin embargo, daba a la Justicia una máscara que infundía a la vez terror y respeto.

La mesa presidencial, para dar mayor majestad a los

actos, estaba situada bajo un dosel. De los magistrados sólo se veían las cabezas, porque los sillones se hundían. La luz que entraba por las ventanas era una luz plúmbea, muerta, digerida por las callejas de Barcelona.

Juan Rull, por supuesto, fue condenado a la última pena. No hubo discusión.

Y le dieron garrote vil, un arte de matar en el que yo había llegado a ser un experto, aunque de eso no podía presumir ante nadie. Pero la ejecución no se hizo en público, porque las autoridades consideraron que aquellos espectáculos eran demasiado macabros. Se habían terminado las ejecuciones multitudinarias que durante un tiempo formaron parte de mi vida, se había terminado el Patio de los Cordeleros, la exposición del cadáver, se habían terminado también los cuadros de Ramón Casas.

Juan Rull fue el primer hombre ejecutado en un patio de la cárcel Modelo, la nueva prisión de la calle Entenza, que entonces era casi primorosa, recién estrenada, y que los años han transformado en un pudridero. Con la muerte de Rull y el final de las bombas, la Barcelona de mis secretos termina una de sus épocas.

Para mí, era algo así como el final de un infierno, el final de todas las sorpresas que se habían ido sucediendo en mi existencia y de las que no podía hablar a nadie.

Pero aquello no era un final, sino un principio.

Yo aún no lo sabía.

37

LA CONFESIÓN

—Acompáñeme.

No era una orden, era una invitación que parecía llegar desde todas partes, como un soplo de aire. Marta Vives se levantó y dejó de apretar con los dedos la mesa de caoba. Fue en aquel momento cuando se sintió sola y perdida, como si hubiese dejado de pertenecer al mundo.

Ahora que el rostro tan blanco había desaparecido, no veía nada.

—Sígame apoyándose en las paredes —dijo la voz—. Encontraremos luz más abajo.

«Más abajo.»

Marta Vives, a pesar de que había entrado en muchos rincones sellados, sintió que se le secaba la boca.

—Los planos de la casa son los que constan en el ayuntamiento —indicó la voz un paso delante de ella—, y por lo tanto se consideran correctos. Pero hay que saber lo que son las viejas ciudades para entender que se equivocan.

—¿Qué quiere decir?

—Que debajo de esta casa hay otra, de la que sólo quedan ruinas. Usted sabe tan bien como yo que las ciudades vivas se alzan sobre las ciudades muertas. Llegaremos hasta un tabique que hay cerca de la entrada y lo verá.

En efecto, unos rayos de la última luz de los patios mostraban un tabique empapelado según las normas del buen gusto de noventa años atrás, aunque del papel apenas quedaban jirones. Marta no se había fijado antes en aquel tabique porque le parecía lo más natural del mundo y era una de esas paredes que no se ven. Pero las manos de su acompañante se deslizaron por ella.

—Es un tabique falso —dijo la voz—. Lo levantaron hace muchísimos años para aislarlo de un ramal de la cloaca que era un nido de ratas. Ese ramal de cloaca no pertenecía a esta casa, sino a la que antes ocupó este lugar y que ahora tenemos bajo nuestros pies. Espero que nadie nos oiga si hacemos un poco de ruido.

Y buscó algo que le sirviera, una vieja barra de hierro. No era difícil encontrar eso allí. La casa estaba llena de trastos con los que el ayuntamiento había evitado que la casa se derrumbara.

Pero Marta no le permitió usarla. Tenía una pregunta en el fondo de la sequedad de su boca.

—¿Cómo sabe eso? —farfulló.

—Porque yo había estado en la casa antes de que se construyera este tabique.

La muchacha hizo un gesto de incomprensión.

—Pero... —balbució.

—Por favor, no me pregunte.

Y dio dos golpes al tabique. La fuerza de aquel hombre era inmensa, y también su habilidad para encontrar el punto más débil de la pared. El impacto debió de oírse en las dos casas vecinas, pero nadie hizo caso. Demasiadas veces habían estado allí los técnicos municipales.

Marta no veía apenas nada, pero pudo distinguir un hueco en la pared. Aunque no era muy grande, permitía el paso de un cuerpo. Jirones de papel quedaron colgados en el aire.

—Cuando atraviese usted el hueco —susurró la voz—, tienda las manos y encontrará una pared frontera. Casi enseguida empiezan diez peldaños de piedra, que supongo que estarán resbaladizos. Tenga cuidado y no se preocupe por las ratas. El ramal de la cloaca quedó cerrado hace tiempo.

Marta seguía las indicaciones, adentrándose en un mundo que, ahora sí, estaba hecho sólo de tinieblas. Tendió los brazos y encontró una pared viscosa. Movió la pierna derecha, en un difícil equilibrio, y halló el primer peldaño.

—Ponga los dos pies en cada uno de ellos —indicó la voz — bajando muy poco a poco. Recuerde que son diez peldaños. Al final, yo la esperaré y podrá apoyar las manos en mi espalda.

Marta Vives lo hizo así.

Le pasó algo que no le había ocurrido nunca: se le erizaron los pelos de la nuca.

Y llegó al final. Allí le esperaba una espalda en la que

apoyó ambas manos. No sentía miedo, pero sin embargo le dio angustia tocarla.

—Ahora avanzaré hacia el fondo. No hay ningún obstáculo más. Si quiere, puede seguir apoyada en mi espalda.

La distancia no era larga, aunque a la muchacha se le hizo interminable. Incluso a una arqueóloga como ella le parecía que no iba a salir nunca más de allí. Al fondo se oía un leve rumor de agua, como el del ramal de una cloaca.

La voz la tranquilizó:

—No le extrañe. Debajo de la Barcelona que vive, hay varias Barcelonas que han muerto pero que nadie investiga. No van a derribar una calle llena de vecinos para descubrir un viejo templo. Del mismo modo, debajo del Vaticano que conocen los fieles, hay otro Vaticano que sólo conocen los papas.

Por fin llegaron a lo que Marta no había visto jamás, pero el otro sí. Se oyó el rasgar de un fósforo y enseguida apareció una llamita. Casi al lado mismo de ésta, se hicieron visibles dos hachones. Las manos muy blancas —que de pronto parecieron surgir de la nada— prendieron una de aquellas antorchas, que parecían no haberse encendido en un siglo.

Y Marta Vives se llevó las manos a la boca para no gritar. Estaba en una pequeña habitación de piedra que era en realidad una cámara mortuoria. Había cascotes en el suelo.

—Antes esto estaba sellado —dijo la voz—, pero la pequeña pared debió de derrumbarse con los movimientos, al hacerse al lado la nueva cloaca. Los vecinos de la casa, cuando ahí vivía gente, creyeron que todo terminaba en esa pared.

Marta no escuchó esa explicación. No le importaba. Estaba asombrada ante lo que parecía un túmulo de madera carcomida, tan agujereada que parecía imposible que el túmulo aún se mantuviera en pie. Encima descansaba un cadáver, o mejor dicho, lo que había sido un cadáver.

No quedaba nada, excepto los jirones de unas prendas sacerdotales como las que se usan para decir misa que habían sido materialmente comidas por las ratas, cuyos pequeños esqueletos cubrían el suelo. Sin duda habían acabado muriendo cuando, muchos años antes, se cerró el ramal de la cloaca y se sellaron los orificios que daban a aquella cámara secreta.

Marta apenas se fijó en eso. Sólo en el muerto que yacía allí, y que era sólo un esqueleto bajo aquellos pedazos de tela. Pero hasta el esqueleto había sido roído por las ratas. Sólo quedaban unas formas, unos restos de algo que había sido hermoso, unas cuencas que parecían ventanas a la nada, unos dientes curvados en lo que parecía...

—¿Una sonrisa?...

El hombre de la cara muy blanca parecía encontrarse en un terreno familiar. No se inmutó en absoluto. Mientras se hacía a un lado para que Marta pudiese verlo todo mejor, susurró:

—Le presento al obispo Masdéu. Nunca llegó a mandar en Barcelona ni en diócesis alguna; tenía uno de esos obispados honoríficos que pertenecen a los principios de la Iglesia: ciudades de Oriente Medio de las que sólo quedan ruinas. En realidad, el obispo Masdéu estaba apartado de todo. Lo tenían por loco, cuando no por un hereje. Pero un hereje al que no entendía nadie.

—¿Qué quiere decir?...

—Vagaba por las calles con ropa talar, se mezclaba con los pobres. Visitaba los cementerios y a veces desaparecía un año o más. Ésa fue la razón de que, cuando murió, sus superiores pensaran que se había perdido en algún sitio. Y en realidad ha estado todo el tiempo aquí, cerca incluso de la catedral, en la casa donde quiso morir.

Marta creyó no haber entendido bien.

—¿Quiso morir...? —susurró.

—Sí.

—Pero usted lo mató...

—Sí.

—¿Cómo pudo hacerlo... tantos años atrás? Ha pasado un tiempo que... que...

La cara parecía más blanca cada vez.

—Le he dicho que, por favor, no me pregunte.

Marta sintió que temblaban sus sólidas rodillas de atleta. La luz de la llamita parecía dar un giro por toda la habitación. Su cerebro también parecía dar un giro, y eso estuvo a punto de hacerle perder el equilibrio.

—Apóyese en la pared —recomendó la voz—. Y por supuesto, no tenga miedo.

—No... no lo tengo.

—Pero está pensando muchas cosas, demasiadas cosas.

Ella apenas balbucía:

—Sí...

—Seguro que una de esas preguntas es cómo pude matar a este hombre hace muchísimos años, tantos años que no se comprenden en una vida humana. Pero sobre eso repito que no debe hacerme preguntas. Probablemente no me entendería.

Viendo que Marta hacía sólo un leve movimiento de cabeza, la voz continuó:

—No debe fijarse en los calendarios. La vida tiene muchos sentidos, demasiados para que la entendamos entera.

—Pero ha dicho que usted mató al obispo Masdéu... ¿Por qué?

—Lo maté porque él me lo pidió... Además, tengo sistemas para evitar que una persona sufra al morir.

Marta prefirió no preguntar cuáles eran esos sistemas. En aquel momento tampoco era capaz de imaginarlos. Balbució:

—¿Por qué se lo pidió él?

—Estaba tan arrepentido que no quería vivir, pero no era capaz de suicidarse. Mejor dicho, un obispo no se suicida, aunque desde fuera lo vean como un loco. Prefirió dejarse matar.

—¿Me está hablando... de una eutanasia?

—Puede darle ese nombre si quiere. Yo creo en la eutanasia, y el obispo Masdéu creía en ella también.

—Pero la Iglesia no.

—La Iglesia se equivoca, y acabará cediendo. El limbo, al parecer, existía, y ya no existe. La resurrección de la carne existía, y por eso estaba prohibida la incineración. Hoy la incineración existe, y hasta es una forma poética, por decirlo así, de conservar la carne. Un día la Iglesia cederá también en la idea del infierno, sobre el cual, por otra parte, sólo hay referencias de lo más inciertas. Y es que el infierno va contra el sentido común y hasta contra el instinto de la venganza.

Marta prefirió no despegar los labios. Estaba fascinada por aquella voz, pero sobre todo por aquel mundo fantástico, misterioso, ignorado y subterráneo. Le parecía increíble que debajo de las viejas calles de Barcelona existiese otra realidad.

Pero existía.

Además, la idea del infierno coincidía también con la suya, y eso nublaba sus pensamientos. Le parecía mentira que «su» verdad pudiera ser expresada tan claramente. Porque desde niña había tenido su propia idea del infierno, una idea sin duda herética y que ahora no le prohibía nadie. Sus antepasadas quizá creyeron lo mismo, pero ellas lo tenían prohibido. Y pensar demasiado se pagaba con la muerte.

Siempre había pensado así. Si ella tuviera en sus manos al peor bicho del mundo, al hombre que hubiese violado y luego asesinado a su hija, ella, Marta Vives, lo enviaría al fuego eterno. Y durante los primeros veinte años, oyendo sus alaridos, brindaría a su salud y le pediría que aullase aún más. Pero a los treinta años empezaría a pensar que quizá ya tenía bastante. Y a los cincuenta se impondría muy levemente un cierto sentido de piedad. Y a los sesenta pensaría que ya era suficiente y sacaría al enemigo del infierno. Y eso lo pensaba ella, un ser humano lleno de imperfecciones. ¿Cómo el Dios perfecto no podía sentir ni eso? ¿Cómo podía castigar con la eternidad un pecado que a veces había consistido en blasfemar o no ir a misa?...

Aquel desconocido pensaba lo mismo, y aquel desconocido parecía saberlo todo.

Sentía encima su mirada, que desde el primer momento le había parecido más allá del tiempo. Al fin balbució:

—¿Por qué me ha enseñado esto... a mí?

—Porque usted es el último eslabón de una gran cadena. Y he esperado poder encontrarla a solas para hablar con usted.

—No entiendo.

—Hay linajes de gente que piensa —murmuró la voz—, y eso los ha convertido en linajes malditos. Algunos de esos linajes han provocado guerras de religión, cismas, herejías, dudas que han pasado de padres a hijos. Todos lo han pagado duramente. Y si hablo de algunos linajes me refiero concretamente al suyo, al de los Vives.

Ella vaciló de nuevo. No podía hablar.

Pero fue la voz la que continuó:

—El suyo fue un linaje ilustrado. No puedo decir si mejor o peor, pero fue un linaje de gente que pensaba. Y además mantenía en torno a eso un cierto orgullo, como lo prueba el que formaran una especie de círculo cerrado y casi secreto. Y al llegar la hora del matrimonio, practicaban la endogamia.

Marta hizo un leve gesto afirmativo. Sabía muy bien que aquello era cierto.

—Le ruego que piense en algunas de esas antepasadas —continuó la voz—. Hace poco estuvo en contacto con algo que había pertenecido a una de ellas.

—¿Con qué?...

—Debería recordarlo. Era una cruz de bronce.

Ella pudo decir apenas:

—Sí...

—La mujer que la tenía en su tumba fue ajusticiada por hereje en la Edad Media —que ahora le parecerá a usted muy lejana, pero que aún está marcando nuestra vida— y, como era creyente, pidió ser enterrada con la cruz. No quisieron darle la cruz de todos, sino algo así como una insignia pagana. Usted la ha visto: es algo parecido a la que los alemanes llamaban la cruz de hierro. Unos ladrones violaron esa tumba. No era tierra sagrada, aunque estaba cerca de un templo románico: Sant Pau del Camp.

Marta conocía aquello perfectamente, y ese conocimiento era una de sus torturas. Por lo tanto, se limitó a asentir mientras la voz continuaba:

—La hija de esa mujer fue asesinada, según las viejas historias. Era una hereje más dura que su madre, y además palpitaba en ella el sentido de la venganza. Pudo perfectamente ser quemada viva, pero se libró. La mataron, mejor dicho, la asesinaron, de otra forma.

—¿Quién lo hizo?

—Yo lo sé —dijo la voz.

—Entonces hable...

—¿Y de qué le va a servir? ¿Albergaría usted un sentimiento de venganza por algo que ocurrió hace tantos años? Le pido que en esto tampoco me haga preguntas.

—Algún día me tendrá que dar la respuesta.

—Quizá usted misma la averiguará... Pero no seré yo, desde mi distancia, quien se lo diga. Además, quien lo hizo pensó que era su deber.

—Entonces déme un nombre, algo... No olvide que soy historiadora.

Como si no hubiese oído aquellas últimas palabras, la voz continuó:

—Digamos que su familia, su estirpe, Marta, cultivaba algunos ritos satánicos. Los ritos satánicos, como los divinos, son de una inmensa antigüedad, y por lo tanto también dignos de respeto. Hablando desde mi inmensa distancia, podría incluso decirse que su linaje tuvo contactos con el diablo.

Marta protestó:

—Quizá usted me esté hablando de histerismos y alucinaciones. La ciencia ha estudiado mucho eso.

—Quizá todo pensamiento superior —dijo él acercándose al cadáver—, sobre todo si es un pensamiento religioso, está tocado por el histerismo o la alucinación, pero ese pensamiento es muchas veces el que más se acerca a la verdad. Podría usted darle un nombre también muy conocido: intuición. Pero insisto en que su linaje tuvo contactos con el diablo, y de aquí viene la larga cadena de muertes, siempre cometidas por una mano que creía cumplir un deber. Puede no creerme, pero yo no la habría traído aquí, a este fondo del tiempo, para mentirle. Además, usted ha tenido una prueba de esas relaciones con el diablo.

Marta Vives volvió a sentir vértigo.

No recordaba nada, y por eso negó obstinadamente con la cabeza.

—¿No lo recuerda?

—No...

Hubo una especie de burla en la voz cuando añadió:

—Una pequeña joya... Una cadena.

Marta abrió mucho la boca.

De pronto lo entendía.

—Aquella cadenita —balbució— cuya pista estaban siguiendo los Masdéu...

—Usted la ha visto.

—He visto... su idea.

—Pero la cadenita ha existido. Y existe.

—¿Qué?...

—Existe.

Marta Vives se apoyó en una de las paredes de piedra de la cámara, porque de lo contrario tal vez habría caído sobre el cadáver. Esa sola idea le inspiró un inmenso horror. La llamita de la antorcha amenazó con extinguirse y dejarla otra vez sumida en las tinieblas.

La voz continuó:

—Se la mostró a usted un diseñador de joyas llamado Masdéu. No necesito decirle que es un descendiente de este cadáver que tiene ahora al alcance de su mano.

Marta, que se creía habituada a todo, no se atrevió ni a mirarlo.

—Sé que usted me entiende, Marta. Masdéu, el diseñador, no había visto nunca esa joya, pero existía una tradición en cuanto a ella, y por lo tanto él la había buscado por todas partes. En cierto modo usted también, porque llegó a ser experta en joyas que lucían las viejas damas de las pinturas. Las joyas llevan dentro la historia y a ellas está prendida la piel de personas que ya no existen. Usted nunca será rica, pero las ama. Sabe que ellas conservan para siempre pedacitos de vida.

Marta tuvo que cerrar los ojos porque había adivinado uno de sus secretos.

Aquello era verdad.

Y sólo abrió los ojos cuando aquella suave voz siguió diciendo:

—Masdéu sabía, y sabe, que ese fino collar está relacionado con el diablo.

—Pero no es valioso —objetó ella—. En una joyería apenas sería objeto de atención. A un profesional de tanta importancia como él, ¿por qué le importa?

—Por dos motivos.

—Dígamelos.

—Uno es el diseño: se trata de una cadenita casi imposible, puesto que los eslabones no se acaban de sostener. No están cerrados. Más que una joya, podría ser un proyecto o un pensamiento. Por supuesto, Masdéu intentó crearla, después de haber logrado terminar el diseño.

—¿Y?...

—No pudo. Los eslabones en forma de «seis» no se sostenían bien y la joya se rompía en cuanto alguien la manejaba entre sus dedos. Sólo una de esas cadenitas existe en realidad, y no parece confeccionada por dedos humanos. Eso obsesiona a Masdéu, que conocía la tradición de su familia y siempre se ha esforzado por encontrarla.

Marta recordó su visita a Masdéu, el diseño que él había dibujado, las preguntas que le había hecho y que en aquel momento quizá no entendió. Otra vez se sintió envuelta por la sensación angustiosa del tiempo.

Preguntó con un hilo de voz:

—¿Fue él quien robó el retrato de mi madre?

—Sí. Por si la llevaba puesta.

—¿Y a él qué le importa? —preguntó la muchacha con una voz que no parecía la suya.

—Ése es el segundo de sus motivos.

—Por favor, cuéntemelo.

—No necesito decirle que, entre las muchas supersticiones de que está rodeado el diablo, figura la del numero seis. Durante siglos, se ha considerado el seis el número del diablo.

—Eso no es ningún misterio. Supongo que forma parte de las tradiciones sin fundamento, pero la tradición existe, es verdad.

—Y usted no le da importancia.

—No.

—Pero quizá se la daría, Marta, si estuviera usted obsesionada por el diablo. Y quizá debería estarlo, o quizá en el fondo de sí misma lo esté, porque sus ascendientes estuvieron de algún modo relacionados con él. Al menos creían en su poder, o sentían por él un interés humano. Y por eso, a lo largo de los años, siempre fueron víctimas.

La muchacha asintió con un solo movimiento de cabeza.

—Su familia, Marta, siempre ha formado parte de las víctimas, y usted misma puede serlo en cualquier momento. Ahora imagine que, en lugar de pertenecer a la rama de las víctimas, pertenece usted a la rama de los verdugos.

—No le acabo de entender.

—Pues le hablo con mucha claridad. ¡Los verdugos! Si personas de su familia, en especial mujeres, fueron perseguidas o asesinadas a lo largo de los siglos, alguien tuvo que perseguirlas o matarlas.

—Los Masdéu.

Otra vez Marta Vives vaciló, otra vez tuvo la sensación de que iba a caer sobre el muerto.

—Pero ¿por qué? —balbució.

—Los cristianos creen que el diablo es el enemigo absoluto de Dios.

—Lo... lo sé.

—Y algunos de esos cristianos son fanáticos y matan a los que creen poseídos por el diablo. No necesito decirle que ése es un hecho tan habitual que se ha repetido millones de veces a lo largo de la historia. Los que no obedecían a Dios tenían que ser exterminados: con ellos moría también el enemigo absoluto. Si le hablo de las persecuciones por parte de la Iglesia, si le hablo de las hogueras y los autos de fe, si le hablo de la Inquisición, no necesitará otros datos históricos.

Marta sabía que no podía rebatir aquellas palabras, pero estaba ya sin un soplo de aliento.

—Me acaba de hablar de los Masdéu...

—En efecto. Ellos han formado, o forman, un linaje absolutamente contrario al suyo, el de la rama de los Vives a la que usted pertenece: los Masdéu han sido siempre unos fanáticos de Dios y consideraron su deber ayudarle con la muerte.

—Pero ¿por qué?...

—Quizá porque hay linajes que no han pensado tanto como el suyo, Marta. Y han mantenido un fanatismo basado en algo que creían ciegamente.

—¿En qué?

La voz dijo solamente:

—Creían en la Obediencia. Si usted escribe alguna vez esta palabra, hágalo con mayúscula: la Obediencia.

Marta intento pensar, pero no podía. Era mejor dejarse llevar por la voz. Aun así, hizo un gesto indicando que no acababa de comprender.

—Muchas cosas, las más importantes, se basan en la Obediencia, que casi siempre es irracional. Y lo es porque no se la puede discutir. Por ejemplo, el ejército. Por ejemplo, el clero. Por ejemplo, Dios.

—¿Dios?...

—El Dios que usted conoce se basa en la Obediencia. «Debes» creer en Él y respetarlo. Te ofrece misterios y tú «debes» aceptarlos. Te impone unos mandamientos y tú «debes» seguirlos. Lo que llamamos Historia Sagrada es rica en casos así: por ejemplo, la orden de Dios para que un padre sacrifique a su hijo. Dios te impone, sobre todo, la Obediencia. El Papa es infalible y no se le puede discutir. Toda la religión católica podría ser resumida en una sola palabra: Obediencia.

Ahora la figura se movió. La llamita del hachón amenazaba con extinguirse, quizá porque no llegaba suficiente oxígeno a aquel lugar remoto. Cuando eso sucedía, Marta Vives se estremecía de horror.

—Los católicos son obedientes o son herejes —susurró de nuevo la voz—. Y los creyentes absolutos pueden llegar a ser fanáticos y a creer que tienen una sagrada misión que cumplir.

—¿Sigue hablándome de los Masdéu?

—En su caso sí, Marta. Una rama de los Masdéu siempre persiguió a una rama de los Vives, justo la rama a la que usted pertenece. Durante siglos los persiguieron, los asesinaron creyendo cumplir un deber. No fueron los únicos, pero no quiero aumentar su angustia hablándole de alguien más. Una de las personas asesinadas, y cuya muerte no figura ni en el Registro Civil, fue una antepasada suya no demasiado lejana. Tuvo un nicho en el cementerio Nuevo, junto a la que era pestilente cloaca del Bogatell. El cementerio romántico de Barcelona.

Marta se derrumbó. Recordaba perfectamente las investigaciones que ella misma había hecho.

—Un Masdéu la mató —continuó explicando la voz— y, por supuesto, se inició una investigación policial, sin resultado alguno. También por supuesto, esa investigación estaba condenada al fracaso desde el primer momento.

Marta hizo un solo gesto de interrogación, pidiendo al otro que continuase.

—¿Quiere saber por qué, Marta? Pues porque la policía, la de ahora y sobre todo la de antes, no investiga entre los medios eclesiásticos. En principio, en la católica España, cuando su antepasada murió, un sacerdote no era sospechoso. Y un sacerdote cometió el crimen, aunque él no lo consideraba así.

Los ojos de Marta fueron hacia el cadáver y se posaron en lo que quedaba de él, en sus cuencas, sus dientes intactos, aquella sombra de sonrisa que llegaba desde el otro mundo.

—¿*Él?*

Hubo un leve gesto afirmativo en la cabeza blanca, siempre hundida en las sombras.

—Sí, Marta, pero...

—Pero ¿qué?...

—Masdéu se arrepintió. Masdéu quería ser un hombre justo, y más tarde se dio cuenta de lo que había hecho. La Obediencia se resquebrajó en él, o quizá la duda perforó lo que hasta entonces había sido su vida. El caso fue que, cuando la investigación ya estaba cerrada, él recuperó el cadáver, que había sido enterrado por caridad junto a la fosa común. Y ahora puede usted creerme o no, pero yo vi cómo lo hacían, cómo el cuerpo irreconocible volvía a brotar de la tierra.

Marta tuvo por un momento la sensación de haberse vuelto loca. Las palabras llegaban a sus oídos y las entendía, pero no acababan de entrar en su mente. Era como un sueño que apenas rozaba la verdad. Algo se rebeló en su interior y le hizo mover la cabeza negativamente, aunque tampoco se atrevía a no creer. Lo que estaba oyendo la mantenía tan quieta como si ella también hubiese muerto.

394

Por fin logró balbucir:

—¿Vio cómo lo hacían?...

—Claro... Yo era entonces uno de los administradores del cementerio.

—Creo que me estoy volviendo loca...

—Yo sólo hablo de lo que he visto. El cuerpo de aquella mujer brotó del fondo del tiempo. Un sacerdote que entonces empezaba a destacar ya por su sabiduría estaba a mi lado. Vi lágrimas en sus ojos.

—Un sacerdote... ¿que era éste?

—Sí, una persona sagrada que más tarde llegaría a obispo porque todo el mundo reconocía su ciencia, su caridad y su sentido del deber, aunque nunca ejerció potestad alguna. Ya se lo he dicho. Llevaba una vida tan extravagante que lo consideraban loco, y por eso pasó a ser una especie de muerto en vida. Pero estaba arrepentido, y colocó en un nicho del cementerio romántico a la mujer a la que había matado. Nunca le llevó flores, pero de vez en cuando iba a rezar ante su lápida. Nadie lo entendía. Y siempre pagó aquel nicho, como el que expía un pecado.

—Pero luego dejó de hacerlo...

—Claro, cuando murió. Porque deseaba morir, porque su angustia era superior a su vida —y la cara cerró un instante los ojos—. Antes quiso comprar el nicho, pero no pudo, porque tenía prohibido poseer bienes y porque sus superiores le habrían obligado a aclarar muchas circunstancias. Le fue mucho más sencillo consignar una cantidad para que el alquiler de la sepultura se mantuviera casi indefinidamente. Y así habría sido, pero llegó la guerra civil. Nadie se acordaba entonces de un lejano obispo llamado Masdéu cuyo cadáver ni siquiera había aparecido. La losa del tiempo había caído sobre una Barcelona en guerra que era incapaz de recordar. Algunas tumbas fueron profanadas, de otras se perdieron los papeles, y sobre todo las viejas consignaciones en dinero. A esta casa que ya estaba cerrada llegaron citaciones para que se arreglara de nuevo la documentación, pero jamás las recibió nadie. Entonces, transcurridos muchos años, el nicho fue vaciado como lo habían sido otros. Por eso usted no encontró ya rastro de su antepasada.

Marta Vives apretó los labios con angustia. Lo recordaba todo perfectamente, y todo concordaba. Nada podía entrar de lleno en su mente, pero todo concordaba.

La voz concluyó:

—Necesitaba explicarle todo esto. No quería mantenerla más tiempo en la duda.

—¿No quería hacer eso?... Pero ¿no se da cuenta de que ahora dudo mucho más?

—Ahora ya no tiene derecho a hacerlo. Se lo he explicado todo. Sólo me resta sacarla de aquí, de este lugar donde seguramente no volveremos nunca, y hacerle una última advertencia. Le ruego la escuche bien.

—¿Cuál es?

—Corre usted un gran peligro, Marta Vives. Ahora que ha tocado la muerte, crea en la muerte. Guárdese de los que durante generaciones han matado. Aléjese del peligro, y quizá para eso haya un solo remedio.

—¿Cuál?

—Marta, olvídese de usted misma y de las dudas que

le han sido transmitidas a lo largo de los años. Deje de pensar.

Marta Vives no necesitaba eso. Prácticamente había dejado de pensar desde que penetró en aquel mundo irreconocible, en aquella parte de la ciudad secreta. Pero aun así preguntó:

—¿Debo guardarme de los Masdéu?

—Sólo queda uno. Pero no me pregunte más porque repito que probablemente no me entendería.

Y de los labios tan blancos surgió la misma palabra con la que había empezado a hablar:

—Acompáñeme.

38

LOS OBREROS DE DIOS

Uno de los primeros clientes de Antoni Gaudí fue un rico anticuario llamado Masdéu. El rico anticuario Masdéu encargó al pobre arquitecto Gaudí una rotonda para su jardín, que estaba en lo que luego sería la avenida del Tibidabo. En la rotonda tenía que haber pájaros de porcelana, astros fugaces que dejaban una estela, flores irisadas y unas nubes con fondo gris, como si tuvieran color de otoño; ésta estaba en el ángulo del jardín, dominando una calle con olor a flores y sin más ruido que el aleteo de los pájaros. Por allí apenas pasaba nadie: la calle Balmes no estaba aún terminada, continuamente se alzaban tapias de jardines y los viveros de plantas cerraban los caminos. Masdéu amaba la soledad, y para estar más a solas con Dios se había hecho construir una capilla.

Cuando yo conocí a Gaudí, era viejo y no se dedicaba a hacer rotondas, sino auténticas catedrales. Yo, el hombre de la vida eterna, buscaba un nuevo barrio y una nueva identidad y me fascinaron al instante las proximidades de la Sagrada Familia. Vi a medio construir un templo prodigioso, atormentado, que seguramente no existía en ningún otro lugar del mundo. Era un templo onírico, ilógico y fantasmal, pero al mismo tiempo tan sólido como si estuviese construido con almas de piedra.

Supe más tarde que era un templo expiatorio, con el que se pretendía que Dios perdonase los pecados de la ciudad, que eran muchos y variados. Y si no que me dejaran poner en la lista todos los que había visto… Pero enseguida me di cuenta de algo más: el templo no era sino la expresión de los sueños más secretos de su constructor, uno de los hombres más trabajadores, solitarios y huraños que yo había conocido en la vida.

No iba a ninguna parte, y además dormía en el propio templo, como un prisionero. Su mundo eran los planos, los cinceles, las piedras y el silencio de la noche en la cripta. Supongo que así debieron de ser los tipos que hicieron la locura de construir las catedrales góticas.

El templo al que fui a parar en aquel apartado barrio se llamaba Sagrada Familia, y avanzaba con tal lentitud que la gente empezaba a decir que no se terminaría nunca, lo cual seguramente llegará a ser cierto. Nada tan adecuado como eso para demostrar la eternidad del Señor.

Yo me fui a vivir en él.

Gaudí me lo consintió.

Me halló una noche arropado en la cripta, huyendo de una lluvia suave que borraba los contornos del templo, y me permitió quedarme. Gaudí era un hombre que vestía mal, trataba con los pobres y no daba importancia al día a día porque tenía sentido de la eternidad. Y si el arquitecto habitaba en su interior como una larva, ¿por qué no podía hacerlo yo? Además, el que luego iba a ser el barrio de la Sagrada Familia aún no existía: había pilas de materiales para la construcción, desmontes, chabolas y hombres y mujeres que parecían no saber adónde ir. Quizá la construcción más notable era una alfarería donde sus dueños, los Vericat, fabricaban ladrillos y trabajaban para Gaudí, pero todo, casas, piedras, caminos y aire, quedaba como aplastado por el magnetismo del templo.

Gaudí me permitió quedar por otra razón: al hablar conmigo, se dio cuenta de que entendía de arte, arquitectura e historia. Le pareció inaudito en una especie de vagabundo como yo, e incluso llegó a decirme con voz velada: «Es como si lo hubieses visto».

Yo vivía enterrado en el templo, un poco como el jorobado de Nuestra Señora de París, y la violencia creciente de la ciudad no me afectaba; deseando vivir oculto, apenas me enteré de hechos tan sangrientos como los de la Semana Trágica: en julio de 1909, el pueblo de Barcelona se negó a que fueran embarcados para la guerra de Marruecos miles de reservistas que ya habían hecho el servicio militar (es decir, no habían podido pagar al Estado) y que, en su mayor parte, estaban ya casados y con hijos. De ahí partió el estallido popular, la quema de conventos e iglesias, las barricadas teñidas de sangre, la exhibición de las momias en la calle y luego la salvaje represión militar, con los fusilados en el castillo de Montjuïc. Pero en el silencio del templo que no había sido tocado, yo, el hombre de la mirada eterna, seguí viviendo como una larva.

La Sagrada Familia, destinada a aplacar la ira de Dios, avanzaba sólo a base de limosnas. Y una de las que más dinero aportaba era la familia de los Masdéu, que a veces me entregaban el dinero a mí mismo para que se lo diese a Gaudí. Los Masdéu, como yo, creían en la vida eterna.

—Pareces asustada, Marta.

Marta Vives sintió como un cosquilleo la mirada de su jefe, el abogado Marcos Solana. El cosquilleo se había posado allí, en la línea de sus piernas, que seguramente él había dibujado mil veces en el aire. Las cerró instintivamente, con un gesto casi monjil, mientras al mismo tiempo un pensamiento sutil le decía que estaba desperdiciando su vida.

—¿Por qué lo dices?

—No sé... Es una sensación tonta y que no logro explicar, pero sin embargo sé que existe. Parece como si acabaras de salir de un sitio que te ha asustado. Y cuando lo recuerdas, aún sientes que te domina el miedo.

Ella intentó sonreír.

—No, en absoluto... Puedo parecerte preocupada, pero es por otras cosas. No adelanto en mi trabajo.

—Pues lo haces todo bien.

—Ya quisiera yo creer lo mismo... —mintió—. Pero es que me refiero a un artículo que estoy escribiendo para una revista especializada. Navego entre montañas de papeles, no aclaro nada.

—Dudo que pueda ayudarte, pero si necesitas algo no tienes más que pedírmelo.

—Lo haré con mucho gusto. Sé que pones siempre la mejor voluntad.

Y Marta miró los documentos que tenía sobre la mesa, aunque esta vez no se referían a ningún pleito. Eran facturas, que ella ordenaba como una hormiguita y luego hacía cuadrar meticulosamente en el libro de Caja.

—Me parece que ésta es privada —dijo separando una.

—¿Cuál?

—La del viaje de tu mujer.

Solana cerró un momento los ojos.

—Sí, es privada... No la incluyas entre los gastos del despacho. Mi mujer hace un recorrido por dos óperas: La Fenice y la Scala. Se ha empeñado en ir con un grupo de amigas.

Guardó un instante de silencio y añadió:

—Dice que necesita ampliar su cultura y cambiar de ambiente. Supongo que tiene razón, que yo ya no le enseño nada y soy el marido más aburrido del mundo.

Volvió a mirar a Marta. Por un momento hubo en sus

ojos una expresión fugitiva, como de lástima de sí mismo. Luego intentó decir con voz despreocupada:

—No me acordaba. Telefoneó ayer, cuando estabas en los juzgados, un diseñador de joyas llamado Masdéu. Dice que necesita hablar contigo.

Insisto en que vivía dentro del templo como una larva. Puesto que apenas tenía necesidades, ayudaba a Gaudí durante el día y vagaba en solitario por las noches. Miraba la luna, el siniestro descampado en que se alzaba el templo y me extasiaba con los murciélagos, que brotaban a docenas desde los arcos de piedra. Su aleteo era como una música que me transportaba al fondo del tiempo, un tiempo que sólo yo había conocido.

Antoni Gaudí y yo vivíamos en la cripta, envueltos en el polvo, las herramientas y la soledad, y no sabría decir cuál de los dos era el refugiado y el que parecía más pobre. Gaudí tenía el aspecto, más que nunca, de un vagabundo: vestía de un modo que infundía respeto, por su porte, pero también algo parecido a la compasión. Se notaba que el arquitecto era un iluminado: palpitaba en él una fuerza telúrica que llegaba desde algún punto del pasado y desde algún lugar ignorado de la tierra. Me di cuenta, sencillamente, de que el templo era él.

Una noche me dijo:

—He pensado algo que no debería pensar.

—¿Qué ha pensado?

—Usted —me dijo— es un vampiro.

No se lo negué. Cualquier mentira habría sido inútil ante unos ojos que, como los míos, parecían mirar desde más allá del tiempo. Sólo le respondí:

—Y usted es un ermitaño.

—Quizá sea natural. No podría levantar un templo como éste si no lo llevara dentro de mí mismo, y eso significa dejarme engullir por él.

—¿No le he asustado?

—¿Por qué?...

—Acaba de decirme que soy un vampiro.

Hizo un gesto que parecía de indiferencia.

—Yo creo en los vampiros, en las fuerzas que están más allá de la vida, que vienen de un fondo sobre el que lo desconocemos todo aún. Y lo que está en el fondo de la vida no me asusta. Sólo unos cuantos iniciados pueden atreverse a penetrar en él.

Nunca me habían sorprendido sus palabras; tampoco me sorprendieron éstas. Gaudí no sólo era un iluminado sino un visionario, y aumentaba sus visiones con hongos alucinógenos que sólo él parecía conocer y que a veces lo transportaban a otro mundo. Gaudí, gracias a algunas sustancias, vivía en ese otro mundo, pero aún había algo más: estaba cargado de enigmas que tal vez yo podría entender porque venían del fondo de los siglos.

—He oído decir —musité— que sus antepasados huyeron a Cataluña porque eran templarios perseguidos, cargados de símbolos secretos.

Me miró burlonamente.

—Como usted —me dijo—, usted también está lleno de símbolos secretos. Las leyendas sobre los vampiros significan que hay ojos que lo han visto todo, como lo han visto todo las catedrales, que no tienen edad. Por eso nos cuentan la historia cada noche desde sus gargantas de piedra, y parte de esa historia es la de los seres que las poblaron. Desde el primer momento no dudé de que en Nuestra Señora de París había vampiros y de que los había en la catedral de Colonia, y en la de Estrasburgo, y en el propio barrio gótico de Barcelona. ¿Por qué los vampiros no tienen que haber llegado también hasta la Sagrada Familia? Le diré que me alegro de que esté aquí, porque usted ha convertido mi templo en un lugar antiguo y digno, cuando aún no tiene ninguna antigüedad; y en cuanto a dignidad, tiene la de los que lo están construyendo. Usted le ha dado el embrujo de las viejas catedrales, que han de contener dos cosas: un misterio y un sueño.

Me tomó por un brazo y me condujo hacia el interior de la cripta mientras añadía en voz baja:

—Puede quedarse aquí escondido toda la eternidad, aunque a veces me da por pensar que la eternidad no bastará para ver acabado este templo. Y por supuesto, yo no lo terminaré. Y por supuesto, los que me sigan cambiarán mi obra…

Mientras los dos nos hundíamos juntos en la oscuridad siguió diciendo:

—Yo creo en la eternidad, porque de lo contrario no alzaría este templo. Y los que creemos en la eternidad, creemos en el diablo.

Marta creía en la soledad, y como todos los que creen en la soledad se dejaba consumir por ella.

En su vida no había hombres, quizá porque ninguno de los que la rodearon hasta entonces había llenado su mente. Quizá Marcos Solana, pero Marcos Solana estaba muy lejos, y se tenía que hundir cada vez más en la lucha diaria... Su mujer se encargaría de que esa lucha lo fuera destruyendo poco a poco, hasta que sus sueños se conservaran sólo como flores en un vaso de agua. Miles de hombres y mujeres tienen vasos así y sólo los miran los domingos por la tarde, cuando las horas se vuelven melancólicas.

Marta se decía a veces, pensando en las demás mujeres, que a la mayoría les basta con que les llenen el corazón, pero ella necesitaba algo más, necesitaba que le llenaran la mente. Por eso se sentía condenada a la soledad, conservaba cosas sin valor (pero a las que ella había dado valor, porque con los años las cosas se van impregnando de pedacitos de nuestra saliva y nuestra sangre), ponía flores en las ventanas que se alimentaban con el aire de la ciudad y a veces le contaban adónde iba ese aire. Marte sabía que el aire está lleno de voces.

Decidió que iría a ver a Masdéu, puesto que éste la había llamado.

No tenía miedo.

Gaudí no sólo era un iluminado: a veces, los alucinógenos le hacían tener ideas que parecían irreales, y veía las cosas no como eran, sino como posiblemente habían sido en un mundo anterior. Y curiosamente me preguntaba por ellas, como si yo las hubiera visto en ese mundo anterior o como si yo tuviera el secreto de la memoria y el tiempo.

Del mismo modo que Cerdà había querido crear una ciudad útil, Gaudí habría querido crear una ciudad mágica. Soñaba con una Barcelona que no era real y pretendía que hasta los obreros, las gentes más pegadas a la realidad de cada día, olvidaran todo lo que en ella había de bastardo. Porque los sueños —proclamaba— pueden cambiar el mundo. Por las mañanas, al amanecer, veía a los trabajadores procedentes del Clot o el Campo del Arpa y oía con ellos las sirenas de las fábricas. Gaudí llego a odiar tanto esa llamada que una noche me dijo que no volvería a oírse nunca más.

«Habrá ochenta y cuatro campanas en mi templo de la Sagrada Familia —me dijo—, y cuando suenen no se oirá otra cosa en la ciudad. Ellas pueden llamar al trabajo, ellas ahogarán ese horrible ruido que no es más que el grito de hambre de las fábricas. Porque los hombres pueden no comer a su hora, pero las fábricas sí.»

—Pero como usted nunca llegará a ver terminado el templo —le objeté— tampoco llegará a ver esas ochenta y cuatro campanas.

—No importa: las verán otros. ¿Cree que los que empezaron las catedrales de la Edad Media soñaron con verlas terminadas? Eso era lo de menos: no importaba el tiempo, importaba la fe. Todas las creaciones admirables de este mundo, las más eternas, se han hecho porque resultaba hermoso hacerlas. El resultado final sólo lo tienen en cuenta los mercaderes. Las creaciones eternas no tienen resultado final, porque los sueños de quienes las ven las renuevan continuamente, las hacen distintas y las obligan a nacer una y otra vez. Además, aquellos constructores tenían una magia cargada de secretos, y esos secretos no los han revelado jamás.

Yo me di cuenta de que él conocía algunos de aquellos secretos, aunque nunca llegamos a comentarlo. Y yo me sorprendía preguntándome si, de la misma forma que yo había vivido siglos, él no sería la reencarnación de aquellos obreros fabricantes de Dios. Su vida y su arquitectura —porque resultaba imposible separarlas— estaban llenas de extraños símbolos que nunca obedecían al azar, sino a alguna razón profunda que Gaudí nunca revelaba a nadie. Siempre me prometía hablarme de los secretos del templo, pero nunca lo hacía. Dejaba que los fuese descubriendo por mí mismo.

Por ejemplo, el círculo formado por serpientes, y que podía simbolizar la letra «G». Él se llamaba Gaudí, pero había sido protegido por el conde de Güell, y además el obispo de Astorga, el que le había encargado la construcción del hermoso palacio episcopal, se llamaba Grau. La serpiente mordiéndose la cola era en su arquitectura el símbolo del infinito. Y Gaudí vivía en una especie de infinito del que sólo me hablaba a mí en sus noches delirantes, cuando mencionaba en voz baja los nombres de las Órdenes más secretas:

Cluny, el Temple, el Cister y los Hijos de Salomón. La gente había olvidado sus secretos —sólo unos cuantos sabios los estudiaban—, pero él parecía conservarlos y los perpetuaba en sus sueños de piedra.

Viviendo con él me di cuenta de que era un hombre avariento aunque pobre. Todo gasto le parecía superfluo, hasta el punto de comer y vestir como un mendigo. Iba a todas partes a pie —en aquella Barcelona que empezaba a ser inmensa— y nada le importaba excepto su propia obra. Su aspecto solía ser tan lamentable que una noche le detuvo la policía.

—No llevaba documentación —me explicó— y además iba mal vestido. Bueno, sólo un poco mal vestido. Me faltaban algunos botones en la ropa, eso es verdad, y la llevaba sujeta con imperdibles. La policía me preguntó a qué me dedicaba, y naturalmente les dije que era arquitecto.

—¿Y ellos que hicieron?

—Primero se pusieron a reír y luego me llevaron detenido a comisaría.

Descubrí en él comportamientos que rompían todas las normas de la Barcelona burguesa, cuando Gaudí había convertido en monumento a toda la burguesía de la ciudad. Por ejemplo, andaba hasta diez kilómetros diarios para comprar el periódico donde lo había comprado siempre, y una vez llamó ignorante a Unamuno porque éste hablaba inglés y hasta danés, pero no catalán.

También lo insultaban a él.

Algunos conocidos, viendo su lamentable aspecto, le decían:

—Párese en una esquina, ponga su sombrero en el suelo y ganará más dinero que haciendo de arquitecto.

Gaudí no se ofendía por eso. Solía decirme, cuando estaba deprimido, que en el mundo existe una armonía secreta, y que esa armonía la han conocido a través de los siglos muy pocos hombres. Él no la conocía, pero aspiraba a hacerlo. Y aunque nunca me reveló lo que llamaba «los secretos», llegué a advertir algunas coincidencias.

Era muy católico y devoto de la virgen de Montserrat, y quizá eso no resultaba casual. Su familia remota procedía de la Auvernia francesa, donde a consecuencia de las piedras volcánicas hay muchas vírgenes negras. Me pareció también curioso que cuando su familia se refugió en Cataluña para huir de las persecuciones de que eran objeto los templarios, se afincase en el sur de Cataluña, donde precisamente abundaban las construcciones de los templarios y los cistercienses. Por ejemplo Miravent, Mora, Ribarroja, Scala Dei, Poblet, Vallbona de les Monges, Santes Creus, Granyera y Barberà. Todo en la vida de aquel hombre, por lo que iba aprendiendo en las noches de la cripta, parecía el resultado de una predestinación. Incluso el hecho —que para mí estaba fuera de toda razón— de que, al parecer, le hubieran elegido como arquitecto de la Sagrada Familia por el color de sus ojos.

El que tuvo la idea del templo, el piadoso José María Bocabella, logró reunir, a base de limosnas, ciento cincuenta mil pesetas para comprar los terrenos. Soñó que el edificio lo haría un arquitecto de gran valía, pero que además tendría los ojos azules. Gaudí, que no fue el primer elegido, los tenía de ese color.

Una noche me definió. Estábamos los dos sentados en una parte del templo cubierta sólo a medias y oíamos la lluvia gotear mansamente entre las piedras. Yo veía caer las gotas con delectación a la incierta luz de las farolas, porque me había dado cuenta ya, a lo largo del tiempo, de que en Barcelona llovía cada vez menos. Quizá asustábamos a las nubes con el humo de las fábricas... Y entonces Gaudí entonó mi réquiem, explicó en pocas palabras toda la inmensa amargura de mi vida: yo, que nunca había llorado, sentí en mis ojos unas lágrimas que no tenían ningún valor, porque eran sólo de piedad por mí mismo.

—Yo ya no tengo amores —me dijo—, he perdido los amigos y ni tengo ni podré tener hijos. Pero desapareceré y todo eso no significará nada. Imagino, en cambio, lo que debe de ser la eternidad, viendo morir todo lo que se ha amado: las sucesivas mujeres, los sucesivos hijos, los artistas que he admirado y han dado sentido a mi vida, las casas que guardan mis recuerdos... Ver todo eso convertido en ceniza. Ésa es su desgracia, amigo, lo será siempre. Los otros no pueden ver convertidos en viejos achacosos a los hijos que un día nacieron ante sus ojos, pero los que disponen de la vida eterna sí que lo ven. Créame, la muerte es piadosa porque no deja ver los horrores de la vida, ni los horrores de nuestra propia obra. La inmortalidad es el peor castigo que se nos puede imponer, y me compadezco de Dios porque también la sufre.

La lluvia arreciaba ahora. Las gruesas gotas rebotaban en las piedras y, al desviarse en el aire, se cargaban de luz. Evité mirarlas porque esa luz me traía toda la tristeza de la ciudad. Gaudí me dijo entonces:

—No sé si Dios estará satisfecho de su propia obra.

Y enseguida me preguntó:

—¿Cree que la ha dado por terminada alguna vez?

Marta iba siempre a pie a los sitios, miraba los edificios, las ventanas en las que veía alguna cara fugitiva, imaginaba su historia. Y a veces sabía esa historia con detalle, como si su memoria también estuviera construida de siglos, porque la ciudad le parecía una obra eterna. Las ciudades tienen alma, y esa alma se la van transmitiendo unos a otros los fantasmas de las calles. Marta era capaz de oír la voz de todas ellas.

Mientras avanzaba hacia su cita, y a pesar de no sentir miedo, se preguntaba si no estaría haciendo aquel camino por última vez. Se preguntaba también por qué no había tenido amores, ni hijos, ni placer físico, ni nada de lo que las otras mujeres deseaban, y entonces, como casi siempre, se decía que toda su vida había sido espantosamente inútil. Malgastas para siempre tus días cuando los dedicas a estudiar los días de los otros. Cerró los ojos pensando que el tiempo la destruiría, pese a que ella estaba hecha de tiempo.

Masdéu le había pedido que se vieran en su taller, pero Marta Vives había preferido quedar citada en un café, donde al menos habría gente. ¿Era eso miedo? Mientras movía la cabeza negativamente intentaba convencerse de que no, de que ella era una mujer fuerte y que tenía algo así como la verdad de los siglos. Descendió por la Rambla, se metió en la calle Nueva, vio sus viejos portales, recordó lo que en cada uno de ellos había existido y entonces sintió otra vez aquella punzada: ya no le cabía ninguna duda, era miedo.

En Barcelona han ido desapareciendo los cafés, tal vez —pensaba Marta— porque la gente tiene menos tiempo. Casi todos son ahora cafeterías de marcha rápida donde no se detienen las caras y tampoco los pensamientos. Y ella había accedido a verse con Masdéu en un café proletario porque sabía que tenía un altillo en el que podrían hablar casi envueltos por el silencio, pero con gente en las cercanías. Puesto que se había negado a ir a su taller, al menos había dejado que Masdéu escogiera el lugar de la cita.

La calle Nueva había sido lugar de cabarets, academias de baile, casas de juego clandestinas y prostíbulos donde los hombres olvidaban y las mujeres morían poco a poco. Había sido también lugar de barricada, sangre obrera y bandera roja, pero ahora era calle de inmigrantes que aspiraban a una vida mejor, y por lo tanto alzarían algún día otra bandera roja. Marta entró en el café, en su aire antiguo.

Masdéu la saludó desde el altillo. Era lugar de citas clandestinas y de botones que se desabrochan solos, pero el único camarero intuyó que Marta no había venido por eso. Y si había venido por eso, menuda suerte tenía el tipo de arriba. Los dos se sentaron en la penumbra, mirándose a los ojos como si quisieran adivinarse los pensamientos.

Ella se dio cuenta ahora de que Masdéu era más joven de lo que le había parecido la primera vez. Y seguramente más vigoroso. O quizá sus ojos la engañaban y aquel hombre tampoco tenía edad. Marta pensó en los muertos —sobre todo en las muertas— de su familia, y en el silencio del cadáver que aún reposaba en la casa de la Baja de San Pedro.

Le habían dicho que no volviera allí. Se lo había dicho el padre Olavide, que lo sabía todo. El hombre sin edad le advirtió que su vida corría peligro. Y ella se preguntó ahora, con un parpadeo, si tenía delante su propia muerte.

Masdéu murmuró:

—Gracias por haber venido. Y gracias por haberme dejado elegir el sitio.

—Era lo menos que podía hacer. No quise ir a su taller como la otra vez.

—¿Miedo?

Ella negó con la cabeza mientras decía:

—¿Por qué había de tenerlo?

—Quizá porque otras personas lo tuvieron antes que usted.

—Es posible que haya pensado en eso, pero ahora no me importa. Simplemente quiero saber toda la verdad, si esa verdad puede ser contada.

—Adivino que conoce la historia, Marta.

Ella musitó:

—Sí.

Y en aquel momento se dieron cuenta de algo que no parecía tener sentido.

Los sacerdotes ya no llevan sotana por las calles de Barcelona.

No entran en los cafés proletarios con tanta naturalidad como si allí fueran a decir misa.

Pero había sucedido.

El padre Olavide estaba abajo.

39

EL CAFÉ DE LA ETERNIDAD

Ya no hay sotanas negras en las calles de Barcelona; quizá no las haya ni en el palacio episcopal. Miró al padre Olavide como si no pudiese creerlo, porque era inconcebible que el sacerdote quizá más sabio y aristocrático de España pusiera los pies en un café donde las conversaciones más importantes versaban sobre la seguridad social. Pero el padre Olavide no llegó a entrar; notó la mirada de estupor de los clientes, dio media vuelta y desapareció.

Marta suspiró:

—Ni que me hubiese seguido...

—No haga caso —dijo Masdéu—, el padre Olavide confiesa a veces a amigos moribundos. No es tan extraño que tenga alguno en este barrio.

Pero ya no quedaba rastro de él. Ambos se dieron cuenta de que el camarero estaba en el altillo. Miraba con envidia a Masdéu. «Demasiada mujer para él.» Miraba con deleite las piernas de Marta Vives: «Demasiado bonitas para una mierda de café como éste».

En el balconcito de enfrente había aparecido una mujer sola a regar las plantas. El último sol se había ido y el gato saltó para librarse del agua.

—Yo tomaré una tónica con ginebra —dijo Marta.

—Lo mismo.

Masdéu se volvió hacia ella, pero no miraba sus curvas, miraba sólo sus ojos. Las mujeres notan cuando un hombre se siente indiferente ante ellas: Masdéu se sentía indiferente ante Marta. Algo en él recordaba al padre Olavide: para su mirada no existía el sexo.

—Sé que usted ha estado investigando sobre mi familia —susurró Masdéu.

—¿Y cómo sabe eso?

—Porque los dos nos movemos en mundos muy pequeños: usted en el de los archivos y las casas que están a punto de convertirse en polvo. Yo en todo lo contrario, en las joyas que no se convertirán en polvo jamás. Hace poco estuve en una exposición de creaciones de Masriera y recordé el diseño de la cadenita que le mostré. Un joyero me contó que la había visto a usted visitando archivos. En estos pequeños mundos cultos y civilizados en que nos movemos los dos, se sabe todo.

—Lógico que investigue y se me vea por los archivos —alegó Marta—. Soy historiadora.

—No tiene usted que excusarse de nada.

—Entonces, ¿por qué quiere hablar conmigo? Parece como si usted quisiera pedirme una explicación... o tal vez advertirme de algo.

—Oh, no… Todo lo contrario. Lo que intento es manifestarle mi admiración, porque hay muy pocas personas en esta ciudad que sepan verla con los ojos del ayer, que se den cuenta de que las cosas pasan por algo que ya sucedió antes. Usted es como un milagro, usted radiografía la ciudad y sabe ver la vida oculta que hay en muchos lugares y la muerte oculta que hay en otros. Me han dicho también que la vieron entrar en la casa de la calle Baja de San Pedro, que fue de un antepasado mío.

Marta se sobresaltó, pero lo disimuló mirando de nuevo hacia la puerta mientras pensaba que aquel hombre lo sabía todo.

—Ahora es propiedad municipal —se defendió—, y supongo que se puede investigar en ella, aunque por poco tiempo. Acabará derrumbándose.

—Tampoco le pido explicaciones. Sólo alabo su capacidad de investigación, que es superior a la mía y la de mi familia. Porque usted sabe que pertenezco a una familia muy antigua, en la cual abundaron los sacerdotes, los inquisidores y los sabios.

Marta apretó los labios.

—Todo lo contrario que la mía —dijo.

—En efecto, y celebro que tenga la sinceridad de reconocerlo.

—No hace falta sinceridad para reconocer algo que no es pecado.

—A mi entender, hay estirpes dedicadas a la fe, como la mía, y estirpes dedicadas al pecado, como la suya —dijo Masdéu meneando la cabeza—. No se ofenda. En el mundo siempre ha habido personas que han creído y han obedecido, y en cambio otras, en lugar de creer y obedecer, se han hecho preguntas.

—Hacerse preguntas es propio de la naturaleza humana.

—Quizá no tanto. Quizá no lo sea cuando la respuesta ya nos ha sido dada. Pero dejemos eso. Usted sabe perfectamente a qué estirpe pertenece.

Marta se sintió molesta ante aquellas últimas palabras, en las que adivinaba un cierto desdén. Ella se sentía orgullosa de su estirpe, quizá porque su estirpe no se había preocupado sólo de buscar la felicidad. Pero adivinó que la de Masdéu tampoco había buscado la felicidad, y eso hizo que aquel confuso sentimiento desapareciera. Al fin y al cabo, estaban hablando de cuestiones parecidas, aunque vinieran del fondo del tiempo y de unos genes incontrolables en los que estaba la memoria secreta.

Masdéu miraba al vacío y susurraba con un hilo de voz:

—En su estirpe, Marta, en la familia que usted no ha conocido pero de la que está recibiendo mandatos, ha habido también muchos investigadores y sabios cargados de dudas sobre aspectos ya resueltos. Por ejemplo, la existencia de Dios y sus mensajes; por ejemplo, la infalibilidad de la Iglesia; por ejemplo, la salvación y la condenación; por ejemplo, la obediencia. Cuando uno se hace preguntas sobre eso, cae en el vacío, que es lo que les ha ocurrido a los antepasados de usted. Todo lo que usted sabe, todo lo que los suyos han sabido, se basa en la nada. Sin embargo, debo reconocer algo.

Marta le miró a los ojos.

—Hable.

—Debo manifestarle mi admiración, porque usted y los que le han dado su sangre han intentado mirar más allá de la superficie, y ésa es una grandeza que corresponde a los elegidos. Ahora bien, ¿elegidos por quién? Ustedes tienen sus raíces secretas en el fondo de esta ciudad, a la cual han dado historia e incluso grandeza. Si el aire de las ciudades transporta una voz, no todos saben oírla.

Puso las manos sobre la mesa. Eran también unas manos muy finas y blancas: le recordaban a las del hombre de la mirada eterna.

—Le he dicho esto —siguió Masdéu— porque Barcelona transporta muchas voces, sus calles están llenas de fantasmas que hablan, pero sólo unas cuantas personas las pueden escuchar. Usted es una de ellas, Marta, y no crea que la estoy alabando; al contrario, estoy intentando decirle que se equivoca.

Ella guardó silencio mientras sentía que se le secaba la boca. Bebió un sorbo. Al otro lado de la calle, un gato observaba la ciudad. Una vecina ampliaba las fronteras de su balcón cambiando una maceta de sitio.

—¿Me equivoco en qué?

—En hacerse tantas preguntas, por ejemplo. Es mejor creer.

—Su familia siempre ha creído, Masdéu. Durante generaciones, la fe ha sido una de sus constantes y el catolicismo a ultranza ha guiado sus pasos, mientras que a mi familia la guiaban las dudas. Usted y yo somos una especie de milagro, créame: todavía pensamos en temas en los que la gente no piensa.

—¿Pretende decir que el catolicismo o las religiones ya no interesan a nadie? Al contrario, hay religiones, como el Islam, que están en auge, quizá porque muchos pueblos árabes no pueden exhibir otra seña de identidad ni pueden confiar en nada más. La violencia islamista, que es nueva, está originando un sólido frente cristiano, que a mi entender acabará tomando forma política como en la época de las Cruzadas. De repente podemos volver a los siglos de la Edad Media, a los siglos de la fe; no diga que la gente no piensa en esos temas. Lo que ocurre es que a veces le da miedo mencionarlos.

—A mí no; yo sigo haciéndome preguntas sobre la fe, quizá porque va unida a mi cultura.

Masdéu entornó los párpados.

—¿Y qué preguntas se hace?

—Por ejemplo, el mundo no me gusta.

—¿Por qué?

Marta estuvo a punto de ofenderse. No era justo que a ella le hicieran una pregunta tan elemental, y menos justo era que se la hiciese una persona ilustrada como Masdéu. De modo que frunció los labios.

—Tengo la sensación de que Dios no se ocupa de nosotros ni de nuestro sufrimiento. De que millones y millones de seres han nacido sólo para padecer y unos cuantos miles sólo para disfrutar, y ése es el mundo que le parece lógico a la Iglesia. Por tanto, le parece lógico al papado. Por tanto, a Dios. Miro en torno a mí y no veo más rayos de luz que los que provienen de la dignidad humana.

Masdéu dijo secamente:

—Los ricos lo pagarán.

—¿Y por qué tendrían que pagarlo? Muchos de ellos, ¿qué culpa tienen, si no han obrado mal? ¿Es obrar mal tener más inteligencia? ¿Más astucia? ¿Más instinto? ¿No tiene derecho todo ser humano a buscar la felicidad, de la cual el dinero es una parte? ¿No hay un camino inexorable hacia una vida más digna? ¿El que consigue el dinero debe necesariamente pagarlo en otra vida? ¿Por qué?

—Jesús lo dijo.

—Y aunque lo hubiera dicho, ¿es justo? ¿Debe mantenerse en el mundo un estado de terrible desigualdad, y de ultrajes constantes a la dignidad humana, sólo para que unos cuantos lo paguen luego?

—Ya se está usted haciendo las mismas preguntas que durante siglos se hizo su familia, Marta.

—Porque no he renunciado a pensar.

—Su familia habría sido mucho más feliz limitándose a creer, amiga mía.

—Sobre todo, no habría sido perseguida.

—Lo siento. Nunca he querido dar toda la razón a algunos de mis antepasados, los inquisidores y los guardianes de la fe, pero es necesario ser fuerte contra los que quieren privar a los demás de las felicidades más sencillas.

—Supongo que la felicidad más sencilla consiste en creer y dejarse llevar. No hacerse preguntas cuando las respuestas ya están en el catecismo, pero creo que eso también atenta contra la dignidad humana.

—Al contrario, Marta: hay una gran dignidad en la obediencia. Dése cuenta de que usted propugna una forma de pensar para la que algún papa abrió un levísimo resquicio. Y estoy hablando de Juan XXIII. Pero enseguida la Iglesia ha cerrado filas. No se puede transigir. El pensamiento libre, el análisis de la fe, el evangelio de los pobres, de los curas obreros, la sensibilidad de las mujeres y su probable mensaje... Sobre todo eso se ha ido pronunciando la Iglesia, cerrando todas las fisuras. En ese sentido, el verdadero hombre de hierro fue Pío XII. Algunos lo criticaron, pero los últimos papas han ido siguiendo su camino. Para las personas como usted, Marta, las puertas están cerradas.

—Lo estuvieron siempre.

—Tampoco me parece justo. Y porque no me parece justo estoy hablando con usted. Pero me inquieta lo que acaba de decir de que la fe sencilla, la que te lo da todo resuelto, atenta contra la dignidad humana.

Marta volvió a fruncir los labios.

—Porque nuestra dignidad está formada por valores morales: el valor personal, la comprensión, la tolerancia, la hermandad, el amor y, por descontado, el pensamiento. No es enteramente humano el que no piensa.

Marta Vives desvió la mirada. Sabía que no podría convencer jamás a Masdéu, como los miembros de su familia jamás convencieron a los que acabaron matándolos. Además, en aquel café no les entendería nadie. ¿El padre Olavide tal vez? Pero el padre Olavide ya se había ido.

Fuera, imperaba la oscuridad. Marta oyó confusamente el ruido de una moto a su espalda, detrás de la pared. Seguro que había un callejón ciego detrás del café, pero no lo había intuido hasta aquel momento. Las puertas que se abrían y cerraban, en la planta baja, sólo daban paso a las sombras. Como si su propia voz la tranquilizase, dijo igual que si hablara para sí misma:

—Creo en algo superior a nosotros. Ni nuestro pensamiento, ni nuestra sensibilidad, nuestra cultura y nuestra historia, pueden ser fruto del azar. Tiene que haber un principio, y si a ese principio le llama usted Dios, yo también puedo llamarle Dios. Pero su obra es equívoca y triste. Un creador no ya bondadoso, sino simplemente virtuoso, no puede haber dado por buena una obra tan cruel.

—Esto, Marta, es un valle de lágrimas.

—No veo la necesidad de demostrar la grandeza creando un valle de lágrimas.

Masdéu susurró sin mirarla:

—Piense en el Mal.

—Lo cual indica que el Mal, con mayúscula, existe.

—Pues claro que existe.

—Y que Dios —cortó Marta— no es libre. E intentaré decir algo más: existe una lucha eterna de la que somos víctimas los seres humanos, y la Creación no ha terminado todavía.

Fue entonces cuando Marta vio pasar de nuevo delante de la puerta aquella figura negra. Definitivamente, el padre Olavide aún no se había ido.

Durante un tiempo trabajé como profesor contratado en un colegio de las Escuelas Pías. Parecía absurdo que un hijo del diablo enseñase algo en las aulas de Dios, pero es que fui el único que demostró saber más Historia que todos los otros profesores juntos, y además fui el único que accedió a trabajar por un sueldo de miseria. Muchos de los escolapios no eran ni siquiera licenciados y no sabían gran cosa, así que suplían sus carencias contratando a profesores muertos de hambre que disimulaban con pundonor lo gastadas que estaban las mangas de sus americanas.

El colegio estaba en la parte más noble de Barcelona, en Sarriá, por encima del paseo de la Bonanova. Desde sus ventanas, yo llegaba a distinguir la magnífica torre de Guillermito Clavé, al que con el tiempo tendría que matar, a pesar de que entonces no lo conocía. Distinguía los jardines con laberintos venecianos, estatuas griegas y palmeras cubanas. Veía a veces, deslizándose entre las palmeras, alguna sirvienta vestida de negro. Los alumnos eran ricos y pertenecían a las familias tradicionales del país. Los profesores no pertenecían a ninguna familia y eran pobres.

Barcelona se estaba transformando en una ciudad peligrosa para mí, porque cada cierto número de años necesitaba cambiar de nombre, domicilio y profesión, ya que me era difícil cambiar de aspecto. Me habría resultado más sencillo trasladarme a cualquier otra gran ciudad, pero yo amaba mis calles y no quería separarme de ellas ni de los fantasmas que había ido dejando atrás.

Dando clases a aquellos hijos de familias poderosas me convencía de que definitivamente se habían ido formando dos Españas que ya eran irreconciliables, pero también se habían configurado tres o cuatro Barcelonas. La mía era una ciudad tremendamente complicada: nacionalista y centralista, internacionalista y localista, clerical y libertaria, cargada de iglesias y llena de lupanares, rica y al mismo tiempo cargada de miserias. Cuando se produjese la inevitable conflagración nadie podría mandar en ella. A veces sentía la necesidad de hablar a mis alumnos de todos los hombres y mujeres a los que yo había visto morir, generalmente por nada —o sólo para salvar su dignidad humana—, pero no habrían entendido ni una palabra.

Aunque Barcelona estaba creciendo como yo jamás pude imaginar, la ciudad vieja apenas había cambiado, y yo podía seguir todas sus calles, todas sus casas, guiado sólo por el hilo de la memoria. Conocía la distribución de los pisos en los que había estado sin que sus actuales inquilinos lo imaginaran, numeraba los portales, los comercios que había visto pasar de padres a hijos, los prostíbulos que había visto pasar de madres a hijas. Podía describir las sedes de todos los partidos políticos, pero no sólo eso, sino también dar los nombres de sus mártires. Veía perderse la mirada de mujeres cuya expresión cargada de esperanza yo había sentido cuando eran niñas.

A la ciudad llegaban trenes de emigrantes en busca de una vida mejor, porque en Barcelona había trabajo, y en cambio no lo había en la España interior, en sus provincias muertas. Toda la pobreza de Aragón, Murcia y Almería se volcaba en las obras de la Exposición de 1929, y yo leía a un joven periodista, Carlos Sentís, que a los abarrotados trenes obreros llegados de Murcia les llamaba con piedad no el Transiberiano, sino el Transmiseriano. Con eso la agitación social crecía, hombres y mujeres buscaban su última oportunidad y las colinas barcelonesas empezaban a cubrirse de barracas.

Nadie me habría creído si yo llego a explicar que, muchos siglos atrás, los que llegaban a Barcelona, buscando trabajo y huyendo de la pobreza, eran los franceses. Ante mis ojos, el mundo siempre era distinto y siempre se repetía, demostrando que en él aún había mucho por hacer.

¿Eran logros que ya estaban designados en la Creación? ¿O los estábamos fabricando nosotros?

Pese a darme cuenta de que el país se aproximaba a su destrucción, fueron unos años tranquilos para mí, el fantasma surgido del fondo de los tiempos. Nadie me conocía ni me perseguía, ascendía a pie cada mañana a las alturas nobles de la ciudad, veía los edificios nobles de Sarriá, atravesaba huertos y solares y tenía conversaciones con los pájaros. Mi vida era virtuosa.

Sólo maté a un hombre.

Y de El Otro no encontré ni rastro.

Masdéu susurró:

—¿Por qué cree que la Creación no ha terminado todavía?

—Porque aún existe una lucha entre dos poderes, y ese Creador del que hemos hablado tantas veces no ha podido terminar su obra. De hecho, está aprendiendo para poder terminarla.

—¿Y de quién aprende?

—De nosotros.

Masdéu se estremeció como si acabara de oír una blasfemia.

—Pero ¿qué dice?...

—¿Usted, hombre de fe intachable, cree en los demonios? —preguntó Marta sin inmutarse.

—¿Qué?...

—¿Cree en los ángeles?

—Por supuesto que sí.

—Pues debe creer también en los demonios. A ver si puedo explicarlo después de tantos pensamientos que he ido dejando atrás. El Creador —déle el nombre que quiera— fue vencido. Su vencedor —déle el nombre que quiera— intervino en la obra, intervino en la obra e intervino en la Creación, que ninguno de los dos pudo terminar como quería. Desde entonces están llegando mensajeros, de un lado y de otro, para terminarla.

—¿Qué mensajeros?

—Unos son ángeles, otros son demonios. Llegan a nuestro mundo, y todos hemos conocido a alguno. Nos orientan y en parte nos dirigen. Pero somos nosotros los que vamos terminando la Creación.

428

Marta había hablado con firmeza, pero Masdéu la escuchaba con los ojos cerrados y negaba poco a poco, como si no la comprendiese. Preguntó burlonamente:

—¿Tan importantes somos?

—Lo más importante que se ha creado —dijo Marta—. No conozco nada superior.

—¿Y qué?...

—En conjunto, y a lo largo de los siglos, hemos ido dominando las leyes del Cosmos, y a lo largo de los siglos que vendrán avanzaremos en nuestro dominio. E incluso modificaremos esas leyes. Llegará un día en que la Creación será también nuestra obra.

—¿En el aspecto material?

—En el aspecto material. Eso está ocurriendo ya. Es un proceso que no empezamos nosotros, pero que terminaremos. Y no sé hasta dónde se puede llegar.

—¿Cree que la ciencia, algún día, podrá llegar a completar la Creación?

—Sí. Y hasta desbaratarla.

—Dígame, Marta: ¿y la ley moral? Los seres humanos no estamos formados sólo de ciencia. Mejor dicho, la mayor parte de los seres humanos aún la ignora, pero todos tenemos una dimensión moral.

—Que también evoluciona, también es una creación.

—Se equivoca: la dimensión moral nos ha sido dada.

—Y a eso se le llama fe —susurró Marta.

—Sí.

Entonces ella prosiguió:

—Nos ha sido dada una dimensión moral que varía con las culturas y las religiones, pero hay una moral universal que hemos ido creando los seres humanos, y que en gran parte depende de la cultura que alcancemos. Fuera de toda norma religiosa, hemos ido creando una ética humana: la bondad, la integridad, el valor personal, el ansia de libertad, el sentido de la justicia, el amor humano, que a veces sólo se nutre de un soplo de aire, no están en ninguna ley divina. La tolerancia, el respeto, la convivencia, incluso el llanto, son creaciones de los seres humanos. Recibimos estímulos del llamado Bien y del llamado Mal, pero la moral y la ética las creamos nosotros. Aunque los seres humanos repitamos continuamente nuestros errores, sabemos que son errores. A lo largo de los siglos procuramos evitarlos, o al menos hemos aprendido a maldecirlos. Con los pocos materiales que nos han sido dados —por ejemplo, la fe— hemos creado una dimensión moral que al principio no existía. Y hemos luchado y muerto por ella, lo cual la ennoblece. Ni tan sólo la mitad de la moral nos ha sido dada por la fe, y eso significa que más de la mitad de la moral la hemos creado nosotros. Me atrevo a decir que nosotros crearemos lo que ni los dioses ni los diablos lograron terminar. Todos los luchadores, los mártires, los que creyeron en un mundo mejor, están creando la moral de un mundo que les fue entregado sin terminar. Todos los que piensan en el mundo, están ayudando a crear el mundo. Y lo hacen sólo por dignidad, no por esperar una recompensa o huir de un castigo, como hacen los que sencillamente tienen fe.

Masdéu preguntó con voz incrédula:

—¿Y eso Dios lo tiene en cuenta?

—No sólo lo tiene en cuenta: aprende. Y llegará un día en el que no sólo habremos alcanzado los límites materiales de la Creación sino que habremos establecido los límites morales. Tal vez ese día la Creación esté terminada, y Dios sea sencillamente nuestro compañero. La propia fe, a la que usted es tan fiel, lo dice: fuimos hechos a su imagen y semejanza. Pero la nuestra parece una labor sin límite; nadie es capaz de calcular cuántas generaciones ha habido desde el origen de nuestra especie, y nadie es capaz de calcular cuántas generaciones serán necesarias para que se cierre el círculo. Y el círculo lo cerrarán alguna vez los que crean en sí mismos y los que piensen.

Masdéu dijo con voz chirriante:

—Como hicieron todos los muertos de su familia...

—Como hicieron todos los muertos de mi familia. Desde la mujer que se quedó sin nicho a la que llevaba sobre su pecho, en la tumba, una cruz de bronce.

La voz chirriante dijo otra vez, pareciendo surgir de todos los rincones de la penumbra:

—Les habría sido más sencillo tener fe.

—Se puede tener fe y pensar.

—Entonces caes en la herejía —dijo Masdéu.

—Sí.

—Pero evitar eso es muy sencillo, amiga mía. Los límites los marca Roma.

—El ser humano no debe tener límites —susurró Marta—, pero se puede pensar sin ofender a Roma.

—No, amiga.

—No ¿por qué?

—Desde el principio de los siglos, es Roma la que considera cuándo debe sentirse ofendida.

—Lo entiendo: cada vez que meditas sobre ella, puedes ofenderla. Cada vez que llegas a la llamada Teología de la Liberación, puedes ofenderla. Cada vez que un sacerdote se pone a trabajar en una mina, puede ofenderla. Cada vez que, sencillamente, piensas, puedes ofenderla. Aunque no quieras. Es ella la que decide si hay ofensa.

—Lógico. Y ésa es su misión, que ha cultivado desde el principio de los siglos; no se puede tocar una coma de lo que nos ha sido revelado, y hay legiones de mártires que han muerto por esa fe. En mi familia los ha habido siempre. Ninguno se arrepintió.

Marta estuvo a punto de decirle que al menos uno se había arrepentido —y quizá se seguía arrepintiendo desde las entrañas de la ciudad—, pero prefirió guardar silencio. Volvió la cabeza.

Otra vez la calle donde ya no se movían ni sombras. Y de repente la sensación de soledad, de tiempo estéril, en aquel pequeño universo donde sólo imperaban los ojos del gato. No supo por qué, pero Marta sintió miedo.

La voz de Masdéu rompió entonces el silencio que los envolvía a los dos.

—Hay una palabra básica —dijo—: obediencia.

—La obediencia es propia de los corderos. Quizá por eso a los cristianos de buena fe se les ha comparado con un rebaño.

—No quería ofenderme con usted, Marta, pero me ofende. Ahora me doy cuenta de que no hay remedio: es usted digna descendiente de su estirpe. Durante siglos, su gente ha practicado el pensamiento libre, lo cual ha llevado sencillamente a herejías, revoluciones y sistemas de gobierno laico, o peor aún, antirreligioso, que han considerado que el hombre se basta por sí mismo. Durante siglos, ustedes han creído no en el pacto con Dios, sino en el pacto con el diablo. Y por eso han sido castigados sistemáticamente.

—Sistemáticamente —repitió Marta.

Tenía demasiado que recordar. Pero logró sonreír mientras decía:

—Dios no admite el pacto.

—Por eso he hablado de la obediencia. Y ahora dígame si el diablo lo admite.

—Tal vez sí. De hecho, la creación de la moral humana ha sido un continuo pacto entre el Bien y el Mal, y pienso que lo seguirá siendo. Por eso recibimos constantemente mensajes: hay seres que nos acompañan siempre y que habitan el Tiempo.

—Supongo que enviados del diablo.

—Me temo que sí —dijo Marta—, pero también los hay del lado de la Obediencia, del lado de las palabras que no se pueden tocar.

Hubo un brusco silencio durante el cual Marta cerró fuertemente los ojos.

Lo sabía.

Masdéu, los Masdéu, habían ido recibiendo los mensajes de la doctrina que no se puede tocar. Inquisidores, teólogos, obispos, cruzados de la fe, habían recibido solamente la voz de esa fe. Y si hacía falta, morían por ella.

Marta seguía con los ojos cerrados.

¿Había otras voces? ¿Había otras palabras?

Ella estaba segura de que sí, y su propia familia lo creyó también durante siglos. Por eso fueron muriendo todos y por eso también ella podía morir. Como si estuviera viviendo en el fondo de un sueño, recordó al hombre de la piel tan blanca que había conocido en la casa del obispo muerto. Aquel hombre, si era hombre, ¿era una voz que venía también del fondo de los siglos? ¿Era una de esas voces en que los suyos habían creído, aunque directamente no la hubiesen escuchado jamás?

La voz de Masdéu interrumpió sus pensamientos.

—Ésta es una lucha que viene desde el principio de los siglos y quizá no terminará nunca. Por eso no hay prisa. Entre los autos de fe de la Inquisición y las condenas de los tribunales militares durante la guerra civil, no ha pasado el tiempo. Es la misma lucha. Y ahora... ¿por qué se ríe?

—Si la poca gente que hay ahora en este café nos oyese nos tomaría por locos —dijo Marta—. Nadie discute ya de temas así.

—Tampoco se les habría ocurrido discutir de eso a los que trabajaban en las Torres Gemelas —murmuró el hombre—, ni a los que viajaban en un determinado tren de Madrid un once de marzo. Seguro que ni uno de ellos pensaba en la religión ni la muerte religiosa. Y la muerte religiosa existe. Ha existido durante siglos y no cesará jamás.

—Es la muerte más absurda —dijo Marta—, la que menos razón tiene de existir, aunque periódicamente vuelva. Espero que algún día el pensamiento humano acabe con ella.

—Usted cree demasiado en el pensamiento humano, Marta.

Ella se puso en pie. Sonreía.

—El pensamiento humano no ha acabado con el mal, pero al menos ha aprendido a identificarlo y a escupir sobre él. Y el mal viene de los que no creen más que en la obediencia.

Masdéu se levantó también, pero su expresión era tensa.

—Al menos me ha escuchado —dijo.

—No me lo agradezca. Pretendo ser una intelectual que sólo sirve para escuchar a la gente.

Descendió las escaleras del altillo con Masdéu detrás de sus pasos. Los que estaban abajo miraron las piernas de la muchacha, su cintura ágil, y adivinaron algo en su boca, algo que les dijo que no sabía besar.

La calle estaba más lóbrega que nunca, quizá más solitaria, a pesar de que unos obreros abrían una zanja en su extremo. Al llegar allí, Marta ya había visto unas vallas que anunciaban la obra. Por lo visto, no estaban seguros los cimientos de algunas casas.

Masdéu indicó:

—Si salimos por detrás, será mejor. Cortaremos camino y evitaremos todo esto.

Marta accedió, puesto que no conocía el entorno. Vio una puerta medio disimulada detrás de una cortina. Y un callejón que no parecía llevar a ninguna parte. Y una luz lejana.

No vio en cambio el pozo que se abría bajo sus pies, y que Masdéu dejaba a un lado, tras apartar con el pie la red de metal que lo protegía. La luz al final del callejón la deslumbraba. No vio nada mientras avanzaba.

Ni la mano de Masdéu que se acercaba a su nuca.

40

LA CASA DE LA COLINA

Ya he dicho que maté a un hombre.

Quisiera hablar de él, de su edad: unos cincuenta años. De su ropa impecable, que destacaba aún más en la ciudad rota: traje de lana inglesa que importaba él mismo a través de su fábrica, zapatos de piel de cocodrilo, tirantes de seda, los más finos que yo había visto en mi larga historia. De sus honores: llevaba en la solapa las cintas de dos medallas. De sus mujeres: sumisas jóvenes que le aguardaban con la falda alzada junto a un tocador isabelino, un espejo o una alfombra oriental que parecía hecha con piel de niña.

Era el triunfador por definición, el que imponía el nuevo orden en la Barcelona vencida. Otros triunfadores dejaban el fusil y volvían a un trabajo muchas veces sin esperanza, pero él regresaba a sus fábricas, su capital y sus verdades. Medalla de ex cautivo, medalla de sufrimientos por la patria. Ni una gota de sangre propia sobre su ropa inmaculada; en todo caso, en un descuido, alguna gotita de sangre de sus doncellas. Era la verdad de un país que había que reconstruir y la esperanza de un Imperio que no existía, pero que los suyos ya tenían dibujado en un mapa.

Ya he dicho que lo maté.

Pero primero necesito hablar de la casa.

Viví en ella durante casi toda la guerra civil, me hundí en su soledad y la habité como un fantasma. Estaba en una calle de Pedralbes a medio hacer, porque entonces todas las calles estaban a medio hacer en aquel barrio. Rodeada de árboles y al final de una cuesta, apenas resultaba visible, y supongo que ése fue el motivo de que no la incautara nadie. Había en ella un jardín con margaritas que ya se habían muerto, unas rosas de otoño que aún florecían junto a la pared y dos cipreses que acariciaban el aire.

Había también una tumba.

Y fue la tumba lo que me hizo quedarme en ella.

Las clases con los Escolapios se habían terminado ya antes de la guerra, puesto que las leyes de la República impusieron la enseñanza laica en contra de la religiosa. Me pusieron en la calle diciendo que no era culpa suya, y entonces, sabio como era, me dediqué a dar clases particulares. Fue así como descubrí la casa.

Entonces las margaritas llenaban el jardín, las rosas de otoño crecían en todas partes y los cipreses aún no habían nacido. Había grandes ventanales desde los que se divisaba a lo lejos la ciudad como yo la había contemplado, siglos antes, desde Nuestra Señora del Coll. Había una niña que estaba allí para recibir la luz y el calor del sol y un perro llamado Ringo, que se hartaba de ladrar a la luna.

Un día me presenté allí, muy poco antes de la guerra civil, respondiendo a un anuncio, y conocí el sitio donde iba a estar la tumba.

Pero la tumba aún no estaba.

En aquel momento sólo conocí a la niña. Ojos achinados, piernas inseguras, piel muy fina y manos que hacían dibujos en el aire. Era una niña Down, y en aquellos años para las niñas Down no se veía mejora; simplemente se las alimentaba y se las ignoraba. Pero en este caso los padres creían en ella.

El padre era un corredor de Bolsa que en aquellos años de clasificación fácil era considerado hombre de derechas. La madre era una profesora francesa que creía en el porvenir de los seres humanos, y por lo tanto creía en el porvenir de la niña.

Conocí también a Rita, la mujer del pueblo.

Como he necesitado hablar de la casa donde imperaba la luz, necesito ahora hablar de Rita, la mujer de las callejuelas donde imperaban las tinieblas.

Rita había nacido en la Barcelona más profunda, en la calle de las Tapias, que entonces era el centro de la prostitución más sórdida. A los veintitrés años había sido prostituta por pura hambre, despés de haber servido en una casa y quedar embarazada del señor. Rita había tenido una hija. La hija había muerto.

Fue en la casa de la luz donde conocí sus ojos quietos, sus manos enrojecidas de tanto trabajar, sus labios finos y su lengua que, como la del perro, lamía continuamente la piel de la niña de los ojos achinados mientras ella tomaba junto a la ventana aquel sol de ricos pagado por sus padres.

El padre era un hombre honrado, tan honrado que jamás notó nada raro en mí. Mientras hablaba conmigo, de sus ojos casi escapaban las lágrimas.

—Algunos colegas extranjeros me han dicho que para mi hija puede haber esperanza si recibe una educación especial. Esa educación especial tenía que haber empezado antes, y eso quiere decir que yo no he puesto de mi parte todo cuanto debía. Pero si usted está todo el día con ella, intentando que aprenda, y Rita está todo el día con ella, intentando que note el cariño, aún hay un futuro.

Quería decir que aún era posible un milagro.

De ese modo yo, el hombre de los siglos, que había conocido las mazmorras de la Inquisición y había sido secretario del conde de España, quedé nombrado educador de una niña que no podría entenderme jamás, en una casa de la colina donde abundaban las rosas de otoño y empezaban a crecer dos cipreses. Juré que lo intentaría porque yo tenía una ventaja sobre los demás: podía mirarla con los ojos de la vida eterna.

Contaba además con dos seres que podían hacer el milagro. Uno de esos seres era el perro, que se colocaba junto a la niña y estaba dispuesto a defenderla hasta del aire: la niña notaba aquel cariño, aquella presencia. El otro ser era Rita, mujer del pueblo hondo, que apenas sabía leer, y que llevaba en sus entrañas la hija muerta. Ahora pudo llevar en sus entrañas una hija viva.

La niña fue su alma, como para el perro fue el cachorro recién nacido.

Fue entonces cuando estalló la guerra civil, que a mí no me causó ninguna sorpresa. Yo, no en vano, había vivido la «Guerra dels Segadors», la defensa de Barcelona en 1714, la guerra de la Independencia, las luchas carlistas y el nacimiento de las dos Españas. Podía haber explicado mil cosas en las cátedras de la ciudad, pero nadie me habría escuchado. Lo único que podía hacer era ver la ciudad a mis pies, con las iglesias ardiendo, como la había visto durante la Semana Trágica. Darme cuenta de que yo, el inmortal, tenía unas inmensas ganas de morir.

No era capaz de saber que en aquel momento, sin más compañía que una analfabeta, una niña y un perro comenzaba la única etapa digna de mi vida. No fui capaz de saber que el perro y la analfabeta eran dueños del destino. Yo no lo era.

Cuando las iglesias de los alrededores fueron incendiadas, y saqueadas las mansiones de los ricos, ya en los primeros días de la revolución, la madre de la niña, como ciudadana francesa, decidió usar el pasaporte para volver a su país, en compañía de su marido y la niña. Su marido corría inminente peligro de ser ejecutado por los anarquistas, como ya lo habían sido varios vecinos. De modo que el consulado francés, visto el riesgo, le envió un coche y le dijo que preparara el viaje en menos de una hora.

No podía llevarse apenas nada. Sólo unas cuantas joyas y valores.

Y a la niña.

Pero la niña había desaparecido. Yo entonces no lo entendí, aunque todo tenía que haber ocurrido casi delante de mis ojos. La madre se desesperó, sufrió un ataque de nervios, me abofeteó porque pensó que yo sabía algo, cayó de rodillas, pidió al perro que olfatease el aire. Rita y la niña habían desaparecido. Ni en los rincones más ocultos de la casa, ni bajo los muebles, ni en los recovecos del jardín, apareció nada. El perro, quieto, se negaba a olfatear. El chófer del consulado francés apremiaba y gritaba que un minuto después ya sería demasiado tarde.

Ahora pienso que fue lógico lo que pasó. Mientras el padre se desesperaba buscando por los rincones, la madre cayó fulminada llevándose las manos al corazón. El chófer la cargó en el vehículo y la llevó a gran velocidad al Clínico, que ya estaba lleno de muertos. Allí le aplicaron un tratamiento de urgencia, dieron un sedante al marido y pidieron al chófer que los llevara con toda rapidez a un hospital más allá de la frontera donde pudieran ser atendidos sin peligro; y yo quedé solo en la casa.

Recuerdo el sol de julio. La ciudad que parecía arder. La Barcelona enorme que yo había visto nacer. Los tiros que sonaban incluso en aquel barrio de ricos, uno de los más tranquilos del mundo. Recuerdo el aire que quemaba y un jardín de color tan vivo, tan verde, que hacía daño.

Entonces apareció Rita con la niña. Y el perro detrás, meneando la cola. Ahora sí que el muy maldito olfateaba el aire.

—Se oían tiros por todas partes —dijo Rita con los ojos húmedos—. Tenía miedo de que la mataran.

Había hecho lo que hacen los animales cuando intuyen el peligro: esconder a sus crías. Provista de una astucia que venía del fondo de la tierra, aquella mujer que no sabía nada lo supo todo. Consiguió llegar a la única gruta que existía en el entorno, meterse con la niña allí, cubrirla con su cuerpo, taparlo todo con matojos y disponerse a morir antes de que alguien tocara a la pequeña. Sólo cuando el silencio se hizo en las cercanías salió de la gruta.

Demasiado tarde. Los padres ya no estaban allí. La noche había caído. La niña tenía miedo y hambre.

Demasiado tarde.

O quizá no.

Estaba aquella mujer dispuesta a dar la vida. Estaba yo. Estaba el perro que lamía a la pequeña. Estaba la casa.

Y así yo, el hijo del diablo, me convertí en tutor de una niña que no sabía ni hablar. Así comprendí que yo también formaba parte de las verdades elementales del mundo. Así fue como le di un beso y juré defenderla. Al darle aquel beso tuve la sensación de que le manchaba la cara.

La guerra civil me enseñó muchas cosas, por si no las había aprendido aún. Me enseñó que allí culminaba un proceso de siglos, y que en realidad el siglo XX formaba parte del siglo XV, porque los problemas de entonces no se habían resuelto aún. Me enseñó que la religión, que debería ser una ternura —o un problema— individual, se transforma en una fuente de odio, y por eso es urgente convertirla de nuevo en una ternura individual. O un problema. Me enseñó que el pueblo es siempre materia inflamable: cuando recibe el calor de una tea, explota. Me enseñó que se mata en nombre de Dios, como yo había visto hacer a El Otro.

En Burgos se mataba en nombre de Dios; en Barcelona se intentaba matar a Dios, pero el resultado era el mismo. La religión había dejado de ser un sentimiento individual que encuentra soluciones en la vida para transformarse en un sentimiento colectivo que sólo encuentra soluciones en la muerte. Desde lo alto de aquella casa aislada, yo, hijo de la duda, tuve que asistir a la matanza entre los que jamás tuvieron una duda. Entonces me di cuenta, por si no lo hubiera comprendido aún, de lo terribles que son la absoluta certeza y la absoluta obediencia.

Por supuesto que no vi a El Otro. Las patrullas anarquistas habrían terminado con él. El Otro, que como yo estaba hundido en el fondo de los siglos, debía de encontrarse en el otro lado del frente, donde la fe sin matices estaba de su parte. Ni para él ni para mí existía el tiempo, ni para él ni para mí existía la prisa. Nos volveríamos a encontrar.

¿He dicho que para mí no existía el tiempo? Bueno, tampoco era así. Para los demás, el tiempo existía y yo necesitaba amoldarme a él. Como tantas otras veces, necesité cambiar de nombre y personalidad, ya que no podía cambiar de aspecto. Un ex profesor de los Escolapios no podía desfilar por la ciudad revolucionaria; así que me apoderé de la documentación de un muerto (muertos los había en todas las esquinas y se podía elegir), falsifiqué algunos datos y me convertí en un profesor de Ostende experto en idiomas. Enseguida me dieron trabajo como traductor en una oficina de contraespionaje y, como hombre insustituible, no me enviaron a la guerra, pese a que seguía teniendo mi aspecto de treinta años.

Y ése fue el tiempo de la niña.

Ahora sé, cuando ya han pasado todas las lunas, que no viví para nada más. Las verdades más oscuras son siempre las más sencillas. Y entonces supe que hasta un hijo del diablo puede amar una casa solitaria, un perro y a una niña.

Mientras yo trabajaba, la niña estaba bajo la vigilancia del perro y de Rita. No pasábamos hambre porque como empleado gubernamental yo tenía un pequeño racionamiento extra (del que apenas usaba nada), pero además Rita, fiel a su pasado campesino, había transformado el jardín de la casa en un huerto. La pequeña, como parte de su nueva vida, aprendió a cultivar verduras, recogerlas, limpiar los senderos, dejarse guiar por el perro y dar el mismo nombre a pájaros que cada día eran distintos. Yo la enseñaba a distinguir las letras y relacionar los objetos, de modo que en aquel ambiente cerrado, sin nada que la perturbase, la niña despertó su inteligencia y además fue feliz.

Por supuesto, desde Francia, la madre buscó su pista. La Cruz Roja hizo gestiones y habría podido hallarla, pero mientras yo estaba trabajando, Rita la ocultó. Dijo que no había aparecido para que no se la quitasen. Y es que en el fondo de su sangre, de su soledad, de su vientre que un día existió, para Rita la niña era su hija.

Un día cayó una bomba en las cercanías —algo raro, porque era zona aislada y de paz— y la niña quedó sepultada por la tierra. Rita la desenterró con sus uñas, con sus gritos y sus mordiscos al suelo, hasta que se dio cuenta de que la niña seguía viva. Entonces le limpió el cuerpo con la lengua, como hacen los animales, aunque los animales no lloren de gratitud. Rita, que venía de la oscuridad, me enseñó de pronto la verdad y la luz más elementales del mundo, como siglos atrás me las había enseñado mi madre.

Yo iba de un lado a otro de la Barcelona hambrienta, de una cárcel a otra, de una cheka a otra, traduciendo lo que decían los presuntos espías detenidos. Andaba por la calle de San Pablo donde había transcurrido mi niñez, veía la iglesia en la que había dormido siglos atrás y deambulaba por las Rondas, donde durante tanto tiempo conocí las últimas murallas, las que fueron derribadas en tiempos de Cerdà. Si la muralla gótica de Jaime I había sido la de mi niñez y dejaba fuera el Raval, la de Pedro el Ceremonioso, levantada apenas cien años después, dejó el Raval dentro, me dejaba a mí dentro. Yo era el hombre de las murallas, siempre con la misma cara, que podía ser reconocido en todas partes, pero todos los que habrían podido reconocerme ya estaban muertos.

Iba de un lado a otro de la Barcelona hambrienta. Veía las casas destrozadas por las bombas y me convencía de que la ciudad iba a desaparecer, tragada por el fuego. Los aviones fascistas la acribillaban día y noche. Veía convertirse en polvo los edificios que una vez amé, veía a las mujeres aullando y los ojos aterrorizados de los niños. Me pegaba a los muros de una iglesia clausurada, recordaba a todos los seres ya muertos que había visto salir de allí, ahora convertidos en niebla, y necesitaba cerrar los ojos.

Pero en el fondo, eso no era real. La realidad estaba en la casa de la colina. Allí había enseñado a la niña a leer y le estaba enseñando a escribir. Por las noches le hacía aprender los nombres de las constelaciones. Había logrado que casi todas sus palabras —elementales y directas— las pronunciase en tres idiomas, pues los niños lo aprenden todo riendo. La sostenía en mis brazos, nacidos para el mal, y pensaba que en el mal también puede haber ternura. Quizá era cierto que Dios aprendía de nosotros y se asustaba ante su obra.

Claro que, a pesar del aislamiento, no todo era tranquilidad en la casa de la colina. La madre exiliada en Francia hizo un nuevo intento para hallar a su hija, pero siguiendo otro camino. Esta vez, en lugar de la Cruz Roja, vino el Socorro Rojo Internacional, y Rita volvió a ocultarla. No me opuse, porque supe desde el primer momento que, si le quitaban a la niña (las flores que la pequeña cuidaba, el perro al cual dormía abrazada y las estrellas cuyo nombre pronunciaba por la noche), Rita se mataría.

No fue ésa la única visita al silencio de la casa. Una especie de comité gubernamental, formado por tres hombres, llegó hasta sus paredes y quiso incautarla. Todos los edificios abandonados de los alrededores estaban incautados ya, de modo que no me sorprendió en absoluto. Uno de los tres hombres me llamó la atención porque parecía culto, autoritario y, no sé cómo, conocedor del edificio. Lo revisó todo, comprobó el estado de las paredes, miró con indiferencia a la niña, dio una patada al can, que le molestaba, y declaró intervenida la casa. Por lo visto, la República la necesitaba para ganar la guerra. Pero yo me opuse diciendo que aquel edificio estaba adscrito al servicio de contraespionaje, y que si él lo perturbaba en algo sería sometido a investigación. Ser investigado por los servicios de contraespionaje, es decir, el SIM, que llenaba tantas tumbas, no era una broma.

Yo no sé si aquel tipo, llamado Reyes, se asustó.

Los otros dos sí.

Se convencieron de que la casa era demasiado pequeña y estaba muy aislada, así que se largaron, aunque profiriendo amenazas. Nunca he sentido tanto alivio. La casa, justo por su aislamiento, era la mejor garantía de vida no sólo para mí —que poco la necesitaba— sino para Rita y la niña. Y otra vez pude acompañarla por los senderos, dar nombre a los pájaros que tenían cuadriculado el aire y numerarle las estrellas.

Sencillamente fue eso.

Yo entonces no sabía que volvería a matar.

La niña no salía nunca de la casa ni la conocía nadie, porque la casa y el jardín eran su universo. Pero a finales del año 38, cuando la vida en Barcelona ya era insoportable, la pequeña enfermó gravemente. Lo que nunca había ocurrido, aunque era previsible, terminó ocurriendo.

Rita llevó en brazos a la pequeña al Clínico.

Otra vez el Clínico, otra vez los muertos.

Allí había un retrato mío. «Servicio de Urgencias, 1916.» Por eso no podía ir.

La pequeña fue atendida, e incluso lograron para ella unas medicinas. Rita la volvió a transportar en sus brazos convencida de que se curaría, mientras en los labios de ambas flotaba la misma sonrisa. Sólo les faltaba la alegría del perro. Las calles dramáticamente grises, sin tranvías, sin luz, con esquinas derrumbadas y colas de mujeres hambrientas fueron su paisaje. Rita, andando sin cesar, cantaba mientras besaba a la niña. Fue la última canción de alegría, la de una mujer que creía sencillamente en la vida por las calles de la Barcelona muerta.

Y entonces los aviones.

Y los gritos de horror.

Y la bomba.

Un pedazo de metralla se llevó media cara de la niña, sin causarle ni un rasguño a Rita. Ésta cayó sobre la niña intentando protegerla, sintió en la piel el golpe de sus huesos y notó en su lengua, su lengua de perra madre, el sabor de la sangre.

La enterré yo mismo al lado de la casa. Con las manos en la tierra blanda, sin herramientas, la enterré yo, el hombre de la muerte.

Rita me la había traído en sus brazos hasta la casa. Bañada en sangre, las piernas rotas pero con los ojos espantosamente secos, me la entregó. Fue como una donación, como una ofrenda. Recuerdo el jardín todavía rabiosamente verde, el susurro del aire que llegaba desde la ciudad, el vuelo rasante de un pájaro, el aullido sobrenatural del perro.

Recuerdo todo eso.

Y mis manos horadando la tierra.

Hoy mismo podría dibujarlo en un papel.

Recuerdo los ojos de Rita, todavía espantosamente secos.

Y la gran caja de cartón. La caja de la única muñeca que la niña había tenido en su vida.

Fue el ataúd.

Al fin y al cabo el ataúd para una muñeca.

Recuerdo las manos desnudas de Rita que fueron cubriéndola con tierra.

Y el gran árbol que estaba al lado, y cuyas ramas arañaban el cielo. Vi que dos pájaros se posaban en una de ellas.

Comprendí enseguida que iban a hacer un nido.

Supe desde el primer momento que Rita no sobreviviría, pero nunca pensé que terminara tan pronto. Aquella noche dejé a la mujer tumbada en la cama de la niña, abrazada a sus vestidos. A la mañana siguiente la encontré muerta.

Repito que lo supe. Yo, el hombre de las tinieblas, había visto antes aquellos ojos en los ojos de mi madre. Mis ojos inmortales la contemplaron desde el fondo de los siglos, mis brazos inmortales tomaron a la muerta.

Y con las manos desnudas abrí otra vez la fosa.

Recuerdo el silencio del jardín, incluso el silencio del aire y del perro. Sólo un aleteo lo rompió de pronto. Cayó a mis pies una ramita. Ya no me cabía duda de que estaban creando su nido los pájaros.

Era una sepultura ilegal.

¿Y qué?

Era la única sepultura digna.

Rita y la niña estarían unidas para siempre junto a la caja de la muñeca.

Pero faltaba algo. Yo, hombre del fondo del tiempo, que había pisado tantos cementerios olvidados, pensaba sin embargo que la muerte ha de tener una dignidad. De modo que bajé hasta las entrañas de la ciudad para encontrar una lápida.

¿Una lápida?...

Eso, aparentemente tan fácil, era difícil en los últimos días de la guerra. Las canteras no trabajaban, los artesanos estaban movilizados o escondidos y, sobre todo, nadie se acordaba de adornar las tumbas. Un marmolista me dijo que robaría una lápida y grabaría por detrás el nombre de Rita y de la niña, pero yo, que había visto tantas lápidas, no quería una de segundo muerto. Otro me ofreció trabajar con pedazos de mármol de una casa bombardeada, haciendo, como quien dice, una lápida recosida. Un tercero me echó con malos modos, diciendo que debería ocuparme de cosas más importantes.

Por fin encontré a aquel joven en la casa del Paseo de la Bonanova; estaba incautada, pero a él lo dejaban vivir allí. Era poco más que un crío, gordito, alegre, con unos ojos que parecían haber sido hechos para apreciar lo que de bello tiene la vida.

Me dijo enseguida:

—Me llamo Guillermo Clavé, pero todos me conocen como Guillermito.

Miré la casa: en lo más alto del edificio, la última bandera de la República. En el paseo de las palmeras, unas cuantas enfermeras mal vestidas. Al fondo, en las ventanas, unos hombres encorvados, todos con bata blanca, por donde habían paseado los uniformes negros de las criadas culonas.

—Siempre que venga por aquí y quiera algo, pregunte por Guillermito Clavé.

Volví a mirar la casa; ahora me daba cuenta de que la conocía. En otra época, cuando simulé ser médico (y en realidad podía serlo), había atendido allí a alguien: no podía recordar a quién, pero a alguien… El muchacho me ofreció:

—Antes habían trabajado aquí algunos marmolistas, porque siempre estábamos haciendo obras. Queda algún pedazo que podría servir perfectamente para una lápida.

Y añadió riendo:

—Se la doy.

Estuve a punto de abrazarle. Era la primera vez, desde el inicio de la guerra civil, que alguien me daba algo con generosidad y alegría. Puse mis manos

453

entre las suyas, que estaban llenas de vida, y susurré:

—No sé cómo, pero juro que algún día llegaré a pagártelo.

—No podrá. Es usted demasiado viejo —dijo él.

Sí que pude.

Pero entonces no lo sabía.

Cuando Guillermito Clavé, pasados los años (después de morir algunas palmeras del paseo y volver a ver criadas culonas en las ventanas), dejó de reír porque un cáncer le devoraba los huesos, yo le alivié los sufrimientos. Ni llegó a notarlo. Fue aquel cadáver tan blanco que luego el padre Olavide hizo enterrar junto a la piedra que siglos atrás se había manchado con mi sangre. Ironías del destino. El hombre al que yo había dejado sin sangre, enterrado junto a mi sangre inmortal.

En fin, así fue como tuve mi lápida.

El Gólgota.

Si Cristo había soportado sobre los hombros una cruz, ascendiendo con ella hacia su sacrificio, yo, el hijo del diablo, tuve mi lápida. Ascendí con ella por las calles atormentadas, por los verdes jardines, salté zanjas, ascendí montañas, siempre con el peso de la lápida que me destrozaba los huesos. Me sentí morir cuando la dejé caer junto al árbol en el que definitivamente anidaban los pájaros.

Y la esculpí con mis manos. Yo, el hijo de los cementerios, hice la lápida más sencilla del mundo para una mujer y una niña.

Oía al perro aullar en la lejanía.

El viento batía los rincones de la casa de la colina.

Y allí quedaron esculpidas solamente tres palabras.

Tres.

«Rita e hija.»

La ciudad se llenó de banderas victoriosas al paso alegre de la paz. Se llenó de «prietas las filas, recias, marciales nuestras escuadras van». Se llenó de tapias donde se fusilaba a la gente, se llenó de hombres ansiosos que abrían de nuevo los libros de caja.

Pero no me importaba.

La lápida estaba allí, acariciada por las alas de los pájaros. Los viejos cementerios de Sant Pau del Camp, el de Pueblo Nuevo, el de Montjuïc, que yo conocía tan bien, se habían hecho pequeños; ahora mi cementerio sólo contenía una lápida. Cada tarde yo llevaba algunas flores del jardín, cada noche el perro se echaba a dormir en ella.

Por supuesto, yo, un hombre que había trabajado para los servicios de investigación republicanos, estaba automáticamente condenado a muerte, pero no me importaba: ya había conseguido otra identidad falsa: la de antiguo profesor de los Escolapios. Claro que, para una mínima seguridad, tenía que irme de la casa; pero no lo hice: jamás dejaría solas la tumba y la lápida.

Hasta que aquel hombre volvió, pero armado y con cuatro hombres más. Yo recordaba muy bien su nombre: se llamaba Reyes. Era el que, durante la guerra, había querido incautar la casa. Aquel revolucionario rabioso, aquel hijo del pueblo que ansiaba lo mejor para la República, era en realidad un millonario camuflado que ahora vestía con orgullo la camisa azul de la Falange. Hubo en Barcelona muchos como él. Lo que me consternó fue saber que era el dueño de la casa.

—Los antiguos habitantes, los que se largaron a Francia, eran simples inquilinos —me soltó—. Pero claro, tú no sabías eso.

—Y ¿qué ha sido de ellos? ¿Por qué no vuelven?

—Se equivocaron y fueron a parar a territorio alemán, donde tenían muchos amigos. Pero los dos eran judíos, así que olvídalos. No volverán. La casa está libre.

Y me apuntó con el dedo.

—Recuerdo perfectamente que trabajabas para el servicio de espionaje rojo, de modo que más vale que te consideres preso a partir de este mismo momento. Si te resistes, será mucho peor.

Y añadió:

—Pero ahora no he venido por eso.

Había vendido la casa y se iba a alzar en el terreno una mucho mayor. Por eso estaban allí los otros hombres. Vio la lápida con el perro encima de ella y como el animal le enseñó los dientes, le descerrajó un tiro.

Luego ordenó:

—Todo fuera.

—¿La lápida también?

—La lápida lo primero, porque justamente ahí estará la entrada de la casa. Seguro que es un enterramiento ilegal, como tantos en la guerra, pero no vamos a perder tiempo con papeleos. Fuera toda esa carroña de ahí. Tenemos que edificar encima.

Recuerdo otra vez el verde rabioso del jardín. El árbol solemne, que era ya el árbol de la eternidad donde los pájaros tenían un sólido nido. Me puse encima de la lápida, junto a los restos del perro.

—Hijo de puta, no tocará nada de aquí.

—¿No? ¿Cómo que no? ¿Un condenado a muerte me da órdenes?...

Y mandó a sus hombres que me sujetaran y me enviaran barranco abajo. Rodé como un fardo por la colina, me aplasté contra los matojos y me rompí una pierna, pero Reyes no pudo matarme porque yo era el hombre de la vida eterna.

Oí lejanamente que llegaban otros obreros en un camión, y dos de ellos se ponían a destrozar la lápida. Dos muertos más aparecidos al final de la guerra... ¿Y qué?

Nadie preguntaría por ellos.

Recuerdo mi aullido en el silencio de los campos.

—¡Noooooooooo...!

No conseguí ni arrastrarme. Oía arriba los golpes sobre la lápida. Clavé mis uñas en la tierra hasta hacerme sangre.

Reyes vivió dos meses más.

Lo encontré dormido en la cama de un hotel de lujo, junto a una chica joven que dormía también.

A ella no le pasó nada.

A él sí.

Y ésta es la sencilla historia que he recordado ahora, la sencilla historia de por qué maté a un hombre.

41

SIGUE CORRIENDO, MARTA

El pozo se abrió ante sus pies. Masdéu debía de saber que el pozo estaba allí, porque acababa de apartar con un hábil movimiento de su empeine la reja que lo protegía. De ese modo bastaba un leve empujón, casi un suspiro, para que Marta se precipitase hacia las tinieblas.

En Barcelona se abren a veces pozos así, sobre todo en callejones por los que nadie pasa, en esa especie de gargantas interiores que en ocasiones se abren entre dos viejas fincas. Puede ser una cloaca en revisión, la reparación de unos cimientos o una cata de arqueólogos, pero lo cierto era que el pozo tenía profundidad. Si el fondo era de roca, una caída podía matarla.

Ella no gritó.

Quizá en el fondo había esperado aquello. Tal vez desde que vio a Masdéu había intuido que aquello pasaría.

Y el brazo derecho de Masdéu avanzó. Un leve movimiento...

Marta intentó esquivarlo con una flexión de cintura.

No pudo. Sus pies vacilaron al borde de un abismo que no podía ver.

Y entonces aquella mano que la detenía...

Marta Vives no lo entendió en aquella primera fracción de segundo. Pero era la propia mano de Masdéu. Era él quien la salvaba, quien frenaba su caída. Marta se detuvo jadeando, con los ojos desencajados, sin entender nada, sin querer entender nada, mientras el callejón daba una vuelta completa en torno suyo.

—Cuidado, Marta.

Ahora un brazo entero la sujetaba por la cintura. Oía la respiración del hombre como un estertor, casi como un grito de angustia. Los dedos le hacían daño. Masdéu la inclinó poco a poco hacia atrás.

—Apóyese en la pared.

Marta lo pensó de pronto. Fue como una luz que llegara de calles remotas, como una inspiración. Otro Masdéu, otro fanático de la fe, se había arrepentido muchos años atrás cuando iba a causar una muerte en nombre de Dios. Sus restos momificados estaban ahora en una habitación que probablemente nadie vería nunca.

Ahora unos brazos la sujetaban, impidiéndole caer. La respiración de Masdéu se hizo ansiosa, mientras todas las sombras de la calle volvían a dar un giro. Entonces la soltó. Marta notaba aún en la sangre la sensación del peligro. El arrepentimiento puede durar sólo un segundo. Ella aún estaba al borde del pozo.

De pronto se desasió y dijo con voz ronca:

—Déjeme salir.

Dio un paso, todavía con la sensación de la muerte metida en las entrañas. Algo brilló en los adoquines del callejón. La última luz, a unos diez metros, volvió a dar un giro y Marta oyó sus propios pasos mientras huía. Los pasos le parecían de otra, sus propias manos eran de otra. Llegó al final del callejón mientras Masdéu no hacía nada por seguirla.

Vio confusamente la luz de un escaparate, el guiño de un rótulo, la silueta de alguien que pasaba por otra calle más ancha.

Estaba salvada.

Y de pronto aquella forma negra, aquel bulto que le cerraba el paso y cortaba la luz. Marta ahogó un grito.

El padre Olavide la acogía en sus brazos.

Era como volver a la seguridad, al seno de un mundo conocido y donde no te puede ocurrir nada. Era como en su infancia, cuando salía despavorida de un portal oscuro y encontraba una amiga en la calle. El callejón se hizo más ancho, las luces dejaron de dar vueltas. Marta lanzó otro gemido, que en realidad era un suspiro de alivio. Nadie la seguía. El mundo incomprensible del que estaba huyendo quedaba definitivamente atrás.

El padre Olavide murmuró:

—A veces confieso a enfermos en estas calles. Después de pasarme tantos años estudiando en el extranjero, los enfermos son casi los únicos amigos que tengo.

Y la sacó definitivamente del callejón. La calle obrera, un poco más ancha, le pareció a Marta llena de luces. Los escaparates sórdidos parecían cargados de resplandor. Dos hombres se volvieron al ver que un cura llevaba casi abrazada a una mujer. Los que estaban trabajando en las zanjas alzaron sus cabezas. Y fue el padre Olavide quien preguntó:

—¿Alguien quería hacerle daño?

Marta no contestó. Seguía respirando ansiosamente. Entonces el clérigo la soltó para que anduviese con normalidad.

—¿Más tranquila?

—Sí.

—No entiendo por qué se tiene prisa en hacer las cosas —susurró el padre Olavide sin mirarla—. Lo que tiene que ocurrir ocurre siempre. El tiempo es eterno.

42

LAS PALOMAS

La lluvia envolvía la parte vieja de la ciudad y la hacía más íntima, la cubría como un sudario hecho a mano. Al norte del despacho de Marcos Solana, las torres de la catedral tenían un brillo gris que había sido ensayado siglo a siglo. La «Tomasa» dio el cuarto de hora, indiferente al tiempo, aunque había nacido para el tiempo. Al sur, las torres de Santa María del Mar querían marcar para siempre el corazón de lo que había sido el antiguo barrio de la Ribera, de las que eran su panteón y a la vez su ceniza.

Algunas gotas resbalaban por los cristales, pero poco más. En Barcelona ya no llueve como antaño, y en la paleta de sus colores el sol ha ido secando el agua. Las torres de la Villa Olímpica apenas se distinguían, y a ratos no se distinguían en absoluto: una neblina gris que venía de Montjuïc las había devuelto a la nada. Era como si sólo existiera el despacho sobre los terrados vacíos, las calles de pronto tan silenciosas y la ciudad casi invisible, hecha de tiempo.

El tiempo descansaba en los viejos papeles de Marta Vives extendidos sobre la mesa, y el tiempo estaba también en sus ojos, que ya iban perdiendo el brillo de las calles por estrenar. En aquellos papeles estaba estrenado todo, hasta las historias de los muertos, pero seguían pariendo incansablemente derechos y herencias para los vivos que aún habían de llegar. Marta sabía que los viejos papeles, las viejas herencias, contienen matrices siempre dispuestas a ser fecundadas por alguien. La luz amarilla daba sobre aquellos papeles, sobre sus lenguas inquietas.

Y debajo de la mesa las firmes piernas de Marta, que también serían pasado en las calles de la ciudad. Y las calles de la ciudad, como con tantas otras mujeres hermosas, no conservarían su memoria.

Solana las contempló un momento, con nostalgia. Con los ojos cerrados las situaba a veces en una habitación pequeña, con un fondo de libros, un fondo de lluvia y un fondo de palabras que no llegan ni a nacer.

¿Y qué?... Las calles de la ciudad tampoco conservan en su memoria los deseos de los hombres.

La puerta de la sala principal, donde estaban los otros pasantes, se abrió, y el propio Solana pareció sorprendido al ver al que llegaba, pero no hizo ningún gesto. Una de las auxiliares, la que acababa de abrir, dijo:

—El padre Olavide ha llegado. Está revisando unos papeles del archivo.

Y añadió:

—Éste es el señor Bossman, el nuevo pasante. Usted me dijo que lo hiciese entrar en cuanto llegara.

—Ah, sí, claro —sonrió Solana.

El recién llegado pasó. Era un hombre de estatura media, vestido con una cierta sencillez, de expresión apacible y que contaría entre treinta y cuarenta años.

Imposible decirlo.

El tiempo se había detenido en él.

En su cara de hombre maduro palpitaba un niño que aún no estaba muerto.

Tenía la piel muy blanca.

En sus ojos grandes e inteligentes, en su fondo hecho también de lluvia, en verdad se había detenido el tiempo.

Marcos Solana dijo con amabilidad:

—Tengo el gusto de presentarles al señor Axel Bossman. El señor Bossman, según la documentación y las cartas de presentación que he visto, es natural de París, aunque de padres ingleses, pero ha vivido largas temporadas en Barcelona, por lo que habla perfectamente castellano y catalán.

Mientras pasaba un brazo por los hombros del recién llegado, añadió:

—Axel ha sido documentalista en la biblioteca de la Asamblea Nacional francesa y tiene una experiencia incomparable en dirección de despachos, aparte de profundos conocimientos históricos y legales. Naturalmente, es abogado y no ha de tener problemas para ejercer en España, aunque ésa no será su misión aquí. Formará equipo con la señorita Marta Vives, que ya empieza a estar desbordada de trabajo. Marta, te presento al señor Bossman, a quien en un primer momento pensé que ya conocía.

El abogado evocó por unos momentos el parecido más que evidente de Axel Bossman con ese rostro que le había mirado burlón desde una máscara de piedra o desde una antigua foto de 1916, y también cómo se había autoconvencido de que debía dejar a un lado las especulaciones paranormales que lo habían obsesionado recientemente, para volcarse en su complicado presente. Bastante tenía con él. Y remató:

—Pero es un error, claro. En el mundo hay mucha gente que se parece.

Marta Vives alzó la cabeza, dejando atrás el paisaje de papeles amarillos, el fondo de silencio y lluvia. El recién llegado le sonrió.

Los ojos tan claros.

La piel tan blanca.

Y la sonrisa quieta, apacible, la sonrisa sin tiempo donde estaban todos los matices de la vida eterna. Y las manos también muy blancas, cuyos dedos parecían no rozar las cosas. Las manos que le habían guiado por la casa del obispo muerto.

Marta tenía los ojos hipnotizados. Estaban tan quietos como los cristales por los que resbalaba la lluvia.

El tiempo se detuvo.

Más allá de la ventana norte, entre las torres de la catedral, buscaba refugio una bandada de palomas. Solana dijo con cierta sorpresa:

—Parece como si ustedes se conocieran.

466

—No —dijo el recién llegado—, no nos habíamos visto nunca.

Y en sus labios flotó de nuevo la sonrisa de la vida eterna.

Las palomas. También en la ventana sur hay palomas que huyen de la lluvia. Santa María del Mar, que se hunde en los sepulcros de los pescadores muertos. Las palomas no se dirigen hacia allí. Quizá irán hacia la Merced, sobre cuya cúpula la imagen de una Virgen cautiva perdona los pecados de los pájaros.

La casa entera que parece dar una vuelta sobre la ciudad y su niebla. Marta que se pone en pie y siente que sus piernas vacilan, pero a la vez nota que están asentadas como nunca en una de las esquinas del tiempo. El recién llegado había musitado:

—Supongo que me sentaré a su lado, Marta.

Marta salía del despacho, hacia la gran sala donde estaban los otros pasantes, los archivos, la sección de caja, la entrada al despacho personal de Solana y la inmensa biblioteca en la que mujeres como Marta se iban dejando los ojos.

Ella se apoyó con los dedos en el borde de una de las mesas.

Vio que el padre Olavide acababa de consultar uno de los tomos. Con su sotana de otra época, su alzacuello impecable siempre bien ajustado hacia arriba, su sonrisa perfectamente vaticana, se acercó a la muchacha. Y ella preguntó con un hilo de voz:

—¿Ha visto a mi nuevo compañero, padre?

—Sí, lo he visto.

La cara del sacerdote permanecía impasible. Pero los dedos de Marta temblaban tanto que deslizaron uno de los papeles que estaban sobre la mesa y éste cayó al suelo. Cortésmente, el padre Olavide se inclinó para recogerlo.

Sólo un momento.

Un chispazo.

Con el movimiento, el alzacuello se deslizó hacia atrás, sobre la nuca, y entonces Marta vio la cadena siempre oculta, la cadena.

La fina tira de oro, tan fina como si hubiera sido devorada por los siglos poco a poco.

El dibujo. Los eslabones en forma de seis apenas engarzados.

Y el tiempo, el tiempo que estaba allí, el tiempo de todas las ciudades muertas.

El padre Olavide no se dio cuenta de que ella la había visto. O tal vez sí. En su rostro no había la menor expresión. Dejó educadamente el papel sobre la mesa.

—La veo algo nerviosa, Marta, y supongo que es porque tiene prisa. Pero créame, no debe tenerla, porque las cosas se hacen cuando se tienen que hacer. Hay tanto tiempo que la Creación no ha terminado todavía: la construimos nosotros día a día, usando los materiales de la propia Creación. Cada cosa ocurrirá a su tiempo.

Y sonrió.

—Espero que le vaya bien con su nuevo compañero.

Marta volvió la espalda poco a poco, como si de

pronto los pies se le hubiesen clavado en la tierra. En los grandes ventanales brillaban las torres de la catedral, ahogadas por la niebla, ocultas para esas palomas que aún no habían encontrado su camino. Sobre los tejados de la Barcelona vieja, donde plantaron flores tantos niños que ya se habían ido. En la ciudad que, en secreto, se va nutriendo del tiempo, que lo absorbe sin destruirlo. El tiempo que nos vigila desde sus huecos, el tiempo en las ventanas.